ÖXIT

Hans-Peter Vertacnik lebt als Schriftsteller und Medientrainer in Oberösterreich. Der Leitende Polizeibeamte, der wegen eines Dienstunfalles seine Laufbahn beenden musste, absolvierte eine Ausbildung an der Master School Drehbuch Berlin, veröffentlichte bisher zwei Lyrikbände, fünf Kriminalromane und wurde mit dem Luitpold-Stern-Preis ausgezeichnet. Sein letzter Roman »Totenvogel« schaffte es auf die Shortlist des Leo-Perutz-Preises für Kriminalliteratur 2017.

HANS-PETER VERTACNIK

ÖXIT

Kriminalroman

emons:

LChoice

Hier bestellen

Lust auf mehr? Laden Sie sich die »LChoice«-App runter, scannen Sie den QR-Code und bestellen Sie weitere Bücher direkt in Ihrer Buchhandlung.

Bibliografische Information der Deutschen Nationalbibliothek
Die Deutsche Nationalbibliothek verzeichnet diese Publikation in der Deutschen Nationalbibliografie; detaillierte bibliografische Daten sind im Internet über http://dnb.d-nb.de abrufbar.

Umschlagmotiv: mauritius images/Kitiwat wannasuk/Alamy
Umschlaggestaltung: Nina Schäfer, nach einem Konzept von Leonardo Magrelli und Nina Schäfer
Umsetzung: Tobias Doetsch
Gestaltung Innenteil: César Satz & Grafik GmbH, Köln
Lektorat: Lothar Strüh
Druck und Bindung: CPI – Clausen & Bosse, Leck
Printed in Germany 2019
ISBN 978-3-7408-0687-3
Originalausgabe

Dieser Roman wurde vermittelt durch die Literarische Agentur Kossack GbR, Hamburg.

Für Laura, Sigrid, Siegfried, Johann und Johanna

Niemand ist uns
ein näherer Freund,
als wir uns
selber sind.

Dante Alighieri,
»Il Convivio – Das Gastmahl«

Prolog

Lasset, die ihr hier eintretet,
alle Hoffnung fahren.

Dante Alighieri,
»Divina Commedia – Göttliche Komödie«
(Inschrift auf dem Tor der Hölle)

1

Freitag, 14. Juli. Das hieß Schwüle ohne Ende. Eine unbarmherzige Sonne buk Wien zu einer dreckig trockenen Masse, durchzogen von Straßen, deren Asphalt glänzte wie gestockte Tinte und Hitzeblasen warf. Die Gräser in den Parks dorrten müde dahin, ausgebleicht wie gelber Sand, und erholten sich selbst nachts nicht. Kein Tautropfen benetzte die Blätter. Kein bisschen Wind sorgte für Kühle. Die Stadt glühte wie ein Ofen mit zu hoher Strahlungswärme, und die Reizbarkeit der Leute stieg. Jede Wetterprognose eine gefährliche Drohung. Null Änderung in Sicht.

Als die attraktive Blondine Ende zwanzig kurz nach zweiundzwanzig Uhr die Treppe hinaufstieg, war ihr die schwüle Nacht einerlei. Nach stundenlangem Recherchieren litt sie an Kopfschmerzen, Schwindel und Übelkeit. Ein Andenken an ihre Grippeerkrankung, deren Nachwirkungen sie immer noch spürte.

Mit Schweiß auf der Stirn stand sie also im dritten Stockwerk. Vor ihrer Wohnungstür aus massivem Holz, das aussah, als könne es einem Bombenangriff standhalten. Das war auch erforderlich, denn sie war eine ehrgeizige Journalistin, die berufsbedingt immer wieder einmal jemandem auf die Füße trat, und lebte allein. Ein Umstand, der ihr heute mehr Sorgen bereitete als sonst.

Müde entriegelte sie die beiden Schlösser, die ihr Heim vor der Außenwelt schützten. Mit geneigtem Kopf und andächtigem Blick, als öffne sie einen Tresor. Eine lächerlich umständliche Prozedur.

Als sie ihr Apartment betrat, raste ihr Puls wie nach einem Hundertmeterlauf. Wie heiß es hier war. Da bekam man ja Atemnot. Platt wie eine Flunder eilte sie ins Schlafzimmer und warf ihr Notebook auf das breite Doppelbett mit der lachsrosa Bettwäsche. Dann streifte sie ihre Kleidung ab, tappte erschöpft ins Badezimmer und ließ Wasser in die Wanne ein.

2

Lous Handy klingelte. Verdrossen lief die langbeinige Schöne retour und durchsuchte das Kleiderknäuel, das achtlos am Boden lag. Wo war das Telefon? Es steckte in der halb offenen Handtasche. Seufzend hob sie ab.

»Sorko. Hallo?«

Keine Antwort.

»Was ist denn? Sprechen Sie.«

Lähmende Stille.

»Idiot!« Fluchend warf sie das Smartphone auf ihre Klamotten, eilte zurück ins Badezimmer und kletterte in die Wanne. Es war der pure Genuss. Übermütig wie ein Kind spitzte sie die Lippen, blies ins schaumige Nass und glitt mit wohligem Stöhnen tiefer. Nur noch ihr Kopf ragte aus dem wunderbar weichen, duftenden Bad. Entspannt schloss sie die Lider und ließ den abgelaufenen Tag Revue passieren. Das Geschäft ihres Lebens war gelaufen. Alles im Lot. Sie durfte zufrieden sein.

Da vernahm sie ein Geräusch, das nicht so recht einzuordnen war. Gleich darauf ein zweites. Ein leises Tappen, gefolgt von einem Schleifen, als gleite Stoff über Keramik. Einbildung, dachte sie. Eine Sinnestäuschung. Aber halt. Was raschelte da? War da jemand? Entsetzt öffnete sie die Augen. Den Mund. Wollte schreien. Losbrüllen, so laut sie konnte.

Zu spät. Zwei Hände packten ihre Waden, zogen an und rissen ihre Beine hoch. So weit, dass ihre Hüften und der Po aus dem Wasser schnellten. Gleichzeitig tauchte ihr Kopf unter. Verzweifelt schlug sie mit den Armen gegen die gekachelte Wand, zuckte mit dem Becken und zappelte wie ein harpunierter Fisch. Einen Moment lang brachte sie die Lippen über Wasser, doch das war nicht genug. Sekunden später streifte ihr Hinterkopf schon wieder über den Wannenboden, und die Seife brannte wie Feuer in ihren angstvoll geweiteten Augen.

Aufhören, bettelte sie im Stillen. Sie konnte nicht mehr. Noch stiegen Luftbläschen an die Oberfläche, weil sie einen Teil der bitteren Lauge herauswürgte, die durch die Kehle in ihren Leib floss. Der Magen füllte sich mit öliger Brühe. Ihr Körper wurde schwer.

Hilflos verkrallten sich ihre schmalen Hände am Beckenrand. Aufbäumen. Hochziehen. Sie musste ihren Kopf aus dem Wasser bringen. Einen Atemzug erhaschen. Augenblicklich. Los! Es war ihre letzte Chance.

Wieso sollte es denn nicht möglich sein, die Nasenlöcher aus dem Badewasser zu schieben? Das ist doch machbar, schoss es ihr durch den Kopf. Einmal noch.

Jetzt.

Eins

Durch mich geht man hinein
zu dem verlorenen Volke.

Dante Alighieri,
»Divina Commedia – Göttliche Komödie«
(3. Gesang)

Viele Wochen zuvor

3

Am 26. Mai gab der Abgeordnete Moritz Petrell dem österreichischen Fernsehen ein Interview. Manche meinen, es sei der Startschuss für die kommenden Auseinandersetzungen gewesen, doch in Wirklichkeit waren da die Messer längst gewetzt und die Feindseligkeiten schon im Gange.

Der Vorspann lief. Ein Rückblick auf den Werdegang des einundfünfzigjährigen Kleinbauernsohnes mit Elitegymnasiumsabitur vom Tourismusmanager und Bürgermeister einer Dorfgemeinde am Rande der Hauptstadt zum Wahlkampfstrategen und Nationalratsabgeordneten.

Sekunden später kam der Nachrichtensprecher ins Bild. Anklagend hielt er einen Zeitungsartikel in die Kamera und bleckte die Zähne. Dann nahm er Petrell ins Gebet.

»Was Sie dem Kanzler und der Innenministerin da vorwerfen, ist ja ein starkes Stück«, stichelte er. »Politische Naivität, Realitätsverlust, Feigheit. Damit werden Ihre Parteifreunde keine Freude haben.«

Ein anderer Einstieg als vereinbart. Ein Umstand, der einen weniger routinierten Gesprächspartner ziemlich ins Trudeln gebracht hätte. Petrell nicht. Der war aus härterem Holz geschnitzt.

»Das mögen zugespitzte Formulierungen sein, gewiss«, relativierte er charmant. »Bedauerlicherweise sind sie notwendig, denn die bisherige Politik ist gescheitert. Was die Themen Asyl und Zuwanderung betrifft, gibt es ein riesiges Konfliktpotenzial. Ob Kriegsflüchtlinge, Verfolgte oder Menschen, die einfach nur besser leben wollen: Das Boot ist voll.«

»Der Kanzler und die Innenministerin widersprechen Ihnen da aber rigoros«, warf der Fernsehjournalist ein.

»Die sollten sich erst einmal den Arbeitsmarkt ansehen, bevor sie Beruhigungspillen ans Volk verteilen«, konterte Petrell.

»Über eine halbe Million Arbeitslose. Rund zwei Drittel davon Flüchtlinge und Migranten, die am Tropf der staatlichen Mindestsicherung hängen. Dass die EU trotzdem von uns verlangt, weiterhin Leute aufzunehmen, ist eine Provokation. Was die Lage noch zusätzlich verschärft, ist das Verhältnis zur Türkei. Die österreichische Bevölkerung lehnt die Fortführung der Beitrittsverhandlungen ab. Mit Zweidrittelmehrheit. Wenn ich daran denke, in welcher Weise Brüssel uns wegen der Ergebnisse der Meinungsumfragen zu diesem Thema geißelt, kommt mir das Magenwasser hoch. Ja, wir sind ein kleines Land, aber das ist kein Grund, uns gegenüber arrogant zu sein. Das ist inakzeptabel. Eine Sauerei.«

»Sollte man solche Gedanken nicht besser innerhalb der eigenen Gesinnungsgemeinschaft diskutieren? Warum gehen Sie damit an die Öffentlichkeit? Was steckt da dahinter?«

»Mein Amtsverständnis«, erwiderte der charismatische Politiker launig. »Wir stehen bei den Wählerinnen und Wählern im Wort. Die wollen eine Regierung, die regiert. Da hab ich als langjähriger Wahlkampfmanager der Partei ja förmlich die Pflicht, die Alarmglocke zu läuten. Der Artikel ist ein Weckruf. Ein Hilfeschrei.«

»Also kein parteiinterner Machtkampf?«

»Ach wo. Wieso denn? Es gibt unterschiedliche Denkansätze, jawohl. Die werden besprochen, und zwar mit Stil. Eine Vorgehensweise, wie sie in einer entwickelten westlichen Demokratie halt üblich ist.«

»Man sagt, Sie hätten gerne, dass Österreich aus der EU austritt.«

Der akkurat rasierte, selbstbewusste Abgeordnete mit den gletscherblauen Augen ließ ein leises Lachen vom Stapel. Freundlich strich er sich mit gepflegter Hand das kohlrabenschwarze, leicht gegelte Haar aus der Stirn, ehe er konterte. »Wer behauptet das?«

»Eine junge, aufstrebende Kolumnistin.«

»Kompliment. Die Dame hat eine rege Phantasie, was ja grundsätzlich positiv ist, aber in der politischen Berichterstattung weniger Platz haben sollte. Ich will, dass Vernunft einkehrt. Die Großspurigkeit, mit der uns Brüssel entgegentritt, ist zu beenden. Das beharrliche Ignorieren substanzieller Problemstellungen wie Finanzkrisen, Flüchtlingsproblematik und Migration ebenso. Die Österreicherinnen und Österreicher fordern praktikable Lösungen. Ich auch.«

»Und wenn die Union so weitermacht wie bisher?«

»Dann ist sie gescheitert, und es muss Neues entstehen.«

»Das hieße Öxit.«

Gelassen kratzte sich Petrell an der römischen Nase. Eine oft geübte, vertrauenserweckende Geste von jungenhaftem Reiz. »Darüber hab ich noch nicht nachgedacht«, verkündete er.

»Ein Austritt hätte verheerende wirtschaftliche Folgen«, gab der Nachrichtensprecher zu bedenken.

»Mal sehen, was die Briten daraus machen«, konterte sein Gast. »Jedenfalls treten die der EU mit Mut und Selbstvertrauen entgegen. Respekt!«

»Die katastrophalen Umfragewerte Ihrer Partei sind aber ohnedies mehr den Skandalen der letzten Zeit geschuldet als dem Ärger mit der EU«, sprach der Reporter. »Erst macht sich die Infrastrukturministerin öffentlich lächerlich, vor zwei Wochen wird nach einer Schmiergeldaffäre der Innenminister erschossen, und heute haben wir den nächsten Eklat. Da heißt es, die Gattin des Wirtschaftsministers habe eine Mail geschrieben. Darin rate sie ihrem Gatten, dem Trottel von Ratspräsidenten bei den kommenden Verhandlungen in Brüssel endlich einmal ordentlich die Meinung zu sagen. So steht das jedenfalls in den heutigen Tageszeitungen.«

»›Journal‹, ›Tagblatt‹ und ›Austrian Telegraph‹ äußern sich darüber. Aber mit Vorsicht. Das finde ich fair«, korrigierte ihn Petrell.

»Trotzdem. Was ist da los bei euch Konservativen?«

»Die Mail existiert, aber die Frau meines Parteifreundes beteuert, nicht die Verfasserin zu sein.«

»Und?«, fragte der Fernsehprofi mit einem Grinsen. »Glauben Sie ihr?«

»Ich vertraue auf das Gute im Menschen«, antwortete Petrell. »Immer. Aber wir Politiker müssen uns mehr anstrengen, um die Unterstützung der Bevölkerung zu behalten. Also kehre ich grundsätzlich erst einmal vor meiner eigenen Tür. Obwohl: Jede Blamage ist eine zu viel. Das untergräbt das Wählervertrauen. Es schadet der Autorität.«

»Der ordentliche Bundesparteitag steigt Mitte September. Angeblich spitzen Sie darauf, den Parteivorsitz zu übernehmen. Treten Sie gegen den Kanzler an?«

»Ich bin mit Leib und Seele Parlamentarier. Das bleibe ich auch.«

»Der Job des Parteichefs reizt Sie also nicht?«

»Er hat keine Priorität für mich.«

»Einen Punkt hab ich noch«, sprach der Journalist mit listigem Lächeln. »Man sagt Ihnen nach, dass Sie mit den rechtsextremen Freien Demokraten verkehren, die der EU ja den Rücken kehren wollen, und zwar lieber heute als morgen.«

»Ich rede mit jeder demokratisch legitimierten Partei«, erwiderte Petrell. »Das ist eine Sache des Anstands, das gehört zur politischen Kultur, das bin ich meinem Beruf schuldig, das ist Demokratie.«

Der Moderator dankte ihm mit skeptischer Miene und übergab an den Kollegen von der Kulturredaktion.

Das Interview war beendet.

4

Im Waggon der Untergrundbahn stank es nach Kunststoff. Es war laut, heiß und dreckig.

»Ein smarter Typ«, bemerkte die drahtige Dame in blauen Hosen und dunkler Bluse, die etwas älter war als ihre Gesprächspartnerin. Dabei schüttelte sie ihr graues Haar, das sie tagtäglich an ihr fortgeschrittenes Alter erinnerte, was ihr mental zu schaffen machte. Dann lümmelte sie sich lässig in den schmierigen Kunststoffsitz und schlug bequem die Beine übereinander. Die Ähnlichkeit mit einer Schauspielerin, die in ein paar James-Bond-Filmen die englische Geheimdienstchefin spielte, war verblüffend. Alter, Figur und Bewegungsschema passten nahezu perfekt. Selbst die Stimme klang vergleichbar. Dabei kam die Frau ja aus Russland. War das nicht witzig?

»Sein Interview gefiel Ihnen?«, fragte Helene Andau, die wiederum relativ leicht mit der ehemaligen amerikanischen Außenministerin Hillary Clinton verwechselt werden könnte. Neugierig setzte sich die etwas füllig gewordene, elegante Blondine mit dem arroganten Blick auf den Platz gegenüber.

Ihre Gesprächspartnerin, die keinerlei Schmuck und auch keine Armbanduhr trug, nickte.

»Und was sagen Sie zur geplanten Dramaturgie?«, erkundigte sich Andau.

»Wir haben vereinbart, *dass* ihr die Öxit-Kampagne führt«, sprach die Russin in bestem Deutsch. »*Wie* ihr sie führt, interessiert mich nicht. Europa taumelt in den kollektiven Selbstmord, also widersetzt euch. Holt euch eure Eigenständigkeit zurück. Macht der Invasion durch Schwarzafrikaner, Asiaten und Muslime ein Ende. Die Rahmenbedingungen unserer Zusammenarbeit sind ja klar, oder?«

»Natürlich«, bestätigte die prominente österreichische Zeitungsherausgeberin.

»Fein.«

Zwei Weiber, die sich verschwören, um Weltpolitik zu machen, freute sich Helene. Wie amüsant. Wenngleich ihr der Ort dieses Treffens so überaus missfiel. In der Untergrundbahn glich ihr Gespräch ja eher einer Szene aus einem billigen Dreigroschenroman als einem bedeutsamen Ereignis. So etwas war nicht ihr Stil.

»Sie stammen tatsächlich aus Kaliningrad?«, flötete sie.

»Ja, aus der Stadt Friedrichs des Großen und Immanuel Kants«, bestätigte die Russin.

»Wieso reden wir denn eigentlich nicht in eurer Botschaft?«

»Weil die von den Amis beobachtet wird«, konterte die Frau, die sie Ludmilla nennen sollte, was Andau aus irgendeinem rätselhaften Grund heraus so ganz und gar nicht über die Lippen brachte. »Basis unserer Zusammenarbeit ist absolute Diskretion«, sprach die Russin. »Vergessen Sie das nicht.«

Der Triebwagen bremste.

»Alles Gute. Sie hören von mir«, murmelte die Grauhaarige und bleckte die kräftigen Zähne, wobei ihre ausgeprägten Lachfalten um die Augen noch stärker hervortraten. Dann erhob sie sich und eilte zur Tür.

»Auf Wiedersehen, Frau Michailowna«, sagte Andau brav, senkte den Blick und strich eine Falte aus ihrem Kleid.

Im Grunde hätte Andau ihr Projekt Petrell ja lieber solo durchgezogen, doch sie brauchte zusätzliches Geld. Da war das Angebot einer Partnerschaft, bei der sie den Ton angab, zu verlockend, um es auszuschlagen. Die Sache lief gut. Sie konnte zufrieden sein.

Eine Einschätzung, mit der sie weit danebenlag. Wie weit, sollte sich noch zeigen. Zu einem Zeitpunkt, an dem an den Tatsachen aber nichts mehr zu ändern war.

An dem es abwärtsging.

5

Von so einer Nacht hatte sie geträumt.

Als sie sich vorstellte, was heute noch alles passieren könnte, begannen die Augen der Bildungssprecherin zu glänzen. Ja, die Mittfünfzigerin mit den schläfrigen Glupschaugen, den getönten rostroten Haaren und dem armseligen Hängebusen fühlte sich großartig. Sie platzte förmlich vor Lebenslust.

Er sei der Mann ihrer Träume, gluckste sie und lachte ein unbefangenes, glockenhelles Lachen. Mit einer für sie völlig untypischen Begeisterung, die sie wie eine Wolke umgab, seit dieser breitschultrige, muskulöse Schwarzafrikaner sie im Arm hielt. Ein mindestens zwanzig Jahre jüngerer, gut aussehender Typ aus dem nördlichen Nigeria.

»Wir fahren zu mir, ja? Bitte.«

Er nickte, und die kühle, analytische Politikerin klatschte vor Verzückung in die Hände. Ja, sie gebärdete sich wie ein frisch verliebter Backfisch, denn sie wollte etwas erleben. Eine unvergessliche Nacht.

Als sie an diesem Samstagmorgen, kurz vor eins im Schlepptau des Nigerianers die Diskothek verließ, küsste sie ihn vor dem Ausgang noch einmal und streichelte seine Wangen. Dann ging sie Hand in Hand mit ihm weiter. Die zwei grobschlächtigen Typen in dunklen Jogginghosen und ärmellosen Basketballshirts am Gehsteig gegenüber registrierten es mit einem Grinsen. Prustend zogen sie ihre Baseballkappen tiefer in die Stirn, überquerten die Straße und folgten den beiden.

Trotz der lauen Temperaturen war es relativ ruhig hier. Kaum ein Dutzend Nachtschwärmer begegnete dem Pärchen, das den Leuten geschickt auswich, bis es in eine einsame Gasse einbog. Dort parkte ein cremefarbener Volvo.

Lächelnd legte die Politikerin den Kopf auf die Schulter des Herrn von der Begleitagentur. Ein tolles Mannsbild, dachte sie. Mit so einem Kerl konnte ihr nichts passieren. Beherzt löste sie sich und sperrte den Wagen auf, doch da packte sie jemand von hinten, hob sie hoch und schleuderte sie gegen den Kotflügel.

Wo kamen denn auf einmal diese Männer her?

Unfähig, auch nur den geringsten Ton von sich zu geben, sah sie dabei zu, wie der eine ein Kampfmesser zog und den Lack ihres Autos zerkratzte. Derweil prügelte der zweite auf ihren Begleiter ein, bis der blutend zusammenbrach. Starr vor Schreck ließ sie es geschehen, dass der Typ mit dem Messer von ihrem Volvo abließ, sie an den Haaren hochzog und ihr eine schallende Ohrfeige verpasste.

»Keinen Laut, sonst bist du tot«, drohte er und fotografierte sie und das beschädigte Auto. Anschließend gab er seinem Komplizen einen Wink, und die beiden verließen den Tatort.

Lachend und scherzend. Ohne jede Eile. Hinter ihnen lag der Nigerianer am Boden und rührte sich nicht.

»Hilfe!«, wimmerte die Frau.

Der außergewöhnlich groß gewachsene, bärtige Mann mit dem Schlapphut, der die Szene aus dem Hauseingang gegenüber heraus gefilmt hatte, vernahm es. Mit zusammengebissenen Zähnen zog auch er die Kopfbedeckung tiefer ins Gesicht, lief stumm an ihr vorbei und hinter den beiden Gewalttätern her. Dabei hielt er jedoch so viel Abstand von ihnen, dass er in der Lage war, rechtzeitig zu verschwinden, falls sie ihn bemerken sollten. Er war ja kein Idiot.

Mittlerweile hantierte der jüngere der beiden Gauner an seinem Mobiltelefon herum. Offenbar schickte er Fotos der Opfer an seinen Auftraggeber. Das ging eine ganze Weile so.

Schließlich bogen sie in eine Seitengasse ein, wo ein schwarzer Jaguar ausparkte und im Schritttempo an sie heranfuhr. Lautlos glitt die Seitenscheibe herunter, im nächsten Moment wechselte ein dicker Briefumschlag den Besitzer. Dann setzte sich der unbeleuchtete Sportwagen wieder in Bewegung, beschleunigte, zischte über die anschließende Kreuzung und verschwand.

Ungläubig registrierte der Kerl mit dem Schlapphut, wie die zwei Hooligans das Kuvert öffneten und ihr Geld zählten.

Den Jaguar hatte er auch schon irgendwo einmal gesehen.

Wo?

Er wusste es nicht, aber er wollte es herausfinden. So schnell wie möglich.

6

Seit Chefinspektor Franz Dvorak allein lebte, glich ein Morgen dem anderen. Selbst wenn er am Wochenende Dienst schob, war ihm der Vorgang vertraut.

Aufstehen, Zigarette, Klo, Bad, Dusche, eine scharfe Rasur, gefolgt von einem hastig hinuntergestürzten Glas Wasser.

Danach zog er an, was am Boden des Schlafzimmers eben so herumlag, fütterte die Fische im beleuchteten Aquarium, sperrte die Wohnung zu und eilte hinaus ins pralle Leben.

Frühstück gab es drei Straßen weiter bei McDonald's. Schinken und Ei aus der Kartonbox, veredelt mit einer Portion Fritten. Die dritte Chesterfield paffte er beim Studium der Tageszeitungen, die er täglich durchackerte, um sich auf den aktuellen Informationsstand zu bringen. Missmutig überflog er Artikel über abgestürzte Flugzeuge, Zugsunglücke, Brände, straffällige Asylanten, Sauereien heimischer Politiker und sonstigen Mist. Danach gab es Kopfkino zum Thema »Flucht aus der Tschechoslowakei«. Szenen wie aus einem Actionfilm, mit wütendem Hundegebell, krachenden Schüssen und platschenden Geschosseinschlägen in der eiskalten Thaya. Dass ihm das vor mehr als vierzig Jahren tatsächlich passiert war? Unglaublich, aber manchmal wehte sogar noch der Duft des Schnees durch seine Nase, und die alte, längst vergessen geglaubte Scheißpanik stieg in ihm hoch. Wurde ihm dabei einmal übel, packte er das Dessert in eine Serviette, steckte es ein und nahm es mit ins Büro.

Bisweilen latschte er auch zurück zum Tresen, um sich abzulenken. Dann bestellte er eine Tasse Kaffee und ließ dumme Sprüche vom Stapel, um bei der drallen Schwarzhaarigen an der Kasse zu landen.

»Was wollen Sie denn von mir?«, fragte die blöde Kuh.

»Na, was wohl?«, antwortete er lakonisch. »Wahrscheinlich das, was alle wollen.«

Erfolgreich war diese Masche nicht. Möglicherweise spürte die Schöne ja, wie negativ gepolt er war. Dvorak könnte Gutes nicht einmal erkennen, wenn es ihm vom Himmel direkt auf den Kopf fiele. Er mochte keine Menschen, denen es besser ging als ihm.

Seinen Chef Kubica zum Beispiel. Dem hatte er eine Zeit lang so ziemlich alles missgönnt. Frau, Kind, Haus. Den steilen beruflichen Aufstieg sowieso. Erst seit der Oberst vom Leben ähnlich gebeutelt wurde wie er selbst, war Kubica ihm ein wenig sympathisch.

Und sonst? Während der faden Busfahrt in die Leopoldsgasse kam ihm manchmal seine Exfrau in den Sinn. Ihre sexuelle Unbeholfenheit und der Beischlaf einmal im Monat. Ein Akt ohne Liebe. Ohne Lust. Sex aus Duldsamkeit. Bald hatte er ihren gemeinsamen Schlafraum nur noch das »stille Zimmer« genannt und die Befriedigung seiner sexuellen Bedürfnisse den Damen anvertraut, die diese Kunst beherrschten. Profis.

Dass Frieda dann eines Tages mit einem anderen durchging, war trotzdem ein Desaster, denn nach der Scheidung kam die Einsamkeit. Ein Zustand, an den er sich nicht gewöhnen konnte. Im Gegenteil. Von Jahr zu Jahr quälte er ihn ein bisschen mehr. Der Chefinspektor fühlte sich, als habe man ihn an einer Bushaltestelle vergessen. Dachte er daran, kam er schwer in die Gänge. Da war er schon sauer, bevor er die Dienststelle betrat. Dabei hatte er einen Job, der unheimlich viel von ihm verlangte.

Dvorak war die Nummer zwei der Mordkommission des Landeskriminalamtes Wien. Das hieß, er schlug sich zunächst einmal mit organisatorischen Fragen herum. Ansonsten leitete er die Außenstelle Mitte und hatte dort mit fünf Mitarbeitern die Blutdelikte in seinem örtlichen Zuständigkeitsbereich zu klären. Außerdem unterstützte er den Chef der Mordkommission bei der Arbeit an besonders heiklen Mordfällen.

Und Dvorak war talentiert. Der Chefinspektor bestach durch Sturheit und Akribie. Er besaß ein unscheinbares Äußeres, das er zu nützen verstand. Wer den Mann mit der Stirnglatze, den abgelebten, schlaffen Gesichtszügen, dicken Lippen und ausgeprägten Ringen unter den Augen als gemütlichen Dicken belächelte, hatte schon verloren. Bevor so einer begriff, wie clever Dvorak war, hatte ihn der meist schon zur Strecke gebracht.

Oberst Radek Kubica waren die Qualitäten seines engsten Vertrauten seit Langem klar. Dem Landeskriminaldirektor hingegen nicht. Der wusste bloß vom Gratisservice, den Dvorak in der Rotlichtszene genoss, und sammelte kompromittierende Unterlagen, mit denen er Dvorak zu demütigenden Spitzeldiensten zwang. Eine Erpressung, der sich der Chefinspektor fügte, doch langsam hatte er dieses Spielchen satt. Er wollte sich nicht länger dafür hergeben. Ein Entschluss, den er dem höchsten Kriminalbeamten Wiens in geeigneter Weise mitteilen wollte.

Er suchte bloß noch die passende Gelegenheit dazu.

7

An diesem Samstagabend war es immer noch viel zu warm. Die Herren an den kleinen Tischen trugen leichte Leinenhosen, kurzärmelige Hemden oder Polos, die Damen kurze Röcke oder leichte Sommerkleider. Dagmar Landauers Outfit war den Temperaturen angepasst. Weder allzu sportlich noch wirklich elegant. Gedeckte Farben. Sie wollte nicht auffallen. Das war besser so.

Angespannt saß die engste Mitarbeiterin des Abgeordneten Petrell am Fenster des Café Schwarzenberg, strich mit dem Zeigefinger über den Rand ihrer Tasse und grübelte dabei still vor sich hin. Das Schicksal des reichen Seidenfabrikanten August Zeppezauer beschäftigte sie. Der hatte das Palais, in dessen Erdgeschoss sie ihre Melange trank, Mitte des 19. Jahrhunderts errichten lassen. Als Familienstammsitz und Ausdruck seiner überragenden finanziellen Potenz. Dass dem überaus kaisertreuen Industriellen nach dem Kollaps der Monarchie von seinem einst sagenhaften Vermögen nicht mehr als dieses Gebäude geblieben war, gab ihr zu denken. Die unerschütterliche Loyalität zum Herrscherhaus hatte den Mann viel gekostet. So strafte das Schicksal den, der die Zeichen der Zeit nicht erkannte.

Einundzwanzig Uhr. Mit einer herrischen Geste scheuchte die energische schwarzhaarige Karrierefrau und Mitvierzigerin den Kellner herbei, zahlte und ging. Draußen war es immer noch so warm, dass es ihr die Schweißperlen auf die Stirn trieb. Auf Höhe des Denkmals Karl Philipps von Schwarzenberg, der 1813 Napoleon in der Völkerschlacht von Leipzig geschlagen hatte, blieb Dagmar Landauer stehen, denn ein Mercedes hielt neben ihr. Hastig stieg sie ein, rutschte auf die Rückbank und lehnte ihren erhitzten Kopf an das angenehm duftende, kühle Leder, ehe sich die Limousine wieder in Bewegung setzte.

»Sie sind pünktlich. Das schätze ich«, schnarrte der Bundeskanzler und reichte ihr die Hand.

»Hier bin ich«, seufzte sie. »Was kann ich für Sie tun?«

»Ihm sagen, dass er damit aufhören soll«, knurrte der Regierungschef.

»Womit?«

»Stimmung gegen mich zu machen. Wenn das so weitergeht, werde ich ernsthaft böse. Dann zertrete ich ihn.«

»Wieso reden Sie denn nicht selbst mit ihm?«

»Jetzt spreche ich erst einmal mit Ihnen. Er hört auf Sie, das ist bekannt.«

»Ab und zu. Nicht immer.«

»Er plant, mich am kommenden Bundesparteitag zu stürzen, doch er hat keine Chance. Die Delegierten stehen zu mir.«

»Dann ist ja alles in bester Ordnung.«

»Ja, sobald er aufhört, die Leute mit Geld und haltlosen Versprechungen unruhig zu machen.«

»Er ist außerordentlich beliebt. Die Herzen der Menschen fliegen ihm zu.«

»Er ist ein ehrgeiziger Emporkömmling ohne Verankerung in der Basis. Sobald es hart auf hart geht, kann er einpacken. Und Sie? Wollen Sie mit ihm untergehen?«

»Loyalität ist ein hohes Gut«, lächelte sie.

»Intelligenz ebenfalls«, konterte er. »Wechseln Sie in mein Team. Ich zahle Ihnen so viel, wie Sie verlangen. Und Karriere machen Sie auch. Reizt Sie ein Rektorat an einer Universität? Wollen Sie in den Stiftungsrat des ORF? Möchten Sie in den diplomatischen Dienst treten? Alles kein Problem.«

»Das kommt ein wenig überraschend für mich«, erklärte sie nach einer kleinen Denkpause. »Darf ich mir das überlegen?«

»Klar«, brummte er. »Aber machen Sie schnell. Und lassen Sie Ihre Emotionen aus dem Spiel. Denken Sie logisch.«

Sie schwieg.

Unwillig raunte der grauhaarige Kanzler seinem Chauffeur eine knappe Anweisung zu, worauf der Wagen an Tempo verlor. Sie erreichten den Schottenring und nahmen Kurs auf den Donaukanal.

»Da vorne will ich aussteigen«, sagte sie. Folgsam lenkte der Fahrer den Wagen an den Straßenrand und hielt.

»Ich höre von Ihnen?«, fragte der Kanzler.

»Ja«, antwortete sie, nickte, stieg aus und ging ihrer Wege. Ganz wohl war ihr dabei nicht. Sie mochte Petrell. Sie setzte große Hoffnungen in ihn. Trotzdem: Wer gewinnen will, muss gewisse Vorkehrungen treffen, dachte sie. Ging die Sache mit Petrell schief, saß sie ja tatsächlich mit in der Klemme. Dann trieb die Flut sie alle zusammen über einen tosenden Wasserfall ins Verderben.

Das wollte die kluge Stabschefin aber nicht riskieren.

Auf gar keinen Fall.

8

Für Kubica begann dieser Sonntagmorgen wieder einmal mit einem Kirchgang.

Zu Mittag begleitete er seinen Freund Pawel Wozzek in ein polnisches Restaurant. Der Chef der Wiener Mordkommission und der umtriebige Pfarrer speisten rote Rübensuppe, Kartoffelpuffer mit Sauerrahm und gefüllte Krautrouladen, die man Golabki nannte. Als Nachtisch gönnten sie sich Kremowka: Blätterteigschnitten mit Vanillepudding und Sahne. Den endgültigen Abschluss bildete eine Tasse wunderbarer Trinkschokolade aus der polnischen Schokoladenmanufaktur Wedel.

Dabei sprach Kubica über Familienangelegenheiten. Aus freien Stücken, was er selten tat. Cousine Maja wollte heiraten, und zwar bereits kommenden März. So rasch. Das beschäftigte ihn.

»Wenigstens hat sie einen Monat gewählt, der den Buchstaben ›r‹ enthält, sonst ist der Ehe ja kein Glück beschieden«, sagte er. »Trotzdem: Die Vorbereitungen für eine solche Feierlichkeit verschlingen viel Zeit. Mindestens zwei Jahre. Da musst du die passende Kirche finden, ein Restaurant mieten, Busse und Hotelzimmer besorgen. Von der Planung der Hochzeitsreise gar nicht erst zu reden. Ein Monsterprojekt. Onkel Adam rechnet mit über vierhundert Gästen.«

»Und über Majas Schnellschuss machst ausgerechnet du dir Gedanken?«, mokierte sich der Geistliche, schlürfte am viel zu heißen Kakao und stellte die Tasse irritiert zurück. »Soweit ich mich erinnere, hast du noch viel eiliger geheiratet, und bei der Hochzeit war gerade einmal die engste Familie vor Ort.«

»Freilich«, seufzte Kubica. »Weil Anne ja unbedingt in Wien feiern wollte anstatt in Polen. Das hier so aufzuziehen wie bei uns daheim war damals ganz unmöglich.«

Sein Telefon summte. Der Landeskriminaldirektor war dran. Stumm hörte Kubica zu, was der ihm zu sagen hatte, versprach, das Notwendige zu veranlassen, und legte auf.

»Was ist denn?«, erkundigte sich Hochwürden.

»Der gestrige Überfall. Du weißt ja, die Sache mit der Bildungssprecherin. Man hat ihr Auto demoliert und ihren Begleiter traktiert. Einen nigerianischen Musiker, der bei einer Begleitagentur jobbte.«

»Und?«, fragte Wozzek.

»Er hat es nicht geschafft. Die Kopfverletzungen waren zu gravierend.«

»Tragisch, aber nichts für die Mordkommission, oder?«

»Üblicherweise nicht«, räumte der Oberst ein. »In diesem Fall aber vielleicht doch. Die beiden Schläger hatten kein finanzielles Motiv. Das ist doch seltsam.«

»Meinst du, der Überfall hatte etwas mit der politischen Tätigkeit der Abgeordneten zu tun?«

»Kann sein. Ich muss zwar auf ein Seminar nach Innsbruck, aber Dvorak kann sich ja derweil um die Sache kümmern.«

»Du magst deinen Stellvertreter, oder?«

»Er ist ein fähiger Mann«, entgegnete Kubica.

»Das war keine Antwort auf meine Frage«, tadelte ihn der Pfarrer.

»Doch«, sagte der Oberst mit einem angedeuteten Lächeln und orderte noch eine Tasse Trinkschokolade. Die trank er so gerne. Es gab Tage, da konnte er von diesem Zeug einfach nicht genug bekommen.

9

»Der Köter nervt. Er stinkt«, motzte Helene Andau an diesem Montag pikiert und drückte mit ihrem Schienbein angewidert den Pudel zur Seite, der sie schwanzwedelnd empfing.

»Hier, Sheriff. Platz«, befahl Dagmar Landauer ihrem Hündchen, das dann auch auf der Stelle von der Besucherin abließ, zum Schreibtisch seiner Herrin wuselte und darunter verschwand.

»Sie *müssen* sich ein paar Minuten Zeit für mich nehmen«, flötete die prominente Unternehmerin, die erst kürzlich die sechzig überschritten hatte. Die Frau besaß ein Meinungsforschungsinstitut, drei Zeitungen und Anteile an einem Privatsender. Damit war sie ein wichtiger Faktor in diesem Land. Das war ihr zu Kopf gestiegen.

»Gehen wir in die Küche«, schlug Petrells Stabschefin vor und huschte ins Nebenzimmer. Die Medienzarin und ihre unscheinbare Chauffeuse folgten ihr.

»Sie wissen, wie man eine Kaffeemaschine bedient?«, fragte die Hausherrin Andaus Begleiterin spitz und blickte die junge Frau herausfordernd an.

Die gut dreißigjährige, farblose Brünette mit der unvorteilhaften Brille nickte, holte drei Tassen sowie Zucker und Milch aus dem Schrank und machte sich ans Werk. Drei Minuten später stand das dampfende Gesöff auf dem Tisch.

»Tut mir leid, aber wir müssen jetzt einen Moment allein sein«, sagte Dagmar Landauer, formte dazu ein ironisches Lächeln und deutete unmissverständlich zur Tür.

Still ergriff Emma ihre Tasse und suchte das Weite.

»Also«, knurrte die Stabschefin. »Womit kann ich Ihnen behilflich sein?«

»Reden wir Klartext«, knurrte Andau. »Stecken da Sie dahinter?«

»Ich weiß nicht, wovon Sie reden.«

»Na, von der Sache mit der Bildungssprecherin. Ihr Loverboy hat das Zeitliche gesegnet.«

»Ich weiß, aber dafür kann ich nichts. Ich hab dem Boss vorgeschlagen, ihr Auto zerkratzen zu lassen. Mehr nicht.«

»Doch nun ist jemand tot«, schimpfte Andau.

»Damit konnte keiner rechnen. Moritz fand die Idee super. Er hat dann sogar ein paarmal nachgefragt, wann ich die Sache endlich in Auftrag gebe. Ein Todesopfer war nie geplant.«

»Verschonen Sie mich mit diesem Gefasel«, wies die Besucherin die Büroleiterin zurecht. »Ich bin kein Staatsanwalt. Außerdem sollten wir die Angelegenheit nicht überbewerten. Ein Neger ist tot, na und? In ein paar Tagen ist das wieder vergessen.«

»Wollen Sie Kuchen? Ich hab welchen.«

Genervt deutete Andau auf die Fettpölsterchen um ihren Bauch und winkte ab. »Und sonst?«, fragte sie. »Wie stehen die Aktien? Wie viele Delegierte haben wir?«

»Knapp unter fünfzig Prozent.«

»Im Ernst? Das ist zu wenig.«

»Wir haben noch Zeit.«

»Ich glaube, Sie wissen nicht, worum es hier wirklich geht, Kindchen. Wenn Sie sich nicht bald etwas einfallen lassen, werden wir Sie feuern.«

»Interessante Idee, aber dafür ist es ein wenig spät«, grinste Landauer. »Moritz und ich sind nämlich liiert, wie man so schön sagt.«

Ein Ruck ging durch Andaus Körper. In einem Zug trank sie ihren Kaffee aus. »Wie schön für Sie«, ätzte sie dann. »Bloß muss das ja nicht unbedingt ein Dauerzustand sein. Sie wären nicht die Erste, die er nach Gebrauch relativ rasch wieder entsorgt.«

»Da sind Sie schwer auf dem Holzweg, meine Liebe«, sagte die Stabschefin. »Er heiratet mich nämlich.«

»Na wunderbar«, sagte Andau. »Da gratuliere ich. Sie wissen aber schon, wie unzufrieden er im Augenblick mit Ihnen ist?«

»Wieso?«

»Weil er mehr Action will. Vor allem den Widerspenstigen gegenüber.«

»Und das heißt?«

»Schluss mit den sporadischen Einzelaktionen. Er will gezielten Terror. Falsche Gerüchte, Verschrecken von Kindern, Töten von Haustieren, Sachbeschädigungen, Einbruch, Schlägereien. Wir haben bloß noch drei Monate Zeit, also erstellen Sie ein konkretes Konzept und setzen Sie es um, aber dalli.«

»Wird gemacht«, sagte die Stabschefin.

»Na also. Geht doch.« Wieder grinste die Unternehmerin, nickte, schob ihre Tasse zurück und ging.

Vor der Tür lauerte der Pudel. Bellend stürzte er sich auf sie und leckte ihr die Schuhe ab.

»Blödes Vieh«, zischte Andau und versetzte ihm einen Tritt, während die Stabschefin in der Küche leise fluchend den Inhalt ihrer Kaffeetasse in die Spüle leerte.

Dann drehte sie den Wasserhahn auf und hielt ihre Finger ins Nass. Was den Tod dieses Negers betraf, wusch sie ihre Hände in Unschuld. Betroffen machte sie die Sache aber schon.

Obwohl: Mit Sentimentalität war niemandem gedient. Moritz musste Kanzler werden, sonst war eine Ehe mit ihm ja völlig wertlos. Also Augen zu und durch.

Sie durfte nicht so empfindlich sein.

10

Der Dienstagmorgen war taufrisch. Unruhig betrachtete der Landeskriminaldirektor den grauen Himmel. Er beobachtete einen Vogelschwarm, der in exaktem Formationsflug hoch über ihm von West nach Ost segelte und kreischend hinter hohen Bäumen verschwand. Als er den Blick senkte, sah er die Hermesvilla, die Kaiserin Elisabeth einst als Fluchtburg diente, wenn ihr das steife Leben bei Hofe wieder einmal zu viel geworden war.

Windböen strichen durch den Park und ließen die Blätter rauschen. Das klang wie die Brandung am Meer. Fröstelnd zog Wiens höchster Kriminalbeamter den Zipp an seiner Jacke höher, unter der er ein teures dunkelbraunes Jackett trug. Dazu Schuhe aus bestem Leder, weiße Hosen und ein gleichfarbiges Hemd. Mit dem unsteten Blick eines läufigen Hundes musterte er die Frau, die ihm lächelnd entgegentrat.

Dagmar Landauer, Mitte vierzig, hatte halblanges, dichtes schwarzes Haar, eine kleine Nase, volle Lippen, ein herzförmiges Gesicht und einen kleinen Leberfleck am Kinn. Sie war schlank und strahlte eine sympathische, blumige Frische aus, die im krassen Gegensatz zu ihrer tiefen, rauchigen Stimme stand, mit der sie Stankovic begrüßte.

»Guten Morgen.«

Er sah sie schweigend an.

Die Stabschefin des Abgeordneten Petrell war in einem schicken hellen Leinenkleid unterwegs, über dem sie eine schwarze, kurze Lederjacke trug. Außer Ohrsteckern mit je einer großen schwarzen Perle war kein Schmuck an ihr zu entdecken. Für ihre noble Armbanduhr allerdings hätte ein Arbeiter gut und gern drei Monatslöhne hingeblättert.

Und wer war *der* da? Der Landeskriminaldirektor stutzte. Hinter der Frau stand ein Mann mit militärisch kurz geschnittenem Haar. Er war vielleicht um die fünfzig, etwa zwei Meter groß, massig, steckte in Jeans und einer olivgrünen Jacke und sah nicht besonders vertrauenerweckend aus.

»Also«, knurrte Karl Stankovic und blickte die beiden lauernd an. »Hier bin ich. Worum geht es?«

»Um Ihre Zukunft«, bekam er zur Antwort. »Wollen Sie Polizeipräsident werden? Generaldirektor für die öffentliche Sicherheit? Haben Sie Lust auf eine universitäre Karriere? Alles kein Problem.«

Arrogante Kuh. Wie redete die denn mit ihm? Innerlich kochte der Landeskriminaldirektor bereits vor Wut, dennoch täuschte er Gelassenheit vor.

»Was müsste ich dafür tun?«, fragte er also mit ausdruckslosem Gesicht.

Anstatt einer Antwort drückte sie ihm einen schmalen Schnellhefter in die Hand.

Lässig blätterte er die Mappe durch, erschrak, rollte sie hastig zusammen, steckte sie in sein Sakko und schwieg. Der Inhalt des Dossiers hatte ihm schlichtweg die Sprache verschlagen, was seiner Gesprächspartnerin ein feines Schmunzeln entlockte. Er war schockiert? So war es richtig. Sie hatte den Feigling am Haken. Das gefiel ihr.

»Ich bitte Sie nur um einen Gefallen«, wisperte sie in verschwörerischem Tonfall. »Wenn Sie darauf einsteigen, ist alles gut.«

Wiens Kripochef ließ ein erleichtertes Brummen hören. »Ausgezeichnet«, sagte er. »Was wollen Sie?«

»Ein Chefinspektor namens Dvorak ermittelt wegen einer Sachbeschädigung, die ein wenig aus dem Ruder lief.«

»Sie reden von der Sache mit diesem Nigerianer? Das war schwere Körperverletzung mit tödlichem Ausgang.«

»Möglich. Sorgen Sie dafür, dass die Ermittlungen eingestellt werden.«

»Das wäre strafbar«, protestierte er.

»Erlöse aus Erbschleichereien und Aktiengewinnen auf geheimen Konten in Übersee zu bunkern, ist auch nicht gerade legal, oder?«

»Dann kann ich mir ja aussuchen, weswegen ich in den Bau gehe«, höhnte er. »Aufgrund von ein paar Steuervergehen oder wegen Amtsmissbrauchs.«

»Seien Sie nicht kindisch«, wies sie ihn zurecht. »Sie helfen uns, wir helfen Ihnen. Das ist der Deal. Sie wissen, wer ich bin?«

Er nickte.

»Mein Boss wird Kanzler«, stellte sie klar. »Noch diesen Sommer. Wenn das in trockenen Tüchern ist, machen Sie einen

Karrieresprung. Ist das ein Angebot? Dürfen wir auf Sie zählen?«

Klar, dachte er. Ihm blieb ja keine Wahl, doch er ließ sie ein wenig zappeln und legte eine etwas längere Kunstpause ein.

»Warum nicht?« Mit der Begeisterung eines Schlafkranken ging er auf ihr Angebot ein.

Sie hatte nichts anderes erwartet. Lächelnd fasste sie sich an die schwarze Perle an ihrem rechten Ohrläppchen, rieb sie und blickte ihn versonnen an.

»Abgemacht. Ich danke Ihnen.« Schwungvoll schüttelte sie ihm die Hand und eilte von dannen.

Auch ihr Gorilla machte sich vom Acker.

Passt, freute sich Stankovic. Zwar hatte er ein ungutes Gefühl, doch was sollte ihm schon passieren? Dass eine Ermittlung versandete, kam schließlich öfter vor. Sollte dieser Petrell aber tatsächlich zum Kanzler mutieren, hatte er bei ihm einen Stein im Brett. Dann spülte ihn das Schicksal vielleicht noch ganz nach oben.

Das wäre doch herrlich, oder?

11

In der Polizeikantine stank es nach heißem Fett, außerdem war es unheimlich laut und furchtbar hektisch.

Dreizehn Uhr fünfzehn. Der Laden randvoll und keine Sitzgelegenheit, außer bei Stankovic. Ja. Ausgerechnet bei dem. Der aß immer solo, weil er bei Tisch seine Ruhe haben wollte.

»Na also. Da ist ja zum Glück noch ein Plätzchen für mich frei. Darf ich?«, säuselte Dvorak, knallte das Tablett mit zwei Tellern und einem großen Glas Mineralwasser auf die Tischplatte und hockte sich zu Wiens beliebtester Führungskraft. »Wunderbares Wetter haben wir heute, nicht wahr?«

»Jetzt hören Sie einmal gut zu, Dvorak«, knurrte der Kripochef. »Sie nehmen jetzt Ihr Zeug, heben Ihren Arsch und machen einen Abgang, und zwar im Schweinsgalopp. Hab ich mich klar genug ausgedrückt?«

»Es ist so laut hier«, behauptete der Chefinspektor, formte seine Hand zu einem Trichter, hielt sie ans Ohr und schrie: »Was haben Sie gesagt?«

»Dass Sie abzischen sollen, Sie Clown.«

»Nach dem Essen bin ich sofort weg.«

»Irrtum«, stellte Stankovic klar. »Wenn Sie in fünf Sekunden noch da sind, hole ich den Kantinenpächter und lasse Sie entfernen.«

»Verstehe, aber ich hab da noch eine kleine Frage. Was ist denn mit meinem toten Nigerianer? Dem Mann, der mit dieser Nationalratsabgeordneten unterwegs war und erschlagen wurde.«

»Verprügelt«, korrigierte ihn Stankovic. »Er wurde verprügelt. Ohne erkennbaren Tötungsvorsatz. Dass er an den Folgen verstarb, ist tragisch, aber kein Fall für das Landeskriminalamt. Ich hab die Sache abgegeben und dafür gesorgt, dass man die Unterlagen aus Ihrem Büro holt.«

»Wozu Sie kein Recht haben«, konterte Dvorak. »Wer in meiner Kanzlei etwas von meinem Schreibtisch nimmt, entscheide ganz allein ich.«

»Ich wollte Sie natürlich fragen, aber Sie waren ja wieder einmal nicht erreichbar.«

»So?«

»Jedenfalls ist die Sache jetzt erledigt, aber wenn Sie zu wenig Arbeit haben, besorge ich Ihnen welche.«

»Kubica wollte, dass ich mir die Akte vornehme.«

»Das war auch völlig in Ordnung, doch ab sofort kümmert sich eben die zuständige Polizeiinspektion darum. Weil ich das so will.«

»Ist der Herr Oberst darüber informiert?«

»Wie denn? Der ist ja auf diesem Führungslehreseminar.«

»Weil man bei uns grundsätzlich nur Leute auf Seminare schickt, die ihr Metier beherrschen, während jene daheimsitzen, für die solche Trainings gedacht sind«, ätzte Dvorak. »Paradox wie so vieles bei uns.«

»Auf Wiedersehen, Herr Chefinspektor. Ich will jetzt essen.«

»Mahlzeit«, brummte Dvorak, schraubte sich hoch und stieß dabei sein Glas um, worauf sich ein Schwall perlendes Mineralwasser auf die Hose des Landeskriminaldirektors ergoss.

»Mein Gott, ist mir das peinlich«, jammerte Dvorak und rang die Hände. Dann eilte er zur Theke und kam mit einem trockenen Handtuch wieder.

»Hören Sie auf mit dem Theater. Ich durchschaue Sie«, zischte Stankovic, riss ihm wütend das Textil aus der Hand und presste es auf den Oberschenkel und gegen den Schritt. Erste Lacher aus dem Publikum wurden hörbar. Das brachte den Landeskriminaldirektor noch mehr in Rage.

»Wir sprechen uns noch«, drohte er, warf den nassen Lappen zu Boden und eilte davon.

Zufrieden setzte sich Dvorak an den freien Tisch und verteilte seine Teller. Genug Platz dafür war ja nun vorhanden. Dann widmete er sich seinem Schnitzel, aß langsam und methodisch und grübelte still vor sich hin. An dem Überfall auf die Abgeordnete und ihren Nigerianer war etwas faul, sonst hätte ihm Stankovic nicht den Fall entzogen.

»Der Sache geh ich auf den Grund«, murmelte Dvorak verbissen. »Ich bin schon gespannt, was da noch alles hochkommt.«

12

Etwa einen Monat später, am Sonntag, dem 2. Juli, hing in der Perntergasse in Wiens neunzehntem Bezirk wieder einmal tüchtig der Haussegen schief.

Der Besitzer des schmucken Bauwerkes inklusive Garten mit Blick auf die Zentralanstalt für Meteorologie und Geodynamik war ein typischer Osteuropäer. Kräftiger Oberbau, schlanke Taille, tänzelnder Gang. Letzteres stammte aus der Zeit, als Oberst Radek Kubica noch boxte. Ein Sport, der ihm ärztlich untersagt war, seit er nach einem Schusswechsel beinahe abgekratzt wäre.

Mein Gott ja, um die Fitness des Chefs der Wiener Mordkommission war es schlecht bestellt, doch er erholte sich. Auch äußerlich. Er hatte wieder Fleisch auf den Rippen, sah fast so draufgängerisch aus wie früher, und nervenstark war er sowieso. Bis auf heute. Da schaltete er das Funkgerät ab, weil ihm das ständige Gebrabbel auf den Wecker ging und er unruhig war. Wegen des Katers, der ihn wieder einmal an den Rand des Wahnsinns brachte.

Fluchend fischte Kubica einen Esslöffel aus der Spüle und feuerte ihn quer durch die Küche, wo das Ding neben Carlos einschlug. Der nahm den missglückten Mordanschlag seines Herrn gelassen zur Kenntnis. Mit stoischer Miene ließ er ein verächtliches Miauen vom Stapel und trabte lässig von dannen.

Carlos. Die Strafe Gottes. Das Tier war seiner Exfrau zu verdanken. Die hatte ihm das Mistvieh ins Haus gesetzt, ehe sie mit Sohn Oscar nach London gezogen war. Eine hirnrissige Idee, ärgerte sich Kubica. Unüberlegt, genauso wie diese blöde Scheidung.

»Verdammter Mist«, schimpfte er, was er allerdings gleich wieder bedauerte. Fluchen schickte sich nicht. An einem Sonntag. Da war gutes Benehmen gefragt. Beherrschung. Selbst wenn er schon stundenlang sauer war, weil er Anne zum Geburtstag gratulieren wollte und sie partout nicht abhob.

Griesgrämig schob der Oberst das Mobiltelefon in die Hosentasche seiner Jeans, schlurfte zum Essplatz seines Haustiers und wischte die Pisse vom Fußboden, die der Kater dort hinterlassen hatte. Aus Protest, weil ihm das Menü zu minder war. Futter der Premiumklasse, wohlgemerkt. Sauteuer. Wenn das so weiterging, fraß der Stubentiger irgendwann einmal bloß noch pures Gold.

Seufzend entsorgte Kubica die verschmähte Tiernahrung im Hausmüll, spülte die Hände ab und holte die Eiscreme aus dem Gefrierfach. Frozen Joghurt. Voller Vorfreude klatschte er einen ordentlichen Klecks davon in eine Schale, garnierte mit ein paar frischen Erdbeeren und löffelte begeistert drauflos. Da schrillte das Telefon.

Anne. Ausgerechnet jetzt.

Sie sei bei einer Party in einem Club in Chelsea, erzählte sie.

»Und dein Freund Edgar?«, fragte er verdrossen. »Ist der auch da?«

»Der kommt später.«

»Hast du es?«

»Was?«

»Das Ticket für das Adele-Konzert. Royal Albert Hall.«

»Ja. Danke, Radek«, hauchte sie. »Ich weiß, wie teuer diese Karten sind.«

»Was macht Oscar?«

»Der ist mit Freunden unterwegs. Zu einem Popkonzert im Hyde Park.«

»Ich kann kaum erwarten, dass er bei mir einzieht, Anne. Der Bub wird es schön bei mir haben.«

»Moment, Radek. Ich fürchte, da hast du was falsch verstanden.«

»Wieso?«

»Oscar kommt probeweise auf ein Schuljahr nach Wien. Das haben wir vereinbart. Zu dem stehe ich. Es ist alles geregelt. Der Direktor seines ehemaligen Gymnasiums weiß Bescheid.«

»Na also. Passt doch.«

»Freilich, aber ich begleite ihn. Mama ist auch mit dabei. Die passende Bleibe für uns ist bereits angekauft.«

»Davon war nie die Rede«, unterbrach er sie. »Unser Sohn zieht zu mir.«

»Jetzt hör doch auf. Du schiebst Dienst rund um die Uhr. Wer ist denn dann für ihn da? Diese Margot? Glaubst du, die hat Bock darauf, dich mit Oscar zu teilen?«

»Hat sie nicht«, bestätigte er trocken. »Darum ist sie ja auch ausgezogen.«

Ein Haken, der saß. Nun war erst einmal Pause.

»Tut mir leid«, murmelte Anne dann auch leise. »Aber unter diesen Umständen wäre Oscar ja noch öfter allein.«

»Blödsinn«, fauchte er. »Martha Panfil passt auf ihn auf. Die führt uns den Haushalt. Du weißt doch, Martha ist eine sehr ordentliche Frau.«

»Ja, die ist in Ordnung, aber darum geht es nicht. Oscar braucht mehr als gutes Essen und Trinken. Der Bub ist in einer gefährlichen Phase.«

»Ob er die Pubertät in London oder Wien erlebt, macht wohl keinen Unterschied.«

»Er braucht täglichen Zuspruch. Führung.«

»Sobald er bei mir wohnt, gilt die Vierzigstundenwoche für mich. Ich werde gut auf ihn aufpassen, verlass dich darauf.«

»Sorry, aber die Entscheidung ist gefallen«, unterbrach sie ihn. »Wir ziehen alle zusammen nach Wien. Von Montag bis Donnerstag bin ich geschäftlich im Ausland. Da ist Mama für ihn da. Danach bin ich vor Ort.«

»Nur über meine Leiche.«

»Unser Sohn besucht dich, wann immer du Lust hast.«

»Das ist ja lächerlich.«

»Sag jetzt endlich, dass es okay ist, wenn nicht nur er, sondern auch ich ein Jahr lang in Wien bin. Oder willst du mir den Tag verderben?«

»*Du* verdirbst alles, Anne, nicht ich.«

»Lass gut sein, Radek. Mein Plan ist super. Da profitieren alle davon. Du auch.«

»Verschone mich mit deinem salbungsvollen Gelaber, Anne. Das ist zum Kotzen.«

Zornig warf Kubica das Mobiltelefon auf den leeren Sessel gegenüber. Gleich darauf spürte er es. Wie der Rauch eines Signalfeuers kroch die Gier nach polnischem Wodka in ihm hoch. Schon bebten ihm die Hände. Der Hals wurde steinhart. Kubica wusste, was das bedeutete. Wenn er jetzt nicht die Notbremse zog, war alles im Eimer. Keuchend taumelte er in die Küche, schluckte eine Tablette und spülte mit viel Wasser nach.

Edyrileum. Das Heilmittel der Reichen und Schönen. Er verdankte es seinem Freund Pawel Wozzek, dem er dafür geschworen hatte, trocken zu bleiben. Ein Eid, der sauschwer zu erfüllen war, doch er war ein Ehrenmann. Was er versprach, hielt er.

Solange dies in seiner Macht stand.

13

Parks inmitten der Stadt?

Dass es im Herzen Wiens bis heute noch einige freie Flächen gab, war dem Weitblick eines Kaisers zu verdanken. 1857 befahl Franz Joseph die Einrichtung dieser »grünen Lungen«, die den Bürgern etwas Erholung und Amüsement bieten sollten. Urbane Rückzugsgebiete, die seither allen Bevölkerungsschichten offenstanden.

Die größte derartige Anlage an der Ringstraße war der Stadtpark, angelegt im letzten Drittel des 19. Jahrhunderts rund um das sogenannte Wasserglacis am Karolinentor. Heute umfasste das Gelände im Stile der englischen Landschaftsgärten das Areal zwischen Parkring und Heumarkt. Während des Tages war es gut besucht. Am Morgen allerdings fanden nur wenige Spaziergänger den Weg dorthin.

Es war Montag, der 3. Juli, zehn nach sechs, als Lou Sorko das Johann-Strauß-Denkmal erreichte. Einen bemerkenswerten Ort, wo der vergoldete Walzerkönig in großer Pose mit seiner Geige zum Tanz aufspielt. Für Lou war Strauß ein Symbol. Er stand für ausgezeichnet gemachte Unterhaltung, Geld und Ruhm. Wenn der Kerl, der sie gestern angerufen hatte, kein völlig durchgeknallter Spinner war, wurde auch sie bald berühmt. In genau jenem Metier, in dem sie ihre Brötchen verdiente. Im Journalismus.

Den Mann, der quer über eine Rasenfläche lief, um abrupt vor ihr anzuhalten und ihr keuchend die Hand zu schütteln, schätzte sie auf Mitte fünfzig. Er war ungewöhnlich groß und hatte dunkelgraues Haar, das ihm wellig bis in den Nacken fiel. Ein gepflegter Vollbart ergänzte sein ungewöhnliches Outfit.

Mit den verwaschenen Jeans, den Sneakers, einem weißen T-Shirt und einer leichten dunklen Jacke sah er fast wie ein Künstler aus.

»Sie wollen mir was verkaufen?«, fragte Lou.

»Ihrer Zeitung. Ja«, antwortete er.

»Und das, was Sie uns zu bieten haben, ist ein echter Knaller?«

»Jede Wette.«

»Dann gehen wir doch ein Stück«, schlug die Journalistin vor, griff in ihre Handtasche und schaltete das Diktafon ein.

»Ich hab eine Bedingung«, sagte er. »Mein Name ist tabu für euch. Ich muss unbedingt anonym bleiben.«

»*Ich* muss aber schon wissen, wer Sie sind und wo Sie wohnen.«

»Dann geh ich jetzt wieder.«

Das darf nicht sein, dachte Sorko. Sie musste ihn erst einmal beruhigen. Das Weitere würde sich dann schon noch ergeben.

»Also gut, Ihre Anonymität wird gewahrt. Dann erzählen Sie einfach einmal«, erwiderte sie in bewusst lockerem Tonfall. »Los. Kommen Sie.«

14

Seit Lou Sorko die Geschichte kannte, hatte sie Zweifel. Das Gehörte klang so unglaublich. Zu irre, um wahr zu sein. Also fuhr sie mit einer gehörigen Portion Skepsis zum Parlament, um dort mit ihren Recherchen zu beginnen.

Mittags kamen ihr die Erzählungen ihres Informanten schon nicht mehr ganz so utopisch vor. Da hatte sie bereits ein paar Informationen eingesackt, die sie sehr nachdenklich stimmten. Gedankenverloren aß sie einen Imbiss an einem Würstelstand. Dort erreichte sie der Anruf ihrer Halbschwester Daniela, ihrer einzigen noch lebenden Verwandten. Sie wollte Geld. Schon wieder.

Barsch lehnte Lou ab, fuhr drei Stationen mit der U-Bahn und eilte in die Redaktion. Dort führte sie ein paar Telefongespräche, kippte sich eine Tasse Kaffee inklusive Kopfschmerztablette in den Rachen und trank eine halbe Flasche Wasser. Es folgte eine Redaktionsbesprechung. Anschließend kümmerte sie sich ein wenig um den erschreckend hilflosen Praktikanten, der ihr heute anvertraut war, und schrieb ein paar Beiträge für die Chronik der Abendausgabe und ihre politische Kolumne.

Gegen Abend zog sie auch noch ein paar Erkundigungen im Internet ein und bat den Chefredakteur um ein Gespräch. Der Mann war ein kräftiger blonder Vorarlberger mittleren Alters mit dunklen Augen, schmalem Kinnbart und makellosem Gebiss. Er repräsentierte den leicht unterkühlten nordischen Typ, hatte den Laden hier vor wenigen Wochen übernommen und schien recht kompetent zu sein. Jedenfalls war er interessant, fand Lou. Gut gekleidet, mit beruhigender Gelassenheit. Darum legte sie auch immer ein paar Tropfen Parfüm auf und brachte ihr Haar in Form, bevor sie zu ihm ging.

»Was liegt an?«, fragte er, schüttelte ihr über den Schreibtisch hinweg die Hand und bat sie, Platz zu nehmen. Aufgeregt erzählte sie ihm von ihrem Treffen im Park, der Story, die man ihr offeriert hatte, und von ihrem Ermittlungsstand. »An der Geschichte scheint tatsächlich etwas dran zu sein«, resümierte sie.

»Hat er Beweise?«

»Er kann uns mehrere Videos und Tonmitschnitte liefern«, erzählte sie. »Wenn wir die Story veröffentlichen, ist der Teufel los.«

»Wie viel würde uns die Sache kosten?«

»Hundertzwanzigtausend.«

»Da muss ich mit dem Herausgeber reden.«

»Jedenfalls geh *ich* der Sache auf den Grund«, versprach sie. »Und wenn unserem Blatt die Sache zu heiß ist, verhökere ich das Zeug halt ans Fernsehen. Privat.«

»Ruhig Blut«, fiel ihr der Chefredakteur ins Wort. »Ich bin ja interessiert, und ich schätze Sie, Lou. Sie haben eine große

Laufbahn vor sich. Hier. Beim ›Express‹. In unserem Unternehmen. Die Zustimmung des Herausgebers ist ja reine Formsache. Gute Arbeit, Lou. Wir sprechen uns morgen.«

Lächelnd brachte er sie zur Tür. Kaum hatte sie sein Büro verlassen, war es mit seiner falschen Fröhlichkeit aber aus und vorbei. Da griff er zum Telefon und erstattete Meldung.

»Ich bin es«, raunte er. »Mit schlechten Neuigkeiten. Es gibt da etwas, über das wir reden müssen. Unverzüglich. Aber nicht am Telefon. An einem sicheren Ort.«

15

Am nächsten Morgen lag dichter Dunst über der Stadt. Darunter lugten die Dächer der Häuser hervor. Geduckt, als wollten sie sich vor etwas in Acht nehmen.

Lou Sorko dagegen war sorglos. Sie hatte ausgiebig geschlafen und fühlte sich gut. Darum verzichtete sie auch auf den Aufzug und lief wie ein Wirbelwind die Treppe hinauf. Und der Tag begann verheißungsvoll. Als sie ihre Arbeitsstelle betrat, holte der Chefredakteur sie in sein Büro, drückte ihr ein Glas Mineralwasser in die Hand und stellte einen Teller mit Keksen auf den Tisch. Er war gut gelaunt, lobte ihre kritische politische Kolumne vom Vortag und hob ihren Fleiß und ihren journalistischen Spürsinn hervor. Der Rest der Unterredung betraf ihr gestriges Gespräch, dauerte nicht halb so lange wie befürchtet und war für Lou Sorko durchaus erfreulich. Man gab ihr grünes Licht. Mein Gott, war sie erleichtert.

In aufgekratzter Stimmung schrieb sie nun erst einmal einen Artikel über einen tragischen Fall von Mobbing im Meldeamt Wien. Dann ging sie Gerüchten zu Auseinandersetzungen zwischen Geschäftsleuten und Umweltschützern nach, die eine geplante Erweiterung einer Fußgängerzone in Mariahilf betrafen. Was sie erfuhr, reichte für einen Bericht. Gegen zwölf setzte sie sich auf eine Parkbank und verdrückte ein Sandwich.

Dabei meldete sich wieder ihre Halbschwester, bettelte um eine finanzielle Unterstützung, Lou sagte, sie werde darüber nachdenken, und legte rasch wieder auf.

Am Nachmittag trieb sie sich im Magistrat der Stadt Wien und im Parlament herum, kehrte gegen sechzehn Uhr in die Redaktion zurück, nahm an einer Sitzung teil und schrieb einen Artikel.

Gegen neunzehn Uhr rief sie ihren Informanten an und vereinbarte ein Treffen. Danach fuhr sie in ihre Wohnung. Draußen war es immer noch viel zu warm für diese Jahreszeit. Ein verstörendes Phänomen. Es beunruhigte die Menschen fast so sehr wie der gesellschaftliche Wandel im Land und die Terroranschläge im nahen Ausland.

16

Die Füße schmerzten. Ihr Rücken auch. Darum war jetzt erst einmal Erholung angesagt. Also Kaffee, Joghurt mit Honig, ein Wurstbrot und eine kalte Dusche, gefolgt von einem kleinen Nickerchen auf dem Wohnzimmersofa. Danach fühlte sich Lou wie neugeboren, zog noch rasch ihre Lippen nach und machte sich auf die Socken. Gespannt wie eine Feder.

Die Oldtimer-Bar war eine windige Kneipe in anrüchiger Gegend im zweiten Bezirk. Für ein Geheimgespräch wie geschaffen. Lou, die sich mit ihrem Gast nicht an der Theke unterhalten wollte, griff auf eines der sechs runden Tischchen zurück, die ein wenig abseits standen. Da saß sie nun, orderte einen Cocktail und wartete. Langsam wanderten die Zeiger der Uhr auf Mitternacht zu, die Bude füllte sich, und der Mann, den sie erwartete, betrat auch endlich das Lokal.

»Will Ihr Chef die Story haben?«, fragte er.

»Alles paletti«, sagte Sorko grinsend und nippte hingebungsvoll an ihrem Mojito. »Er besorgt das Geld.«

»Hundertzwanzigtausend?« Der lange Typ mit dem grau

gelockten, nackenlangen Haar kratzte sich am gut gestutzten Vollbart, blickte sich argwöhnisch um und hockte sich zu ihr.

»Das ist der Gesamtbetrag«, bestätigte sie.

»Gut. Sobald die Marie auf dem Nummernkonto in Übersee liegt, bekommt ihr den Stick, und ich unterzeichne den Kontrakt. Bis dahin darf keiner wissen, wer ich bin. Niemand. Auch Sie nicht.«

»Moment«, unterbrach ihn Lou. »Wir kaufen die Beweisstücke nach Prüfung einer Materialprobe. Ist die überzeugend, überweisen wir die erste Hälfte des Geldes.«

»Das können Sie vergessen«, fauchte ihr Gesprächspartner.

»Dann ist die Sache geplatzt«, konterte Lou.

Starke Worte, aber anders konnte Sorkos Coup nicht gelingen. Damit erwischte sie ihn auf dem falschen Fuß. Das verriet ihr sein stoßartiges Seufzen. Der Vorschlag ging ihm gegen den Strich, aber anscheinend hatte er keine Wahl. Er brauchte das Geld.

»Das sind die Regeln«, legte sie also rasch nach. »Sie können das Angebot annehmen oder auch nicht.«

»Meinetwegen«, antwortete er zögernd. »Dann will ich die zweite Hälfte aber in bar, und wir ziehen den Deal innerhalb einer Woche durch. Außerdem sichern Sie mir schriftlich zu, dass die Story frühestens vier Tage danach erscheint. Da hab ich Zeit, um abzuhauen. Das muss sein, sonst haben die mich am Kragen.«

Sie stimmte zu.

»Wann bekomme ich die Anzahlung?«, drängte er. »Nächste Woche?«

»Langsam«, bremste sie. »Schritt für Schritt.«

»Noch mal«, sagte er. »Die Vereinbarung zur Abtretung der Exklusivrechte unterschreibe ich erst nach der letzten Zahlung.«

»Ich melde das so weiter, aber mein Chef hat das letzte Wort«, sprach sie. »Geld gibt es nur, wenn die Materialprobe hält, was wir uns von ihr versprechen. Nur dann gilt das Geschäft und wir zahlen Zug um Zug. Außerdem brauchen wir die schriftliche Garantie, dass wir das Original des Beweismaterials erhalten und dass keine Kopien existieren.«

»Kein Problem«, erwiderte er. »Die Garantieerklärung gibt

es aber auch erst am Schluss. Zur Appetitanregung bekommt ihr einen dreiminütigen Videoausschnitt auf einem separaten Datenträger. Der Stick wird morgen am Vormittag in der koptisch-orthodoxen Kirche ›Maria vom Siege‹ deponiert. Das Kuvert liegt in der letzten Bankreihe. Spätestens am Freitag will ich wissen, ob wir ins Geschäft kommen. Dann regeln wir die Details.«

»Ja, so kann das laufen«, stimmte Lou zu.

»Und Sie unterlassen Recherchen zu meiner Person, bis alles gelaufen ist?«

»Klar«, log sie. »So haben wir es vereinbart.«

»Seien Sie vorsichtig«, mahnte er. »Das ist kein Spiel. Wenn die wissen, was wir tun, wird es gefährlich. Die sind zu allem fähig.«

»Nun übertreiben Sie mal nicht«, spottete sie. »Wollen Sie etwas trinken?«

Ihr Informant verneinte. Zum Glück. Lou war müde. Sie wollte ins Bett.

»Dann bis zum nächsten Mal«, verabschiedete sie sich, gab dem Kellner einen Wink, zahlte und ging. Draußen war es immer noch schwül, doch die frische Luft vertrieb ihren Übermut. Sie ernüchterte Lou.

Ein gutes Gespräch, überlegte sie, aber irgendwie war ihr nun doch ein wenig mulmig zumute, während sie zur Untergrundbahn trabte. Sollte sie nicht lieber zur Polizei gehen? Nein. Das wäre riskant. Dort gab es undichte Stellen, und sie musste verhindern, dass jetzt schon etwas nach außen drang. Andererseits: Wie haarig konnte es denn werden, wenn sie das Ding alleine durchzog?

Eine Frage, auf die Lou Sorko keine Antwort wusste.

Das war ihr Verhängnis.

17

Punkt acht. Hundemüde und ein wenig zittrig betrat Lou Sorko das Chefbüro, ließ ihre Hausschlüssel in die Handtasche gleiten und stellte das gute Stück auf den Fußboden neben den Sessel am Ende des Teppichs.

»Guten Morgen«, begrüßte sie der Chefredakteur, federte hinter seinem Schreibtisch hoch und bat sie, sich zu setzen. »Kommen Sie«, sagte er und deutete auf zwei gefüllte Tassen, die vor ihm standen. »Trinken Sie einen Kaffee mit mir.«

Eine Einladung, die sie gerne annahm.

Während der nächsten zehn Minuten besprachen sie die Abholung der Probelieferung. Lou konnte sich nicht wirklich darauf konzentrieren. Sie war unruhig, fühlte sich seltsam schlapp, hatte Kopfschmerzen, und ihr war übel. Der Chefredakteur registrierte es und schob ihr zwei Kopfschmerztabletten und ein leeres Wasserglas über den Tisch.

»Gehen Sie damit auf die Toilette, schlucken Sie es und machen Sie sich ein wenig frisch.«

Dankbar befolgte Lou seinen Rat.

Kaum hatte sie sein Büro verlassen, erhob er sich, schlich zu ihrer Handtasche, entnahm ihr Lous Schlüsselbund und steckte ihn ein. Dann holte er ein Buch über Wirtschaftsinformatik aus dem Regal und blätterte darin, bis Lou wieder zu ihm zurückkehrte.

»Geht es wieder?«, fragte er in seinem liebenswerten Dialekt.

Sie nickte.

»Sobald Sie mir das Material übergeben haben, sausen Sie zum Arzt«, befahl er und legte das Buch weg. »Sie sehen krank aus.«

»In Ordnung.«

Seine Fürsorge freute sie. Angeregt besprachen sie noch ein paar Details. Anschließend begleitete der erfahrene Medienprofi sie zur Tür und wartete, bis sie in ihrer Redaktion verschwunden war. Dann zog er sein Mobiltelefon hervor und rief seinen geheimen Kontakt an. Dabei sprach er leise, denn das, was er sagte, war nicht für fremde Ohren bestimmt.

Unterdessen nahm Lou einen Anruf ihrer Halbschwester entgegen. Immer noch ging es um eine finanzielle Verlegenheit, aus der sie ihr heraushelfen sollte. Dass Daniela sich immer nur meldete, um sie anzuschnorren, ging ihr schon lange auf die Nerven. Trotzdem sagte sie zu, sich später bei ihr zu melden, legte auf und setzte sich vor den Computer.

Gegen halb elf kam der Chefredakteur mit ihren Schlüsseln. Er habe sie vor seinem Schreibtisch gefunden, log er.

So etwas Blödes, dachte sie. Wären die Dinger verloren gegangen, hätte das ganz schön unangenehm werden können. Verlegen verstaute sie die Schlüssel wieder in ihrer Handtasche und verließ das Haus.

18

Lou schwitzte. Aufgeregt fuhr sie mit der Untergrundbahn zur Station Neubaugasse und eilte zum Mariahilfer Gürtel unweit des Westbahnhofs.

Die Kirche »Maria vom Siege«, die in der letzten Hälfte des 19. Jahrhunderts vom Architekten Friedrich von Schmidt im Stile des Historismus erbaut worden war, zählte zu den Glanzlichtern der Wiener Baukunst. Unglücklicherweise stand sie inmitten von Wohnhäusern an einer verkehrsreichen Straße, wodurch ihre Ästhetik kaum zur Geltung kam. Ob außer mir noch jemand weiß, warum man dieses Gotteshaus errichtet hat?, überlegte Lou Sorko. Es erinnerte an den Triumph der Katholiken in der Schlacht am Weißen Berg. Der Dreißigjährige Krieg? Ihr entfuhr ein nervöses Lachen. Wen interessierte der noch?

Durchatmen. Ruhig bleiben. Mit wild klopfendem Herzen betrat Lou die Kirche. Sie war menschenleer. Die Journalistin brauchte eine Weile, um sich im Halbdunkel zurechtzufinden. Danach ging alles recht schnell. Der Briefumschlag mit dem Stick lag an der angegebenen Stelle. Glücklich nahm sie ihn an sich und fuhr mit dem Taxi nach Hause. Es dauerte etwa eine Dreiviertelstunde, bis sie das Material auf den Laptop und eine externe Festplatte kopiert hatte. Das Notebook verbarg sie unter dem Schlafzimmerbett, den Stick ihres Informanten schob sie in ein neues Kuvert, verklebte es und fuhr damit ins Redaktionsgebäude. Dort übergab sie das Zeug stolz ihrem Chefredakteur.

»Super«, lobte er sie.

Eine Auszeichnung, die sie kaum mehr wahrnahm. Ermattet verabschiedete sie sich und eilte zum Hausarzt. Der verpasste ihr ein Rezept für Antibiotika und verordnete eine Woche Krankenstand.

Von diesem Mittwoch an war Lou Sorko kaltgestellt. Vorerst jedenfalls.

19

»Sie müssen heute nicht in der Küche essen«, säuselte Helene Andau und lächelte schmal. »Leisten Sie mir ruhig ein wenig Gesellschaft.«

Ihr Mädchen für alles nickte. Unbeeindruckt bat die junge Frau den Butler, ein weiteres Gedeck aufzutragen, und nahm gegenüber ihrer Chefin Platz. Es gab frische Meeresfrüchte und Thunfisch auf Toast, Ente mit Rotkraut und eine Creme mit Früchten. Zum Fisch tranken sie Weißwein, zum Fleisch einen gehaltvollen spanischen Roten.

»Eigentlich weiß ich gar nicht so besonders viel über Sie, Emma«, schnurrte die Unternehmerin wie ein hungriges Tigerweibchen. Aufmerksam musterte sie die kurzhaarige Brünette mit der unvorteilhaften Kleidung und dieser eigenartigen Sehhilfe, die der jungen Frau so überhaupt nicht stand. Was für ein linkisches, unsicheres Wesen, dachte Andau. Genau der Typ, den sie mochte.

In forschem Tonfall stellte sie ihrer Angestellten Fragen zu ihrem Elternhaus und zu den früheren Arbeitgebern.

Und die Kleine? Die ließ das ungerührt über sich ergehen, faltete die Hände, zog die Schultern zurück und erzählte.

Vom verstorbenen Vater, dessen kleine Firma seinen Tod

nicht überlebt hatte, und einer impulsiven Mutter, die als Sozialarbeiterin ihr Geld verdiente. Von Bruder Rolf, der nun in Bayern hauste, wo er in der Nähe von München in einer Autofabrik untergekommen war. Von ihrer Ausbildung zur Krankenschwester und dem gut bezahlten Job als Gesellschafterin und Pflegerin bei einer alten Gräfin. Danach sei sie eine Zeit lang nach Italien gegangen. Wegen eines Kerls, der sie wieder verlassen habe. Nach drei wunderbaren gemeinsamen Jahren.

»Sie schlafen aber nicht nur mit Männern«, stellte Andau mit mokantem Lächeln fest und sah sie forschend an.

»Wieso?«, hauchte die Assistentin.

»Weil ich das weiß«, raunte die Unternehmerin. »So etwas hab ich im Gespür.«

Emma schwieg und senkte den Blick. »Und?«, fragte sie nach einer Weile. »Bin ich jetzt meinen Job los?«

»Im Gegenteil«, beruhigte Helene sie. »Ich hab noch zu arbeiten und werde später noch etwas lesen. Danach geh ich zu Bett. Die Tür zum Schlafzimmer steht offen. Ich will, dass du ein langes weißes Nachthemd trägst, wenn du kommst. Nur das, verstanden?«

»Oh ja«, sagte Emma, erhob sich und schwebte davon.

Na also, dachte die Hausherrin strahlend und gönnte sich noch ein Schlückchen Wein. Ein interessanter Abend lag vor ihr.

Sie wollte ihn in vollen Zügen genießen.

20

Zwei Tage später war es tropisch heiß. Das 1874 vom Architekten Theophil Hansen erbaute Parlamentsgebäude am Ring funkelte im Licht einer gleißenden Sonne. Der Bau in Form eines Tempels war eine Hommage an Italien und Griechenland. An Länder, deren Kultur einst die Welt prägte. Heute standen sie für Leichtsinn, Entscheidungsschwäche, Staatsverschuldung und Korruption. Österreichs Image ist auch nicht viel besser, dachte Helene Andau und legte den Kopf in den Nacken.

Mit zusammengekniffenen Augen betrachtete sie den Giebel des altehrwürdigen Gebäudes, ehe ihr Blick an den Wappen der ehemaligen Kronländer hängen blieb. Steiermark, Salzburg, Tirol und Vorarlberg, Oberösterreich, Niederösterreich, Krain, Kroatien, Slawonien, Bosnien und die Herzegowina, Dalmatien, Ungarn, Böhmen, Mähren, Galizien, Lodomerien, die Bukowina und Schlesien. Symbole eines mächtigen Reiches, über das die Zeit hinweggegangen war. Alles hat halt sein Ablaufdatum, überlegte sie. Der Kanzler und diese unfähige Regierung hoffentlich auch. Entschlossen straffte die prominente Medienzarin ihre Gestalt und ging weiter.

In Begleitung ihrer Chauffeuse Emma passierte die Dame im dunkelblauen Hosenanzug den Pallas-Athene-Brunnen und spazierte über die Auffahrt zum Eingang. Dort wies sie bei der Parlamentswache den Passierschein vor, ließ ihre Begleiterin zurück und trat ein.

Selbstsicher durchquerte sie die Säulenhalle und marschierte zu Petrells Büro am Rande der Klubräume der Regierungspartei. Noch im Korridor traf sie auf Rask.

»Er musste dringend in den Plenarsaal«, erklärte der vierschrötige Leibwächter, dessen breite Brust beinahe das Sakko des grauen Anzugs sprengte, zu dem er ein weißes Hemd mit rot-weiß-rot-gestreifter Krawatte trug.

»Und Dagmar Landauer?«

»Die begleitet ihn.«

»So?« Mit sarkastischem Grinsen drückte sie dem Personenschützer ihr Kuvert in die Hand.

Der steckte den Briefumschlag ungerührt ein und nickte. »Weiß der Chefredakteur, was sich da drin befindet?«, fragte er.

»In groben Zügen«, erwiderte sie mit heiserer Stimme. »Zwar arbeitet er jetzt für den ›Express‹, aber er ist einer meiner Leute. Für den lege ich meine Hand ins Feuer.«

»Gibt es Kopien?«

»Sorko könnte welche haben. Das ist ein Problem, aber lösbar. Wichtiger ist, dass ihr herausfindet, wer das Sicherheitsleck bei euch ist.«

»Mal sehen«, sagte der ehemalige Privatdetektiv, dessen Schultern so breit waren, dass sie kaum durch einen Türrahmen passten. »Erst einmal informiere ich den Boss. So rasch es geht. Dagmar natürlich auch.«

Sie trennten sich mit freundlichem Nicken.

Wer Geschichte schreiben will, muss mutig sein, dachte Helene Andau, als sie das Parlamentsgebäude verließ.

Das war sie.

Mit allen Konsequenzen.

21

Sonntag in Neustift am Walde, einem kleinen Dorf, das immer schon vom Rebensaft lebte. Auch nachdem es 1891 zu Wien gekommen war. Ein Flecken, in dem die Bewohner stets zu kämpfen hatten. Im Augenblick jedoch war die Zahl der Wohlhabenden im Ort größer als je zuvor, denn die Qualität der Weine war bestens, und die Geschäfte liefen gut. Heute zum Beispiel waren die Straßen schon seit dem frühen Morgen wieder voll, und auf den Gehsteigen tummelten sich Massen von Touristen.

»Danke, Emma«, hauchte Helene Andau auf dem Rücksitz ihrer protzigen Limousine, während der Wagen bei offenen Seitenscheiben stoppte. Nachdenklich strich sie ihr frisch blondiertes Haar zurück, mit dem sie so wunderbar jung aussah, und stieg aus. Zugleich sprang der Abgeordnete Petrell ins Freie, während sein Leibwächter Rask längst ein paar Meter weiter vorne Aufstellung genommen hatte und misstrauisch die Umgebung beäugte.

»Emma ist also Hausdame, Assistentin und Chauffeuse«, sprach Petrell mit seinem voluminösen Bass, der Helene Andau durch und durch ging. »Eine für alles, richtig? Tüchtig, tüchtig.«

»Ich mag sie, weil sie so nichtssagend ist«, raunte Andau. »Sie hat weder lange Beine noch einen knackigen Arsch. Somit ist sie einigermaßen sicher vor dir.«

»Du schmeichelst mir«, brummte er mit treuherzigem Augenaufschlag. »Dabei ist meine wilde Zeit längst vorbei. Frauen sind mir nicht mehr wichtig, Helene. Nur du.«

»Und was ist mit dieser Dagmar? Ich hab gehört, du heiratest sie.«

»Wer sagt das?«

»Sie natürlich.«

»Deshalb muss es ja nicht unbedingt stimmen«, sagte er und grinste. »Im Augenblick haben wir außerdem ganz andere Sorgen.«

»Allerdings«, gurrte sie und warf einen prüfenden Blick zurück zum Auto, wo Emma ein paar Zeitschriften aus dem Handschuhfach hervorkramte. Umständlich rückte die junge Frau ihre komische Brille zurecht, blickte auf, winkte ihnen linkisch zu und begann mit der Lektüre.

Nun gut, die Unterhaltung mit Moritz hatte Helene Andau beruhigt. Sie war zufrieden. Mehr noch: Sie war glücklich. Sollte seine Stabschefin doch ruhig weiterhin glauben, bald Frau Petrell zu werden. Das störte ja nicht. Helene fand es sogar ganz lustig.

»Dann komm endlich, Moritz«, flötete sie, als er sie berührte. Hand in Hand machten sie sich auf den Weg zur Pfarrkirche. Dort hielten sie kurz an und blickten schweigend in die tief stehende Sonne.

»Schön«, murmelte Petrell. »Nicht wahr?«

»Ja. Beim Hauerkronenumzug im August musst du unbedingt wieder hier sein.« Gedankenverloren zupfte sie an ihrer weißen Bluse, die sie heute zu einem dünnen schwarzen Rock trug. Passanten gingen vorbei und starrten das Paar an. Als ein Spaziergänger sich anschickte, sie miteinander zu fotografieren, ließ der Abgeordnete geistesgegenwärtig Helenes Hand los.

»Ich bin ein Fan von Ihnen, Petrell«, rief der Mann begeistert, kam näher und kicherte verlegen.

»Das ehrt mich.« Routiniert schüttelte Petrell dem distanzlosen Trottel die Hand, fischte eine Autogrammkarte aus dem Sakko, überreichte ihm das Ding und ging weiter.

»Siehst du, die Leute freuen sich so, wenn du kommst«, sprach Helene und lächelte maliziös. »Gerade weil du in Nussdorf wohnst.«

»Es gibt schärfere Konkurrenten für Neustift als Nussdorf«, flachste er. »Aber bei einer Feier, die auf Kaiserin Maria Theresia zurückgeht und bei der halb Neustift auf den Beinen ist, werde ich nicht fehlen.«

Ihre Schritte wurden länger. Er lobte ihr Parfüm. Das gefiel ihr.

»Mitsouko, von Guerlain«, flötete sie mit ihrem dünnen Sopran. »Mein Lieblingsduft.«

Er nickte, sie hielten an, er sah sich um, und weil im Augenblick gerade niemand zu sehen war, küsste er sie auf den Nacken und auf die Stelle an ihrer Halsbeuge, wo sie so empfindlich war. Dann kam er endlich auf jene Dinge zu sprechen, die ihm wirklich wichtig waren.

»Wie kann jemand Gespräche zwischen dir und Dagmar filmen?«, raunte er mit mühsam unterdrückter Wut. »In Dagmars Büro. Wer ist in der Lage, da heimlich eine Kamera zu installieren?«

»Da kommen nicht allzu viele in Frage«, antwortete sie. »Die Räume wurden gestern durchsucht. Man hat keine Aufnahmegeräte gefunden.«

»Dann werden sie in der Zwischenzeit halt entfernt worden sein. Egal. Wir müssen alle Datenträger mit Belastungsmaterial vernichten.«

»Klar müssen wir das.«

»Und diese Journalistin?«

»Das lässt sich vielleicht mit Geld regeln.«

»Bleibt bloß noch die Frage, wer hinter uns her ist. Wer will uns da ans Messer liefern?«

»Wir werden es bald wissen.«

»Gut«, sprach Petrell. »Und ab sofort legen wir einen Zahn

zu. Wir dürfen nicht ins Hintertreffen geraten. Der ORF macht Stimmung gegen mich. Da stecken bestimmte Leute aus der Partei dahinter. Hast du das gestrige Interview von unserem Herrn Klubobmann gehört? Der ›Anzeiger‹ und die ›Österreichrundschau‹ machen eine große Sache daraus. Ich wäre ein undankbarer, egoistischer Ehrgeizling, schreiben sie. Ein gewissenloser Verräter. Ein Spaltpilz. Dass die vereinte Linke da munter applaudiert, ist klar. Es tangiert mich auch nicht, aber dass es Leute in unseren Reihen gibt, die sich so äußern, ist abzustellen. Das geht nicht.«

»Dein Standing in den Meinungsumfragen ist jedenfalls gut«, unterbrach sie ihn.

»Weil du die Ergebnisse manipulierst.«

»Nicht nur deshalb. Du besetzt wichtige Themen. Die Leute folgen dir. In den sozialen Medien vergöttert man dich.«

»Erfreulicherweise«, räumte er ein. »Aber das sind Momentaufnahmen. Schneiden soll man, wenn Schnittzeit ist. Also kurz vor dem Bundesparteitag. Exakt zu diesem Zeitpunkt muss ich der Liebling der Massen sein. Nur dann sind wir obenauf.«

»Die Delegierten. Die sind der Schlüssel. Da muss deine liebe Dagmar noch einige mehr für dich gewinnen.«

»Stimmt. Und weißt du was? Wir bringen den Öxit schon jetzt ins Spiel. Ich will nicht riskieren, dass uns die Freien Demokraten damit zuvorkommen. Oder gar der Kanzler.«

»Der Kanzler ist bei diesem Thema draußen«, widersprach sie. »Bei der Kohle, die ihm die Wirtschaft in den Hintern schiebt, kann er sich solche Späßchen nicht erlauben. Sobald er von seiner EU-freundlichen Linie abgeht, kreuzigen sie ihn. Da kannst du ganz beruhigt sein. Und später? Fährst du nach deinem Auftritt noch ein wenig zu mir? Ich schick dir den Wagen und erwarte dich.«

»Lieb von dir«, erwiderte er und küsste sie so, dass ihr vor Erregung die Ohren rot anliefen.

Inzwischen standen sie vor dem weithin bekannten Heurigenlokal, in dem er heute einen Bürgerstammtisch abhielt. Rask drückte die Türklinke, Helene verabschiedete sich, kehrte eilig zum Auto zurück, der Abgeordnete verharrte noch einen Moment und sammelte sich.

Kaum betraten Petrell und sein Leibwächter das Lokal, brach dort die Hölle los. Menschen umringten sie, der Politiker schüttelte Hände, beantwortete Fragen, schrieb Autogramme und ließ Dutzende Schnappschüsse über sich ergehen. Um ein wenig Luft zu bekommen, schmiss er eine Lokalrunde. Dann flüchtete er ins Extrazimmer, wo die Diskussionsrunde bereits versammelt war. Gelassen nahm er in ihrem Kreise Platz. Die Musik spielte einen Tusch, der Moderator sorgte für einleitende Worte, sprach die vereinbarten Themen an, dann ergriff Petrell das Wort.

»Ich bin keiner, der unseren Herrn Bundeskanzler kritisieren will, aber so, wie es ist, kann es nicht mehr weitergehen«, begann er mit seiner Rede.

Frenetischer Applaus begleitete seine Worte. Kurz und gut: Es ging zu wie auf einer Wahlkampfveranstaltung. Es war nämlich auch eine, doch das kapierten die Gäste ja nicht. Die gerieten völlig aus dem Häuschen, weil Petrell so ein netter Kerl war und für die kompliziertesten Probleme der Republik so verblüffend einfache Lösungen hatte. Kein Zweifel: Der Mann verstand sie. Der war einer von der Basis. Einer von ihnen.

Ihr sehnlichst erwarteter Volkstribun.

22

Drei Tage später, am Mittwoch, dem 12. Juli, erschien Lou Sorko wieder zur Arbeit. Mit blasser Gesichtsfarbe, schwach und elend. Sie war unendlich müde. Trotzdem sprach sie mit dem Chefredakteur und sorgte dafür, dass er die erste Hälfte des Kaufpreises an ihren Informanten überwies.

Abends, als es draußen so richtig drückend war wie sonst nur im August, saß sie dann wieder in der Oldtimer-Bar. Dort war die Klimaanlage ausgefallen und die Luft zum Schneiden dick.

Am liebsten hätte Lou alles hingeschmissen, den Deal wieder rückgängig gemacht und wäre weggelaufen, aber der Zug war jetzt abgefahren. Den stoppte keiner mehr. Trotzdem: dieser Lärm. Die Hitze. Es war die Hölle. Als kurz nach dreiundzwanzig Uhr endlich ihr Gewährsmann das Lokal betrat, war sie bereits schweißüberströmt und konnte kaum noch atmen.

»Die Sechzigtausend sind eingetroffen?«, fragte sie. Ihre Stimme klang rau, war wie Schleifpapier und dünn wie die Erfolgsstatistik der österreichischen Bundesregierung. Ihr Kreislauf war am Boden. Ab und zu fielen ihr sogar die Lider zu.

Der Mann mit der langen Mähne und dem Vollbart registrierte es, doch sein Mitleid hielt sich in Grenzen. Wenn die Kleine so weitermacht, ruiniert sie sich, aber Ehrgeiz hat halt seinen Preis, überlegte er schadenfroh und nuckelte gelassen an seinem Bier.

»Übermorgen übergeben Sie mir den Stick, unterschreiben die Vereinbarung und übernehmen das restliche Geld«, fasste Lou mühsam die wichtigsten Punkte zusammen. »Und zwar von mir persönlich. In bar, wie gewünscht.«

»Wann und wo?«, fragte er.

»Das überlasse ich Ihnen«, erwiderte sie.

»Freitag, zehn Uhr, bei den Fiakern vor der Hofburg«, schlug er vor. »Wir machen eine schöne Rundfahrt, und dabei zähle ich mein Geld.«

»Wie Sie wollen«, murmelte sie und gähnte. »Ich bringe mein Notebook mit, damit ich die Beweisstücke noch einmal prüfen kann. Gehen wir?«

Er nickte.

Vor dem Lokal verabschiedeten sie sich. Der Informant ging nach rechts, Sorko wankte nach links. Ein paar Herzschläge später gingen an einem dunklen Wagen auf der gegenüberliegenden Straßenseite die Scheinwerfer an.

Das Auto folgte ihr.

23

Donnerstag, 13. Juli, zehn vor sieben.

Matt saß die Spinne am oberen Ende der strahlend weißen Wand neben dem Küchenfenster einer ungemütlichen Wohnung im ersten Stockwerk eines alten Hauses inmitten einer unfreundlichen Siedlung, die am Stadtrand lag. Das Vieh verhielt sich ruhig, doch es sah gefährlich aus.

Ein böses Omen?

Blödsinn, schalt sich Daniela Dorn. So ein abwegiger Gedanke. Obwohl nach der letzten Begegnung mit einem solchen Tier ihr Vater verstorben war. In der Nacht. Im Schlaf. Schicksal. Dagegen kam man nicht an. Überlegungen dieser Art deprimierten sie. Wenn sie derartige Gedanken heimsuchten, wollte sie weg aus Wien. Fort aus dieser Enge. Hinaus in eine Welt, wo sie freier atmen konnte.

Eine Utopie, wusste sie, denn um hier rauszukommen, brauchte sie Geld.

Dabei war es höchste Zeit, abzuhauen. Die Alarmzeichen waren unübersehbar. Die ungewöhnliche Dürre, die das Land in den Klauen hielt. Der Hund des Nachbarn, der sie auf einmal nicht mehr erkannte. Der jaulend vor ihr flüchtete, wenn sie ihn zu streicheln versuchte, und den Knochen, den sie ihm zuwarf, ignorierte. Ein Umbruch stand bevor. Die Gestirne bezeugten es.

Abnehmender Mond im Krebs. Die Folgen? Verheerend. Ihr Leib ein einziger Schmerz. Die Gesichtshaut wie wund. Sobald sie mit einem Gegenstand in Berührung kam, war ihr zum Schreien. Warum? Das war ihr schon klar.

Astrologie. Die Sterne beeinflussten ja alles. Botanisches Wachstum, Wetter, Lernerfolg, Berufswahl, Krankheiten, Unfälle, Suizid. Den körperlichen Gesamtzustand eines Menschen. Dass es ihr tagelang so mies ging, verwunderte sie nicht. Tief sog sie Luft durch die Nase, nahm nochmals das schriftliche Angebot zur Hand, las es und legte es zur Seite. Eine tolle Offerte, die sie unbedingt annehmen wollte, aber dazu brauchte sie Geld, und zwar jetzt.

Das ist die Chance meines Lebens, dachte sie. Die durfte sie nicht verpassen.

Beherzt warf die Neunzehnjährige ihren schwarzen Zopf mit den dezenten roten Strähnchen in den Nacken, holte das Foto ihres Vaters hervor und küsste es. Dann rief sie ihre Halbschwester an, doch die hob nicht ab. Wütend hinterließ sie ihr eine Nachricht auf der Sprachbox.

»Hallo, Lou?«, plapperte sie. »Was ist jetzt mit dem Geld? Borgst du es mir? Bis Ende nächster Woche muss ich es haben, sonst ist alles aus und vorbei, hörst du? Komm. Ruf mich an. Bitte.«

Damit war alles gesagt. Jetzt musste sie zum Training und danach ins Geschäft. Ihr Leben ging halt seinen gewohnten Gang.

An einem Tag wie jedem anderen.

24

Eine Veranstaltungshalle, zwei Märkte, drei Kirchen plus drei Parks. Mehr Vorzüge hatte der Stadtteil, in dem Amel Bakota hauste, nicht zu bieten. Graue Kommunalbauten aus der Mitte des letzten Jahrhunderts beherrschten die Szene. Dazwischen standen Häuser aus der Kaiserzeit, allesamt in einem erbärmlichen Zustand. Für ihre Sanierung fehlte das Geld. Natürlich gab es Lebensmittelgeschäfte, Kneipen, Wettcafés und Imbissbuden, aber schicke Boutiquen für Geschirr, Schuhe oder Bekleidung suchte man vergebens.

Was besonders bitter war: Das Einkommen der Leute hier lag unter dem städtischen Durchschnitt. Ihre Lebenserwartung auch. Dafür boomte die Kriminalität. Schlägereien, Schießereien, Schutzgelderpressungen, Einbrüche und Drogenhandel. Obwohl eine offizielle Verbotszone bestand, die polizeilich überwacht wurde, florierte der Straßenstrich. Das sah man an den vielen Freiern, die in ihren dicken Autos durch die Gegend kurvten, wo die Nutten am Randstein posierten und sich anboten. Völlig ungestört, denn ein Sheriff ließ sich in dieser Gegend bloß in Ausnahmefällen blicken.

Vierzig Prozent der Einwohner des Viertels stammten aus dem Ausland. Zu Wien fehlte ihnen die Bindung. Zu Österreich sowieso, und was die Machtverhältnisse in diesem Biotop betraf: Die wechselten häufig. Neuerdings gaben die Türken den Ton an, doch die Serben, Kroaten, Mazedonier, Rumänen, Bulgaren, Tschetschenen, Moldawier und Afghanen machten es ihnen nicht gerade leicht. Es brodelte wie in einem siedenden Suppentopf. Wer konnte, haute schnellstens ab von hier.

Bakota? Der nicht. Der hauste in dieser Ecke, seit er aus dem Knast gekommen war. Selbst wenn es im Hause Kolarikgasse Nummer 11 oft mörderisch stank und er in einem Loch residierte, zu dem die Bezeichnung Wohnung ebenso gut passte wie Mount Everest für einen Maulwurfshügel, fühlte er sich wohl hier. Für den aus einem verkommenen Stadtviertel von Sarajevo stammenden Burschen hatte diese Bleibe nämlich einen ganz entscheidenden Vorteil. Judith Hahn wohnte gleich um die Ecke.

Ging sie auf der Straße an ihm vorbei, konnte der Hilfsarbeiter, der sein spärliches Gehalt vorwiegend mit der Beute aus Diebstählen und Einbrüchen aufbesserte, sein Verlangen nach ihr kaum zügeln. Dann wollte er nach ihr greifen. Sie hochheben. Forttragen. Weit weg.

Ein Gedanke, der in ihm loderte wie ein Feuer.

Er wärmte ihn. Tag und Nacht.

25

Es wurde Abend, und das Kunsthistorische Museum am Ring schloss die Pforten.

Unwillig begab sich das Publikum zu den Ausgängen. Eine Weile hörte man noch Besucher durch das Parterre eilen, Anweisungen des Personals drangen bruchstückhaft nach oben, dann wurde es still.

Endlich. Stumm standen der Kanzler und die Innenministerin am steinernen Balkon des imposanten Gebäudes und blickten versonnen auf die Stadt. Der Regierungschef mit verbitterter Miene, die füllige Blondine mit etwas zu grell geschminkten Lippen im Zustand heller Empörung.

»Ich hab deinen Anruf erwartet«, sprach sie mit flatternder Stimme. »Bist du okay?«

Er nickte. »Du hast den Fernsehbericht also gesehen?«

»Man hat ihn mir aufgezeichnet. Beunruhigend. Angsteinflößend. Ich bin schockiert.«

»Was für ein Schauspiel«, knurrte ihr Gönner. »Moritz Petrell mit seiner Fangemeinde am oberösterreichischen Gosausee. Ausländerhetze vor zwölftausend Menschen. Dieser Sausack. Mein Gott.«

»So weit, so schlecht«, fiel sie ihm ins Wort. »Aber dass dein Finanzminister, der Sozialminister, der neue Wirtschaftsminister und die Kollegin für Bildung, Unterricht und Kunst da mit von der Partie waren, ist der wahre Skandal.«

»Ja«, seufzte der Kanzler. »Seine Forderung, ein Gesetz zum Austritt aus der Union zu beschließen und es einer Volksabstimmung zu unterziehen, hat mehr Unterstützer, als mir lieb ist. Jetzt ist die Büchse der Pandora geöffnet. Brüssel ist beleidigt, die deutschen Nachbarn werfen uns Derbheiten an den Kopf, und was sich in der europäischen Medienlandschaft abspielt, ist ein einziger Alptraum.«

»Dann lass das Volk halt entscheiden«, meinte sie. »Aber positioniere dich. In aller Klarheit. *Für* Europa.«

»Damit es mir so ergeht wie Cameron in Großbritannien?«, ätzte der Regierungschef. »Seh ich aus wie ein Idiot? Nein. Eine Volksabstimmung zu dieser Frage ist keine Option. Aus. Schluss. Fertig.«

»Auch gut«, antwortete die pummelige Ministerin enttäuscht, tastete nach der Hand ihres Mentors und streichelte sie.

»Ein Kanzler regiert«, erläuterte er. »Der hat Verantwortung zu tragen. Sie feige dem Volk zuzuschieben, ist nicht mein Stil.«

»Verstehe«, gab sie klein bei. »Aber dass sich Minister deines

Kabinetts öffentlich auf Petrells Seite stellen, ist eine Sauerei. Darauf musst du reagieren.«

»Wie denn? Mit einer Regierungsumbildung?«

»Du hast erst kürzlich zwei Minister ersetzt.«

Der Kanzler nickte. »Na eben«, sagte er. »Also hilf halt du mir. Finde etwas, womit ich diese Scheißer auf Linie bringe. Zapfe ihre Telefone an. Hör sie ab. Petrell natürlich auch.«

Die Ministerin erblasste. »Du weißt, wie heikel das ist?«, fragte sie.

»Stehst du jetzt zu mir oder nicht?«

Da war sie. Die Frage, die sie befürchtet hatte. Einen Moment lang zögerte sie, weil die Angst in ihr hochstieg, doch dann entschied sie sich. Vorerst jedenfalls.

»Klar«, hauchte sie und mimte das verliebte Schmusekätzchen. Mit überzeugendem Augenaufschlag und perfektem Tonfall. Zur Bekräftigung ihrer Worte stellte sie sich sogar noch auf die Zehenspitzen, umarmte ihren in die Jahre gekommenen Entdecker und Förderer und küsste ihn.

»Dann zähle ich auf dich«, murmelte er, als sie wieder von ihm abließ.

»Das kannst du«, versprach sie mit fester Stimme. »Immer.«

26

Die Nacht von Donnerstag auf Freitag war der Horror. Lou Sorko schlief schlecht. Kein Wunder. Das wahrscheinlich wichtigste Geschäft ihres Lebens beschäftigte sie. Punkt für Punkt ging sie den Ablauf noch einmal durch. Schließlich hatte die Sache ja bereits sechzigtausend Euro verschlungen. Wenn da etwas schiefging, konnte das böse enden.

Mit einem flauen Gefühl fuhr sie morgens ins Büro. Von acht bis neun sammelte sie noch rasch Informationen aus dem Internet. Danach eilte sie zum Chefredakteur, zählte das Geld, unterschrieb die Übernahmeerklärung und nahm den Koffer.

Der so unheimlich nordisch aussehende Typ aus Vorarlberg verabschiedete sie überaus freundlich. Mit strahlendem Wikingerlächeln begleitete er sie an die Tür.

»Ist das für Sie auch zu schaffen?«, fragte er. »Noch können wir die Sache rückgängig machen.«

»Dann ist die Anzahlung weg.«

»Da würden wir uns schon einigen.«

»Nein, wir ziehen das durch«, erwiderte sie und zog ab.

Du weißt nicht, worauf du dich da einlässt, dachte der Chefredakteur. »Sturkopf«, zischte er verdrossen, huschte ans Fenster, zog ein Taschentuch aus dem Hosensack und gab das vereinbarte Zeichen.

Rask, der tief unter ihm am Gehsteig stand, sah es, nickte zufrieden und sprang in einen unauffälligen dunklen Fiat.

Gleich darauf verließ Lou Sorko das Haus und kletterte in das wartende Taxi, das unverzüglich losfuhr.

Drei Autos dahinter folgte Rask.

Wie immer um diese Zeit war auf den Straßen viel los. Und das Wetter? Leute, die Hitze mochten, fanden es herrlich. Lou gehörte definitiv nicht dazu. Außerdem war sie gesundheitlich noch ein wenig angeschlagen und unruhig. Sie wirkte gehetzt, und ihr Blutdruck war ziemlich hoch. Dass es ihr nicht gut ging spürte sie ja auch selbst, als sie vor der Hofburg ausstieg.

Wo war ihr Gewährsmann? Nervös sah sie sich um, entdeckte ihn aber erst auf den zweiten Blick. In schwarzen Jeans, blauem Jeanshemd und einem breitkrempigen Hut, den er tief in die Stirn gedrückt hatte, kauerte er in einer Kutsche. Die beiden Pferde davor scharrten mit den Hufen und schnaubten. Ihre Köpfe hingen tief, knapp über dem Asphalt. Speichel tropfte aus ihrem Mund. Sie schienen erschöpft zu sein. Total ausgelaugt.

»Wollen wir unser Treffen nicht besser in ein gut klimatisiertes Kaffeehaus verlegen?«, schlug sie ihrem Informanten vor.

»Nein, nein, wir machen eine kleine Besichtigungstour«, beharrte der Bärtige mit dem Hut auf seiner Kutschenfahrt. Blöder Kerl. Je länger sie mit ihm zu tun hatte, umso unsympathischer wurde er ihr. Der Informant bemerkte ihren Groll, doch er war ihm egal.

»Also. Sie schauen sich die Gegend an, ich kontrolliere, was da alles in Ihrem Köfferchen steckt«, grunzte er.

»Guten Morgen, die Dame«, knarzte derweil der feiste Kutscher neben ihr, küsste ihr galant die Hand und half ihr beim Platznehmen. »Ich freu mich, dass Sie da sind. Lassen Sie sich ein wenig auf unsere Besichtigungstour einstimmen. Wien ist eine wunderbare Stadt und diese Fiakerfahrt ein unvergessliches Erlebnis. Wissen Sie, wo wir uns hier befinden?«

»Muss ich wohl«, murmelte sie verstimmt. »Ich bin hier geboren. Ich kenne mich aus.«

»Ach so.« Beleidigt knöpfte ihr der Dicke achtzig Euro ab, klappte den Mund zu und sprang auf den Kutschbock.

»Achtung! Fertig! Los!«

Ruckartig setzte sich das Gefährt in Bewegung. Zugleich griff ihr Informant nach ihrem Koffer, öffnete ihn einen Spaltbreit, griff hinein und zog eine Fünfhundert-Euro-Note heraus. Fachmännisch betrachtete er sie, nickte und schob sie in die Hosentasche.

»Sechs Bündel zu je zwanzig Fünfhundertern«, sagte sie.

»Fein.« Er freute sich.

Langsam gondelten sie durch die Herrengasse, vorbei am Innenministerium und am Palais Ferstel zur Schottenkirche. Dabei war Rask ihnen zu Fuß auf den Fersen und telefonierte.

Dann nahm Sorko den Koffer wieder an sich, fixierte ihn zwischen den Unterschenkeln, zog ihren Laptop aus seiner Tasche und startete ihn. Der Mann neben ihr überreichte ihr einen roten Stick, den sie gespannt ansteckte.

»Die Vorspeise vorige Woche hat Ihnen geschmeckt«, lachte der Gewährsmann. »Das hier ist ein Festmenü, das dürfen Sie mir glauben.«

Eine Viertelstunde lang prüfte die Journalistin das gespeicherte Beweismaterial. Die Videos und Tonmitschnitte waren sensationell. Was der Kutscher unterdessen über die Gebäude an ihrer Route erzählte, zog unbemerkt an ihren Ohren vorbei, doch sie ließen ihn reden. Sorko dachte an den Riesenskandal, den das Zeug auf dem Stick hervorrufen würde. Der Coup war ihr Durchbruch. Jetzt wurde sie ganz groß.

Aufgeregt steckte sie den Stick in die Laptoptasche und schaltete das Notebook ab.

»Ich will jetzt mein Geld haben«, quengelte der Informant.

Wortlos legte sie ihm den Aktenkoffer auf den Schoß, er drückte ihn auf den Kutschenboden und beugte sich tief über das Gepäckstück.

Gierig kontrollierte er die Anzahl der Geldbündel, schloss den Koffer wieder, nahm ihn hoch und presste ihn fest an sich.

»Wenn Sie rasch noch den Vertrag und ihre Garantieerklärung unterzeichnen, ist alles geregelt«, sagte Lou.

Aufatmend unterschrieb er, worauf sie die Papiere faltete und in ihr Dekolleté steckte.

»Vermutlich wissen Sie längst, wer ich bin«, brummte er.

»Klar«, grinste sie. »Rudolf Landauer. Der Ehemann von Petrells Stabschefin.«

»Sie geht mit ihm ins Bett«, sagte er und seufzte demonstrativ. »Weil der Typ ihr Türen öffnet, die sonst verschlossen sind, und weil er behauptet, dass er sie heiratet. Kanzlergattin. Das jedenfalls kann sie sich jetzt abschminken. Sobald ruchbar wird, was da läuft, geht sie ins Gefängnis. Petrell natürlich auch.«

»Und was tun *Sie* dann?«

»Später? Keine Ahnung. Aber jetzt tauche ich erst einmal unter.« Er grinste. »Das ist sicherer so.«

Sie erreichten eine Kreuzung, an der ihr Fiaker kurz anhielt. Geistesgegenwärtig schüttelte Landauer Lou die Hand, wünschte ihr viel Glück, sprang auf die Fahrbahn und rannte los.

Endlich. Lou Sorko war happy. Die ganze Spannung fiel jetzt schlagartig von ihr ab. So ein Triumph, dachte sie. So ein Riesenglück. Freudestrahlend beendete sie am Stephansplatz die Rundfahrt, wechselte in die Untergrundbahn und fuhr auf schnellstem Wege nach Hause. Dort kopierte sie den Inhalt des Sticks auf das Notebook und auf eine externe Festplatte.

Währenddessen lauerte Benno Rask vor ihrem Haus, und als sie später mit dem Taxi zum Redaktionshaus düste, blieb er ihr weiterhin auf den Fersen.

Es war zwölf, als sie das Büro des Chefredakteurs betrat, und Lou hatte noch etwa zehn Stunden zu leben.

»Da ist es«, lächelte sie und legte ihm den Stick auf den Schreibtisch. Plötzlich fühlte sie sich völlig schlapp.

»Das Material ist okay?«, fragte er.

»Es ist sagenhaft«, korrigierte sie ihn.

»Ich schau es mir gleich an«, versprach er.

»Und ich bekomme die Schlagzeile?«

»Sonntagsausgabe, Seite eins bis drei, falls alles passt.« Mit funkelnden Augen strahlte er sie an.

»Geil«, freute sie sich. »Dann tippe ich schon mal die Entwürfe für ein paar Artikel in meinen Laptop und kümmere mich um die passenden Hintergrundinformationen.«

»Sie sind eine Wucht, Lou«, schwärmte er und geleitete sie zur Tür. Wie sehr er sich wünschte, dass sie jetzt schnellstens ihren Hintern aus seinen vier Wänden schob, war ihm dabei nicht anzumerken.

Kurz darauf war er endlich allein.

27

Nasenbluten. An diesem Freitag, dem 14. Juli, gegen zweiundzwanzig Uhr war genau das Bakotas Problem. Zusätzlich raste auch noch sein Puls wie nach einem Hundertmeterlauf. Folgen des Acetons, das er schnüffelte und dessen Wirkung ihm jetzt zu schaffen machte, als er in die dunkle Wohnung im Parterre einstieg. Plötzlich wurde sein Blick starr wie bei einem Schlafwandler, und die Pupillen glänzten knopfdick. Sie kullerten fast aus seinen Augen. Teufel noch mal, war er high, aber während er durch den Flur schlich, beruhigte sich sein Riechorgan wieder. Erleichtert zog er das zu einem Keil zusammengedrehte Vlies aus dem Nasenloch und entsorgte es mit gerümpfter Nase im Schirmständer neben der Garderobe.

Im Licht der Taschenlampe inspizierte er nun Raum um Raum. Facebook fiel ihm ein. Gute Sache. Empfehlenswert. Dort war er nämlich auf die Postings der Wohnungsinhaber gestoßen, die von ihrer Abreise nach Spanien berichteten und sich über eine Woche Urlaub freuten. Öffentlich. Die hatten jetzt sicher eine gute Zeit dort.

Grinsend betrat der schmächtige Dreiundzwanzigjährige mit dem struppigen rostroten Haar das Schlafzimmer. Dass die meisten Menschen ihre Wertsachen im Kleiderkasten bei der Unterwäsche aufbewahrten, war eine alte Weisheit. Sie traf auch in diesem Fall zu. Ein Griff, schon war die verschlossene Handkasse aus billigem Metall, die unter den Büstenhaltern lag, sein. In einer Lade fand er Gold- und Silbermünzen, in einer anderen fünf Herrenuhren und Schmuck. So ein Dreck, ärgerte er sich. Er hatte mehr erwartet.

Enttäuscht packte er das Zeug in eine Umhängetasche und verließ die Wohnung auf dieselbe Art und Weise, wie er sie betreten hatte. Derweil schlich ungefähr fünfzig Häuserblocks weiter jemand durch das Apartment der Journalistin Lou Sorko und suchte nach deren Laptop und Handy, doch davon ahnte Bakota natürlich nichts. Der fuhr zwanzig Minuten mit der Untergrundbahn, stieg aus und marschierte los. Ins Blaue hinein. Er suchte passende Opfer. Leute, denen er die Geldbörse rauben konnte, ohne dass sie sich zu stark wehrten.

Eine angenehm laue Nacht. Sie ließ seine Gedanken fliegen und schärfte den Blick. Der wiederum zippte nun von einer Art Teleeinstellung in eine Weitwinkelperspektive. Deshalb fiel ihm auch der schwarze Jaguar auf, der leise an ihm vorbeirollte. Fasziniert lauschte er dem sonoren Brummen des Motors. Es begeisterte ihn so, dass er Gänsehaut bekam. Fünfzig Meter weiter bog der Wagen links ab. Ein tolles Auto. Genau sein Geschmack. Fasziniert lief er dem Ding nach, doch als er in die Gasse rannte, wo der Flitzer verschwunden war, konnte er ihn nirgendwo mehr entdecken. Frustriert schlenderte er weiter die Straße entlang. Bis zu einer Tankstelle, wo er abrupt stoppte. Dort stand die Kiste nämlich. An einer Zapfsäule. Einsam und verlassen.

Pfeilschnell huschte er zum Objekt seiner Begierde, öffnete die Fahrertür und stutzte. Der Zündschlüssel fehlte, und wie man ein Auto kurzschloss, wusste er nicht. Wenigstens lagen auf dem Beifahrersitz eine Ledertasche mit einem Laptop und ein Mobiltelefon. Blitzartig ergriff er die Sachen und sauste damit davon.

Ein besonderer Glücksgriff war das ja nicht, doch er kannte jemanden, der so etwas kaufte. Zu miesen Konditionen, aber immerhin. Den einen oder anderen Euro würde das Zeug schon einbringen, und er brauchte das Geld. Eines hatte er nämlich gelernt: In dieser Welt war jeder seines eigenen Glückes Schmied. Da musste man schauen, wo man blieb. Da gab es weder Hilfe noch Erlösung.

Für nichts und niemanden.

28

Moritz Petrell war sauer. Er hatte mal wieder seine liebe Not mit dem Einschlafen und wälzte sich im Bett herum, weil seine Kindheit in ihm hochkochte.

Was ihn da quälte?

Alles.

Der abgetakelte Bauernhof der Eltern inmitten karger Felder. Der Vater, der immer arbeitete, kein Lachen kannte und der ihm ein Leben lang fremd blieb. Die fragile, sanfte Mutter, die ihm aus Zuneigung alte, verschlissene Kinderbücher auf das Kopfkissen legte. Die zwei älteren Brüder, die ihn hassten, weil er als Vierjähriger bereits lesen und mit fünf fehlerlos seinen Namen schreiben konnte. Die gehässigen Mitschüler im Stiftsgymnasium, die er alle mühelos in den Schatten stellte, wodurch er sich ihre Feindschaft zuzog. Was ihn rettete, war ein ihm wohlgesonnener Direktor, der sich seiner annahm.

Moritz machte sein Abitur, während seine Geschwister auf dem Hof rackerten. Er erhielt ein Begabtenstipendium und studierte. Dinge, die sie ihm nie verziehen. An dem Tag, an dem er in den Fächern Politikwissenschaft und Philosophie promovierte, übernahm Karl den bäuerlichen Betrieb, und Erwin emigrierte in die Schweiz und heiratete. Danach kappten sie jegliche Verbindung zu ihm. Sie mieden ihn bis heute.

Dinge dieser Art gingen ihm durch den Kopf, als er mit offenen Augen in seinem Schlafzimmer lag. Allein. Ab und zu hörte er den Kühlschrank in der Küche summen und dachte an die Milch, die Wurst und den Käse, die darin vergammelten. Dann fielen ihm Chiara ein und der Unfall, der alles zerstört hatte. Gegen zwei döste er ein, doch um fünf war er schon wieder wach. Diesmal aus anderen Gründen. Da beschäftigten ihn die aktuellen Geschehnisse und verursachten ihm Kopfschmerzen und Übelkeit, bis er schließlich erneut einnickte.

Um neun erreichte ihn Helenes Anruf. Stumm hörte er die Nachricht an und legte auf. Danach rollte er sich aus dem Bett, latschte in die Küche, schaltete die Kaffeemaschine ein und aß ein Butterbrot, ehe er sich mit einem doppelten Mokka ans Fenster setzte. Dort sah er sehnsuchtsvoll den Vogelschwärmen nach, die am Himmel über die Weingärten zogen.

Samstag.

Seinerzeit hatte da sein Wochenende begonnen. Zwei Tage Ruhe. Erholung. Heute konnte er sich so etwas abschminken, und eine weiße Weste besaß er auch nicht mehr. Ja, der Preis für seinen Ehrgeiz war hoch. Wegfliegen, dachte er. Einfach abhauen. Mit einem Kopf so leer, als hätte man einen Computer neu aufgesetzt.

Vögel besaßen ja bloß ein Spatzenhirn. Tiere hatten kein Gewissen.

An einem Tag wie heute beneidete er sie von ganzem Herzen darum.

29

Das Wochenende war dahin. Ein heißer Montag läutete die neue Woche ein, und die monatliche Belehrung der Führungskräfte des Landeskriminalamtes stand auf dem Programm. Sie begann mit einer Rede des Polizeipräsidenten und einem dürftigen Referat des Landeskriminaldirektors. Es folgte eine halbstündige Pause mit kleinem Büfett, an die ein zwanzigminütiger glanzloser Auftritt der Innenministerin anschloss. Damit war alles gelaufen.

Nichts wie weg hier. Erleichtert stolperten die sichtlich mitgenommenen Besprechungsteilnehmer aus dem Festsaal des Polizeipräsidiums und zerstreuten sich in alle Winde. Ausgenommen Kubica. Der lehnte mit gesenktem Haupt an einem verdreckten Korridorfenster und stellte sich dem Anruf seines Sohnes. Der forderte Rechenschaft darüber, wieso der Traum von ihrer Wiener Männer-WG nicht in Erfüllung ging.

Der Oberst rang nach Worten. Einerseits stieg ihm ja selbst noch die Galle hoch, wenn er an Anne dachte. Andererseits widerstrebte es ihm, am Telefon über Oscars Mutter herzuziehen.

»Anne will es so«, brachte er die Dinge auf den Punkt. »Aber weißt du was? Das Wichtigste ist, dass wir bald wieder eine Zeit lang zusammen sind. Ich freu mich so.«

»Margot hat dich verlassen?«

»Das hat nichts mit dir zu tun«, log Radek. »Also mach dir keine Gedanken. Hauptsache, du kommst. Servus.«

Wenn Oscar wüsste, wie sehr er ihn vermisste. Bedrückt steckte Kubica das Telefon weg, vertrieb die aufkeimende Gier nach einem Glas Wodka mit einer Tablette und machte sich auf den Weg zum Herrenklosett. Dessen Vorraum war verwaist. Ein Phänomen, das offenbar mit Kabine Nummer zwei in Zusammenhang stand, wo jemand die Notdurft verrichtete. Relativ spektakulär, denn der Mann auf dem Lokus keuchte und stöhnte, als brächte er ein Kind zur Welt. Außerdem stank es gotterbärmlich. Angewidert rümpfte Kubica die Nase und entschwand.

Draußen stand Dvorak und zog gierig an einer Chesterfield.

»Ich dachte, du musst aufs Töpfchen«, säuselte er mit spöttischem Unterton.

»Das ist mir vergangen«, gestand der Oberst. »Da drinnen brauchst du schweren Atemschutz.«

»Ja, der Herr Landeskriminaldirektor leidet an Durchfall«, sagte der Chefinspektor mit breitem Grinsen. »Der scheißt, dass die Klomuschel bebt. Sieht nach einer Magenverstimmung aus, aber das ist bloß eine Vermutung, weißt du. Ich bin kein Arzt.«

»Merkwürdig«, stichelte Kubica. »Vor dem Vortrag der Ministerin war er doch noch so frisch und munter.«

»Bei Darmproblemen ändert sich das manchmal recht plötzlich«, erläuterte Kubicas Stellvertreter. »Weißt du was? Ich glaube, die Worte der Obrigkeit sind ihm ins Gedärm gefahren.« Dabei legte der beleibte Kettenraucher genießerisch den Kopf in den Nacken und ließ einen Rauchschwall aus seiner Nase quellen. Das sah aus wie bei einer alten Dampflokomotive.

»Du hast ihm ein Abführmittel gegeben«, konstatierte Kubica.

»Also weißt du«, protestierte Dvorak.

»Hast du ihm jetzt ein Glas Apfelsaft serviert oder nicht?«

»Mein Gott, ja. Ich war am Büfett, hab mir eine Erfrischung besorgt und ihm auch ein Gläschen spendiert. Der Mensch braucht Flüssigkeit. Mindestens drei Liter pro Tag. Weißt du was? Das nächste Mal bekommst du auch was ab.«

»Von dir?«, japste Kubica. »Eher lass ich mich erschießen.«

»Das schmerzt mich. Ehrlich«, erwiderte der Chefinspektor betrübt, warf den Zigarettenstummel in den Ascher und trabte zum Aufzug. Kubica folgte ihm.

»Hast *du* eigentlich durchschaut, was die Ministerin von uns will?«, gluckste Dvorak fröhlich. »*Ich* nämlich nicht. Aber du bist ja immerhin Oberst. Du wirst schon wissen, was Sache ist.«

»Wien muss einen guten Eindruck machen«, erklärte ihm Kubica zerstreut. »Wegen der Weltausstellung, die sie an Land ziehen wollen. Unsere Stadt als die Perle Europas. Modern, aufgeschlossen, tolerant. Die sicherste Metropole der Welt. Das heißt weniger Kriminalität als bisher, Bluttaten unerwünscht, Morde sowieso. Wir sollen sie bereits im Vorfeld verhindern.«

»Und wie?«

»Durch sichtbare polizeiliche Präsenz.«

»Nein. Dass wir da selber nie drauf gekommen sind«, höhnte Dvorak. »Den Ansatz muss sie sich unbedingt patentieren lassen.«

Grinsend stiegen sie in den Lift, fuhren in die Tiefgarage und stapften zum Wagen. »Dass du für die Ministerin ein rotes Tuch bist, ist dir hoffentlich klar«, warnte ihn Dvorak, als sie vor dem Audi standen.

Der Oberst schwieg.

Bedächtig nahm der Chefinspektor ein Taschentuch zur Hand, tupfte sich die Schweißtropfen von der Stirn, öffnete die Tür und klemmte sich hinter das Steuer. »Wegen der Art und Weise, wie du den Mord an ihrem Vorgänger geklärt hast«, sagte er, als sein Chef neben ihm saß. »Und unser famoser Landeskriminaldirektor will dich auch loswerden.«

»Ja, ja.« Kubica nickte.

»Dass du bei dem so unten durch bist, macht dich überhaupt kein bisschen nervös?«

»Du sagst es.«

»Pass bloß auf, hörst du? Mehr will ich zu diesem traurigen Thema nicht gesagt haben.«

»Danke schön«, seufzte Kubica genervt. Sein Telefon klingelte, er hob ab, und die Stimme eines Mannes ertönte.

»Lou Sorko ist nicht bei der Arbeit erschienen«, sagte der Unbekannte.

»Wer?«

»Eine Journalistin. Sie arbeitet beim ›Express‹. Ich hab sie schon mehrmals angerufen, aber sie hebt nicht ab. Da ist etwas passiert.«

»Wovon reden Sie?«, fragte Kubica.

»Von Mord natürlich«, antwortete der Anrufer. »Sie leiten doch die Mordkommission, oder? Deshalb ruf ich ja an.«

»Wo wohnt diese Frau Sorko?«

»Keine Ahnung.«

»Dann nennen Sie mir erst einmal Ihren Namen und Ihre Adresse«, bat der Oberst.

»Dazu ist es noch zu früh«, widersprach der Unbekannte. »Aber gehen Sie der Sache nach. So schnell wie möglich. Und keine Angst: Ich melde mich wieder.«

30

Dass Kubica seine Exfrau in den Sinn kam, geschah in den unpassendsten Momenten.

Jetzt, an diesem noch so jungen Nachmittag zum Beispiel, während er lustlos mit der Hausmeisterin und dem Herrn vom Schlüsseldienst die Treppe hinaufstapfte. Da war er gedanklich in London und grübelte darüber nach, mit wem seine Exfrau wohl die Nacht verbracht haben mochte, als er endlich vor der Apartmenttür der Journalistin stand, von der in diesem eigenartigen Anruf die Rede gewesen war. Dort löste sich sein Gedankenspiel in Luft auf, denn die Tür öffnete sich. Eine burschikose Schwarzhaarige mit völlig unpassenden roten Strähnchen im Haar schlich aus der Wohnung. Die Umhängetasche, die an ihrer Hüfte pendelte, war eine von der großen Sorte, und die junge Frau sah Kubica an, wie Anne das immer getan hatte, wenn ihr etwas furchtbar peinlich war. Dass sie ziemlich streng roch, bemerkte er gleich danach. Ebenso ihre auffallend langen Beine. Die steckten in hellen Sommershorts, wozu sie weiße Laufschuhe trug.

»Wer sind Sie?«, fragte Kubica.

»Glauben Sie, dass Sie das was angeht?«, antwortete sie patzig.

»Ja. Weil das Stellen solcher Fragen zu meinem Berufsbild gehört«, erwiderte er. »Kubica. Mordkommission.« Lächelnd zeigte er ihr seine Dienstmarke.

»Aha.« Dem Mädel war anzusehen, wie erschrocken es jetzt war.

»Also noch einmal: Wie heißen Sie?«

»Daniela Dorn«, piepste sie.

»Lou Sorko. Ist die zu Hause?«

»Nein.«

»Sind Sie sicher? Wo kann Sie sein?«

»Keine Ahnung.«

»Was hatten Sie dann da drin zu tun?«

»Ich bin ihre Halbschwester.« Die Stimme der jungen Frau klang jetzt ziemlich schrill, und die Art, wie sie dabei ihre Sardellenaugen zusammenkniff, zeigte ihr schlechtes Gewissen.

»Das heißt, Sie haben einen Zweitschlüssel.«

»Nein. Es war nicht abgeschlossen.«

»Und da marschieren Sie einfach locker in die Wohnung?«

»Ja, weil ich etwas mit Lou besprechen wollte.«

»Was denn?«

»Das ist privat.«

»Was haben Sie denn da in Ihrer Tasche?«

»Nichts.«

»Witzig«, knurrte Kubica. »Das Ding ist prall gefüllt. Lassen Sie mich mal sehen. Aufmachen.«

»Die Sachen gehören alle mir«, stotterte sie.

»Möglich, aber das will ich nicht hier im Stiegenhaus klären. Kommen Sie. Wir gehen hinein.«

»Da drinnen haben Sie nichts zu suchen.«

»Ich bin Polizist, Frau Dorn. Ihre Halbschwester soll ermordet worden sein.«

»Lou? Wie kommen Sie denn darauf?«

»Es gibt jemanden, der das behauptet.«

»Muss ein Geisteskranker sein«, antwortete sie schnippisch. »Oder ein Spaßvogel.«

»Haben Sie einen Lichtbildausweis mit dabei?«, fragte er.

»Den Führerschein.« Zögernd holte sie das Dokument aus einem dunklen Lederetui.

Kubica übernahm es, warf einen prüfenden Blick darauf und steckte es ein. »Los«, sagte er und deutete zur Tür. »Begleiten Sie mich.«

»Nein. Da geh ich nicht mehr hinein«, japste sie.
»Warum?«
»Ich hab Angst.«
»Aus welchem Grund? Sagen Sie schon.«
»Ich weiß nicht.«
»Frau Dorn bleibt hier und rührt sich nicht von der Stelle«, sagte Kubica der Hausmeisterin. »Schaffen Sie es, darauf achtzugeben, dass sie weder etwas versteckt noch etwas wegwirft?«
Die Frau nickte.
Der Mann vom Schlüsselservice auch.
Zufrieden stülpte der Oberst Plastiküberzüge über sein Schuhwerk und schlüpfte in Einweghandschuhe. Dann verschwand er in der Wohnung, wo er sich vorsichtig in Küche, Wohnzimmer und Schlafzimmer umsah, ehe er zum Badezimmer marschierte.
Wieso er plötzlich so ein schlechtes Gefühl hatte? Er wusste es nicht.
Jedenfalls sammelte er sich, ehe er die Klinke berührte. Bedächtig drückte er sie durch, ließ die Tür aufschwingen und blieb wie angewurzelt stehen. Instinktiv senkte er den Blick und hielt entsetzt den Atem an.
Ein bestialischer Gestank schlug ihm entgegen.

31

»Was glotzt du so?«
Bakota hätte der Achtzehnjährigen mit dem honigfarbenen Haar, den ausgeprägten weiblichen Formen und den auffallend runden Augen auf der Stelle den Hals umdrehen sollen, als sie das fragte. Stattdessen sah er sie bloß an. Mit weit aufgerissenen Augen nebst halb offenem Mund.
»Bist du taub?«, zischte Judith Hahn böse und stupste ihn an. »Schau weg.«
Seufzend machte der Junge kehrt, kniete nieder, zerrte Nu-

delpackungen aus einem halb leeren Karton und räumte sie ins Regal.

»Der steht auf dich«, grinste der mindestens dreißig Jahre ältere Fettwanst an ihrer Seite. Dabei senkte er den verschlagenen Blick und parkte seine verschwitzte Pranke auf dem Hintern des Mädchens.

Bakota klappte die Ohren zu und arbeitete stur weiter. Zugleich spürte er einen lähmend dumpfen Druck auf der Brust, als hätte er etwas Unverdauliches gegessen.

»Wirklich?« Lächelnd raffte Judith ihren langen, duftigen Sommerrock, bückte sich und bot dem rothaarigen Regalbestücker Einblick in ihr Dekolleté. Auf ihre vollen Brüste, die bei dieser Bewegung fast aus ihrer roten Bluse sprangen.

Verlegen sah er auf und verzog das Gesicht.

»Was soll das Grinsen? Hat das einen besonderen Grund?«, neckte sie ihn.

»Du bist ein kleiner Hosenscheißer, was?«, höhnte derweil ihr solargebräunter Begleiter. Der wog gut und gern hundertzehn Kilogramm und bleckte die Zähne wie ein alter Maulesel, als er den Einkaufswagen weiterschob. Tänzelnd, wie ein alternder Schwergewichtsboxer im Ring.

»Rück fünfzig Mäuse raus«, raunte Judith.

Bakota stutzte. »Wie bitte?«

»Dicke Sau! Er hat dicke Sau zu mir gesagt«, kreischte sie und rang die Arme. »Gib mir die Kohle, dann sag ich deinem Chef, dass es ein Scherz war«, flüsterte sie.

»Vergiss es.«

»Schon wieder«, brüllte sie.

»Was geht da vor?« Der Marktleiter betrat die Bühne.

»Ihr Mitarbeiter pöbelt mich an«, zischte das Luder.

»Die spinnt ja«, protestierte der Bosnier.

Eine Rechtfertigung, mit der er sich noch mehr in Schwierigkeiten brachte.

»Folgen Sie mir in mein Büro«, befahl der Boss mit vor Wut bebender Stimme.

Eine Viertelstunde später war Bakota fristlos entlassen, marschierte in den Umkleideraum, zog den Arbeitsmantel aus und räumte den Spind. Anschließend machte er sich über die Kleiderkästchen seiner Kolleginnen und Kollegen her. Schlau wie immer. Aus jeder Geldbörse stahl er bloß ein bis zwei Scheine, ehe er durch den Dienstbotenausgang entwich.

Draußen ging das Leben seinen gewohnten Gang. Autos rollten, Menschen drängten an ihm vorbei. Alles so wie immer. Nur Bakota war anders als sonst. Der bewegte sich langsam, wie ein Untoter, und blieb an der nächsten Kreuzung endlos lange stehen.

Wohin sollte er gehen?

Jetzt rann ihm auch noch das Blut aus der Nase. Fluchend riss er etwas von einem Papiertaschentuch ab und stillte damit die Blutung. Danach überquerte er die Fahrbahn und verschwand in einem formlosen Nichts.

Fort wollte er in diesem Augenblick. Weit weg von hier. Raus aus dem ganzen Dreck. Weg aus Wien.

32

»Sind Sie in Ordnung?«, fragte Kubica, der im Schatten des gerichtsmedizinischen Institutes stand. »Eine Leiche zu identifizieren ist nicht so einfach. Jedenfalls sind Sie ganz schön blass um die Nase.«

»Ja, mir ist ein wenig übel«, räumte Daniela Dorn ein. »Und sonst?«, setzte sie fort. »Schaut nach einem Badeunfall aus, oder? Wahrscheinlich hat sie sich in die Wanne gelegt, ist eingeschlafen und abgesoffen. So etwas kann passieren.«

Skeptisch betrachtete Kubica die neunzehnjährige Hürdenläuferin aus dem nördlichen Waldviertel, die nach eigenen Angaben kurz vor dem internationalen Durchbruch stand.

»Ob das ein harmloser Unfall war oder heimtückischer Mord, wird sich zeigen«, erläuterte er. »Aber erzählen Sie mir doch erst einmal, was Ihnen zu Ihrer Halbschwester so alles einfällt.«

»Da kann ich Ihnen relativ wenig sagen«, krähte sie. »So

wahnsinnig gut kannten wir uns nämlich gar nicht. Sie war um neun Jahre älter als ich und hat Publizistik studiert. Anschließend arbeitete sie für den ›Express‹. Als Journalistin. Das war ihr Traumberuf. Ich hingegen habe eine kaufmännische Lehre gemacht und bin Leichtathletin.«

»Und Lous Privatleben?«

»Sie war Single. Jedenfalls gab es keine feste Beziehung, nur lose Bekanntschaften. Typen, mit denen sie ins Bett stieg, ohne ihre Namen zu kennen. Genaueres weiß ich darüber nicht. Dazu haben wir uns zu selten gesehen.«

»Angenommen, es war Mord: Wer könnte sie umgebracht haben und aus welchem Grund?«

»Streit mit einem Lover?«

»Sonst fällt Ihnen nichts ein?«

Sie schüttelte den Kopf. »Wie lange ist sie eigentlich schon tot?«, fragte sie.

»Drei bis vier Tage. Wann haben Sie denn die Leiche entdeckt?«

»Ich? Überhaupt nicht.«

»Sie lügen.«

»Das ist eine Unterstellung.«

»Sie wussten, dass sie tot ist«, beharrte er. »Sonst hätten sie ihr wohl kaum das Geld und den Schmuck geklaut.«

»Wer klaut denn?«, blaffte sie. »Nach ihrem Tod ist das mein Eigentum. Mama ist mit einem Kanadier durchgebrannt und seitdem unauffindbar, Papa ist tot, Lous Mutter zum Glück auch, und sonst ist niemand da. Es gehört alles mir.«

»Dann hätten Sie das Zeug ja dort lassen können, wo es war.«

»Um dafür auch noch irgendwelche Steuern oder Gebühren zu blechen? Ich bin doch nicht blöd.«

»Das erklären Sie mal dem Staatsanwalt«, konterte er. »Sie werden angezeigt.«

»Von mir aus«, murmelte sie. »Nach dem Tod unseres gemeinsamen Vaters hat Lou alles geerbt. Ich ging leer aus, denn meine Mutter war ja bloß seine Geliebte, nicht die Ehefrau. Aber wie das Leben so spielt. Jetzt kommt das wieder in Ordnung.«

Kaltschnäuziges Aas, dachte Kubica und verzog angewidert das Gesicht. »Sie können vorerst nach Hause gehen«, verkündete er kühl. »Sollte es sich hier um Mord handeln, wovon ich ausgehe, lade ich Sie morgen oder übermorgen zum Verhör vor. Seien Sie pünktlich, sonst lass ich Sie vorführen, verstanden?«

»Bin ja nicht taub«, antwortete sie. »Übrigens können Sie ruhig ein wenig freundlicher zu mir sein. Ich zahle Steuern. Davon werden Sie bezahlt.«

Amüsiert nickte er ihr zu und blickte ihr nach, wie sie selbstbewusst die Straße hinunterstolzierte und hinter einer Ecke verschwand. Dann setzte er seine Sonnenbrille auf, schlenderte zum Parkplatz, stieg in sein Dienstauto und fuhr ins Büro.

33

Kurz nach neunzehn Uhr fiel im Parterre lautstark die Tür ins Schloss. Bakota kam heim. In gebückter Haltung und mit gesenktem Blick stapfte er die Treppe hinauf und schlurfte durch den dreckigen Korridor.

Dann stutzte er. Vor seiner Wohnung saß Judith, den Hintern auf ihrer Handtasche, den Rücken lässig ans Türblatt gelehnt. Sie rauchte eine Zigarette.

»Na endlich«, maulte sie.

»Was heißt denn das jetzt wieder?«

»Dass du ein Arschloch bist, weil du mich so lange hast warten lassen. *Das* heißt es.«

»Die haben mich gefeuert wegen dir.«

»Super. Oder hat es dir dort gefallen?«

»Spinnst du? Wovon soll ich jetzt leben?«

»Von der Liebe«, sagte sie, grinste und dämpfte ihren Glimmstängel am Boden aus.

»Im Grunde müsste ich dir gleich einmal eine knallen«, knurrte er.

»*Yeah, Baby*«, stöhnte sie und drängte sich an ihn. »Schlag mich. *Come on.* Los, zeig's mir.«

Da bekam der Bosnier einen roten Kopf und schwieg.

»Was denn? Gar keine Lust auf Sadomaso?«, spottete sie. »Okay. Auch gut. Dann öffne endlich diese verdammte Tür und lass mich rein.«

Das saß. Bakota war so perplex, dass ihm der Mund offen blieb.

»Komm«, ächzte er schließlich verstört, sperrte auf und ließ die dralle Schöne eintreten.

Der muffige kleine Raum, der sie empfing, war Küche und Bad zugleich. Rechts stand ein alter, ramponierter Herd, flankiert von ein paar windschiefen Regalen und zwei Küchenkästchen. Links hing ein unansehnlicher grauer Plastikvorhang, hinter dem ein Waschbecken und eine Dusche hervorlugten. Es war furchtbar eng hier. Nichts schien jemals mit einem Putzmittel in Kontakt gekommen zu sein. Außerdem stank es penetrant nach angebrannter Milch. Bakotas Besucherin bekam ganz große Augen, als sie das sah, und atmete tief durch.

»Geh weiter«, befahl er und drängte sie ins angrenzende Zimmer, das für Wohnen und Schlafen herhalten musste. Unter dem einzigen Fenster befand sich ein Bett. Links standen ein Tisch und zwei Sessel. Als Draufgabe gab es noch eine Kommode Marke Sperrmüll, auf der ein alter Fernseher parkte. Rechts der Tür entdeckte sie einen klapprigen Kleiderkasten, daneben waren mit Reißzwecken ein paar Poster mit Rockbands und nackten Mädchen an die Wand gepinnt.

Mein Gott, dachte Judith. Das war ja noch schlimmer als der Schuppen, in dem sie mit ihrer Tante hauste.

»Ich wohne seit vier Monaten hier«, erzählte der Junge stolz.

»Und vorher?«

»War ich im Knast.«

»Weswegen?«

»Diebstahl.«

»Und deine Eltern?«

»Tot.«

»Ist ja schrecklich.«

»Findest du?«

»Du magst mich, oder?«

»Wie kommst du darauf?«

»Man sieht es.«

Errötend senkte Bakota den Blick. Er trug eine enge Hose, an der sich seine Erregung straff abzeichnete. Unwillkürlich zuckte er zusammen, als sie ihn dort berührte.

»Entschuldige«, hauchte sie und zog die Hand zurück.

»Wer ist der Typ, der ab und zu mit dir einkauft?«, fragte er.

»Einer, den meine Tante hin und wieder für mich anschleppt.« Sie seufzte. »Sie nennt ihn Karli.«

»Und? Schläfst du mit ihm?«

»Du stellst vielleicht Fragen.«

»Er soll die Finger von dir lassen, hörst du?«

»*Listen, baby:* Ich hab keinen Job, lebe von der Mindestsicherung, und Edda nimmt dreihundert im Monat, damit ich bei ihr wohnen darf. Also *shut up*. Oder blechst du jetzt meine privaten Gesangstunden? Meine Klamotten? Ein Handy und etwas Taschengeld muss ich auch haben.«

»Und deine Eltern?«

»Vater an Krebs krepiert, Mutter bei einem Wohnungsbrand umgekommen. Vor acht Jahren. Da war ich zehn.«

»Wenn dich dieser Karli noch einmal anrührt, hau ich ihm die Fresse ein.«

»Okay. Sorgst du dann für mich? Kannst du das?«

»Du traust es mir zu, sonst wärst du nicht hier.«

»*You're so clever. Really. Yeah.* Mach mich reich, dann kannst du alles von mir haben.«

»Okay. Dann haben wir jetzt einen Deal«, murmelte er, betrachtete nervös ihre pralle Oberweite und schluckte.

»Krass«, gurrte sie, öffnete den Reißverschluss seiner Jeans und ließ ihre Finger in den Hosenschlitz gleiten.

»Was tust du da?«, stöhnte er.

»Du kriegst eine Anzahlung. Gefällt dir doch, oder?«

»Klar«, keuchte der Junge. »Aber Vorsicht. Ganz langsam.«

Weit draußen jaulte ein Martinshorn. Im Rattenloch nebenan warf sich ein Pärchen ordinäre Schimpfwörter der Sonderklasse an den Kopf, und ein Stockwerk über ihnen rauschte die Klospülung wie ein donnernder Wasserfall.

Bakota registrierte es nicht. Der war in einer anderen Welt. In einer neuen Dimension. Auf einem nie gekannten Planeten. Ganz weit weg.

Dank Judiths geschickter Hände.

34

Die späte Abendsonne streichelte Dagmars Hand, wärmte ihre Arme, die Brüste und das Gesicht. Ihre Beine hingegen lagen näher am Baumstamm. Licht und Schatten. Gegensätze, die jedes menschliche Wesen prägten. Bei Petrells Stabschefin trat der Wechsel zwischen zwei Extremen halt weitaus stärker hervor als bei Durchschnittstypen üblich.

In der Luft lagen die Düfte des Sommers. Die Frau, die für Petrell im Hintergrund die Fäden zog, ruhte ausgestreckt auf dem Rasen, halb unter dem Blätterdach einer mächtigen Platane, halb unter einem wolkenlosen Himmel. Irgendwann einmal öffnete sie die Augen, setzte sich auf, biss von zwei Sandwiches ab und trank ein Glas Weißwein, der sehr trocken war und eiskalt.

Dabei strich ein äußerst männlicher Duft nach Tabak, Rauch und einem Hauch Zitrone um ihre Nase. Benno Rask stand neben ihr. Ein Baum von einem Mann. Seine Größe imponierte ihr. Sein Körperbau. Der Kerl entspräche exakt ihrem Beuteschema, wenn er nicht so unwichtig wäre. Petrell. Um den kreisten ihre Gedanken. Der war ihr Ziel.

»Die Journalistin wurde gefunden«, erzählte sie.

»Hab davon gehört«, erwiderte Rask.

»Das wäre also ausgestanden.«

Er schwieg.

»Wir müssen uns etwas wegen Rudi einfallen lassen«, murmelte sie versonnen und hielt dem Personenschützer lässig ihr Glas hin. Der hob die Flasche auf und schenkte nach.

»Wie weit willst du gehen?«, fragte er.

»Ich will die Scheidung«, antwortete sie. »Den Idioten ertrage ich nicht mehr.«

»Verstehe. Und wenn er dein Ehemann bleiben will?«

»Das geht nicht«, erwiderte sie. »Ich hab mich in Moritz verliebt. Das ist halt so.«

»Ja, ja. Wo die Liebe hinfällt«, murmelte der Leibwächter.

»Was sagst du da?«

»Dass wir die Sache mit deinem Alten natürlich regeln.«

»Super«, sagte sie und lächelte zur Bestätigung. Als er ihr beim Aufstehen half, berührte Rask ihre Wange. Sie war samtig und weich wie das Ohr eines frisch geborenen Hasen.

»Entschuldigung.« Er grinste frech.

»Schon gut. – Um dreizehn Uhr kommt Helene Andau ins Büro und will mit mir reden. Wir müssen gehen.«

Als sie zum Wagen schritten, huschte ein Eichhörnchen über die Wiese. Sein Fell schimmerte wie Platin. Es erinnerte sie an die Haarfarbe ihres Mannes und an die Zeit, als sie seine Sekretärin gewesen war und beschlossen hatte, ihn bei lebendigem Leibe aufzufressen, damit er sie zur Frau nahm und ihren Arsch aus dem Dreck hob.

»Lass ihn leben, Rask«, sagte sie, als sie ins Auto stieg.

»Rudi?«

»Ja.«

»Warum sagst du *mir* das?«, knurrte der ehemalige Privatdetektiv und hockte sich hinter das Steuer.

»Du weißt schon, wieso.«

»Ich weiß gar nichts.«

»Egal. Versprich mir, dass er heil davonkommt.«

»Man wird sehen«, seufzte er und fuhr los. »An mir soll es nicht liegen.«

35

Der Dienstagmorgen war schwül. Zwar hatte Kubica keinen Appetit und somit null Interesse am Essen, doch Dvorak bestand auf sein Frühstück. Da kannte er kein Pardon.

Still saßen sie also nebeneinander, kauten vor sich hin, und jeder hing seinen Gedanken nach. Der Spruch »Lügen wie gedruckt« geisterte durch Kubicas Kopf. Eine Weisheit aus dem Volksmund, die besagte, dass die Medien bloß das verbreiteten, was im Interesse der jeweiligen Machthaber lag. Früher war das den Menschen bewusst. Heute nicht mehr. Da glaubten sie so gut wie alles, was in den Zeitungen stand. Wieso? Darauf wusste Kubica keine Antwort. Da war er echt ratlos.

Und sonst? In den Fensterscheiben der Universität gegenüber spiegelte sich die Sonne. Dazwischen lag die Ringstraße. Sie sah aus wie ein träger schwarzer Lindwurm, dessen Rücken vormittags um zehn schon so heiß war, dass man Spiegeleier darauf braten könnte.

Wien ohne diesen Prachtboulevard? Für den aus einer polnischen Kleinstadt stammenden Kubica war das unvorstellbar. Ob Kaiser Franz Joseph geahnt hatte, welch einzigartigen architektonischen Impuls er im Dezember 1857 setzte, als er die Schleifung der Stadtmauern befahl und das grüne Glacis rund um den ersten Bezirk einebnen ließ? Acht Jahre später eröffnete man das erste Teilstück des hufeisenförmigen neuen Herzstücks der Stadt. Als das gigantische Projekt fertig war, zählte die Hauptstadt der Donaumonarchie zu den drei bedeutendsten Metropolen Europas, doch das war lange her.

»Winzige Hautabschürfungen an den Fingerknöcheln plus mikroskopisch kleine Blutspuren an den Kacheln oberhalb der Wanne«, sinnierte der Chefinspektor, als sein Mahl beendet war.

»Verletzungen, die entstehen, wenn eine Badende um sich schlägt«, ergänzte der Oberst und nickte.

»Blessuren, die allerdings so geringfügig waren, dass deine Frau Dr. Haller sie beinahe nicht registriert hätte«, trumpfte Dvorak auf.

»Ihr junger Kollege, der ihr ab und zu assistiert, entdeckte sie aber«, parierte Kubica. »Zum Glück.«

»Du bist mit der Schönen liiert, oder?«

»Mit der Haller?«

»Mit wem denn sonst?«

»Ich war mit ihr essen«, erwiderte Kubica unwillig, schob das Tablett zurück, nahm einen Schluck Cola und rückte einer heißen Apfeltasche zu Leibe.

»Ach so«, murrte sein Stellvertreter, der sich eine spannendere Auskunft zu Kubicas Liebesleben erhofft hatte. »Jedenfalls hätte die feine Frau Doktor die Sache als Unfall durchgehen lassen, wenn sich der Herr Assistent nicht so wichtiggemacht hätte.«

»Und? Was heißt das?«

»Dass diese Mordtheorie auf sehr tönernen Füßen steht. Siehst du denn irgendwo ein Mordmotiv?«

»Jetzt schon?«, fragte Kubica. Langsam wurde er sauer.

»Geld und Schmuck waren ja da«, warf Dvorak ein. »Jedenfalls bis ihre Halbschwester das Zeug weggeschafft hat. Von Raubmord kann also keine Rede sein.«

»In diesem Stadium ist es zu früh, irgendetwas auszuschließen«, mahnte Kubica. »Dazu langt unser Wissensstand nicht.«

»Und unser Herr Landeskriminaldirektor?«, fragte Dvorak. »Was sagt der dazu?«

»Stankovic? Nichts, weil er seit gestern Abend bei den Polizeimeisterschaften in Innsbruck weilt.«

»Was spricht der Staatsanwalt?«

»Sein Ermittlungsauftrag ist bereits eingetroffen.«

»Na bestens.« Der Chefinspektor seufzte tief. »Und wer bearbeitet den Fall?«

»Ich«, antwortete Kubica. »Mit deiner tatkräftigen Unterstützung.«

»Ach geh«, jammerte Dvorak. »Fällt dir denn sonst niemand ein?«

»Nein«, sagte der Oberst. »Erstens, weil du ein fähiger Mann bist.«

»Und zweitens?«

»Weil ich dir vertraue.«

»Mir?«

»Genau. Weißt du was? Du sprichst mit den Nachbarn, Freunden und Bekannten der Toten und kümmerst dich um ihre Männergeschichten. Ich nehme ihr berufliches Umfeld und diese windige Frau Dorn unter die Lupe. Das ist der Plan.«

Dvorak schluckte. »Begeistert bin ich davon ja eher nicht, aber von mir aus.«

Sie tranken noch einen Cappuccino, ehe sie aufbrachen. Draußen beschloss Kubica, mit Lena zu telefonieren und sie um ein paar diskrete Auskünfte aus dem heimischen Bankwesen zu ersuchen. Am Nachmittag wollte er mit dem Chefredakteur des »Express« reden.

Eine Unterhaltung, der er mit hohen Erwartungen entgegensah.

36

Wie ein glühender gelber Ball baumelte die angeschwollene Sonne über der Sportanlage im Süden der Stadt. Wien war heiß. Auch der Zeugwart, dessen verschlissenes Polohemd klatschnass an seinem ausgezehrten Oberkörper hing. Schweißgebadet fluchte er vor sich hin, während er die Hürden für den Hundertmeterlauf abbaute, die das letzte Viertel der Rundlaufbahn markierten. Derweil taumelten die Langstreckenläuferinnen, die sich neben ihm aufwärmten, wie betrunkene Hühner durch die Gegend. Die vier Hochspringer, die an der Längsseite des Grüns an ihrer Technik feilten, waren dem Hitzschlag nahe, und die Speerwerfer strichen jetzt endgültig die Segel, schulterten schicksalsergeben ihre Gerätschaften und schlichen zum Ausgang.

Da waren die sieben jungen Amazonen mitten auf den markierten Bahnen, die mit dunkelrotem Kunststoff belegt waren, ein anderes Kaliber. Obwohl auch sie einen reichlich mitgenommenen Eindruck machten, während sie mit gekrümmten Rücken im Halbkreis hockten. Daniela Dorn stand keuchend ein wenig abseits. Mit geneigtem Kopf lauschte sie der Analyse ihrer Betreuerin, stellte leise eine Frage, erhielt eine kurze Antwort und nickte.

Als sich die Trainerin der nächsten Sportlerin widmete, überquerte Kubica die Laufbahn. Erst da bemerkte ihn Dorn, kniff verärgert die Augen zusammen und baute Körperspannung auf.

»Fertig?«, fragte der Oberst fröhlich.

»Ja«, antwortete sie nervös.

»Setzen wir uns auf die Tribüne?«

»Wenn es unbedingt sein muss.«

Wütend gab sie der Übungsleiterin Bescheid und folgte ihm. Eine Zeit lang sprachen sie kein Wort. Auch nicht, als sie am zweiten Rang Platz nahmen und nebeneinander ins weite Oval des Stadions guckten.

»Also«, fragte sie nach einer Weile. »Worum geht es?«

»Um ein heimtückisches Verbrechen.« Kubica zwinkerte ihr zu und setzte mit bedeutungsvoller Geste die Sonnenbrille auf. »Lou Sorko wurde ertränkt.«

»Ich bin sprachlos«, erwiderte sie.

»Hoffentlich gibt sich das gleich wieder«, ätzte er. »Wo waren Sie am Freitag zwischen zweiundzwanzig Uhr und Mitternacht?«

»Im Bett.«

»Allein?«

»Vormittags trainiere ich, nachmittags sitz ich an der Kasse im Supermarkt, damit ich so einigermaßen über die Runden komme. Für Männer bleibt da keine Zeit.«

»Das heißt, Sie haben kein Alibi.«

»Brauche ich denn eins?«

»Wie steht es mit Ihren Finanzen?«

»Komische Frage.«

»Antworten Sie.«

»Man lebt.«

»Ein höherer Lebensstandard wäre aber durchaus erwünscht, oder?«

»Ich bin eine junge Sportlerin im Aufwind. Sobald ich als Werbeträgerin interessant werde, ist meine Zukunft gesichert. Das dauert nicht mehr lange.«

»Fein«, grunzte Kubica unbeeindruckt. »Sie kommen am Abend in mein Büro, damit wir Ihre Angaben schriftlich festhalten. Wie sieht es bei Ihnen zeitlich aus? Neunzehn Uhr?«

»Geht in Ordnung«, sagte sie. »Übrigens: Lou besaß einen Laptop und ein Handy. Beide Geräte sind verschwunden. Das ist mir gleich aufgefallen, als ich gestern in der Wohnung war.«

»Marke?«

»Apple, soviel ich weiß.«

»Gut. Bis auf Weiteres bleiben Sie in Wien und halten sich zu meiner Verfügung.«

»Was soll das heißen?«, japste sie. »In vier Wochen starte ich bei einem Meeting in Zürich.«

»Wir werden sehen«, erwiderte der Oberst, stand auf, nickte ihr zu und ging.

»Mistkerl«, fluchte die Hürdenläuferin. Kopfschüttelnd schlug sie die Hände vors Gesicht und überlegte, was sie da tun konnte. Jetzt brauchte sie Beistand. Jemanden, der diesen Kubica in den Griff bekam, sonst versaute ihr der Typ am Ende noch ihre sportliche Laufbahn. Und die war ihr heilig.

Für die würde sie alles tun.

37

Ein Treffen in der Untergrundbahn? Schon wieder? Stinksauer machte sich Helene Andau auf den Weg.

Als sie um Punkt fünfzehn Uhr dreißig vereinbarungsgemäß am Stephansplatz in den zweiten Waggon der Linie U1 stieg, lehnte Michailowna bereits an der Tür gegenüber.

»Schön, dass Sie da sind, meine Liebe«, sprach die Frau mit dem kurzen grauen Haar ohne jeglichen Akzent.

»Was gibt es?«

»Der Kanzler lässt die Telefone seiner Minister abhören. Petrells Anschluss natürlich auch.«

»Nein.« Andau war entsetzt. »Wer macht das? Wer zieht die Sache für ihn durch?«

»Die Innenministerin«, lächelte ihre Gesprächspartnerin stolz. »Streng geheim natürlich.«

»Gut, dass wir grundsätzlich keine sensiblen Gespräche per Telefon führen. Da ist der Schaden überschaubar.«

»Trotzdem ist die Lage ernst«, blaffte die Geheimdienstlerin. »Eure Wohnungen und Büros könnten ja ebenfalls verwanzt sein. Ich schicke jemanden vorbei, der sich darum kümmert.«

»Nein«, sagte Andau. »Das erledigt unser militärischer Geheimdienst. Der steht ja jetzt angeblich auch auf unserer Seite. Das Finden und Entfernen von Abhörtechnik alleine ist mir nämlich zu wenig. Das muss nachvollziehbar dokumentiert werden.«

»Wie Sie wollen. Ich hoffe, Sie wissen, was Sie tun.«

Kühl nickte Michailowna der Unternehmerin zu, wartete, bis der Zug anhielt, sprang auf den Bahnsteig und verschwand.

Währenddessen rief Andau den Abgeordneten Petrell an. Sie müsse unbedingt mit ihm reden, sagte sie mit besorgter Stimme. Es sei äußerst dringend.

38

Eine Stunde später stand Lena Pawlowski am sogenannten Fleischmarkt, vor der Griechenkirche zur Heiligen Dreifaltigkeit. Sie hatte schwarzes, halblanges Haar, eine kleine, fast kindliche Nase und braune, mandelförmige Augen. Als Leiterin der Privatkundenabteilung einer bekannten Bank war sie ja meist in Hosenanzug oder Businesskostüm unterwegs. Heute hingegen trug sie flache Schuhe, einen Jeansrock, eine helle Bluse sowie selbst designten Modeschmuck, womit sie sehr süß aussah, wie sie fand.

Nachdenklich leerte sie eine Dose Cola und warf das nutzlos gewordene Aluminiumgebinde in den Müllbehälter, der an der Säule eines Halteverbotsschildes befestigt war. Dabei betrachtete sie bewundernd das griechisch-orthodoxe Gotteshaus, das 1856 sein heutiges Gesicht erhalten hatte. In diesem Augenblick legte jemand mit dunklem Lachen seine Hand auf ihre Schulter.

Kubica.

»Hallo, Radek. Du kommst spät«, tadelte sie ihn und schüttelte missbilligend den Kopf.

»Entschuldige«, sagte er. »Wie laufen die Geschäfte?«

»Prächtig. Aber du weißt ja, wie das bei einem börsennotierten Unternehmen läuft. Da sind Kosteneinsparungen immer ein Thema. Gerüchte über einen Personalabbau machen die Runde. Eine italienische Großbank will uns übernehmen.«

»Bist du besorgt?«, fragte er.

»Wieso?« Ein Schatten legte sich über ihr Gesicht, aber Sekunden später verschwand er auch schon wieder, und ihr Blick wurde ganz sanft.

»Sophie ist in der Kirche«, sagte Lena mit glockenheller Stimme. »Lass uns hineingehen.«

Kubica nickte. Der Duft ihres Parfüms kroch ihm in die Nase. Sie roch genauso wie damals, als sie noch jung gewesen war.

Hand in Hand bummelten sie durch den bogenartig gestalteten Durchgang. Einen langen, in Gelb und Rot gehaltenen Raum, dessen gewölbte Decke mit Ornamenten verziert war. Links und rechts verwuchsen Säulen mit den Wänden, an denen steinerne Gedenktafeln mit mehrsprachigen Inschriften prangten. Zur Erinnerung an die Toten. Nachdenklich folgten sie den schachbrettartig verlegten schwarzen und weißen Bodenplatten unter ihren Füßen und gingen zum Eingang.

»Gottlob ist die Kirche um diese Zeit noch geöffnet«, sagte er, als sie den prunkvollen Innenraum betraten. Der wiederum überwältigte sie. Gold, so weit das Auge reichte, und inmitten all dieser Pracht wanderte Lenas kleine Tochter staunend von Ikone zu Ikone.

»Wie in einem Schloss«, flüsterte die Kleine, ehe sie Kubica bemerkte und ihm begeistert zuwinkte.

Der wurde langsam ungeduldig.

»Bleib locker, Radek«, grinste Lena. »Ich hab ja die Informationen, die du brauchst.«

»Dann lass hören.«

»Frau Dorn hat einen Kredit über siebzigtausend Euro zu bedienen«, erzählte sie. »Die Rückzahlung umfasst achthundertfünfzig Euro monatlich. Sie erfolgt unregelmäßig, was auf eine gewisse Geldnot schließen lässt.«

»Wann wurde der Kreditvertrag abgeschlossen?«, fragte Kubica.

»Vor eineinhalb Jahren.«

»Und Lou Sorko?«

»Die hat siebenundachtzigtausend Euro auf der hohen Kante«, berichtete Lena. »Außerdem besaß sie ein Bankschließfach, das heute geleert wurde.«

»Wer sagt das?«

»Eine Freundin.«

»Interessant.«

»Wie geht es Anne?«, fragte Lena.

»Weiß ich nicht.« Kubica seufzte. »Bist du mir eigentlich noch sehr böse?«

»Weil du mir seinerzeit wegen ihr den Laufpass gegeben hast?«

Er nickte.

»Ich war auf deiner Seite und werde es immer sein«, antwortete sie. »Du weißt doch, dass du auf mich zählen kannst.«

»Dann gehen wir jetzt erst einmal ein Eis essen«, verkündete er.

»Ich weiß, wo es wahnsinnig gute Eiscreme gibt, die beste von ganz Wien«, verkündete Sophie, und die Augen der Kleinen bekamen einen sehnsuchtsvollen Glanz.

»Was für ein Glück, dass du so gescheit bist«, sagte der Oberst mit frechem Grinsen.

Ausgelassen wie ein aufgekratzter Familienvater machte sich

Kubica mit den beiden auf den Weg, und er fühlte sich so beschwingt, befreit und glücklich wie schon lange nicht mehr.

Er sollte noch oft an diese Stunden denken.

39

Seit siebzehn Uhr dreißig recherchierte Kubica wieder und hatte noch so einiges erfahren. Pünktlich um neunzehn Uhr, als Daniela Dorn sein Büro betrat und er die Niederschrift mit ihr aufnahm, war er also schon wieder in seinem Element.

Geduldig nahm er jede Lüge zu Protokoll, die ihm die Hürdenläuferin auftischte, und wartete, bis sie das Schriftstück unterzeichnet hatte. Dann machte er seelenruhig ein neues Formular startklar und bat die junge Polizistin an der Tür, neben Dorn Platz zu nehmen.

»Wer hat Lou Sorko umgebracht?«, fragte er. »Und warum?«

»Es war ein Einbrecher«, antwortete sie mit lässigem Achselzucken. »Dass ihr Laptop und das Handy geklaut wurden, ist der Beweis.«

»Bargeld, Schmuck und wertvolle Münzen wurden nicht angerührt.«

»Der Täter könnte gestört worden sein.«

»Möglich«, räumte Kubica ein.

»Mit dem Tod meiner Halbschwester hab ich jedenfalls nichts zu tun, das müssen Sie mir glauben«, beteuerte sie.

»Muss ich das?«

Sie schwieg.

»Sie haben einen Kredit zu bedienen, bei dessen Rückzahlung Sie Probleme haben«, knurrte er.

»Woher wissen Sie das?«

»Stimmt es?«

Sie senkte den Blick.

»Wozu brauchten Sie das Geld?«

»Für eine Privattrainerin.«

»Die Sie inzwischen entlassen haben. Was ist mit dem Rest passiert?«

»Der ging bei Aktienspekulationen flöten.«

»Ach, deshalb pumpten Sie Lou an«, hielt er ihr vor. »Immer wieder.«

»Wer behauptet das?«

»Nachbarn. Bekannte.«

»Ab und zu habe ich um eine kleine Kapitalspritze gebeten«, erwiderte sie unwillig. »Das ist korrekt.«

»Ich weiß, was los ist«, stellte Kubica klar. »Es gibt ein verlockendes Angebot. Ein Jahr Training in einem amerikanischen Leistungszentrum plus Betreuung durch einen Startrainer. Der Haken an der Sache ist, dass die Sportförderung bloß einen Teil davon bezahlt und Sie den Eigenanteil von vierzigtausend Euro nicht aufbringen. Diesen Betrag sollte Ihnen Ihre Halbschwester geben.«

»Sie sollte ihn mir leihen, nicht schenken«, korrigierte sie ihn.

»Egal. Lou hat abgelehnt, darum musste sie sterben.«

»Sind Sie verrückt?« Energisch schüttelte das Mädchen den Kopf. »Wegen vierzigtausend Mäusen bring ich doch keinen Menschen um. Erst recht nicht meine Halbschwester.«

»Da sind Leute schon wegen ganz anderer Beträge ermordet worden.«

»Aber nicht von mir.«

»Vor ein paar Tagen hat Ihre Halbschwester ein Bankschließfach gemietet. Mit welchem Inhalt?«

»Das wüsste ich auch gern«, murmelte Dorn. »Als ich es öffnen ließ, war es nämlich leer.«

»Ich glaube Ihnen kein Wort«, brummte Kubica.

»Am Freitagnachmittag rief mich Lou an und erzählte mir von dem Schließfach. Sie habe dort eine Art Lebensversicherung gebunkert, meinte sie, aber ich hab nichts gefunden.«

»So? Wir werden Ihre Angaben überprüfen«, versprach Kubica mit ernster Miene. »Trotzdem besteht der dringende Verdacht, dass Sie Lou Sorko aus dem Weg geräumt haben. Aus Geldgier. Ich muss Sie vorläufig festnehmen.«

»Sie machen einen Fehler«, stammelte Dorn.
»Abführen«, befahl Kubica.
Mit festem Griff zog die junge Uniformierte die Hürdenläuferin vom Sessel hoch und verließ mit ihr das Zimmer.
Da griff Kubica bereits zum Telefon. Er musste mit dem Staatsanwalt reden.

40

Am nächsten Tag knallte die Sonne schon um acht vom Himmel. Mit rekordverdächtiger Kraft. Kubica rann der Schweiß aus allen Poren, während er seine Arbeitsstelle betrat, doch das war es ja gar nicht, was ihn so verdross. Stankovic wollte ihn sehen. Bald darauf stand er auch schon in dessen Büro. Mit geschlossenen Jalousien und bei künstlichem Licht machte es einen noch weitaus ungemütlicheren Eindruck als sonst.
Karl Stankovic war Anfang vierzig, fast einen Kopf größer als Kubica, hager, sehnig, besaß eine hohe Stirn, auffallend dünnes Haar und Segelohren. Er hatte eine spitze Nase, so gut wie keinen Bartwuchs und den pfiffigen Blick eines Versicherungsvertreters. Vor allem aber litt er unter einer Eigenart, die bei Führungsfunktionären im Polizeidienst häufiger anzutreffen war. Ein Beamter mit Rückgrat war ihm ein Gräuel.
Kubica zum Beispiel. Sein spezielles Sorgenkind.
»Also«, nuschelte er und verzog die Mundwinkel zu einem arroganten Grinsen. »Die Faktenlage zum Verdacht gegen Frau Dorn ist verheerend. Keine Zeugen. Schon gar kein Geständnis. Ein paar Widersprüche, die sich aus ihren Aussagen herauslesen lassen, ein offener Kredit und der Umstand, dass sie dabei war, die Bude der Toten auszuräumen, als Sie dort eintrafen. Das langte Ihnen, um sie zu arretieren? Bravo. Was uns erwartet, falls sie sich beschwert, will ich mir jetzt erst einmal gar nicht vorstellen.«
Ruhig bleiben, schoss es Kubica durch den Kopf. Ganz cool.

Der Mensch ist, was er denkt, was er denkt, strahlt er aus, und was er ausstrahlt, zieht er an. Eine Weisheit, die er erst kürzlich wo gelesen hatte. In welchem Buch? Das war ihm entfallen, aber seit er bei der Kripo war, hatte er viele Landeskriminaldirektoren kommen und gehen sehen. Stankovic war eine Zeiterscheinung. Den saß er aus.

»Sie steht unter finanziellem Druck«, entgegnete er. »Jetzt erbt sie.«

»Nun gut, das ist ein Motiv. Es rechtfertigt aber keine Mordanklage.«

»Sie hat ein Motiv und kein Alibi. Das halte ich vorerst einmal fest. Und sie hat offenbar auch Freunde, die bei Ihnen intervenieren, damit Sie auf meine Ermittlungen Einfluss nehmen. Wer hat denn angerufen?«

»Es macht Ihnen offensichtlich Spaß, mich zu reizen«, schnarrte Stankovic und nestelte zornig an seiner Krawatte. »Aber Ihre Rückendeckung durch die Gewerkschaft hält nicht ewig. Also übertreiben Sie es nicht, Kubica.«

»Ich mache bloß meine Arbeit«, sagte der Chef der Mordkommission.

»Und ich will die Sache rasch vom Tisch haben. Ein ungeklärter Mord an einer Journalistin ist nämlich total unangenehm.«

»Das ist Mord immer«, sagte der Oberst und gönnte sich ein Grinsen.

»Sie sind ein Witzbold, mein Bester. Aber von mir aus. Sehen Sie zu, dass Sie gegen Frau Dorn heute noch mit handfesten Beweisen aufwarten, sonst lässt der Staatsanwalt sie nämlich wieder laufen. Was ist mit DNA-Spuren?«

»Da gibt es jede Menge davon. In der ganzen Wohnung. Sie werden noch ausgewertet.«

»Sehr schön. Und wie läuft es mit Dvorak?«

»Wieso?«

»Man hört und sieht nichts von ihm.«

»Er leitet die Hausdurchsuchung in Dorns Wohnung.«

»Ach so.« Stankovic erhob sich und begleitete ihn zur Tür. »Da fällt mir ein: Haben Sie meine Dienstanweisung in Sachen

Geheimhaltung schon gelesen? Bei Mord gibt es keine Informationen an die Presse. Befehl von oben. Von ganz oben. Für die strikte Befolgung dieser Anordnung sind Sie mir persönlich verantwortlich, kapiert?«

Der Oberst nickte und ging. Dabei stellte er sich seinen Landeskriminaldirektor mit heruntergelassenen Hosen auf dem Herrenklo vor. Ein wunderbares Bild. Er behielt es noch lange im Gedächtnis.

Stankovic wiederum sah ihm grübelnd nach, holte sein Mobiltelefon aus dem Sakko und wählte eine Nummer. Sein Kontaktmann bei der Tageszeitung »Neue Zeit« hob sofort ab.

»Womit kann ich dienen?«, fragte der.

»Mit ein paar Zeilen in eurer morgigen Printausgabe«, sagte Stankovic. »Eine junge, aufstrebende Nachwuchsleichtathletin wurde festgenommen. Daniela Dorn. Wegen Mordverdacht. Man wirft ihr vor, ihre Halbschwester Lou Sorko in der Badewanne ertränkt zu haben, aber ich denke, da hat der Herr Oberst Kubica von der Mordkommission kräftig übers Ziel geschossen. Eine spannende Geschichte. Dass die Information von mir kommt, darf natürlich keiner wissen, aber das ist Ihnen ja klar, oder? Also schönen Tag noch. Servus.«

41

Pawel Wozzek war klein, drahtig und dynamisch wie ein Wiesel. Auch geistig. Mit seiner spiegelglatten Glatze, den buschigen Augenbrauen, den gütigen Augen und der ausgeprägten Nase flößte er den Menschen auf der Stelle Vertrauen ein. Die beste Basis für eine gedeihliche Seelsorge, wusste der Pfarrer von Sankt Kasimir, der oberste Hirte aller Polen in Wien.

Wozzek liebte seine Schäfchen. Er war der Dreh- und Angelpunkt der polnischen Community. Zwar war seine Vergangenheit als Major des polnischen Geheimdienstes kein Thema unter den Gläubigen, doch die meisten wussten Bescheid. Kubica auch.

Der Pfarrhof war recht spartanisch eingerichtet. Ein alter Schreibtisch aus dunklem Holz, ein Drehsessel, dahinter ein Ölgemälde mit dem Porträt des längst verstorbenen polnischen Papstes. Daneben hing ein Holzkreuz. Unter dem Fenster gegenüber stand ein Betschemel. Dort kniete der Pater mehrmals am Tag, erinnerte sich seiner einstigen Verfehlungen und hielt Zwiesprache mit Gott. Es war halb zwölf, als er sein Gebet unterbrach, weil es klopfte.

»Ja?«

Kubica stand vor der Tür.

»Was willst du?«, fragte Wozzek.

»Reden«, erwiderte Kubica.

»Ich hab gekocht«, sprach der Pfarrer schlicht und umarmte seinen Freund. »Komm mit nach oben und iss mit mir.«

Dankbar folgte der Oberst dem Geistlichen in dessen gemütliche Wohnküche und setzte sich zu Tisch. Es gab Hühnersuppe, die schon seit dem frühen Morgen in einem Eisentopf auf kleiner Flamme köchelte. Mit den feinen Nudeln und dem aromatisch gewürzten Hühnerfleisch hätte man sie ohne Weiteres als Hauptspeise verwenden können. Diese Funktion war allerdings einem Sauerkrauteintopf mit Fleisch, Pilzen und allerlei Gemüse vorbehalten, den man Bigos nannte. Während sie aßen, erzählte der Oberst von seinem neuen Mordfall, und der Pfarrer hörte zu. Als Kubica verstummte, erhob sich Wozzek, servierte noch eine Tasse Espresso und stellte einen großen Teller mit Keksen aus Polen auf den Tisch.

»Dann hast du ja eine vorläufige Hauptverdächtige«, sprach er. »Diese Sportlerin. Mit Sorkos Tod ist sie ihre Geldsorgen los.«

»Ja, sie hat ein Motiv«, räumte Kubica ein, steckte einen Keks in den Mund, kaute und nippte an seinem Kaffee. »Aber stichhaltige Beweise fehlen.«

»Wie kam der Täter in die Wohnung?«, fragte Wozzek mit zur Seite geneigtem Kopf.

»Mit Ersatzschlüsseln oder Duplikaten«, antwortete Kubica. »Ein Aufsperrwerkzeug kam jedenfalls nicht zum Einsatz, sagt die KTU. Die typischen mikroskopisch kleinen Beschädigungen an den Schließmechanismen der beiden Zylinderschlösser fehlen.«

»Wieder ein Hinweis auf die Halbschwester«, brummte der Pfarrer.

»Sie bestreitet aber vehement, Ersatzschlüssel zu besitzen«, erzählte Kubica. »Dvorak konnte bei der Hausdurchsuchung auch nichts dergleichen finden.«

»Dann gibt es halt sonst jemanden aus dem Umfeld des Opfers, der Ersatzschlüssel oder Duplikate besitzt.«

»So muss es sein«, bestätigte Kubica. »Jedenfalls war das kein Einbruch mit Todesfolge. Dafür lege ich meine Hand ins Feuer.«

»Aber deswegen muss es sich ja trotzdem nicht unbedingt um einen Mord mit rein privatem Bezug handeln«, sinnierte Wozzek. »Die Tote war Journalistin. Ein Job, in dem man leicht aneckt. Das kann schon einmal gefährlich werden.«

Kubica nickte. »Noch etwas fällt mir auf«, sagte er. »Der Täter wusste, wo sein Opfer wohnt.«

»Na ja«, meinte der Pfarrer. »Wenn ich hinter einer Adresse her bin, erkundige ich mich halt auf dem Meldeamt.«

»Kannst du«, sagte Kubica. »Aber als Privatperson bekommst du keine Meldeauskunft. Seit die verschärften Datenschutzbestimmungen in Geltung sind, ist die Weitergabe von Daten nur an Behörden und Rechtsanwälte erlaubt.«

»Ach so«, brummte Wozzek enttäuscht. »Dann halte ich dir die Daumen, dass die Sportlerin den Mord gesteht. Übrigens: Brauchst du wieder neue Pillen?«

»Ich hab noch welche, aber ein paar mehr auf Lager kann nicht schaden.«

»Dann besorge ich welche.«

Das Telefon läutete. Dvorak war dran. Eine von Dorns Nachbarinnen habe ihm etwas Interessantes mitgeteilt, sagte er.

»Was denn?«, fragte der Oberst.

»Unsere verdächtige Hürdenläuferin soll kürzlich bei einem Kaffeetratsch völlig ausgeflippt sein«, berichtete der Chefinspektor. »Zitat: ›Wenn das herzlose, kalte Aas einmal unter der Erde liegt, mach ich eine Wallfahrt nach Mariazell. Zu Fuß‹, soll sie gesagt haben.«

»Fein«, erwiderte Kubica. »Nimm mit der Zeugin ein Protokoll auf.«

»Alles klar«, antwortete sein Stellvertreter.

»Offensichtlich spitzt es sich ja doch immer mehr auf die Halbschwester zu«, sinnierte Kubica zerstreut. Dann bedankte er sich für das gute Essen, stürzte den Espresso hinunter und verabschiedete sich.

Kubica war zappelig. Es lief unrund, denn von der Zufriedenheit, die ein geklärter Fall normalerweise bei ihm auslöste, fehlte jede Spur.

Fand er sich unterfordert?

Blödsinn, dachte er. Ab und zu gibt es halt einen Mordfall mit einer simplen Lösung. Wieso sollte der Fall Lou Sorko nicht auch in diese Kategorie fallen? Als er darüber nachgrübelte, fiel ihm der anonyme Anrufer ein, der ihn auf den Mord an Sorko erst aufmerksam gemacht hatte. Wenn Dorn die Täterin war: Wie passte der Anrufer dann ins Bild?

Eine Frage, auf die er noch keine Antwort wusste.

42

Judith Hahn hasste Schweißgeruch. Den eigenen am allermeisten. In dementsprechend gereizter Stimmung trottete sie zur Bushaltestelle an der Hauptstraße, wo sie mit ihrem Herzblatt verabredet war.

Siebzehn Uhr. In der Kolarikgasse lief alles ab wie immer. Typen in Lederjacken lungerten vor den Häusern herum, hörten orientalische Musik und ließen eine Flasche Schnaps kreisen. Zwanzig Meter weiter stießen sechs Türkenjungen einen kleinen Albaner zu Boden und raubten ihm das Taschengeld. Derweil stritten auf der Straßenseite gegenüber zwei Bosnierinnen und rissen einander an den Haaren. Ein paar Armlängen vor ihnen fuhr ein Streifenwagen langsam bis zur Sulzgasse, bog links ab und verschwand. Unterdessen rief ein Afghane Judith etwas zu, griff sich an den Schritt und schob rhythmisch das Becken vor und zurück. Zugleich pisste sein schmieriger Begleiter an die Hauswand und grölte besoffen vor sich hin. Angewidert senkte das Mädchen den Blick und setzte den Weg fort. Bis zur Kreuzung. Dort legte ihr jemand von hinten die Hand auf die Schulter, und sie fuhr herum wie der Blitz.

»Spinnst du, Baby?«, zischte sie erbost und schnaufte ein paarmal tief durch.

Bakota lachte. »Programmänderung, Judith«, erklärte er. »Vergiss das Abendessen und schlaf mit mir. Aber so richtig, hörst du?«

Was war denn mit dem los? Gestern noch derart schüchtern, dass er kaum das Maul aufbrachte, und heute? War wohl bekifft, der Gute.

»Forget it«, zischte sie abweisend. *»No way.«*

»Ich hab eine Mörderkohle bei mir«, raunte er.

»Wie viel?«

»Zweitausend. In etwa.«

»Wahnsinn«, gluckste Judith. »Lass sehen.«

Der nach Rauch stinkende, ungewaschene Kerl ließ sich nicht lange bitten. Grinsend griff er in die Hosentasche, zog ein Bündel Banknoten hervor, zeigte es ihr und stopfte es eilig zurück. Sein dünnes Haar war zerzaust. Mit den fleckigen Jeans und dem löchrigen schwarzen Oberteil an seinem schmächtigen Körper sah er unmöglich aus, doch das Einzige, was für Judith in diesem Moment zählte, waren seine Augen, mit Pupillen, groß wie schwarze Teller, die in der Sonne glänzten.

»Der Zaster ist für dich, hörst du?«, murmelte er und zwinkerte ihr zu. »Ich schenke ihn dir. Nach dem Sex.«

Ungläubig stierte sie ihn an, packte seine Hand und drückte fest zu.

»Bist du irre?«, flüsterte sie. »Für zweitausend Kröten kannst du jede haben.«

»Ich will nicht jede«, antwortete er. »Ich will dich.«
»Mich?«
»Wir sind jetzt zusammen«, verkündete er. »Für immer.«
Sie schluckte und schwieg.
Ungeduldig zog er sie mit sich fort.
Und Judith? Die hatte keinen blassen Schimmer davon, was ihr mit diesem Jungen noch alles blühen würde. Also ließ sie, was folgte, auch willig über sich ergehen.
Sie ließ es einfach geschehen.

43

Das Hotelzimmer war in Ordnung, nur der scharfe, künstliche Geruch störte sie. Vermutlich war er dem Teppichboden zu verdanken, der sich durch das Sonnenlicht erwärmte.
»Magst du mich?« Mit einer schnellen Bewegung zog Amel Bakota seine Unterhosen an und betrachtete das Mädchen, das sich nackt vor ihm auf dem Laken räkelte.
»Klar«, erwiderte sie mit schläfriger Stimme.
»Und? War es schön für dich?«
Judith nickte.
»Du bekommst das Geld. Alles.«
»Du verarschst mich doch.«
»Exakt tausendneunhundertfünfzig Euro«, nuschelte er.
»Woher hast du es, Baby? Sag es.«
»Ich hab was verkauft. Drei Goldketten, zwei Armreifen, ein paar Gold- und Silbermünzen.«
Ohne sie dabei aus den Augen zu lassen, schnappte der Junge seine Jeans. Dann leerte er die Taschen und stopfte ihr drei Fünfhunderter, vier Hunderter und einen Fünfziger zwischen die gespreizten Schenkel. Judith sah es und war sprachlos.
»Super«, sagte sie schließlich und leckte sich die Lippen. »*But listen.* Ich möchte raus aus dem Dreck. Dazu brauchen wir mehr als das. Viel mehr.«

»Daheim hab ich auch noch ungefähr fünftausend Kröten«, erzählte er. »Beute aus Überfällen auf alte Weiber, denen ich die Handtasche geklaut hab. Wir gehen in den Süden. Italien, Spanien, Portugal. Du schaust geil aus, Süße. Ich bin verrückt nach dir.«

»Ich weiß. Woher kommst du eigentlich?«

»Bosnien.«

»Du bist aber kein Moslem, oder?«

»Serbisch-orthodox, aber das zählt nicht. Religion ist scheiße.«

»Genau mein Spruch«, sagte sie kichernd. »Und wenn das alle kapieren, ist endlich Ruhe auf der Welt. Weißt du was? Zieh deine Hosen aus und komm noch einmal zu mir.«

Entschlossen richtete sie sich auf, fegte das Geld vom Bett und spreizte die Beine.

Da riss sich Amel hastig die Unterhosen vom Leib und nahm, was sie ihm anbot. War das nicht herrlich? Dass er bis vor wenigen Tagen noch ein Niemand war, ein Habenichts, hatte jetzt plötzlich überhaupt keine Bedeutung mehr. Nun hatte er Judith. Eine Perspektive. Ein echtes Leben. Dinge, die er nie mehr hergeben wollte. Um keinen Preis.

Entsprechend schnell, laut und heftig kam er auch bei seinem zweiten Mal.

44

Als Judith Stunden später nach Hause kam, war es fast Mitternacht. Sie hasste das trostlose Gebäude, in dem sie wohnte. Ob im Parterre oder in den Stockwerken darüber: überall dasselbe Bild. Rechts und links der Treppe je ein schmaler Korridor mit ungepflegtem Boden aus Terrazzo. Desolate Fenster, durch deren verschmierte Scheiben man kaum noch auf die Gasse sah. Je acht Wohnungen pro Gebäudetrakt, jeweils zweiundfünfzig Quadratmeter groß, mit identischem Grundriss. Winzige Diele mit WC und Waschgelegenheit, Wohnküche, kleines Schlafzimmer und ein Kinderzimmer, in dem man Platzangst bekam. In Letzterem war Raum für einen Kleiderkasten und ein Bett. Judiths Reich.

Leichtfüßig lief sie in die dritte Etage, hielt sich rechts, huschte bis ans Ende des Flurs und öffnete leise die Wohnungstür. Was sie zu Gesicht bekam, beunruhigte sie. Die Tante saß auf dem Sofa. Der Mann mit dem Spitznamen »Karli« lümmelte neben ihr. Der unvorteilhaft gekleidete, dicke Endfünfziger mit den tief liegenden gierigen Augen sah sich die Nachrichtensendung an. Derweil blätterte Edda in alten Fotoalben und kommentierte die Schnappschüsse von anno dazumal. Judiths verstorbener Vater mit Gattin an der Theke einer Strandkneipe in Lignano, beide lachend und mit einem Glas Wein in der Hand.

Als sie Judith bemerkte, legte die dürre Frühpensionistin die Fotos zur Seite. Obwohl schon Anfang sechzig, trug sie einen knappen weißen Rock und eine tief ausgeschnittene blaue Bluse. Besonders sexy sah sie damit nicht mehr aus, aber ihren vielen Männerbekanntschaften schien es zu gefallen.

»Da bist du ja«, sagte die ehemalige Kellnerin mit dem kurz geschnittenen, schwarz gefärbten Haar. Derweil schraubte sich der Dicke neben ihr ächzend hoch, watschelte zum Fernseher und drehte den Ton leiser.

»Was macht denn *der* da?«, fragte Judith genervt und warf dem schmierigen Fettsack einen feindseligen Blick zu.

»Ich warte auf dich«, sagte er. »Weißt du was? Wir machen uns einen schönen Abend.«

»Vergiss es. Hau ab.«

»Wo bleibt dein Benehmen, mein Kind?«, fiel ihr Edda ins Wort. »Komm her, gib der Tante ein Bussi.«

Mit wässrigen Augen stand Edda auf, stützte sich auf ihren schwarzen Gehstock und hielt dem Mädchen die Wange hin. Das spitzte vorsichtig den Mund und drückte ihr angewidert einen Kuss auf die teigige Haut.

»Und?«, fragte Edda. »Hat er dir was gegeben?«

Judith schüttelte den Kopf.
»Ich hab gefragt, ob er dir was bezahlt hat!«
»Nein.«
»Lüg nicht«, zischte die Tante, holte mit der Linken aus und schlug ihrer Nichte so kräftig auf den Mund, dass es ihr den Kopf zur Seite riss.
»Ja«, kreischte Karli begeistert, klatschte wie ein dummes kleines Kind und lachte.
»Es ist die reine Wahrheit«, log Judith mit zittriger Stimme, wischte sich mit dem Handrücken das Blut von den Lippen und duckte sich, als Edda erneut zum Schlag ausholte.
»Lass mich«, zischte sie und nahm die Arme hoch, um ihren Kopf zu schützen. »Der Trottel hat nichts. Der ist zu blöd zum Stehlen.«
Edda erstarrte. Mit den kalten Augen eines alten Krokodils musterte sie ihre Nichte und entschloss sich, die Taktik zu wechseln. Sie packte die Mitleidsmasche aus.
»Du weißt ja, ich hab MS«, flötete sie. »Ich brauch das Geld für meine Medikamente, also sei brav, Liebling. Rück den Zaster raus.«
»Ich hab keinen Cent, Edda«, stammelte das Mädel. »Glaub mir.«
»Dann musst du dir halt bei mir was verdienen«, unterbrach der Freier den Disput der beiden, zog Judith zu sich heran und griff ihr ungeniert zwischen die Beine. »Hundert Euro. Bar auf die Hand.«
»Hundertfünfzig«, keifte Edda. »Dafür darfst du die ganze Nacht bei ihr bleiben.«
»Geht nicht«, erwiderte der ruppige Gast. »Um zwei muss ich zu Hause sein, aber okay, sie kriegt das Geld.« Routiniert öffnete er die Tür zum Kinderzimmer und stieß Judith dorthin, wo er sie haben wollte. Dann trat er mit zwei großen Schritten ins Zimmer und kickte mit seinem Hintern die Tür zu.
»Lass mich«, flehte die Achtzehnjährige. »Bitte.«
»Halt 's Maul«, erwiderte Karli und strich sein dünnes schwarzes Haar aus dem Gesicht. Dann zog er den Hosengür-

tel aus den Schlaufen des Hosenbundes, legte ihn zusammen und ließ ihn drohend durch die Luft pfeifen.

»Tu nicht so, als wärst du noch Jungfrau«, herrschte er sie an. »Runter mit den Klamotten, aber zackig.«

»Nur, wenn du dich umdrehst.«

»Damit du Zeit hast, den Zaster zu verstecken? Du kannst dein altes Tantchen verarschen, du blöde Kuh, aber mich nicht. Her mit den Mäusen.«

Zitternd zog sich Judith aus und warf ihr Höschen mit dem Geld auf das Bett, wo es der Dicke aufnahm, die Banknoten aus dem Textil fischte und das Geld zählte.

»Maul auf«, befahl er.

Bebend vor Angst gehorchte sie.

»Da sind deine hundertfünfzig Euro«, sagte er grinsend und stopfte ihr drei Geldscheine in den Mund. Den Rest steckte er ein.

Wie ein Sturzbach rannen die Tränen über Judiths Wangen.

»Ja, ja. Wie gewonnen, so zerronnen«, kicherte er. »Aber du kannst dich ja bei Edda beschweren, wenn du magst.«

»Du Dreckschwein«, würgte sie, legte das Geld auf das Nachtkästchen und ließ sich von ihm mit Handschellen ans Bett fesseln. Trotz aller Angst spuckte sie ihm noch ins Gesicht, bevor er ihr den Mund mit Klebeband verschloss.

»Heute ist es besonders spaßig mit dir«, knurrte der brutale Freier, riss die Hosen runter und legte sich auf sie.

Dass es das letzte Mal war, dass er sich an ihr vergreifen durfte, ahnte der Kotzbrocken dabei nicht.

Wie denn auch?

45

Mit rot geweinten Augen und wirrem Haar wankte das Mädel am nächsten Morgen aus dem Kinderzimmer.

Edda erwartete es schon.

»Komm, Süße. Setz dich.«

Misstrauisch kniff Judith die Augen zusammen, hockte sich an den Tisch und ließ ein gequältes Seufzen vom Stapel. Ein Verhalten, das ihre Tante schlichtweg ignorierte, indem sie ihr ein abgegriffenes Päckchen Spielkarten zuschob.

»Gefällt dir der Sex?«, fragte Edda und zwinkerte ihrer Nichte verschwörerisch zu.

»Nein.«

»Das kommt noch.« Mit versonnenem Lächeln kratzte sich die Frühpensionistin an der Nase und plauderte ungerührt weiter. »Wie angewidert du heute wieder dreinschaust. Aber wenn wir uns in aller Ruhe drei Bummerl ausspielen, schaut die Welt gleich wieder anders aus. Los geht's. Gib.«

»Ach nein.«

»Jetzt gib endlich, sonst setzt es was.«

Judith hätte gute Lust, ihr die Karten ins Gesicht zu werfen, doch sie gehorchte.

»Herz ist Trumpf«, sagte Edda mit schiefem Grinsen. »Ich hab so ein gutes Blatt. Wahnsinn.« Triumphierend spielte sie das Trumpfass aus, und Judith gab den Buben zu. Rasch ließ Edda den Herzzehner folgen und legte genussvoll einen Vierziger auf den Tisch.

»Drei zu null«, gluckste sie und notierte den Punktestand auf einem schmalen Zettel. »Das fängt ja gut an.«

»Betrügerin«, protestierte Judith. »Du schummelst, dass sich die Balken biegen.«

»Mein Gott, bist du heute wieder mies drauf. Hast du deine Tage?«

Missmutig fegte Edda die Spielkarten vom Tisch. »Dann lass uns endlich reden«, sagte sie.

»Worüber?«

»Du wirst jetzt eine Professionelle«, verkündete die Tante. »Ein Platz am Gürtelstrich ist schon organisiert. Einer mit guter Kundenfrequenz. Wenn du fleißig bist, kannst du da super verdienen. Die Männer sind ja ganz wild auf junge Dinger wie dich. Die tanzen scharenweise bei dir an, verlass dich darauf.«

»Ich bin keine Nutte«, zischte das Mädchen empört und sprang auf.

»Aber klar bist du das«, konterte Edda. »Tayo kümmert sich dort um dich. Ein Nigerianer. Er nimmt fünfzig Prozent deiner Gage, aber dafür bist du sicher. Den Rest der Kohle teilen wir, solange du weiter bei mir wohnst.«

»Ich will aber Sängerin werden.«

»Kein Problem. Wenn du dich ranhältst, schwimmst du bald im Geld.«

»Aber der Gürtelstrich kommt nicht in Frage. Auf keinen Fall.«

»Dann pack dein Zeug und hau ab. Raus mit dir.«

»Ich hasse dich«, brüllte Judith.

»Du tust, was ich dir sage«, kreischte Edda. »Oder muss ich den Stock holen?«

»Hör auf, mir zu drohen, hörst du? Es gibt da einen, der alles für mich tut, wenn ich es will. Buchstäblich alles.«

»So?«, erwiderte die Tante, kniff die Augen zusammen und überlegte. »Dann soll er doch eine Bank überfallen.«

»Welche?«

»Die Sparkasse in der Ungarngasse. Da lümmeln nur noch drei Mitarbeiter herum. Zwei Männer, eine Frau. Bis zur nächsten Polizeiinspektion sind es gut zwanzig Minuten, und die U-Bahn-Station ist gleich um die Ecke.«

»Ach so?«

»Ja.« Keuchend humpelte Edda zur Kommode, holte ein Tablettenröhrchen hervor und warf es Judith zu, die es geschickt auffing.

»Wenn er mit dem Geld daherkommt, spendierst du ihm ein Bier«, raunte die Tante. »Die Pillen sind geschmacksneutral, und wenn du ihm zwei Stück davon unterjubelst, schläft er wie ein Bär.«

»Alles klar«, sagte Judith, steckte das Röhrchen ein, schlüpfte in die Jacke, öffnete die Haustür und stapfte los. Mit gesenktem Kopf, die Hände zu Fäusten geballt.

So verschwand sie aus Eddas Leben. Ohne Gepäck, ohne

Händedruck und ohne ein Abschiedswort. Acht Jahre des Zusammenlebens gingen zu Ende.

Nicht bloß für heute.

Für immer.

46

Donnerstag, 20. Juli, kurz nach neun.

Mit angezogenen Beinen saßen sie Rücken an Rücken auf Amel Bakotas klapprigem Bett, spürten ihrem Herzschlag nach und genossen es, sich aneinander zu reiben und die wohlige Wärme des anderen zu spüren.

»Wo hast du denn das her?«, fragte Judith, streichelte den Laptop mit dem begehrten Apfelsymbol und fingerte begeistert am leichten, flachen Smartphone derselben Marke herum.

»Aus einem Jaguar gestohlen«, grinste Amel. »So ein Auto will ich auch einmal haben. Gefällt dir das Zeug?«

»Apple. Wem gefällt so was nicht?«

»Du kannst das Zeug behalten, wenn du willst. Ich schenk es dir.«

»Gott, wie schön. Hab ich mir immer schon gewünscht«, murmelte sie selbstvergessen. »Ein Traum.«

»Und das ist erst der Anfang«, versprach er großspurig. »Ich will raus aus dieser Bude. In ein Hotel.«

»Yes, Baby«, jubelte sie. »Kaufst du mir auch neue Klamotten?«

»Erst einmal besorge ich uns die Moneten«, erwiderte er. »Alles andere kommt dann von selbst.«

»Du bist ein Schatz«, flüsterte sie. »Super, dass du dich in mich vergafft hast. Ich kann dir gar nicht sagen, wie glücklich ich darüber bin.«

47

Wieso Österreichs größtes Landeskriminalamt keine Klimaanlage besaß? Na, wegen der dämlichen Sparwut, die überall im öffentlichen Dienst herrschte. Wüsste Kubica, wer dafür verantwortlich war, ließe er ihn entführen und einen ganzen Tag lang gefesselt und geknebelt hier anbinden. Vor einem Fenster in exakt diesem Flur. Ein Gedankenspiel, das ihm gefiel. Ein verschmitztes Lächeln huschte über sein Gesicht.

»Sorko stammt aus Lilienfeld«, berichtete inzwischen sein Stellvertreter Dvorak, der wieder einmal so penetrant nach Zigarettenrauch stank, dass es Kubica fast übel wurde. Im Gänsemarsch schlurften sie durch den völlig überhitzten Korridor und betraten Kubicas Büro.

»Hier glüht es ja richtig«, motzte der Chefinspektor, setzte sich und knabberte an extrafettigen Kartoffelchips, während der Oberst fluchend das Fenster öffnete.

»Ihre Eltern sind bereits verstorben«, setzte Dvorak schmatzend seinen Bericht fort. »Der Kontakt zu den Schul- und Jugendfreunden riss während des Studiums ab. Private Freunde hier in Wien konnten wir noch keine finden. Ihre Nachbarn wissen nicht viel von ihr. Die Frau lebte ruhig und zurückgezogen. Ab und zu hatte sie Herrenbesuch. Keine Männer aus der näheren Umgebung und niemand, der öfter als einmal ins Haus kam. Ihre Arbeitskollegen beschreiben Sorko als eher hochnäsig und distanziert. Die meisten mochten sie nicht so besonders. Sie soll sehr ehrgeizig gewesen sein.«

Dass Dvorak nicht mehr zu bieten hatte, enttäuschte Kubica ein wenig. Missmutig schlug er die Zeitung auf.

»Mord an Journalistin«, lautete die Schlagzeile auf Seite drei. Darunter ein Artikel mit Informationen zur Festnahme von Daniela Dorn.

Verdutzt reichte der Oberst das Boulevardblatt an seinen Chefinspektor weiter. Der las den Bericht mit gerunzelter Stirn, schüttelte ungläubig den Kopf, überflog den Artikel noch ein zweites Mal, lachte sarkastisch und warf die Zeitung zu Boden.

»Scheiße«, sagte er dann, schüttete sich den Rest der Chips

direkt aus der Packung in den weit aufgerissenen Mund und spülte mit einem Schluck aus der Coladose tüchtig nach.

»Dass Lou Sorko ertränkt wurde und Frau Dorn in Untersuchungshaft sitzt, wissen eigentlich bloß drei Leute«, knurrte Kubica. »Stankovic, du und ich.«

»Und was ist mit dem Polizeipräsidenten, dem Staatsanwalt und den Kollegen, die mich bei der Hausdurchsuchung unterstützt haben?«, brauste Dvorak auf.

»Einer davon hat jedenfalls geplaudert.« Der Oberst seufzte genervt. »Wer?«

»Wieso schaust du *mich* dabei so komisch an?«

»Ich schau dich überhaupt nicht komisch an.«

»Und *wie* du mich komisch anschaust. Wenn du glaubst, dass *ich* der Presse was gesteckt hab, kannst du das ruhig sagen. Aber da bist du auf dem Holzweg, hörst du?«

»Ist schon in Ordnung.«

»Ist es nicht.«

Das Handy rasselte. Kubica hob ab, schaltete den Lautsprecher ein und meldete sich.

»Die Sportlerin hat mit dem Mord an Lou Sorko nichts zu tun«, sprach der Mann am Telefon. »Da sind Sie auf dem falschen Dampfer, Herr Kubica.«

»Sie haben doch schon einmal angerufen, oder?«

»Genau«, bestätigte der Mann. »Es geht um einen Skandal. Sie müssen mit dem Chefredakteur des ›Express‹ reden. Der hat mein Belastungsmaterial. Fragen Sie ihn, ob er weiß, dass mir Sorko Blüten angedreht hat. Er soll mir mein Geld geben.«

»Welches Geld?«

»Er weiß schon, wovon die Rede ist.«

»Und wer sind Sie?«

»Sie hören von mir.«

Kaum hatte der anonyme Anrufer aufgelegt, rief der Landeskriminaldirektor an.

»Ich habe doch ausdrücklich befohlen, dass Sie die Medien aus dem Spiel lassen«, herrschte er den Leiter seiner Mordkommission an. »Jetzt haben wir den Salat. Haben Sie eine

Ahnung, was sich vor dem Präsidium abspielt? Es wimmelt von Journalisten. Die Story läuft im Radio. Das Fernsehen ist auch schon da.«

»Dann fragen Sie die Reporter, woher sie ihre Weisheiten haben. Von uns nämlich nicht, dafür lege ich meine Hand ins Feuer.«

»Kein Journalist gibt seine Quelle preis, und von den Brandblasen an Ihren Fingern kann ich mir nichts kaufen«, murrte Stankovic. »Über Ihre Indiskretionen wird zu gegebener Zeit noch zu reden sein. Aber hinsichtlich dieser voreiligen Festnahme haben Sie ja anscheinend wieder einmal Glück gehabt. Der Staatsanwalt hat den Antrag von Dorns Verteidiger auf Freilassung seiner Mandantin vorläufig abgelehnt. Unter Hinweis auf den Spruch, den die Verdächtige bei diesem angeblichen Kaffeekränzchen losließ.«

»Na also. Ist doch gut so.« Gelassen legte Kubica auf.

»Warum hast du ihm nichts von diesem anonymen Anrufer erzählt?«, fragte Dvorak.

»Weil ich vorher noch mit dem Chefredakteur reden will«, erwiderte Kubica. »Entweder unser Informant ist nicht ganz bei Trost, und diese Hürdenläuferin hat Sorko auf dem Gewissen, oder Daniela Dorn hat mit dem Mord an ihrer Halbschwester tatsächlich nichts zu tun.«

»Variante Nummer eins wäre mir ehrlich gesagt lieber«, seufzte Dvorak.

»Es kommt, wie es kommt«, antwortete Kubica, nahm das Telefon und wählte die Nummer des »Express«.

»Verbinden Sie mich bitte mit dem Chefredakteur«, sagte er. Ein paar Sekunden später hatte er den Mann an der Strippe.

48

Ab und zu liebte es Judith, jemandem nachzugehen und sich vorzustellen, wie es wäre, statt des eigenen dieses fremde Leben zu leben. Das jener burschikosen Pädagogin in Jeans und rotem Polo zum Beispiel, die einer in loser Zweierreihe marschierenden Schülergruppe voranschritt, welche in Richtung Karlskirche unterwegs war. Dann entdeckte sie die Nachhut. Eine behäbige Lehrerin in weißem Rock, geblümter Bluse, ausgetretenen Turnschuhen und riesigem Sonnenhut. Bestimmt schon fünfzig oder älter. Sie hatte den watschelnden Gang einer frustrierten Ente und schwitzte erbärmlich.

Das geborene Opfer.

Zufrieden beschleunigte Judith ihre Schritte, überholte die Frau, stellte sich ihr in den Weg und sprach sie an.

»Entschuldigen Sie. Können Sie mir sagen, wo ich die Kolingasse finde?«

»Tut mir leid. Ich bin nicht von hier.«

»Woher kommen Sie denn?«

»Aus Oberösterreich.«

»Und? Gefällt Ihnen Wien?«

Während die Lehrerin noch überlegte, was sie auf diese Frage antworten sollte, schlich hinter ihrem Rücken Bakota heran, öffnete den äußeren Reißverschluss ihres Rucksacks und zog eine Geldbörse hervor. Da drehte sich die Frau um.

»Was machen Sie da?«, schrie sie entgeistert. »Geben Sie mein Geld her. Hilfe!«

Schlagartig blieben die Schülerinnen und Schüler zehn Meter vor ihr stehen und drehten sich um.

»Hilfe!«

»Gauner!«, brüllte ein hochgewachsener Junge empört. »Diebe! Packt die zwei. Beißt sie, kratzt sie, schlagt ihnen die Zähne ein.«

Erschrocken wichen Amel und Judith zurück und rannten davon. Die Jugendlichen liefen johlend hinterher. Über den halben Karlsplatz bis in die U-Bahn-Station ging die wilde Jagd, und hätte Bakota in seiner Not nicht den ungestümen Verfolgern die Beute vor die Füße geworfen, hätte er es mit Judith wohl kaum mehr in den abfahrenden Triebwagen geschafft.

So aber entkamen sie mit Müh und Not. Im allerletzten Augenblick.

49

Kubica hatte auf ein schnelles Treffen bestanden. Dazu schlug er ein gemeinsames Essen beim sogenannten »Schachtelwirt« im Bermudadreieck vor.

Der Chefredakteur war sofort einverstanden. Er kannte das Lokal. Zwar servierte man dort die ausgezeichneten Speisen bloß in Pappschachteln, weil sie vorwiegend zum Mitnehmen gedacht waren, doch um diese Zeit standen die Chancen auf einen Platz an einem Tisch auch nicht so schlecht.

Schwungvoll eilte Kubica also über den Franz-Josefs-Kai zum Morzinplatz, wo im letzten Weltkrieg die Gestapo ihr Wiener Hauptquartier aufgeschlagen hatte. Dort hielt er sich rechts und stieg über die alte Steintreppe zum ehemaligen römischen Militärlager Vindobona.

Nun legte er eine kleine Verschnaufpause ein. Seit man ihm nach einer Schussverletzung einen Teil des linken Lungenflügels entfernt hatte, bekam er rasch Atemnot. Heute quälte ihn auch noch die operierte linke Schulter weitaus mehr als sonst. Verstohlen massierte er das schmerzende Gelenk und betrachtete dabei den ältesten noch bestehenden Sakralbau der Stadt. Der im Jahre 740 gegründete, damals rein romanische Bau diente als erste Pfarrkirche Wiens. Gewidmet dem heiligen Ruprecht, dem Schutzpatron der Salzschiffer, war die Kirche das römisch-katholische Herzstück der Siedlung an der Donau und genoss immense Bedeutung. Damit war es allerdings schlagartig vorbei, als der Bau des Stephansdoms abgeschlossen war.

Gestern noch hoch im Kurs, heute belanglos, überlegte der Oberst. Eine aus Stein gemeißelte Mahnung, sich nicht zu wichtig zu nehmen.

Als der Treffpunkt vor ihm auftauchte und er das Restaurant betrat, saß der Chefredakteur schon bei Tisch und speiste Schweinsbraten mit Kruste, Kraut und Knödel. Kubica orderte dasselbe, ergänzt durch die Apfelringe mit Zimt auf Vanillesoße, die heute als Dessert angeboten wurden. Der Kellner hinter der langen, mit dem Holz eines uralten Stadels verkleideten Theke nickte. Leise gab er die Bestellung an den Koch weiter, der in der offenen Küche so kunstvoll mit Töpfen und Pfannen hantierte, als sei er ein Jongleur. Schlagartig stieg ein himmlischer Duft auf. In kürzester Zeit stand Kubicas Mittagessen fix und fertig auf dem Tisch. Es schmeckte vorzüglich.

»Für welche Redaktion schrieb Lou Sorko eigentlich?«, erkundigte sich der Oberst.

»Sie war für Lokalnachrichten zuständig«, bekam er zur Antwort. »Artikel zu Neuigkeiten aus den Stadtbezirken, Verkehrssachen, Veranstaltungen. Dinge dieser Art.«

»Aber sie schrieb doch auch eine politische Kolumne, oder?«, warf Kubica ein.

»Richtig.«

»Sie wollte unbedingt in die Politikredaktion wechseln, hörte ich.«

»Das ist mir neu.«

»Reden wir Klartext«, forderte der Oberst. »Lou Sorko hat Ihnen brisantes Material übergeben. Worum handelte es sich dabei?«

»Ich weiß nicht, wovon Sie reden«, entgegnete sein verblüffter Gesprächspartner.

»Aber freilich tun Sie das. Ich rede von Beweismitteln, die ein Informant Ihrer Mitarbeiterin zugespielt hat. Sie hat ihn bezahlt. Allerdings mit Falschgeld.«

»Wer behauptet das?«

»Einer, der sich betrogen fühlt und von Ihnen sein Geld einfordert.«

»Blödsinn!«, bellte der Chefredakteur. »Was Sie da sagen, ist erstunken und erlogen. Einfach lächerlich.«

»Ich glaube Ihnen kein Wort«, erwiderte Kubica. »Zwischen

diesem Material und dem Mord an Lou Sorko besteht ein Zusammenhang.«

»Ja welcher denn?«, fragte der Vorarlberger.

»Sie kennen ihn.«

»Wissen Sie was? Ihre unhaltbaren Anschuldigungen sind eine Zumutung. Ich werde mich an höherer Stelle über Sie beschweren.«

»Jetzt hören Sie mir einmal gut zu«, zischte Kubica. »Ich biete Ihnen die Chance, die Wahrheit zu sagen. Hier und jetzt. Etwas, das ich Ihnen nur wärmstens empfehlen kann. Ich kläre diesen Mordfall nämlich, darauf können Sie Gift nehmen. Falls Sie darin verwickelt sind und Ihre heutige Chance verpassen, wird es ziemlich eng für Sie, das dürfen Sie mir glauben.«

»Mein Gewissen ist rein«, sprach der Chefredakteur. »Von Belastungsmaterial irgendwelcher Art ist mir nichts bekannt. Dazu kann ich Ihnen rein gar nichts sagen. Haben Sie noch weitere Fragen?«

»Gibt es eine Örtlichkeit, wo sich Lou Sorko mit Informanten traf?«

»Da bin ich wirklich überfragt.«

Kubica wusste, dass der Mann log. Das schlechte Gewissen war ihm ins Gesicht geschrieben. Der Chefredakteur war völlig von den Socken. Seine Fassade bröckelte. Er hatte Angst.

»Sagen Sie mir, was passiert ist«, drängte Kubica. »Es gibt eine Kronzeugenregelung, mit der Sie gut aussteigen.«

»Ach, hören Sie doch auf.«

»Dann ist unser Gespräch vorerst einmal beendet«, sagte der Oberst mit feinem Lächeln. »Das nächste findet in meinem Büro statt, das darf ich Ihnen hiermit schon einmal ankündigen. Es wird wesentlich unangenehmer sein als heute, davon ist leider auszugehen. Auf Wiedersehen.«

Schnaufend schraubte sich der Chefredakteur hoch, drehte sich um und suchte hastig das Weite.

Derweil schob Kubica gleichmütig die leeren Schachteln auf dem Tisch zur Seite und genoss sein Dessert. Anschließend bezahlte er, verließ das Restaurant und verschwand in der

Gasse, die am jüdischen Stadttempel vorbei zum Schwedenplatz führt.

50

»Was hat der Chefredakteur des ›Express‹ mit dem Fall Sorko zu tun?«, schnarrte der Landeskriminaldirektor, als ihm Kubica zwei Stunden später vor dem Präsidium in die Hände lief.

Sie spazierten ein Stück den Ring hinunter, Kubica erzählte von den beiden Anrufen des anonymen Informanten und schilderte sein Gespräch mit dem Journalisten.

»Und? Was haben Sie jetzt vor?«, fragte Stankovic.

»Dranbleiben«, antwortete Kubica. »Der Mann ist nervös. Der macht garantiert einen Fehler.«

»Und Daniela Dorn?«

»Ihre DNA-Spuren sind in der ganzen Wohnung verteilt, bloß im Badezimmer nicht. Lediglich ein paar Fingerabdrücke an der Türklinke stammen von ihr.«

»Sie hat einen Blick ins Bad geworfen, oder?«

Kubica nickte.

»Reden wir über die Tatortspuren im Badezimmer«, schlug Stankovic vor.

»Mit Ausnahme der Opfer-DNA fanden wir je einen weiblichen und einen männlichen genetischen Fingerabdruck«, erwiderte Kubica. »Die Vergleiche mit unseren Datenbanken waren negativ.«

»Beschäftigte Sorko eine Putzfrau?«

»Die Nachbarin sagt Ja. Eine Ausländerin, die sich etwas dazuverdient. Schwarzarbeit.«

»Name? Adresse?«

»Unbekannt.«

»Dann suchen wir nach einem Mann. Hatte das Opfer einen Freund?«

»Nichts Fixes. Sorko bevorzugte sexuelle Kurzkontakte.«

»Verstehe. Dann scheidet Dorn als Täterin aus?«

»Dass sie irgendwie in die Sache verstrickt ist, kann ich nicht absolut ausschließen.«

»Aber eine Mordanklage gegen sie können wir vergessen.«

»So ist es«, erwiderte Kubica.

»Ich rede mit dem Staatsanwalt«, sagte der Landeskriminaldirektor. »Ab sofort werden Sie mich täglich über die Fortschritte Ihrer Untersuchungen unterrichten. Und keine Informationen mehr an die Presse, ist das klar?«

»In dieser Hinsicht können Sie mir auch bisher schon nichts vorwerfen«, konterte Kubica, verabschiedete sich und ging seiner Wege.

Besonders dicke Freunde würden er und Stankovic wahrscheinlich nicht mehr werden.

Nicht in diesem Leben.

51

Die Tochter der alleinerziehenden Innenministerin war ein sehr hübsches, graziles, ein wenig scheues Mädel von vierzehn Jahren. Sie hatte blonde Locken, die ihr bis auf die Schultern fielen. Ihr Haar roch nach Milch und Honig und glänzte wie Gold.

Friederike Jungs einziges Kind trug flaches Schuhwerk und einen dunkelblauen Rock, darüber eine weiße Bluse. Ihre Schulsachen steckten in einem schlichten schwarzen Rucksack, und ihre Gedanken weilten noch beim Ballettunterricht, als sie die Musikschule verließ.

Der Junge, der sie vor dem Ausgang scheinbar versehentlich umstieß, musste etwa vier Jahre älter sein. Jedenfalls war er mindestens einen Kopf größer als sie. Ein schlanker Typ mit pechschwarzer Mähne, vollen Lippen, muskulösen Armen, schwieligen Fingern und ungepflegten Nägeln.

»Scheiße«, murmelte er, fasste ihre Hände und zog sie sanft

hoch. »Ich hab nicht aufgepasst. Tut mir leid. Was machen wir denn da? Darf ich dich auf einen Drink einladen? Bitte.«

Schüchtern schüttelte die Schülerin den Kopf, klopfte den Schmutz von ihrer Kleidung, hob den Rucksack auf und marschierte weiter. Der Bursche folgte ihr. Er heiße Bernd, behauptete er und fragte nach ihrem Namen.

»Flora«, stotterte sie.

»Lass uns was trinken gehen, Flora«, schlug er vor. »Einen Cocktail? Ein kühles Bier? Oder wenigstens eine Cola? Ich weiß, du bist wütend, weil ich so ungeschickt war.«

»Nein«, sagte sie mit verlegenem Lächeln. »Keineswegs.«

»Na, Gott sei Dank«, sagte er und seufzte theatralisch. »Schau, da drüben ist ein Lokal mit einem gemütlichen Biergarten. Dort können wir ein wenig rasten.«

Wieso sich Flora überreden ließ? Weil sie an nichts Böses dachte und den Kerl interessant fand. Außerdem saßen ja genügend Leute vor dem Restaurant. Was sollte ihr da schon geschehen?

Er bat um ihre Telefonnummer. Das war ihr noch nie passiert. Röte stieg ihr ins Gesicht, als sie ihm die Zahlen mit einem Kugelschreiber auf die Handfläche schrieb. Dann überquerten sie lachend die Fahrbahn, zwängten sich zwischen ein paar Oleander hindurch, die den Gastronomiebereich vom Gehsteig trennten, und suchten sich ein gemütliches Plätzchen. Schön ist es hier, dachte Flora.

Ab dem Moment, an dem sie an einem der kleinen Tische saßen, quatschte ihre neue Bekanntschaft. Unaufhörlich. Er spiele Gitarre in einer Band, erzählte er. Außerdem studiere er Medizin wie sein Vater.

Du schaust aber gar nicht aus wie ein Student, überlegte Flora, doch sie schwieg.

Der Kellner kam. Bernd orderte ein Bier, Flora wollte eine Cola. Nachdem der Bursche bezahlt hatte, hielt er noch eine Weile die Geldbörse in der Hand. Gestenreich schilderte er Szenen aus dem Fechttraining, das er angeblich zweimal pro Woche absolvierte. Dabei fiel ihm das Täschchen aus der Hand, landete auf Floras Schoß und kullerte zu Boden. Unwillkürlich bückte sie sich danach.

Der Junge bedankte sich überaus wortreich, als sie ihm das Portemonnaie zurückgab. Dann stießen sie miteinander an und tranken.

Wenig später bekam Flora Probleme mit dem Gleichgewicht, klagte über Sehstörungen, und ihr wurde übel. Als sie dann auch noch zu weinen begann, nahm Bernd sie in die Arme, streichelte sie und redete ihr gut zu.

Der Kellner eilte herbei. Er bot Hilfe an, doch der Junge beruhigte ihn. »Ich hab mit ihrer Mutter telefoniert«, log er. »Es ist schon jemand unterwegs, um sie zu holen.«

Gleich darauf erschien ein Mann mit dem Körperbau eines Bodybuilders. Er trug eine graue Perücke und einen aufgeklebten grauen Bart. Wortlos hakte sich Benno Rask bei der schwankenden Flora unter, riss sie hoch und schleifte sie davon.

Das Kuvert, das für Lockvogel Bernd am Tisch lag, steckte der grinsend ein. Hastig schob er dem Kellner einen Geldschein zu, verließ den Biergarten, lief über die Straße und verschwand.

52

Erst neunzehn Uhr? Wieso lief denn heute das Geschäft gar so mies? Frustriert legte der frischgebackene Magister der Rechtswissenschaften die Zeitung auf den Beifahrersitz und gähnte. Jetzt lauerte er schon zwei Stunden lang auf diesem Standplatz und hatte erst zwei Kunden gefahren. Wenn das so weiterging, konnte er den BMW ja gleich in die Firma zurückstellen und sich schlafen legen.

Eine Idee, die er im Nu verwarf, als der Junge und das Mädchen vor seinem Taxi auftauchten. Die dralle Blondine winkte freundlich und lächelte ihm zu, also stieg er aus und öffnete ihr die Tür.

Schnaufend kletterte sie auf die Rückbank, zog den knappen

Rock hoch und rutschte zur Seite. Danach nahm ihr Begleiter neben ihr Platz.

»Wir wollen in den Prater«, sagte sie, ließ ihn einen zwischen Zeigefinger und Mittelfinger eingeklemmten Geldschein sehen und steckte die Banknote wieder weg. Ihr Freund litt unter Nasenbluten und war ein wenig merkwürdig. Trotz der Hitze hatte er sich die Kapuze seines verwaschenen grünen Sweatshirts über die Haare gezogen.

»Los«, befahl der eigenartige Typ und hielt sich ein Taschentuch vors Gesicht. »Fahren wir.«

Müde startete der brotlose Jurist den Motor und ordnete sein Fahrzeug in den Fließverkehr ein. Wieso ihn dabei ein ungutes Gefühl beschlich? Weil plötzlich Zeitungsartikel über Raubüberfälle auf Taxilenker durch seinen Kopf geisterten. Das Benehmen seiner Fahrgäste beunruhigte ihn. Ob die bekifft waren?

»Und? Was steht für heute noch alles auf dem Programm?«, fragte er, als sie die ersten Kilometer zurückgelegt hatten. Nicht aus Neugier, bloß um die Situation zu entkrampfen.

Der Laut, der sich aus der Kehle des Burschen hinter ihm löste, klang wie das Grunzen eines Ochsen, dem gerade eine alte Kuh ins Blickfeld geriet. Nervös warf der Taxler einen Blick in den Innenspiegel. Er wollte wissen, was sich hinter ihm tat. Die Nase des Rotschopfs schien sich beruhigt zu haben. Jedenfalls war kein Taschentuch mehr in seiner Hand zu sehen.

»Es gibt ein paar Lokale im Prater, wo man wirklich gut isst«, erzählte er.

Das Mädchen drehte schweigend den Kopf zur Seite, der Kerl mit dem Kapuzenshirt senkte das Haupt.

»Nichts los heute«, quasselte der verängstigte Taxilenker weiter. »Niemand will mit mir fahren. Es ist ein Jammer.«

»Halt den Mund«, befahl der Junge mit heiserer Stimme. »Fahr rechts ran. Anhalten.«

»Ich bin arbeitslos«, keuchte der Chauffeur und fuhr zügig weiter. »Ich brauche das Geld.«

»Bring jetzt endlich die verdammte Karre zum Stehen, sonst bist du tot«, fauchte Bakota gereizt und hielt ihm ein Messer an den Hals, doch der Fahrer bremste, und zwar so heftig, dass Bakotas Kopf mit voller Wucht gegen die Kopfstütze des Fahrersitzes knallte.

»Lass ihn«, schrie Judith.

»Dann raus hier«, brüllte Bakota, riss die Tür auf und sprang. Judith auch. Fluchend rannten sie davon.

Der Taxilenker gab Gas und floh. Zumindest bis zur nächsten Polizeidienststelle. Dort kam der Schock und ließ seine Knie zittern. So sehr, dass er es kaum schaffte, aus dem Auto zu klettern und Anzeige zu erstatten.

53

Als am selben Tag gegen einundzwanzig Uhr Friederike Jung ihr feudales Refugium im Stadtteil Hietzing betrat, begann ein Alptraum, aus dem es kein Entkommen gab.

»Flora?« Ihre Tochter antwortete nicht.

Auch sonst war hier einiges seltsam. In Flur, Küche und Bad brannte das Licht. Im Wohnzimmer hatte jemand zwei abstrakte Gemälde von der Wand genommen und auf das Sofa gestellt. In Floras Zimmer standen alle Kastentüren offen, Unterwäsche lag am Boden verstreut, und von ihrem Kind fehlte jede Spur. Der Schreck fuhr der Innenministerin so in die Glieder, dass sie taumelte. Schockiert ließ sie sich in den nächstbesten Sessel fallen. Im selben Moment schnurrte ihr Telefon.

»Hallo, Friederike«, ertönte die kratzige Stimme einer Frau, die in einem Ton mit ihr sprach, als telefoniere sie mit ihrer besten Freundin. »Deine Tochter ist bei mir. Besoffen. Sie kotzt mir die Bude voll. Ich an deiner Stelle würde sie vorsichtshalber ins Krankenhaus bringen, aber das musst *du* entscheiden. Schließlich bist *du* ihre Mutter. Presse und Polizei hab ich noch nicht informiert. Mit Rücksicht auf die Kleine und auf dein Regierungsamt. Kommst du sie holen?«

»Wo ist sie?«

»In der Schirmitzgasse.«

»Kenne ich nicht.«

»Dein BMW hat doch ein Navi, Liebes. Parke dort, wo der rostige Kinderwagen steht. Erste Wohnung rechts, Parterre. Die Tür ist nur angelehnt.«

»Wie geht es Flora? Was habt ihr mit ihr gemacht?«

Keine Antwort. Die Leitung war tot.

Der Ministerin wurde schwarz vor Augen, und sie zitterte wie im Fieber, doch dann fing sie sich. Keuchend rannte sie zur Tür, fuhr mit dem Aufzug in die Tiefgarage, sprang in ihr Auto und brauste los.

Keine halbe Stunde später bog sie in eine Sackgasse ein, die von acht desolaten Bauten aus dem 19. Jahrhundert gebildet wurde. Unterkünfte, wo früher Arbeiter untergebracht gewesen waren, die in den Ziegelwerken ihr Brot verdient hatten; nun hausten Flüchtlinge hier. Ein Bild wie in einem sizilianischen Dorf. Alte Männer hockten an Tischen und spielten Karten, junge Leute lagen auf spärlichen Rasenflächen und hörten laute Musik, Frauen hängten die Wäsche auf, und Kinder liefen lärmend einem Ball nach.

Vor dem zweiten Gebäude auf der rechten Seite entdeckte Jung einen wackeligen Buggy mit rostigem Metallgestell. Darin saß eine dreckige, blond gelockte Puppe. Nackt. Mein Gott, dachte die Ministerin, in der sich langsam Panik breitmachte. Kopflos ließ sie ihr Auto in zweiter Spur stehen, hetzte in den grauen Betonklotz mit dem fleckigen Außenputz, drückte die Klinke der grau lackierten Wohnungstür im Parterre durch und trat ein.

Verängstigt hielt sie den Atem an. Das war keine Wohnung, das war ein Drecksloch. Stickig, staubig, unmöbliert. Unsicher schlich Friederike Jung durch den totenstillen Flur, warf einen Blick ins nach Urin stinkende WC und in die leere Küche und tastete sich weiter. Die Tür zum ehemaligen Wohnzimmer war mit einer Scheibe aus Milchglas versehen. Schwitzend verharrte sie davor und sammelte sich. Dann nahm sie allen Mut zusammen, trat ein und blieb wie angewurzelt stehen.

Der Fußboden vor ihr war schmuddelig, mit leeren Bierdosen

und Schnapsflaschen übersät. Auf einer fleckigen Matratze lag Flora. Sie hatte glasige Augen, ihr Rock war bis zu den Hüften hochgeschoben, sie trug keinen Slip und stöhnte. Eine halb leere Flasche Tequila lag auf ihrem Bauch. Entsetzt rannte die Ministerin zu ihr, fiel auf die Knie und schlug die Hände vors Gesicht.

»Haben sie dir was getan, mein Liebling?«, stammelte sie, nahm ihr Mädchen in die Arme und ließ den Tränen freien Lauf. Flora lehnte den Kopf an ihre Schulter und lallte.

»Alles wird gut, meine Süße«, stammelte Friederike Jung und küsste, herzte und schaukelte ihr Kind. Wer tat ihr das an? Warum? Sie wusste es nicht, doch das war jetzt egal. Sie wechselte in den Notfallmodus. Das war sie gewohnt. Da hieß es Hirn einschalten. Logisch denken.

Wie können wir das hier überstehen?, überlegte sie. Sekunden später wusste sie, was zu tun war.

Sie musste stark sein und handeln. Jetzt.

Sofort.

54

Wie sie es geschafft hatte, Flora zum Wagen zu bringen, wusste die Ministerin selbst nicht recht. Jedenfalls fuhr sie ihre Tochter nun eigenhändig in eine Privatklinik, mit dessen Besitzer sie früher einmal liiert gewesen war.

Dort verbrachten sie die Nacht im selben Zimmer. Frühstück verweigerten sie, denn sie hatten keinen Hunger. Aus Nervosität. Der Freitagvormittag verging mit allerlei Untersuchungen, denen ein Gespräch mit der Psychologin folgte, das gegen dreizehn Uhr beendet war. Danach saßen Mutter und Tochter in der Kantine und tranken Kaffee. Schweigend. Die bevorstehende Erörterung der medizinischen Befunde lag ihnen im Magen. Wie Puppen saßen sie da und sahen aneinander vorbei, als wären sie Fremde. Eine Zeit voller Warten, Bangen und Hoffen, in der die Ministerin ihre Sünden abbüßte. Restlos.

Gegen vierzehn Uhr bat der Chefarzt die Damen in sein Büro. Er gab Entwarnung, zumindest was die sexuelle Komponente der Angelegenheit betraf.

»Flora ist noch Jungfrau«, stellte er mit dezentem Hüsteln fest, wobei er unablässig in seinen Unterlagen blätterte. »In ihrem Blut waren keine Reste von Alkohol nachweisbar, doch wir fanden Rückstände sogenannter K.o.-Tropfen, deren Wirkung glücklicherweise überstanden ist. Ich möchte Flora in einer Woche noch einmal routinemäßig untersuchen, um etwaige Nachwirkungen völlig ausschließen zu können. Damit dürfte die Sache erledigt sein.«

Erleichtert dankte die Innenministerin dem Spezialisten, umarmte ihre Tochter und verließ mit ihr das Spital.

Draußen war es wolkig, und ein sanfter Wind wehte. Benno Rask, der reglos hinter dem Kiosk gegenüber der Privatklinik lauerte, reagierte wie geplant. Er schoss ein paar Fotos, als die beiden ins Freie traten. Dann wartete er, bis sie in ihren BMW stiegen, zwängte sich in einen etwas heruntergekommenen dunklen Alfa Romeo und nahm die Verfolgung auf. Kaum war die Klinik im Rückspiegel seines italienischen Wagens verschwunden, wählte er die Privatnummer der Ministerin.

»Wie geht es Flora?«, gluckste er, als Friederike Jung abhob. »Alles okay?«

»Du verdammter Mistkerl«, zischte die Politikerin. »Das wirst du büßen, verlass dich darauf.«

»Mach dich nicht lächerlich«, unterbrach er sie. »Hast du eigentlich die Bilder in deiner Wohnung schon wieder aufgehängt?«

»Was sagst du da?«, flüsterte sie entgeistert, rutschte ans rechte Ende der Rückbank und schirmte mit der flachen linken Hand das Telefon ab, damit ihre Tochter das Gespräch nicht mithören konnte.

»Brauchst du denn neuerdings ein Hörgerät?«, fragte Rask und kicherte albern.

»Also gut«, sagte Jung. »Worum geht es?«

»Du sollst kapieren, wie verwundbar du bist. Sei demütig,

sonst müssen wir härtere Saiten aufziehen. Und lass die Polizei aus dem Spiel.«

»Wieso sollte ich?«

»Weil wir uns deine Kleine sonst ein zweites Mal holen, aber dann feiern wir mit ihr eine Party, die sie ein Leben lang nicht vergisst.«

Fassungslos legte Friederike Jung auf und steckte das Telefon weg.

Eine Viertelstunde später waren sie daheim. Sie betraten ihr Apartment wie ferngesteuert. Als wären sie noch nie da gewesen. Schutz? Ruhe? Frieden? Das existierte alles nicht mehr. Weder draußen noch hier.

Dass sie noch einmal den Wunsch verspüren würde, nichts anderes zu sein als eine schlichte Lehrerin, hätte sich die Ministerin nicht gedacht. An diesem Freitag war es so weit. Da sehnte sie sich nach ihrem einst so simplen, unauffälligen Leben.

55

Das Grand Hotel am Kärntner Ring Nummer 9 war für ein Geheimtreffen wie geschaffen. Hier waren im 19. Jahrhundert der verheiratete Kronprinz Rudolf und seine Buhlschaft Mary Vetsera dem Reiz des Verbotenen erlegen, ehe sie in Mayerling zusammen starben.

Düstere Vorzeichen.

Sie waren dem Landeskriminaldirektor durchaus bewusst, als er vor dem Prachtbau in den noblen blauen Daimler stieg, der ihn erwartete.

»Hier bin ich«, sagte er, seufzte und versuchte, gelangweilt dreinzuschauen. »Was wollen Sie?«

»Ich brauche Ihre Hilfe«, sagte Dagmar Landauer.

»Wobei?«

»Herr Oberst Kubica interessiert sich für den Chefredakteur des ›Express‹. Stellen Sie das ab.«

»Wieso sollte ich?«

»Weil Sie in unserem Team sind. Wenn wir Schwierigkeiten bekommen, hängen Sie mit drin.«

»Ich decke keinen Mord«, stellte Stankovic klar. »Da hört sich die Freundschaft auf.«

»Das verlangt auch niemand von Ihnen«, erwiderte sie. »Falls diese Journalistin tatsächlich ermordet wurde, haben wir nicht das Mindeste damit zu tun.«

»Dann wird sich das ja herausstellen.«

»Verstehen Sie nicht? Wir dürfen auf keinen Fall in so etwas verwickelt werden. Das kann meinem Boss die Kanzlerschaft kosten.«

»Was hat der ›Express‹ mit der Sache zu tun? Erzählen Sie es mir.«

»Jemand wollte falsche Anschuldigungen gegen den Abgeordneten Petrell an die Öffentlichkeit bringen, indem er der Zeitung getürktes Beweismaterial verkaufte. Wir haben die Veröffentlichung verhindert.«

»Wieso? Falsche Beweise kann man entkräften.«

»Aber nicht innerhalb weniger Wochen. Wir hätten alles verloren. Wer in diese Richtung ermittelt, findet keinen Mörder, aber er zerstört uns. Also bremsen Sie Kubica. Zumindest bis Ende September. Haben Sie mich verstanden?«

Stankovic schwieg.

»Ich fragte, ob Sie mich verstanden haben?«

Der Landeskriminaldirektor nickte.

Landauer hatte nichts anderes erwartet. Lächelnd fasste sie sich an die schwarze Perle an ihrem rechten Ohrläppchen, rieb sie und raunte Benno Rask eine knappe Anweisung ins Ohr, worauf der den Wagen kräftig beschleunigte. In Windeseile passierten sie das Rathaus und nahmen Kurs auf den Donaukanal.

»Wohin fahren wir?«, fragte Stankovic nervös.

»Ins Haus eines Freundes«, antwortete sie.

»Und? Was soll ich da?«

»Strippen«, gurrte sie mit boshaftem Grinsen. »Danach konfisziert mein Chauffeur die Tonaufzeichnungsgeräte, die

Sie wahrscheinlich bei sich tragen, und wir trinken ein Gläschen.«

Luder, dachte Stankovic und schloss missmutig die Augen. Die war ganz schön clever. War nur zu hoffen, dass er mit ihr aufseiten der Sieger stand. Ging die Sache nämlich schief, war es aus mit seiner Herrlichkeit.

Dann konnte er einpacken. Dann war alles zu Ende.

56

Als Kubica um siebzehn Uhr über den Innenhof des Polizeipräsidiums spazierte, lag ein Drittel davon bereits im Schatten. Der Landeskriminaldirektor allerdings stand mitten in der prallen Sonne. Krampfhaft hielt er einen als Geschenk verpackten Blumenstock in der Hand und sah sich blinzelnd um.

»Wo ist denn Dvorak?«, fragte er.

»Der Herr Chefinspektor hat ein paar Stunden Zeitausgleich«, log der Oberst und sah mit skeptischem Blick dabei zu, wie ein Schwarm Insekten gierig den Blumenstock seines Vorgesetzten umschwirrte.

»Zeitausgleich? Während einer Mordermittlung? Und so etwas erlauben Sie?«

»Ein Notfall. Inzwischen vertrete ich ihn.«

»Seit Sie die Mordkommission leiten, scheint da eine merkwürdige Dienstauffassung eingerissen zu sein, aber meinetwegen. Solange Sie damit Erfolg haben, kann ich ja darüber hinwegsehen. Sobald sich Pleiten, Pech und Pannen einschleichen, ist es mit Friede, Freude, Eierkuchen sowieso schnell wieder vorbei, alles klar?«

»Was soll denn Dvorak für Sie tun?«

»Das ist vertraulich. Jedenfalls will ich, dass er bei mir antanzt. So rasch wie möglich. Ich hab einen dringenden Auftrag für ihn.«

»Und was soll dieses botanische Wunder, das Sie da herumtragen?«, fragte Kubica.

»Ein Präsent für den Herrn Polizeipräsidenten. Der hat heute Geburtstag.«

Schleimer, dachte Kubica. Mit spöttischem Lächeln machte er sich davon und betrat den Haupttrakt. Dabei versuchte er, Dvorak telefonisch zu erreichen. Vergebens.

»Der Narr kann doch nicht einfach sein Telefon ausschalten«, murrte er. »Während der Dienstzeit.«

Und? Was nun? Dann musste er halt auf andere Art und Weise an Dvorak herankommen. Der Oberst wusste auch schon, wie.

57

Eine Viertelstunde später. Kubica saß im Dienstauto und kämpfte mit dem Stau auf der glutheißen Ringstraße. Zugleich telefonierte er mit Anne.

»Ich kann es kaum erwarten, euch zu sehen«, sagte er.

»Wir kommen mit der Vormittagsmaschine der British Airways. Ankunft elf Uhr fünf, Wien-Schwechat.«

»Ich erwarte euch am Gate«, versprach Radek. »Einen Tisch beim Plachutta in der Wollzeile hab ich auch schon bestellt. Für ein gemeinsames Mittagessen. Du magst ja Rindfleisch.«

»Danke. Das ist total lieb von dir«, erwiderte sie. »Und? Was treibst du so?«

»Das Übliche. Kann ich mit Oscar reden?«

»Der ist mit Susie unterwegs. Blond, sechzehn Jahre alt, ausgesprochen süß. Womöglich fängt er ja noch ernsthaft Feuer für die Kleine und pfeift auf Wien. Dann bliebe uns viel erspart.«

»Suchst du Streit?«, knurrte er.

»Weil ich sage, was ich mir denke? Ach geh. Du bist doch sonst nicht so sensibel.«

»Woher willst ausgerechnet du das wissen?«

»Weil ich zwanzig Jahre lang mit dir verheiratet war.«

»Wir hatten mehr schöne als harte Zeiten«, entgegnete er.

»Aber lassen wir das. Die Arbeit ruft. Ich melde mich wieder. Servus.«

Musste seine Exfrau am Telefon eigentlich immer so barsch zu ihm sein? Der Ärger über Anne blieb lange in Radek hängen. Eine Handbreit über dem Nabel. Im Gedärm. Gedankenverloren bog er rechts ab und rammte dabei um ein Haar einen Wagen, der in zweiter Spur parkte.

»Kruzitürken noch einmal.«

So was Blödes. Kubica war auf hundertachtzig. Er beruhigte sich erst wieder, als er den Audi am Gehsteig vor Dvoraks Kaffeehaus abstellte und das Lokal betrat.

Die Bude war gerammelt voll. Eine junge Kellnerin wieselte durch die Gegend, als trainiere sie für den nächsten Wien-Marathon. Dvorak entdeckte er ein paar Tische weiter, wo er einem Pärchen die Rechnung über den Tisch schob und abkassierte. Als der Oberst ihm von hinten die Hand auf den Arm legte, ließ er vor Schreck fast die Geldbörse fallen.

»Willst du mich umbringen?«, protestierte er. »Ich hab ein schwaches Herz.«

»Was denkst du dir eigentlich?«, fauchte Kubica. »Was tust du da?«

»Ich arbeite. Meine zweite Serviererin ist krank«, sagte Dvorak.

Kopfschüttelnd nahm Kubica dem Chefinspektor die Geldtasche aus der Hand und reichte sie der Kellnerin. »Ab sofort sind Sie wieder die Alleinunterhalterin hier«, grinste er. »Bis auf Weiteres.«

»Das geht nicht«, stammelte Dvorak.

»Stankovic will dich sehen. Keine Ahnung, was er von dir will, aber es scheint dringend zu sein. Außerdem musst du mir dabei helfen, Informationen zum Chefredakteur des ›Express‹ zu sammeln. Es pressiert. Also los. Auf geht's.«

Achselzuckend trabte der Chefinspektor hinter Kubica her nach draußen, klemmte sich ans Steuer des Dienstwagens, und sie fuhren los.

»Eines darfst du dir sowieso gleich einmal ganz dick hinter die

Löffel schreiben«, brummte Kubica. »Falls du noch ein einziges Mal im Dienst ohne meine Genehmigung aus privaten Gründen abhaust, fliegst du aus der Mordkommission. Kapiert?«

»Das war eine Zwangslage.«

»Ob du begriffen hast, was ich sagte, will ich wissen.«

»Jawohl.«

In diesem Augenblick klingelte Kubicas Telefon. Frau Dr. Hallers Stimme ertönte. Ob er heute Abend schon etwas vorhabe, flötete sie.

»Ja. Arbeiten«, antwortete er.

»Ab dreiundzwanzig Uhr bin ich in der American Bar.« Sie lachte. »Die Cocktails dort sind ausgezeichnet, aber zu zweit schmecken sie einfach besser.«

Dass ihn eine Frau von sich aus anrief, weil sie mit ihm etwas trinken gehen wollte, war ihm noch nie passiert. Ungläubig betrachtete Kubica sein Telefon, doch dann entschloss er sich, den Stier bei den Hörnern zu packen. »Ich komme«, versprach er.

Sie freute sich. »Passt. Das ist wirklich ganz wunderbar.«

58

Es war ein Samstag zum Anbeißen. Durch das Blätterdickicht der Bäume am Grünstreifen funkelte das Licht, und auf der gelben Fassade des kleinen Geschäftes in der ruhigen Nebenstraße hockten ein paar Bienen.

Bis vor wenigen Jahren hatte diese Bäckerei noch den halben Bezirk versorgt. Nun buken Großmärkte Teigrohlinge aus Polen auf, und die Kundschaft bekam knuspriges Brot und Gebäck zu Schleuderpreisen rund um die Uhr. Seither war der Laden hier zum Familienbetrieb geschrumpft. Der Schwiegersohn regierte in der Backstube, und die Seniorchefin und ihre Tochter standen im Verkauf, wo sie auch samstags bis Mittag ihr hochwertiges Bio-Sortiment anboten.

Wegen der Hitze kamen heute weniger Leute als sonst. Deshalb herrschte eine halbe Stunde vor Geschäftsschluss auch schon bedrückende Stille. Niedergeschlagen schickte die Seniorchefin ihre Tochter nach Hause, kehrte den Boden und trank eine Tasse Kaffee. Dann ging sie zur Tür und steckte den Kopf ins Freie, um nach einer möglichen letzten Kundschaft Ausschau zu halten. Die Gasse lag da wie ausgestorben, doch sie bekam ein ungutes Gefühl. Ihr war, als beobachte sie jemand. Ein Wesen, das ihr nicht gut gesonnen war. Hastig marschierte sie zum Verkaufspult zurück und kramte aus einer Lade den Geschäftsschlüssel hervor. Gestern hatte sie die Tageslosung nicht zur Bank getragen. Mit dem heutigen Umsatz lag also auch noch das Geld von Freitag in der Kasse. War sie deshalb so nervös?

Mit zittrigen Händen ergriff sie den Schlüssel. Zu ihrem roten Gesicht, das die Folge ihres chronischen Bluthochdrucks war, gesellte sich ein heftiger Schweißausbruch. Zugleich schnellte der Zeiger ihrer billigen Armbanduhr auf drei vor zwölf. Rasend schnell neigte sich das Leben der fülligen Fünfundsechzigjährigen mit dem dichten grauen Haar und den kleinen Lachfalten um die Augen seinem Ende zu.

Seufzend ging sie zur Tür, doch da stürmte auch schon ein rothaariger Bursche herein. Er war klein und zierlich. Ein winziger Papierkeil verschloss sein linkes Nasenloch.

»Wir haben schon geschlossen«, sagte die Bäckersfrau.

Rüde versetzte ihr Bakota einen Stoß, der sie zurücktaumeln ließ. Dann blickte er sie an. Mit tellergroßen Pupillen, in denen ein teuflisches Feuer glomm.

»Geld her!«, zischte er, packte sie am Kragen und trieb sie hinter die Verkaufsbarriere. »Mach die Kasse auf. Schnell.«

»Nein, nein«, stammelte sie verstört.

»Gib mir den Zaster, sonst passiert ein Unglück.«

Zitternd biss die Geschäftsfrau die Zähne zusammen und schüttelte den Kopf. Nun machte sich Bakota selbst an der Registrierkasse zu schaffen, bis ihn die Frau an den Haaren zog und mit den Fäusten auf ihn einschlug. »Weg da!«, keuchte sie. »Hilfe! Hilfe!«

Das brachte alles zum Kippen. Von einer Sekunde auf die

andere drehte Bakota durch. Brutal schlug er ihr ins Gesicht. Noch einmal und wieder. Beim dritten Schlag ging sie zu Boden, und da trat er ihr in den Bauch, in die Brust und dann mehrmals gegen den Schädel. So lange, bis seine Schuhe voller Blut waren und sein Opfer keinen Ton mehr von sich gab.

»Dumme Kuh.« Angewidert säuberte er seine Schuhe an ihrer Kleidung und holte das Geld aus der Kasse. Dann füllte er eine Plastiktüte mit Banknoten und Backwaren, versperrte die Bäckerei und ging seiner Wege.

Wind kam auf. Hastig zog Bakota das blutige Vlies aus der Nase und warf es mit dem Geschäftsschlüssel in einen Müllcontainer. Dabei fühlte er sich großartig. Es ging ihm fabelhaft. Schließlich hatte er fast zweitausendzweihundert Euro in der Tasche.

Das Geld liegt auf der Straße, frohlockte er. Er war entschlossen, es sich zu nehmen.

59

Dreizehn Uhr. In weißem Slip und rosa Hemdchen öffnete Marie Haller dem Zustellservice, übernahm zwei flache Schachteln, bezahlte und stellte das Zeug in die Küche.

Derweil lehnte Kubica in schwarzen Jeans und mit nacktem Oberkörper am Türrahmen hinter ihr und nahm ein Telefonat entgegen.

»Ich will jetzt doch noch einmal mit Ihnen reden, Kubica«, sprach der Anrufer mit sympathisch breitem Vorarlberger Dialekt. »Morgen Abend. Passt das?«

»Selbstverständlich, Herr Chefredakteur«, antwortete der Oberst. »Wann treffen wir uns?«

»Zwanzig Uhr.«

»In Ihrem Büro?«

»Auf gar keinen Fall. Kennen Sie die Strudelhofstiege im neunten Bezirk?«

»Freilich weiß ich, wo die Strudelhofstiege ist«, antwortete der Oberst. »Also bis morgen, zwanzig Uhr.«

»Was ist denn?«, fragte Marie, als er aufgelegt hatte.

»Ein Anruf in Sachen Mordfall Sorko.«

»Und?«

»Nichts Besonderes.«

»Dann zieh dir was über«, sagte sie und deutete auf den Tisch, wo zwei Pizzen und ein Teller Salat angerichtet waren. Dabei sah sie ihn auf diese gewisse Art an. Mit einem Blick, der ihn schon wieder ein wenig unruhig machte.

»Oder willst du doch lieber mit mir zurück ins Schlafzimmer?«, neckte sie ihn.

»Ich muss ins Büro«, entgegnete er. »Leider.«

»Du Armer.«

Wie ein Wesen aus einer anderen Welt schwebte die Ärztin herbei, streichelte die Narben auf seinem Oberkörper und reichte ihm das Hemd. »Die Wunden sind gut verheilt«, sagte sie. »Hast du sonst noch Probleme?«

»Wenn ich außer Atem bin, sticht die Lunge«, murmelte er unwillig. »Ansonsten bin ich fit. Ich könnte sogar problemlos wieder boxen, aber der Amtsarzt hat es mir ausdrücklich verboten. Schriftlich.«

»Der wird schon wissen, warum«, lachte die Blondine mit dem kecken Kurzhaarschnitt, führte ihn zu Tisch und nahm Platz. Dabei setzte sie sich so, dass ihre langen Beine gut zur Geltung kamen. »Du musst Geduld haben«, meinte sie. »In einem halben Jahr bist du wieder wie neu.«

Nachdenklich nickte er, zog das Hemd an, ging ans Fenster und sah hinunter auf die Stadt. Maries Eigentumswohnung mit hundertzwanzig Quadratmetern im vierzehnten Stockwerk dieses futuristisch anmutenden Wohnturms unweit des Donaukanals war eine Augenweide. Das hellgraue Designermobiliar und die exklusive Küche auch. Das alles musste ein kleines Vermögen gekostet haben.

»Dein Mann war Schokoladenfabrikant?«, fragte er.

»Und ein Idiot«, ergänzte sie. »Bekam mich zur Ehefrau und

bumste weiterhin seine Sekretärin. Als ich ihm auf die Schliche gekommen bin, habe ich mich scheiden lassen.«

»Wie viel hast du ihm denn abgeknöpft?«

»Wir hatten einen Ehevertrag«, erwiderte sie.

Damit war Kubicas Neugierde vorerst gestillt. Vor allem weil ihm nun Oscar und Anne in den Sinn kamen. Die wohnten ja auch bald wieder in Wien. Zwar in ihren eigenen vier Wänden, mit der von ihm ungeliebten Schwiegermutter im Schlepptau, aber immerhin.

»Du solltest Lauftraining machen. In moderatem Tempo«, riet ihm derweil Marie und rückte mit Messer und Gabel ihrer Pizza zu Leibe.

Da setzte sich Kubica zu ihr und folgte ihrem Beispiel. Er hatte in etwa die Hälfte seines würzig belegten Fladenbrots verdrückt, da klingelte sein Handy.

»Oh nein.« Seufzend hob er ab.

Dvoraks Stimme ertönte. »Wir haben einen Raubmord«, erzählte er, nannte die Adresse des Tatorts und fragte, ob er Kubica einen Wagen schicken solle.

Der winkte ab. »Ich komme per Taxi«, sagte er und legte auf. Dann schob er sich noch rasch ein Stück Pizza in den Mund und gab Marie einen Kuss.

»Du gehst?«

»Eine Bäckerin wurde erschlagen«, sagte er. »Bist du heute als Polizeiärztin eingeteilt?«

Die Gerichtsmedizinerin nickte.

»Dann ruft Dvorak sicher gleich an. Wir sehen uns.«

Kaum hatte Kubica die Wohnung verlassen, schrillte Maries Telefon.

60

Dicke Wolken hingen am Himmel, als die Medizinerin am Tatort eintraf. Dort war mächtig viel los. Drei Einsatzwagen mit blitzenden Blaulichtern parkten am Straßenrand, vier Uniformierte sperrten den Gehsteig, und zwei Beamte bewachten die Geschäftstür. Kubica lehnte an der Schaufensterscheibe, blass wie die Wand. Seine rechte Hand bebte.

»Die Tote liegt drinnen«, raunte er. »Sie schaut schrecklich aus.«

»Darf ich schon hinein?«, fragte Marie.

»Geh nur. Die Spurensicherung ist abgeschlossen.«

Als die Polizeiärztin in der Bäckerei verschwand, setzte sich Kubica in den Dienstwagen, steckte die flatternde Pranke in die Hosentasche und schloss die Augen. Mit speziellen Atemübungen beruhigte er seine Nerven. Allerdings begannen jetzt seine Augenlider zu flattern.

Abtauchen, dachte er. Wegdösen. Ein herrliches Gefühl, das schlagartig endete, als jemand ungestüm mit der flachen Hand gegen das Fenster schlug.

»Herrgott noch einmal.« Genervt riss Kubica die Tür auf und turnte ins Freie.

»Ist was mit dir?«, fragte Dvorak.

»Wieso? Weil ich nachdenke?«

»Sah eher nach Pennen aus.«

»Blödsinn. Wurde Wirth alarmiert? Wo ist er? Schließlich ist *er* ja hier örtlich zuständig, nicht *du*.«

»Er hatte einen Autounfall«, berichtete Dvorak. »Auf dem Weg zum Tatort.«

»Und? Hat er was abgekriegt?«

»Kann man wohl sagen. Riss der rechten Achillessehne plus tiefe Fleischwunden an beiden Beinen. Wie lange er ausfällt, ist noch völlig offen.«

»Na super«, sagte Kubica. »Die Nummer zwei von Wirths Außenstelle ist auf Spezialausbildung in Großbritannien, und seine drei jungen Mitarbeiter sind zwar für eine Soko brauchbar, aber nur, wenn sie ein routinierter Leitwolf führt.«

»Ich hab mir gleich gedacht, dass die Sache wieder an mir hängen bleibt«, erwiderte Dvorak, grinste aber immerhin.

»Dafür lade ich dich auch zum Essen ein.«

»In ein Restaurant meiner Wahl? Mit Nachspeise und allem Drum und Dran?«

Der Oberst nickte.

»Das wird teuer«, versprach der Chefinspektor. »Und jetzt geh hinein und hilf deiner Marie. Die hätte sich um ein Haar die Bluse vollgekotzt, als sie die Leiche sah.«

»Das ist nicht *meine* Marie.«

»Lüg nicht, sonst kriegst du Pickel auf der Nase. Das sieht scheiße aus.«

Sicherheitshalber wechselte Kubica jetzt das Thema. »Bei diesem Raubmord hier fällt mir so einiges auf, Franz«, erläuterte er. »Tatort, Tatzeit und Opfer waren gut gewählt. Ein Geschäft in einer ruhigen Nebengasse, der Überfall kurz vor Ladenschluss und als Opfer eine körperlich unterlegene Frau. Der Täter muss sich schon vorher eine Zeit lang hier herumgetrieben haben, was vielleicht jemandem aufgefallen ist. Wir befragen die Anwohner und schalten die Medien ein. Wo sind denn die Journalisten? Wer kümmert sich um die?«

»Niemand«, antwortete Dvorak. »Stankovic hat eine neue Dienstanweisung erlassen. Die Presse orientiert sich an unserem Funkverkehr, aber der ist bei Mord nicht mehr gestattet. Da läuft die Kommunikation ausschließlich per Telefon, damit keiner mithört.«

»Ja, ja«, leierte der Oberst. »Wer hat denn die Leiche gefunden?«

»Die Tochter der Toten«, nuschelte Dvorak. »Sie liegt im Krankenhaus. Nervenzusammenbruch.«

Schnaufend schleppten zwei Herren der Bestattung einen Blechsarg aus der Bäckerei und hievten ihn in einen schwarzen Mercedes. Dabei kam Kubica ein alter Brauch in den Sinn. »Als meine Großmutter starb, trug man ihre Leiche mit den Füßen voran ins Freie«, erzählte er Dvorak. »Und an der Türschwelle schlugen sie noch dreimal das Kreuz über sie.«

»Warum?«

»Weiß ich nicht mehr«, sagte der Oberst. »Hatte irgendetwas mit ihrer Seele zu tun.«

»Seit wann denkst du wieder an Polen?« Dvorak schien ehrlich verwundert.

»Das passiert mir in letzter Zeit öfter«, erwiderte Kubica. »Vielleicht werde ich langsam alt. Aber zurück zum Geschäft. Wir beginnen mit den Befragungen der Nachbarn. Womöglich stoßen wir dabei ja auf einen Zeugen, der uns weiterhilft. Übernimm du diese Straßenseite. Ich nehme die andere.«

Als Kubica die Straße überquerte, schoben sich Wolken vor die Sonne. Der Himmel färbte sich kaffeebraun. Es roch schon nach Regen.

61

Der Wetterbericht hatte es prophezeit. Ein Tief zog von der Slowakei heran. Erste Sturmböen fauchten bereits durch die Bäume und ließen die Blätter rauschen. Der Junge und das Mädchen saßen trotzdem weiter auf der Parkbank, und Amels Hand ruhte auf Judiths Oberschenkel. Dort, wo ihr knapper Rock endete.

»Woher hast du das Geld?«, fragte sie.

»Frag nicht«, seufzte er. »Wir haben es, und es langt, um in ein Hotel zu ziehen, und zwar noch heute.«

»Sag mir, was passiert ist.«

»Ich hab eine Bäckerei überfallen«, erwiderte er leise.

»Ist jemand verletzt?«

»Ich glaube schon.«

»Du warst aber maskiert, oder?«

Er schüttelte den Kopf.

»Hat dich jemand gesehen?«

»Nein.«

»Really?«

»Mach dir keine Sorgen. Sobald wir hunderttausend Euro beisammenhaben, hauen wir ohnehin ab aus Wien. Und jetzt suchen wir uns ein anständiges Quartier.«

»Yes.« Begeistert sprang sie auf und schoss mit Lou Sorkos

Handy ein Foto von ihm. »Der Laptop ist noch in deiner Wohnung«, sagte sie. »Den dürfen wir nicht zurücklassen.«

Der Sturm nahm jetzt zu. Sie sollten besser gehen.

»Dann los«, sagte Bakota lachend, sprang auf und nahm ihre Hand. »Komm. Holen wir ihn.«

62

»Dass der Drecksack ohne Handschuhe gearbeitet hat, ist ein Glück«, jubelte Stankovic.

»Und dass wir seine Fingerabdrücke in unseren Dateien haben, auch«, ergänzte Kubica. »Außerdem hat ihn ein Zeuge beim Ausspionieren des Tatortes beobachtet und ihn auf dem Foto eindeutig identifiziert.«

»Amel Bakota, bosnischer Staatsbürger mit anerkanntem Asylstatus, dreiundzwanzig Jahre alt, Beschäftigung unbekannt, ledig, Aufenthalte in verschiedenen Jugendanstalten sowie Freiheitsstrafen wegen Diebstahls und Totschlags«, zitierte der Landeskriminaldirektor aus Dvoraks Bericht. »Wissen wir, wo der Typ wohnt?«

»Kolarikgasse elf«, sagte der Oberst. »Die Observationsgruppe ist unterwegs. Sobald ich vor Ort bin, schlagen wir zu.«

»Moment«, unterbrach ihn Stankovic. »Die Cobra macht das. Die sollen ihn da herausholen.«

»Das ist *unser* Fall«, widersprach Kubica. »Wir schaffen das.«

»Die Sache mit der Cobra war kein Vorschlag«, unterbrach ihn Stankovic. »Das war ein Befehl.«

»Jawohl«, knurrte Kubica.

»Ich hoffe, die Kollegen machen das dementsprechend ruppig, und der Kerl scheißt sich dabei vor Angst in die Hosen«, murmelte der Landeskriminaldirektor. »Die Strafen, die er bisher abgesessen hat, scheinen ihn nämlich nicht sonderlich beeindruckt zu haben. Wie viel von den sieben Jahren wegen Totschlags hat er abgesessen?«

»Knapp die Hälfte.«

»Also rund drei Jahre«, ärgerte sich Stankovic. »Resozialisierung. Wenn ich das schon höre. Dieses Gefasel vom Recht auf eine neue Chance. Der Mann, dem das Arschloch ein Küchenmesser in den Leib gerammt hat, hat keine mehr. Die tote Bäckerin in der Galiziengasse auch nicht. Es ist zum Kotzen.«

»Sind wir jetzt fertig?«, fragte Kubica.

»Aber ja«, sagte Stankovic mit aufgesetztem Lächeln und begleitete ihn zur Tür. Kaum war Kubica verschwunden, ließ sich der Landeskriminaldirektor wieder mit seinem Kontaktmann bei der Presse verbinden.

»Es gab einen Raubmord in der Galiziengasse«, raunte er. »Kubica fährt in die Kolarikgasse Nummer elf und nimmt den Täter fest. Einen mehrfach vorbestraften Bosnier. – Wann? Na jetzt. Beeilen Sie sich. Dann sind Sie live dabei. Und über die kleine Anerkennung für meinen letzten Tipp hab ich mich wirklich sehr gefreut. Wir bleiben in Verbindung. Servus.«

63

Echter Abschiedsschmerz sah anders aus.

Jetzt bin ich die Bude endlich los, freute sich Bakota, suchte ein paar Sachen zusammen und steckte sie in einen schwarzen Rucksack. Derweil holte Judith den Laptop aus dem Versteck. Anschließend versperrten sie die Wohnung und verließen das Haus.

In Flur und Stiegenhaus begegnete ihnen niemand, und draußen erwartete sie das gewohnte Bild. Abgerissene Typen auf dem Gehsteig, Nutten, die in Autos stiegen, ein Betrunkener, der sinnlos herumschrie. Sturmböen bretterten mit bösartigem Pfeifen durch die Häuserzeile, wirbelten allerlei Abfall auf und trieben Papierfetzen vor sich her. Fünfzig Meter weiter parkte ein dunkler Wagen, den Bakota noch nie zuvor bemerkt hatte.

»Aufpassen. Da ist was faul«, raunte er Judith ins Ohr.

Stumm zogen sie die Köpfe ein, spazierten in die Gegenrichtung, überquerten die Kolarikgasse und bogen in die Marktgasse ein. Dort kamen ihnen zwei VW-Busse mit verdunkelten Scheiben entgegen.

»Einsatzkommando«, wisperte Bakota, ergriff Judiths Hand, drehte den Kopf zur Seite und hastete weiter. »Weg hier!«

Ein Tropfen fiel vom granitgrauen Firmament, knallte auf den Asphalt und zerplatzte. Es begann zu regnen. Zwei Minuten später goss es bereits wie aus Eimern. An der Kreuzung erhaschten sie ein Taxi, das sie in den dritten Bezirk fuhr. Dort kannte Bakota eine Jugendherberge, wo fehlendes Reisegepäck kein Problem war. Ein Haus, wo keiner blöde Fragen stellte. Das Wetter spitzte sich zu. Donner grollte. Blitze zuckten.

»Gott fotografiert die Welt«, murmelte der junge Bosnier. Gedankenverloren beobachtete er die zerfaserten Streifen hellgrauen Wassers, die über die Fensterscheiben des Taxis rannen, Schlieren zogen und am Glas zu kleben schienen wie Öl.

»Süß. Ist das ein Spruch aus deiner Kindheit?«

»Ich war nie ein Kind. Ich war ein Unfall. Ein unnützer Esser. Ein Störenfried.«

»Aber was redest du denn da?«

»Dass meine Mutter tot ist, war gelogen«, erzählte er leise. »Sie hat mich im Stich gelassen. Einfach so.«

Still ergriff Judith seine Hand.

»Trotzdem hasse ich es, wenn jemand schlecht über sie spricht«, führte er den Gedanken weiter. »Dann werde ich aggressiv. Da weiß ich nicht mehr, was ich tu.«

»Ich mag dich, Baby«, flüsterte sie und strich ihm das Haar aus der Stirn.

»Fragst du dich auch manchmal, auf welchem Friedhof sie dich einmal einbuddeln?«, sinnierte er.

»Spinnst du?«, japste sie. »Ich bin jung. Da denkt man ans Leben.«

»Klar«, sagte er, drückte die Stirn mit einem schweren Seufzer ans Fensterglas, sah zu, wie rund um das Taxi die Welt ersoff, und zog dabei ein Gesicht wie ein verschreckter kleiner Junge.

Zehn Minuten später kam ein lang gestrecktes graues Gebäude in Sicht, und der Wagen hielt. Sie waren am Ziel.

Als sie ins Freie sprangen, durchnässte sie der Regen so vollständig, als wären sie soeben durch die Donau geschwommen. Prustend flüchtete Judith in die Herberge, während Amel Bakota in aller Ruhe den Fahrpreis bezahlte und ihrem Chauffeur auch noch ein fettes Trinkgeld spendierte.

Es war die Geste eines noblen Mannes.

Der Beginn seines neuen Lebens.

64

Inzwischen war die Polizei in der Kolarikgasse zu allem bereit.

Kubicas Bitte, dezent vorzugehen, verpuffte wirkungslos. Innerhalb von Sekunden zersplitterte Bakotas Wohnungstür in kleinste Trümmer, das Einsatzkommando stürmte den Bau und fand ihn leer.

Verdrossen rief Kubica seinen Vorgesetzten an, rieb ihm den Misserfolg unter die Nase und forderte Verstärkung an. Derweil sorgte Dvorak dafür, dass die aufgeregten Nachbarn den Flur räumten. Dann warteten sie, bis die Spezialisten abgezogen waren.

»Verstehst du jetzt, warum ich solche Dinge lieber selbst regle?«, motzte Kubica. »Hätten wir wie geplant in aller Ruhe das Türschloss geknackt, könnten wir uns da drinnen auf die Lauer legen und Bakota kassieren, sobald er auftaucht.«

»So erwarten wir ihn halt auf der Straße«, tröstete ihn Dvorak.

»Fragt sich nur, ob er auch kommt«, knurrte der Oberst. »Wir haben hier gewaltig viel Aufsehen erregt. Hoffentlich warnt ihn niemand.« Dann bat er seinen Chefinspektor, die Wohnung zu durchsuchen. Vielleicht war ja noch etwas von der Raubbeute zu finden.

Unterdessen verstärkte Kubica das Observationsteam auf der Kolarikgasse und lauerte mit ihnen auf Bakota, bis vier Kriminalbeamte eintrafen. Zwei von ihnen beauftragte er mit der Befragung der Anwohner, dem Rest drückte er Bakotas Foto in die Hand und trug ihnen auf, in den angrenzenden Straßen nach ihm zu suchen.

Zum selben Zeitpunkt filzte Dvorak Bakotas Bau, und weil er dabei erbärmlich schwitzte, trat er ans Fenster und öffnete es. Im selben Augenblick spürte er einen Luftzug in seinem Rücken und fuhr herum. Da war niemand, doch er konnte deutlich hören, wie jemand davonlief.

»Halt«, schnaubte er wütend. »Stehen bleiben. Polizei!« Dann hetzte er los, raus aus der Bude, den Korridor entlang, ab ins Stiegenhaus und runter ins Parterre. Dort riss er keuchend die Haustür auf und stolperte mit gezogener Waffe ins Freie.

Fünfzig Meter weiter stand Kubica und hielt einen etwa zwölfjährigen Türkenjungen am Kragen.

»Scheiße«, krähte der. »Ich war doch bloß neugierig. Was hat Amel denn ausgefressen?«

»Kein Kommentar«, sagte der Oberst. »Wo ist er denn?«

»Keine Ahnung.«

Seufzend zog Kubica eine Banknote aus der Hosentasche und hielt sie dem Kleinen vors Gesicht. »Ehrlich?«, fragte er.

Der Junge überlegte. »Er ist mir heute noch nicht über den Weg gelaufen«, entgegnete er schließlich. »Aber wenn du mir den Zaster gibst, verrate ich dir, mit wem er unterwegs ist.«

»Erst die Information, dann das Geld«, schlug der Oberst vor und streckte die Hand aus.

Der Bub schlug sofort ein.

»Sie heißt Judith«, nuschelte er. »Ist ein bisschen dick, aber geil. Sie wohnt eine Straße weiter. Wenn du noch einen zweiten Fünfer rausrückst, bring ich dich hin.«

65

Mit einer im Jahre 1832 für den Staatskanzler Fürst Metternich kreierten Torte kam der Name Sacher zu Ansehen. Als dann 1867 Eduard Sacher gegenüber der Wiener Staatsoper ein Hotel mit integriertem Kaffeehaus eröffnete, wurde er legendär, und die Familie kam zu Wohlstand. Bis Ende des Ersten Weltkrieges traf sich im Sacher alles, was im Kaiserreich Rang und Namen hatte, und selbst heute noch ist es eine Institution. Internationale Prominenz ist hier zu Gast. Die heimische High Society und österreichische Spitzenpolitiker sowieso. Letztere ziehen sich manchmal in ein spezielles Separee zurück. Für diesen ruhigen Sonntagmorgen hatte es der bekannte Abgeordnete Petrell für sich reserviert.

Der schien im Augenblick mit sich und der Welt ziemlich zufrieden zu sein. Mit genussvollem Brummen beugte er sich vor, steckte ein Stück Torte in den Mund, schluckte und warf der Innenministerin einen leutseligen Blick zu.

»Weißt du was, Friederike?«, trompetete er. »Ich mag dich.«

Ein entwaffnendes Grinsen folgte.

Das trieb der Parteifreundin, die ihm mit hängenden Mundwinkeln gegenübersaß, die Röte ins Gesicht.

»Dein Affentheater kannst du dir sparen«, fauchte sie. »Ich weiß, was du planst.«

»Na, was denn?«

»Einen Putsch auf dem Bundesparteitag.«

»Um Parteivorsitzender zu werden?«, fragte er achselzuckend. »Ein unattraktiver Job, um den man niemanden beneiden muss. Weißt du, ich hoffe inständig, dass dieser Kelch an mir vorübergeht, aber man ruft mich. Man drängt mich. Man will mich unbedingt dazu überreden. Dabei sieht meine Lebensplanung im Grunde ja völlig anders aus.«

»Ein Brunnenvergifter«, fiel sie ihm ins Wort. »Das bist du. Glaubst du, ich bin blöd? Also lass das Gesülze. Wieso bin ich hier? Was willst du?«

»Dein Vertrauen, Friederike«, säuselte er. »Deine Hilfe, deinen Beistand, deine Loyalität. Die Migranten überrennen uns.

Das kommt uns teuer zu stehen. Nicht bloß finanziell. Denk an die Konflikte, die sie zu uns tragen. Sachbeschädigungen, Prügeleien, Straßenkämpfe. Die sollen das zu Hause austragen, nicht bei uns in Österreich. Außerdem fehlt den Muslimen der Bezug zur Demokratie. Die haben ein von Diktatoren geformtes Weltbild. Die spucken auf westliche Werte. Die bezeichnen humane Prinzipien als Schwäche. Als Symptome unserer Dekadenz. Verständlich, denn eine muslimische Demokratie existiert ja nicht. Scheindemokratien. Die schon. Weißt du, diese Menschen haben Ansichten wie aus dem Mittelalter. Das ist gefährlich. In einem Europa ohne Grenzen blüht der islamische Terror. Vorher war der ja völlig unbekannt. Kurz gesagt: Die Dinge stehen schlecht. Wenn ich die Chance bekomme, das zu ändern, muss ich es tun. Mit dir.«

»Moment mal. Wenn wir unsere Flüchtlings- und Einwanderungspolitik verschärfen, handeln wir uns Ärger mit der EU ein.«

»Falsch. Die mit uns. Ich stelle sie vor eine einfache Alternative: mit uns oder ohne uns. Kann ich da auf dich zählen?«

»Ich soll dir beistehen, damit du den Öxit anzettelst und die Partei übernimmst?« Mit flatterndem Wimpernschlag senkte Friederike Jung den Blick. »Ich hab dem Kanzler viel zu verdanken.«

»Er dir aber auch.« Petrell lächelte charmant, hob den Kopf, straffte seinen Körper und führte den entscheidenden Schlag. »Aber wie weit du gehst, um ihn an der Macht zu halten, hat mich ehrlich schockiert.«

»Wovon sprichst du?«

»Was hast du dir dabei gedacht, Friederike?«, fragte er. »Ich bin immer noch fassungslos.«

»Worüber?«

»Über deinen Lauschangriff auf deine Ministerkollegen und mich.«

Nun schnappte sie nach Luft.

»Ein Rechtsbruch, den ich dir nicht zugetraut hätte«, sagte Petrell. »Nie im Leben.«

Jetzt hatte sich die Ministerin wieder im Griff. »Deine Behauptung ist eine Frechheit«, zischte sie.

»Ich kann sie aber doch beweisen«, sagte er grinsend. »Wort für Wort. Ihr hattet ein Treffen im Kunsthistorischen Museum. Die Aufzeichnung eures Gespräches liegt in meinem Tresor. Möchtest du eine Kopie? Es gibt fünf davon.«

Wie war das? Verflucht. Mit zittrigen Händen trank die Innenministerin ihren Kaffee aus. Sie wusste nicht mehr, was sie noch sagen sollte.

Ihr Parteifreund registrierte, wie angeschlagen sie jetzt war. Er setzte nach.

»War diese Aktion deine Idee, oder steckt *er* dahinter?«

»Kein Kommentar.«

»Wenn das so ist, musst du die Konsequenzen dafür tragen.«

»Also Erpressung.«

»Nein. Gerechtigkeit. Ich bin enttäuscht. Was hab ich dir getan, dass du hinter mir her bist?«

»Ich? Du bist es doch, der hinter allen her ist.«

»Aber warum denn? Ich halte meine schützende Hand über dich, Friederike, doch vielleicht ist das ein Fehler. Davon abgesehen frage ich mich sowieso, was in unserer Partei auf einmal los ist. Seid ihr alle vom wilden Affen gebissen?«

»Warum?«

»Weil ihr einen Skandal nach dem anderen liefert. Gestern war unser Klubobmann dran. Mit seiner gemeinnützigen Stiftung. Millionen aus dem Sonderbudget, mit dem er angeblich irgendwelche Institutionen fördert. In Wirklichkeit zahlt er Leuten Geld, die ihm persönlich nahestehen. Wenn das so weitergeht, können wir bald zusperren. Und jetzt gerätst du auch noch ins Schussfeld.«

»Wegen dieser Abhörgeschichte?«

»Wegen deiner Tochter.«

»Wie meinst du das.«

»Sei ehrlich: Säuft sie? Nimmt sie Drogen? Sag schon.« Unruhig klopfte er mit den Fingerknöcheln auf den Tisch.

»Wie bitte?«

»Dem ›Tagblatt‹ und dem ›Extrablatt‹ wurden Nacktfotos zugespielt, die sie in besoffenem oder bekifftem Zustand zeigen. Mit entblößtem Unterleib. Gestern tanzte Helene Andau bei mir an und löcherte mich mit Fragen zu deinem Privatleben. Ich hab natürlich nichts gesagt und sie gebeten, die Bilder zurückzuhalten. Ob der ORF, die ›Neue Zeit‹ und die anderen Zeitungen diese Informationen und Aufnahmen auch besitzen, kann ich derzeit noch nicht sagen.«

»Aber Flora ist doch völlig unschuldig«, stammelte sie. »So ein Typ hat ihr eine Partydroge ins Getränk getan.«

»Eine gute Erklärung«, grinste der Abgeordnete und zwinkerte ihr zu. »Dabei musst du unbedingt bleiben.«

»Es ist die reine Wahrheit.«

»Von mir aus«, murmelte Petrell. »Die Medien, auf die *ich* Einfluss habe, machen ohnedies keinen Ärger. Der Rest des Prints sowie der ORF werden vom Herrn Medienstaatssekretär ruhiggestellt. Das hab ich so mit ihm vereinbart.«

»Das ist sehr anständig von dir«, sagte sie, ohne ihn dabei anzusehen.

Da schob ihr Petrell ein dicht beschriebenes Blatt Papier über den Tisch.

»Was ist das?«, fragte sie.

»Eine Sachverhaltsdarstellung«, erwiderte er. »Darin bestätigst du, dass dich unser Parteivorsitzender und Bundeskanzler dazu gezwungen hat, in gesetzwidriger Weise Politiker deiner eigenen Partei auszuspionieren. Unterzeichne es.«

»Du setzt mir also das Messer an.«

»Ach wo. Das Schriftstück bleibt unter Verschluss. Für den Notfall. Zusätzlich mache ich dir ein Angebot. Sollte ich Partei- und Regierungschef werden, wirst du im nächsten Jahr bei der Wahl zum Bundespräsidenten als meine Spitzenkandidatin antreten. Bundespräsidentin? Klingt doch gut, oder?«

Schweigend nahm die Innenministerin das Schriftstück zur Hand, überflog den Text und setzte zögernd ihren Namen darunter.

»Was jetzt?«, fragte sie.

»Es bleibt alles, wie es war«, antwortete Petrell. »Du bist seine Vertraute, und die Telefonüberwachungen laufen weiter. Falls er allerdings Überwachungsmaßnahmen verlangt, die darüber hinausgehen, weigerst du dich. Informiere mich darüber, was er plant, und gib mir als Delegierte auf dem Parteitag deine Stimme. Es wird eine namentliche Abstimmung geben. Darauf bestehe ich.«

»Dann haben wir einen Deal?« Müde erhob sie sich.

Petrell nickte. Er verabschiedete sie mit formvollendetem Handkuss.

Das lief ja besser als gedacht, freute er sich, als sie die Tür hinter sich schloss. Die Innenministerin hatte kapituliert. Mehr noch: Sie fürchtete ihn, und damit hatte er sie an der Leine.

Lebenslang.

66

Wäre der »Branntweiner« in der Marktgasse kein Lokal, sondern ein Mensch, käme Kubica bei seinem Anblick sicher der legendäre Mafiaboss Al Capone in den Sinn. Der war klein und berüchtigt. Die Spelunke auch. Sollten sich jemals mehr als sechs Leute an den Tresen dieser erbärmlichen Kneipe verirren, müsste der schmierige Wirt den Tempel auf der Stelle schließen. Wegen Überfüllung.

Als der Oberst an diesem Sonntag um kurz nach neun eintrat, war diese kritische Grenze noch nicht erreicht. Links standen drei Männer, die aus Wassergläsern Schnaps soffen, rechts lehnte Edda Hahn, die soeben einen gut gefüllten Cognacschwenker an die Lippen führte. Geschickt stützte sie sich mit einer Hand auf den schwarzen, blank polierten Gehstock und trank in einem Zug aus. Danach schnalzte sie genießerisch mit der Zunge, stellte das Glas ab und ließ es nicht mehr aus den Augen.

Eddas Lippenstift war knallrot. Sie trug einen Jeansrock sowie eine knappe weiße Bluse und schwankte wie ein Blatt im

Wind. Ein Gleichgewichtsproblem, das sich verstärkte, als ihr der ungebetene Gast seine Dienstmarke unter die Nase hielt. Er sei von der Mordkommission, sagte Kubica, was die ehemalige Kellnerin mit einem Nicken quittierte.

»Mit Mord hab ich nichts zu schaffen«, keifte sie. »Meine Nichte auch nicht. Nach der suchst du ja, oder?«

»Das wissen Sie?«

»Die Zeitungen sind voll davon.«

»Ich wollte gestern Abend schon mit Ihnen reden, aber Sie waren nicht zu Hause«, sprach Kubica.

»Weil ich keine alte Stubenhockerin bin.«

»Wo ist Judith?«

»Wenn ich das wüsste.«

»Ich brauche ein Foto von ihr.«

»Und ich einen Koffer voll Geld«, sagte sie und grinste. »Dann hau ich sofort ab. In die Karibik.«

»Darf ich Sie auf einen gepflegten Drink einladen?«, fragte er. »Sie haben doch Zeit?«

»Zeit ist Geld«, blaffte sie. »Aber wenn du mir was spendierst, freut mich das natürlich. Nur zu.«

Da gab Kubica dem Mann hinter dem Tresen einen Wink, und der schenkte ein. Gierig streckte Edda die Finger nach dem Glas aus, doch Kubica kam ihr zuvor und rückte es zur Seite. »Das Bild«, bat er.

»Ich hab keins.«

»Sie verschaukeln mich, meine Liebe. Das ist nicht nett von Ihnen.«

»Gibst du mir jetzt einen Brandy aus oder nicht?«, greinte sie.

»Ihre Nichte ist in schlechter Gesellschaft.« Er seufzte und reichte ihr den Schwenker. »Ich will sie da herausholen, bevor es zu spät ist.«

Sie trank. »Ich hab bloß Kinderfotos von ihr«, nuschelte Edda Hahn und wischte sich mit dem Handrücken schnaufend den Mund ab. »Ehrlich.«

»Und Judiths Eltern?«

»Vater verstorben. Krebs. Mutter ebenfalls tot. Selbstmord. Sie hat sich abgefackelt. Ich bin Judiths einzige Verwandte, deshalb wohnt sie auch bei mir.«

»Ist Ihnen der Name Bakota geläufig? Amel Bakota?«

»Nie gehört.«

»Er haust in der Kolarikgasse und hat einen Raubmord am Kerbholz. Judith begleitet ihn.«

»Wer sagt das?«

»Die Nachbarn.«

Edda schwieg.

»Hat Judith einen Beruf?«

»Sie hat Bürokauffrau gelernt, aber die Firma ist baden gegangen. Seither sucht sie einen Job.«

»Rufen Sie Ihre Nichte an. Bitte.«

»Hab ich schon. Sie geht nicht ans Telefon, aber früher oder später kommt sie schon wieder bei mir angekrochen. Garantiert.«

»Ihr Wort in Gottes Ohr«, meinte Kubica skeptisch. »Hier haben Sie meine Karte. Judith soll sich bei mir melden.«

»Klar.« Wieder grinste Edda Hahn, und Kubica nickte, drehte sich um und ging.

»Idiot«, grunzte Edda, zerriss Kubicas Visitenkarte und ließ die Papierschnitzel achtlos zu Boden fallen. »Noch einen Cognac«, befahl sie dem Barmann, und der lachte und nickte, ergriff die halb leere Flasche und schenkte ihr randvoll ein.

67

»Oscar? Anne?«

Unschlüssig stand Kubica in der Ankunftshalle des Flughafens Wien-Schwechat, wo die Passagiere des Fluges aus London ungeniert ihre Ankunftsrituale abspulten. Manche jubelten laut und winkten, andere umarmten ihre Angehörigen still, etliche wurden per Handschlag begrüßt oder wenigstens mit netten

Worten bedacht. Jene, die niemand abholte, rollten ihre Koffer zum Ausgang. Dabei machten sie den Eindruck, als seien sie auf der Flucht. Kurzum: Die Halle leerte sich, doch von Oscar, Anne und ihrer Mutter fehlte jede Spur.

Besorgt eilte Kubica zum Schalter der British Airways, erkundigte sich nach seinen Lieben und war ganz perplex, dass er ihre Namen nicht im Passagierverzeichnis fand.

»Wieso stehen die nicht auf der verdammten Liste?«

Da musste die freundliche Dame leider passen. Unwirsch warf Kubica den Blumenstrauß, den er für Anne gekauft hatte, in den Müll und rief sie an. Entgegen ihrer sonstigen Gewohnheit hob sie sofort ab.

»Was ist denn los?«, fragte Radek. »Wo seid ihr?«

»In London«, erwiderte Anne. »Mama ist gestürzt und hat einen Oberschenkelhalsbruch. Deshalb konnten wir nicht fliegen.«

»Und da verständigst du mich nicht?«, schnauzte er sie an. »Rechtzeitig, meine ich.«

»Ich hatte Stress«, seufzte sie. »Sorry.«

»Und was macht ihr jetzt?«

»Wir bleiben hier.«

»Du und deine Mutter, klar, aber wann kommt Oscar?«

»Gar nicht.«

»Der will aber nach Wien.«

»Die Spinnereien eines Halbwüchsigen«, entgegnete sie. »Das legt sich wieder.«

»Das hättest du gern«, konterte er. »Aber das Leben ist kein Wunschkonzert.«

»Blasen wir die Sache ab, Radek. Ich hab kein gutes Gefühl dabei.«

»Jetzt langt es aber. Ich buche einen Flug für ihn.«

»Ohne mein Okay tust du gar nichts.«

»Der Bub wohnt bei mir. Wie seinerzeit abgemacht.«

»Das kannst du dir aus dem Kopf schlagen.«

»Du lässt ihn fliegen, sonst hole ich ihn.«

»Bist du übergeschnappt? Hast du getrunken?«

»Ja, zwei Liter Wasser«, fauchte Radek. »Unter Umständen sogar drei. Das erste Glas heute um Punkt sieben Uhr früh, wenn du es genau wissen willst, aber seit wann interessiert dich das?«

Stille. Kubicas Exfrau hatte es die Rede verschlagen.

»Ich hab dasselbe Recht auf Oscar wie du, Anne«, legte Radek nach.

»Er hat sich dazu entschieden, bei mir zu bleiben«, erwiderte sie.

»Ja, bei Gericht. Vor zwei Jahren. Inzwischen hat er aber seine Meinung geändert. Jetzt will er zu mir.«

»Dass er Wien vermisst, hat einzig und allein mit pubertärer Nostalgie zu tun, nicht mit dir«, zischte sie.

»Das ist gelogen.«

»Ist es nicht.« Zornig legte Anne auf.

Eine Reaktion, die Radek auf die Palme brachte. Fuchsteufelswild rief er Anne noch einmal an. Vergebens.

Der nächste Versuch.

Wieder nichts.

Schlagartig bekam er Appetit auf ein Gläschen vom ausgezeichneten polnischen Büffelgraswodka. Es kostete ihn eine seiner Zauberpillen, der Versuchung zu widerstehen.

Edyrileum.

Gut, dass er das Mittel immer griffbereit hatte. Gereizt rannte er aus der Halle und sprang in das Taxi, das in der Halteverbotszone auf ihn wartete.

Den zwei Meter großen Typen mit den langen grauen Haaren und dem gepflegten Vollbart, der ihm dabei folgte, bemerkte er gar nicht. Der Mann klopfte sogar noch an die Heckscheibe, doch da fuhr das Taxi schon los. Schnurrend verließ es die Rampe und tauchte in der Masse der abfahrenden Fahrzeuge unter.

Zwanzig Minuten später war Kubica zurück in Wien.

Zwei

Durch mich geht man hinein
zur Stadt der Trauer.

Dante Alighieri,
»Divina Commedia – Göttliche Komödie«
(3. Gesang)

68

Seit die Angst in Wien zunahm, liefen die Geschäfte des Waffenhändlers in der Mautgasse prächtig. Dementsprechend entspannt lehnte er hinter dem brusthohen Verkaufspult und blätterte in einem Sexmagazin.

Es war Montag, kurz nach neun, als der rothaarige Junge eintrat. Bakota hatte an einer Dose Nitro geschnüffelt, war ziemlich weggedröhnt, und seine Augen blitzten wie reflektierendes Glas.

»Guten Tag«, sagte er.

Unwillig legte der beleibte Unternehmer die Zeitung weg und beäugte den Burschen mit dem schwarzen Rucksack, den er lässig über die linke Schulter hängen ließ. Was für dünne Gliedmaßen der Kerl hatte. Seine Zähne waren so seltsam spitz, und er bewegte sich so hektisch. Ob der Drogen nahm? Diskret schaltete der Ladenbesitzer die Kamera ein, die als Rauchmelder getarnt direkt über ihm hing.

»Womit kann ich dienen?«

»Ich will zwei Revolver, Kaliber neun Millimeter, plus mannstoppende Munition.«

Das ließ sich hören.

»Da sind Sie absolut richtig bei mir.« Der grauhaarige Geschäftsmann grinste breit. »Wie alt sind Sie denn, wenn ich fragen darf?«

»Dreiundzwanzig.«

»Verfügen Sie bereits über eine Waffenbesitzkarte, oder wollen Sie erst eine erwerben?«

»Ich hab das Ding«, log der Junge. »Und ich steige damit in den Schießsport ein. Combatschießen. Da brauch ich genau solche Kanonen, wie sie im Schaufenster liegen.«

»Sie zahlen mit Kreditkarte?«

»Nur Bares ist Wahres.«

»Guter Spruch. Gefällt mir. Bei welchem Schießclub haben Sie denn angeheuert?«

»Es gibt da einen im dritten Bezirk«, antwortete Bakota. »Der Obmann ist mein Vater.«

»Der ist Chirurg, nicht wahr? Ich hab seinen Namen vergessen. Wie heißt der gleich noch mal?«

»Papa«, erwiderte der junge Mann freundlich und deutete auf ein stattliches Kampfmesser in der Vitrine neben ihm. »Ich sag Papa zu ihm. Was für ein wunderbares Messer. Darf ich es sehen?«

»Klar.«

Eifrig ging der Kaufmann zum Glasschrank und schloss ihn auf, während sich Bakota bückte, eine volle Bierflasche aus dem Rucksack holte und sie ihm mit aller Kraft über den Schädel zog. Der Schlag war so heftig, dass das Glas zerbarst. Blut und Wasser spritzten durch die Gegend, und der Grauhaarige kippte um wie ein Baum und blieb reglos auf dem Rücken liegen.

Ungerührt marschierte Bakota zum Schaufenster und raffte zusammen, worauf er scharf war. Zwei Colt Python 357 Magnum, zwei Revolver der Marke Smith & Wesson Chief Special, zwei Gürtel, zwei Holster, einige Schachteln Munition und ein Messer. Gelassen stopfte er alles in den Rucksack. Da begann sein Opfer zu stöhnen. Es öffnete die Augen und versuchte, aufzustehen. Das hätte der Mann besser bleiben lassen sollen.

Wortlos holte Bakota das Kampfmesser aus dem Rucksack und rammte dem Waffenhändler die Klinge in die Brust. Anschließend machte er sich über die Kasse her, raubte rund siebzehntausend Euro und verließ das Geschäft.

»Lass uns abhauen«, befahl er Judith, die draußen Schmiere stand, und zog sie mit sich fort. Sie flohen mit der Untergrundbahn und machten weiter wie besprochen. In einem Warenhaus kauften sie zwei Koffer, Kleidung und Schuhe. Dann stahlen sie an einer Tankstelle einen grauen VW Golf und brausten damit zurück zur Jugendherberge in den dritten Bezirk.

Nun waren sie bewaffnet und mobil. Neue Möglichkeiten standen ihnen offen.

Bakota war entschlossen, sie zu nützen.

69

Vier Stunden später. Draußen war es wolkig, aber windstill. Lächelnd betrachtete Kubica die schlaffe Fahne über dem Eingang des Restaurants unweit des Schwedenplatzes, auf der ein riesiges Glas Rotwein prangte. Eine Flasche wäre passender, überlegte er. Eine solche hatte ihn nämlich hierherzitiert.

Der Landeskriminaldirektor saß an einem Ecktisch vor einer scharlachroten Wand mit einem Muster aus Goldfäden, ähnlich einer Jugendstiltapete. Ungeduldig winkte er Kubica herbei, doch der versorgte sich erst einmal mit einem Glas Mineralwasser, ehe er bei seinem Vorgesetzten Platz nahm. Da schob Stankovic sein Dessert zur Seite und blickte ihn finster an.

»Wir sollen die Mordrate senken, und was passiert?«, geiferte er. »Sie steigt. Der Waffenhändler ist gestorben. Jetzt hat dieser verdammte Bosnier schon zwei Morde auf dem Kerbholz. Ob der Taxifahrer ohne seine geistesgegenwärtige Reaktion das Abenteuer mit ihm überlebt hätte, ist sowieso fraglich. Unser amnestierter Totschläger ist also kein einfacher Killer, sondern gemeingefährlich. Wenn man sich das Überwachungsvideo ansieht und mitbekommt, wie brutal der Kerl einen Menschen absticht, wird einem ja direkt übel. Wie läuft die Fahndung?«

»Schleppend«, sagte Kubica. »Zum Glück ziehen die Medien brav mit. Bakotas Konterfei ist in jeder Zeitung zu finden. Die Beschreibung des Mädchens auch. Leider Gottes besitzen wir ja kein Foto von ihr. Mit Bakotas Mutter hab ich telefoniert. Sie lebt in Graz, hat geheiratet und will mit Amel nichts mehr zu tun haben. Angeblich hat sie keinen Kontakt zu ihm. Die steirischen Kollegen behalten sie aber im Auge.«

»Gibt es sonstige Verwandte?«

»Nein.«

»Unter Umständen versteckt er sich bei einem Arbeitskollegen aus dem Supermarkt«, mutmaßte Stankovic.

»Das überprüfen wir gerade«, erwiderte Kubica.

»Und sonst?«

»Ich weiß nicht, was Sie meinen.«

»Eine klare Ansage wäre jetzt ganz schön, finde ich.«

»Wir kriegen ihn. Das ist ja völlig klar.«

»Das wollte ich hören, Kubica«, sagte Stankovic und seufzte theatralisch. »Und jetzt machen Sie Dampf.«

Dummes Gerede, ärgerte sich der Oberst. Glaubte Stankovic wirklich, er brauche eine Portion Extramotivation, um seine Pflicht zu tun? Er konnte dieses Geschwafel schon lange nicht mehr hören.

Mürrisch verabschiedete er sich und ging seiner Wege. Ein paar Straßen weiter fielen ihm Anne und Oscar ein, und er versuchte, seine Exfrau in London zu erreichen. Obwohl er es extra lange bei ihr läuten ließ, nahm sie das Gespräch nicht an.

Anne sperrte ihn aus. Sie verweigerte den Kontakt mit ihm. Wenn das so weiterging, musste er sich in Sachen Oscar etwas einfallen lassen.

70

Zu Mittag war es noch bedeckt, doch am Nachmittag leckte die Sonne immer mehr Wolken vom Himmel. Es wurde wieder warm.

Bloßfüßig und im weißen Bademantel stand der Abgeordnete auf dem Balkon der Penthousewohnung im zehnten Bezirk und warf einen amüsierten Blick auf die Südosttangente. Dort hatte sich ein Verkehrsstau gebildet, der weiter anwuchs.

»Immer dasselbe Theater«, brummte er, während ihm Dagmar Landauer, die jetzt nichts als ihre schwarzen Perlenstecker trug, ein Glas Whiskey in die Hand drückte.

»Was meinst du?«

»Wenn du wissen willst, ob der Mensch lernfähig ist: Da drüben hast du die Antwort«, grinste Petrell. Bedächtig kostete er vom Bourbon, genoss den angenehmen Geschmack nach Holz und Vanille, der sich auf seinem Gaumen ausbreitete, und nickte zufrieden.

Derweil strich Dagmar ihr halblanges, glänzend schwarzes Haar zurück und huschte ins Apartment. Wenig später kehrte sie in einem aufregend kurzen Kleid zurück, unter dem sie keine Unterwäsche trug. Dafür hielt sie einen Weißweinkelch in der Hand, der aber bloß halb gefüllt war. Die gut vierzigjährige Juristin mit der Figur einer Zwanzigjährigen wollte die Kontrolle behalten. Alkohol störte da nur. Den vertrug sie nicht so besonders.

»Hat er sich gemeldet?«, fragte Petrell.

Sie schüttelte den Kopf und trank. »Aus dem Magistrat rufen sie auch laufend an und fragen, was los ist«, klagte sie. »Ich hab die Vermisstenanzeige erstattet. Das ist mir alles so wahnsinnig peinlich.«

»Mein Gott, seit dein Mann weiß, dass wir was miteinander haben, ist er halt sauer«, sagte er. »Hat er wenigstens eine Freundin, bei der er unterschlüpfen kann?«

Sie lachte. »Rudi? Ach geh.«

»Wir müssen ihn stoppen«, erklärte Petrell mit ernster Miene.

»Das ist meine Angelegenheit«, erwiderte sie. »Ich erledige das.«

»Wenn er zur Polizei geht, sind wir erledigt.«

»Wieso? Er hat keine Beweise mehr«, widersprach sie. »Die sind alle vernichtet.«

»Trotzdem. Ich will nicht, dass er mit Kubica spricht. Ich hab mich nach diesem Mann erkundigt. Ein brillanter Kopf, dazu auch noch furchtbar stur. Wenn der erst einmal Witterung aufnimmt, wird es ungemütlich.«

»Lass nur. Rudi gibt auf«, unterbrach sie ihn hastig. »Ich bringe ihn dazu.«

»Und dieser Chefredakteur?«

»Auf den hat Kubica gestern Abend an der Strudelhofstiege umsonst gewartet«, lachte sie hämisch. »Benno hat den Mann abgefangen. Wir haben dem Vorarlberger ein Angebot gemacht, das er nicht ausschlagen kann.«

»Details interessieren mich nicht«, winkte Petrell ab. »Fall erledigt?«

Sie nickte. »Fall erledigt.«

»Ich geh jetzt erst einmal duschen«, sagte Petrell gedankenverloren, drückte ihr sein leeres Glas in die Hand und verschwand.

Still starrte die Stabschefin hinüber zu der Straße, wo das Ende der endlos langen Fahrzeugkolonne längst nicht mehr zu sehen war. Sie musste ihren Mann finden. Unbedingt.

Und sobald sie geschieden war, musste Moritz das Datum für ihre gemeinsame Hochzeit festlegen. Dann war sie am Ziel.

71

Kubica hatte miese Laune. Kein Wunder, nachdem auch der sechste Versuch, seinen Sohn Oscar telefonisch zu erreichen, gescheitert war. Missmutig schrieb er ihm eine Mail und bat ihn, sich zu melden. Danach stand plötzlich Stankovic vor seinem Schreibtisch.

»Womit kann ich dienen?«, seufzte der Oberst.

»Mit einer Auskunft«, erwiderte der Landeskriminaldirektor. »Wie stehen denn jetzt die Aktien im Mordfall Sorko? Ich befahl Ihnen ja, mich über die Fortschritte in dieser Sache zu informieren. Täglich. Auf einen Bericht von Ihnen wartete ich bisher aber vergeblich.«

»Weil es nichts Neues gibt«, entgegnete Kubica. »Es gäbe vielleicht etwas, wenn der Chefredakteur des ›Express‹ wie versprochen erschienen wäre, um mit mir zu reden. Das tat er aber nicht. Stattdessen kündigte er seinen Job. Überstürzt, wie ich erfuhr. Er wolle eine interessante berufliche Herausforderung im Ausland annehmen, hieß es.«

»Und wo?«

»Das muss ich erst noch herausfinden.«

»Seltsam«, sagte Stankovic.

»Das kann man wohl sagen.«

»Dann müssen Sie aber jetzt wenigstens einmal diese bosnische Bestie zur Strecke bringen.«

»Wir sind an ihm dran«, erwiderte Kubica.

»Das ist gelogen«, widersprach Stankovic. »Der ist verschwunden. Spurlos verschwunden. So ist es doch.«

Da stürmte Dvorak ins Zimmer. »Wir haben ihn«, schnaufte er begeistert.

»Wen? Bakota?«

Der Chefinspektor nickte. »Er hat sich in einer Jugendherberge verkrochen«, japste er. »Das Mädchen ist bei ihm. Einer der Taxifahrer, die wir befragten, erinnerte sich an die beiden. Er hat sie in den dritten Bezirk kutschiert.«

»Fein«, sagte Kubica erfreut, holte die Dienstwaffe aus der Schreibtischlade, repetierte einmal durch und steckte sie in das Holster. »Dann los. Auf geht's«, befahl er.

Der Landeskriminaldirektor hielt ihnen die Tür auf. »Schnappt die beiden«, bellte er.

Voller Tatendrang eilten Kubica und Dvorak davon.

Einem peinlichen Misserfolg entgegen.

72

Als Bakota und Hahn an der Rezeption standen und die Rechnung bezahlten, sah sie die Concierge ganz eigenartig an. Das junge Ding schien nervös zu sein. Schlagartig wurde der Blick des Burschen unruhig. Da war etwas. Es lag etwas in der Luft. Ärger kam auf sie zu, spürte er. Unheil.

»Wir müssen weg, Judith«, flüsterte er. »Schnell.« Hastig

drückte er ihr ihren Laptop in die Hand und rollte die zwei Koffer ins Freie. Kaum hatten sie das Gepäck in ihrem gestohlenen Wagen verstaut und darin Platz genommen, raste ein dunkler VW-Bus mit verspiegelten Scheiben heran, bremste und parkte hinter ihnen ein. Ungläubig beäugte Bakota das fremde Fahrzeug, startete den Motor und fuhr los, während nun auch noch ein blauer Audi vor der Jugendherberge stoppte. Zwei Männer in Jeans und Sakko sprangen ins Freie und liefen ins Gebäude. Bullen. Instinktiv bog Bakota an der nächsten Kreuzung rechts ab und gab Gas.

»Was ist denn?«, fragte Judith.

»Kripo«, erwiderte er wortkarg.

»Woher wissen die, wo wir wohnen?«

»Mach dir lieber Gedanken darüber, wo wir ein passendes Versteck finden«, blaffte er. »Die fahnden nach uns.«

Erstaunlich, wie rasch Amel in ihrer Beziehung das Kommando übernahm, dachte Judith. Vor lauter Schreck war sie zwar ein wenig blass im Gesicht, doch sie fing sich wieder.

»Bullshit«, murmelte sie. »Aber ich kenne eine Fischerhütte flussaufwärts, nicht weit von Langenzersdorf entfernt. Da tauchen wir unter.«

Raus aus Wien? Bakotas Begeisterung über diesen Vorschlag hielt sich in Grenzen, aber weil er keine bessere Idee hatte, hielt er den Mund und befolgte ihren Rat. So erreichten sie das Donauufer und düsten eine halbe Stunde schnurstracks nach Norden, bis die Besiedlung immer dünner wurde und sie die breite Ausfallstraße verließen.

Nun wurde die Gegend zunehmend grün, und es ging auf einer weitaus schmäleren Fahrbahn dem Flussverlauf folgend weiter. Häuser waren hier nur noch spärlich zu sehen. Sie passierten eine künstliche Donauinsel, die zur Wasserregulierung diente. Sie entfernten sich immer weiter von der Stadt, bis sie zu einer Stelle kamen, an der eine kleine Halbinsel in den Strom ragte. Dort bogen sie in einen von Weiden flankierten unbefestigten Karrenweg ein und steuerten den Wagen auf ein Wiesenstück, wo sie anhielten. Ziel erreicht. Endlich.

Wie friedlich es hier war. Ein warmer, sanfter Wind strich durch dichtes Buschwerk. Vögel zwitscherten. Ein Motorboot kam von Korneuburg die Donau herunter und tuckerte gemütlich weiter flussabwärts. Hier war der passende Ort, um in Reichweite der österreichischen Hauptstadt auf Tauchstation zu gehen.

»*Pretty good*, oder?«, sagte Judith, grinste und küsste ihr Herzblatt auf den Mund.

»Dein Englischgequatsche geht mir auf die Nerven. Muss das sein?«, grunzte er und blickte sich misstrauisch um.

»Hab ich von meiner Mutter. Die hat auch so geredet.«

»Echt? Krass.«

»Komisch, dass dich das auf einmal stört«, sagte Judith enttäuscht und senkte den Blick. Dann fasste sie sich, reichte ihm die Hand, und sie liefen durch wunderbar hohes Gras ihrem neuen vorläufigen Zuhause entgegen.

73

Die Hütte maß acht mal acht Meter. Eine Rundholzkonstruktion aus mächtigen, von der Sonne gebleichten Eichenstämmen. Sie besaß eine Veranda mit Kugelgrill, Metalltisch und zwei Sesseln. Es gab einen Hackstock mit Beil sowie dürres Spaltholz, das entlang der Außenwände fein säuberlich übereinanderlag. Mit den blühenden Geranien, die links und rechts neben dem Eingang standen, bot dieses Ensemble ein herrliches Bild. Unter einem der Tontöpfe lag der Schlüssel zur Haustür.

Der Wohnraum war eher zweckmäßig eingerichtet. Das Mobiliar bestand aus Bett, Kleiderkasten, einer kleinen Küchenzeile und einem alten Herd, der mit Holz befeuert wurde. Im Kühlschrank lagerten ein wenig Wurst und ein paar Eier. Brot fanden sie in der Tischlade, und fünf Flaschen Wein waren auch da.

»Gemütlich«, grinste Bakota. »Hier lässt es sich aushalten,

aber morgen fahr ich zurück in die Stadt und schau mich um. Mit einer Knarre in der Hosentasche. Mal sehen, was mir damit einfällt. Wir können noch Reisegeld gebrauchen. Für unseren Trip in den Süden.«

»Nach Lissabon.«

»Nach Rom«, widersprach er. »Ich will das Kolosseum sehen. Unbedingt.«

»Von mir aus«, gab sie klein bei. »Aber bevor wir abhauen, hab ich noch eine Rechnung zu begleichen, und zwar mit Karli, diesem Schwein. Ihm gehört die Bude hier, und der Typ hat Familie. Was sein liebes Frauchen wohl sagen würde, wenn es wüsste, was er alles mit mir gemacht hat? Mit einem Mädel, das seine Tochter sein könnte.«

»Erpressung?«

»*Yes.*«

»Wie viel willst du ihm abknöpfen?«

»Dreißigtausend.«

»Bin dabei. Weißt du, wie er heißt?«

»Ich nicht, aber meine Tante.«

Ungeniert streifte das Mädchen die Kleider ab und lief ins Freie. Da ließ auch Amel alle Hüllen fallen und folgte ihr.

Zehn Meter östlich der Hütte fiel das Gelände ab und ging in einen schmalen, flachen Sandstreifen über. Dort tollten sie herum wie übermütige Kinder, ehe sie ins kühle Wasser sprangen. Hier sollte man besser aufpassen. An dieser Stelle war der Strom nämlich breit und die Strömung beachtlich. Sie schwammen also nicht, sondern blieben eher am Rand und tauchten bloß bis zu den Schultern unter Wasser. Erst als ihre Haut schon vor Kälte brannte, rannten sie zum Haus zurück und legten sich vor dem Eingang in die Sonne.

»Amel und Judith. Die tollste Lovestory, die es je gab«, schrie Judith und drehte sich zu ihm. Zart strich sie mit der Rückseite ihrer Finger über seine Wangen, bis zu den Lippen, legte ihre flache Hand über seinen Mund, rückte näher und küsste ihn. Gras hing in Amels wirrem Haar. Ein Bild, an dem sie sich nicht sattsehen konnte.

Das Leben ist schön, dachte sie.

Wie seltsam, dass ihr das bisher noch gar nie aufgefallen war.

74

Der Dienstag begann mit einem Paukenschlag.

»Hände hoch«, brüllte der Mann mit der Strumpfmaske über dem Kopf. »Hinlegen. Dalli.«

Totenstille.

»Seid ihr taub oder was?«

Verstört musterten die drei Bankbeamten mit ihren acht Kunden den Räuber, ehe ein weißhaariger Herr auf die Knie ging und sich auf den Bauch legte. Zögernd folgten die anderen seinem Beispiel.

»Du nicht«, schrie Bakota die Kassiererin an, zog mit der Linken eine Plastiktüte aus der schwarzen Jacke, griff über die Barriere und drückte sie der verängstigten Frau in die Hand. »Gib mir, was da ist. Los!«

Die Frau rührte sich nicht. Starr vor Angst glotzte sie ihn an.

»Mach schon!«, fauchte er. »Sonst leg ich dich um.«

Das wirkte. Zitternd öffnete sie das Kassenfach und stopfte die Geldbündel in die Tüte. Dabei löste sie mit dem rechten Knie den stillen Alarm aus.

»Nur die großen Scheine oder das Kleinzeug auch?«

»Alles.«

Ja, die Kassiererin hielt sich an Bakotas Anweisungen, doch sie arbeitete langsam. Sie lullte ihn ein. Bakota kapierte das und wurde aggressiv. Sein Blut begann zu kochen. »Los, los!«, herrschte er sie an. »Weiter.«

»Ja«, hauchte sie.

Wenn mich das blöde Weib weiterhin so reizt, gibt es hier noch ein Blutbad, überlegte Bakota. Dann fahnden die Bullen mit noch mehr Druck nach mir. Das wird gefährlich.

»Her mit der Tüte, sonst brenn ich dir ein Loch in den Schädel«, zischte er, entriss ihr den Sack und rannte los.

»Halt!«, schrie die Kassiererin.

Vergeblich. Mit weit ausladenden Schritten sauste Bakota aus der Sparkasse, prallte gegen einen Passanten, verlor das Gleichgewicht und stürzte. Weil er dabei weiterhin eisern den Geldsack festhielt, schlug er sich den Ellenbogen blutig. Er war zu aufgewühlt. Er bemerkte das gar nicht.

»Keine Bewegung, du Trottel!«, brüllte er, hielt dem entsetzten Mann den Revolver vor den Schritt und kam taumelnd wieder hoch. Weit weg jaulte ein Martinshorn, und das Geräusch kam näher.

Er musste abhauen. Weg. Vollgepumpt mit Adrenalin hetzte er die Straße hinunter, hinein in die nächste Quergasse und noch zwanzig Meter geradeaus, wo sein Golf stand. Zum Glück hatte er ihn mit frisch gestohlenen Kennzeichentafeln bestückt. Als er die Hetzendorfer Straße stadteinwärts düste, kamen ihm die ersten Einsatzfahrzeuge entgegen.

»Juhuu!«, brüllte der Junge, als die wilde Jagdtruppe an ihm vorbeibrauste und die Anspannung von ihm abfiel wie verdorrte Haut.

Geschafft. Er hatte gewonnen. Jetzt konnte ihn niemand mehr aufhalten. Heute nicht und morgen nicht. Nie wieder.

75

Es war gerade nicht viel los in Wien, darum stiegen die Medien voll ein. Der Raubüberfall war *die* Sensation. Die Polizei habe eine Alarmfahndung eingeleitet und Kontrollstellen errichtet, hieß es. Auf den Hauptverkehrswegen sei stadtauswärts mit Behinderungen zu rechnen.

Eine Information, die Bakota dankbar zur Kenntnis nahm. Schlau, wie er war, verließ er das Stadtgebiet also auf Umwegen und benützte auch später bloß ungefährliche Nebenstraßen.

Dadurch traf er auch erst gegen Mittag im Unterschlupf ein. Er war ein wenig aufgebracht, weil ihn auf der Uferstraße beinahe ein Taxi abgeschossen hätte.

»Mein Gott, bin ich froh, dass du wieder gesund da bist«, sagte Judith und umarmte ihn. Sie hatte rote Wangen, glänzende Augen, schwitzte und wirkte ein wenig gehetzt, doch das fiel ihm nicht weiter auf.

Aufgeregt schilderte er den Überfall und zählte mit ihr das Geld. Fünfundfünfzigtausend Euro. Ihr Grundstock für ein frisches, gutes Leben. Mit etwas Glück konnten sie ihr Kapital aber ja womöglich sogar noch aufstocken.

Forsch holte Judith das Mobiltelefon aus der Hütte, das ihr Amel geschenkt hatte, setzte sich ans Donauufer und rief ihre Tante an.

»Hallo, Edda«, murmelte sie. »Der blöde Drecksack, mit dem ich für Geld schlafen musste: Wie heißt der?«

»Die Mordkommission sucht dich«, antwortete die Tante in jenem gespreizten Deutsch, das sie stets auspackte, wenn sie einen in der Krone hatte. »Ein gewisser Herr Kubica.«

»Das interessiert mich nicht«, erwiderte Judith kühl. »Ich rede von Karli. Gib mir seinen vollen Namen und die Telefonnummer. Ich muss mit ihm reden.«

»Und wie viel ist dir so eine Auskunft wert?«

»Spinnst du?«

»Tausend Euro«, sagte die Tante. »Du hast ja jetzt genug Geld, oder? Treffen wir uns bei dir an der Donau?«

»Du weißt, wo ich bin?«

»Ich kann es mir denken.«

»Wieso?«

»Erstens, weil ich nicht blöd bin, zweitens, weil ich schon dort war.«

»Ich überlege mir dein Angebot, Edda«, antwortete Judith verstört und legte auf.

»Edda will hierherkommen«, sagte sie.

»Wenn die hier auftaucht, mach ich sie kalt«, drohte Bakota. »Vielleicht lassen wir die Sache mit der Erpressung doch besser bleiben. Wenn Edda weiß, wo wir uns verstecken, sind wir hier nämlich nicht mehr sicher. Morgen hauen wir ab. Ich glaube, das ist besser so.«

Verdammter Mist, dachte Judith. Amels Vorschlag warf alle ihre Pläne über den Haufen. Wäre er morgen zu einem weiteren Raubzug aufgebrochen, hätte sie sich sein Geld gekrallt und wäre damit durchgegangen, aber so? Was sollte sie tun? Die Zeit drängte. Sie musste sich etwas überlegen. Ihre Zukunft stand auf dem Spiel.

Im Augenblick fiel ihr da aber leider rein gar nichts ein.

76

Kubica hatte auswärts recherchiert. Still steckte er seine Sonnenbrille weg, während er schwungvoll durch das Hauptportal des Landeskriminalamtes schritt. Er kam nicht weit. Im Stiegenhaus lief ihm Dvorak entgegen.

»Gut, dass du Edda Hahns Telefon abhören lässt«, sagte er. »Die Kollegen von der Telefonüberwachung haben eine Unterhaltung zwischen ihr und ihrer Nichte mitgeschnitten. Es ging um einen Namen und eine Telefonnummer. Die Alte verlangt tausend Euro dafür und will Judith irgendwo an der Donau treffen.«

»Wo genau?«

»Keine Ahnung. Aber Edda weiß, wo die Kleine ist. Das behauptet sie jedenfalls.«

»Was ist mit dem Handy des Mädchens? Wurde es geortet?«

»Bloß ungefähr«, erwiderte Dvorak, als sie die Treppe hinaufliefen. Er rang nach Luft.

Selber schuld. Was rauchst du auch so viel, dachte Kubica schadenfroh und hielt das Tempo, bis sie sein Büro betraten.

»Zwar verwendete Judith Hahn nicht ihr eigenes, sondern ein fremdes Telefon, aber der Funkmast, über den das Gespräch lief, konnte lokalisiert werden«, berichtete Dvorak. »Er steht in Langenzersdorf.«

»Bezirk Korneuburg, Grenze zu den Wiener Bezirken Döbling und Floridsdorf«, analysierte Kubica laut, breitete eine Landkarte auf seinem Schreibtisch aus und sah sich die Lage genauer an. »Mal sehen, wie groß der Sendebereich des Handymastes dort ist«, sagte er, nahm das Telefon und rief bei der Telekom an.

Nach schlappen fünf Minuten war er im Bilde. »Dreißig Kilometer«, teilte er seinem Stellvertreter mit, markierte den Standort der Senderanlage, nahm einen Zirkel und schlug damit einen Kreis. Auf diesen Radius konnten sie ihre Suche beschränken.

Ein goldrichtiger Plan.

77

Der nachmittägliche Himmel war bedeckt, und immer mehr Kriminalbeamte durchkämmten Langenzersdorf und das offene Gelände zwischen Korneuburg und Wien. Kradfahrer der Verkehrsabteilung brausten auf zivilen Maschinen durch die Gegend und überwachten die Straßen. Ein Helikopter des Innenministeriums hing am Himmel. Bei abseits gelegenen Häusern am Donauufer tauchten plötzlich Uniformierte auf und befragten die Bewohner. Zugleich sickerten interessante Neuigkeiten zum morgendlichen Banküberfall in der Hetzendorfer Straße durch. Der Täter habe auf der Flucht Blut verloren, hieß es. Laut DNA-Analyse war es eindeutig Amel Bakotas Blut. Er sei mit einem grauen Golf getürmt, ergänzte man diese Informationen noch per Funk.

Das gab der Fahndung Auftrieb. Gegen achtzehn Uhr sichtete die Besatzung des Polizeihubschraubers eine Hütte, vor der ein Golf stand, und die Wärmebildkamera ortete zwei Personen, die sich im Gebäude befanden.

Das müssen sie sein, überlegte Kubica, informierte den Landeskriminaldirektor und traf alle Vorbereitungen für einen Zugriff.

Kurz vor zwanzig Uhr kam Stankovic ins Lagezentrum, studierte die Karte und lauschte Kubicas Bericht.

»Aus«, knurrte er. »Ich übernehme die Einsatzleitung. Verbinden Sie mich mit dem Chef der Cobra.«

»Zwei junge Leute festzunehmen kann ja auch mit Kriminalbeamten nicht so wahnsinnig problematisch sein«, protestierte Kubica verblüfft. »Das würde ich gern persönlich übernehmen.«

»Auf keinen Fall«, knurrte Stankovic. »Die sind bewaffnet. Wie wir alle wissen, hat Ihnen ja bereits einmal jemand eine auf den Pelz gebrannt, das langt doch, oder?«

»Ich will die beiden aber lebend haben. Unbedingt«, drängte der Oberst.

»Ja. Die Cobra macht das schon. Die können das besser als wir.«

»Na gut«, fügte sich Kubica. »Werde ich hier noch gebraucht?«

Der Landeskriminaldirektor verneinte.

»Dann will ich bei der Festnahme dabei sein.«

»Ausgeschlossen.«

»Ich bestehe darauf.«

»Von mir aus, aber die Befehlsgewalt liegt ausschließlich bei mir, kapiert?«

Kubica nickte.

Also gab ihm Stankovic seinen Segen. Mit der Auflage, dass Kubica den Gefahrenbereich mied.

»Klar«, versprach der Oberst. Dann gab er Dvorak einen Wink, und sie machten sich auf den Weg.

78

Als Kubica im Wagen saß, die Beine ausstreckte und die Augenlider zuklappte, geisterte plötzlich Anne durch seinen Kopf. Da erinnerte er sich, wie verletzlich ihre Stimme klang, wenn sie nachts aufschrie, weil sie Alpträume hatte. Daran, wie ihr Körper bebte, wenn er sie umarmte. Wie die Sprossen einer Leiter stapelte er seine Gedanken übereinander bis zum Himmel und kletterte an ihnen empor. Jeder Schritt eine Szene. Der Hyde Park fiel ihm ein. Ein runder Mond über regennassem Gras, auf dem sie tanzten. Annes handgeschriebene Liebesbriefe, die mit einer roten Schleife versehen in einem Karton auf dem Dachboden lagen. Er sollte sie endlich wegwerfen. Jetzt konnte er ja auch schon ganz gut ohne seine Exfrau leben. Er wusste bloß noch nicht genau, wie.

Kreischende Räder schreckten ihn auf. Dvorak zeigte Rennfahrerqualitäten. Mit leuchtenden Augen überholte er zwei Autos und zog den Audi wie mit einem Lineal durch eine lang gezogene Kurve, an deren Ende er kaltschnäuzig eine rote Ampel ignorierte.

Kein Wunder, dass sie die Donau in Rekordzeit erreichten. An deren Ufer entlang ging es zügig flussaufwärts, und der Oberst döste wieder ein und dachte an London.

Als links und rechts der Fahrbahn schwer bewaffnete Uniformierte auftauchten, wurde er hellwach. Abrupt stoppten sie an einer Straßensperre, wo sie ein Verkehrspolizist zu einer Parklücke dirigierte, in die Dvorak den Audi zwängte. Es war ein wenig kühl. Trotzdem ließen sie ihre Sakkos im Wagen liegen und marschierten hundert Meter bis zu einer Kurve. Dort wechselten sie vom Asphaltband der Uferstraße auf das helle Beige eines Feldweges. Dessen Boden bestand zunächst noch aus festgestampfter Erde und vereinzelten Sandflecken, ehe hohes Gras überhandnahm, auf dem sich Reifenspuren abzeichneten.

Ein steifer Wind fuhr durch die Weiden. Geduckt gingen sie weiter, bis ihnen schließlich drei Streifenpolizisten entgegentraten.

Die meldeten, die beiden Zielpersonen stünden nichts ahnend am Ufer.

»Weiß die Einsatzleitung Bescheid?«, fragte Kubica.

»Jawohl«, sagte der älteste Beamte. »Stankovic hat befohlen, zuzugreifen. Die Cobra rückt vor.«

Kubica nickte. Vorsichtig schlich er mit Dvorak weiter zu

einer Stelle, wo sie hinter zwei Birken Deckung fanden und freies Sichtfeld zur Donau hatten. Aus dieser Deckung heraus beobachteten sie die Spezialisten der Sondereinheit in ihren dunklen Overalls, die wie Schatten durch Gras und Buschwerk glitten. Es wurde dunkler. Die Dämmerung brach an.

»Bakota und das Mädchen sind gefährlich nahe am Wasser«, raunte Kubica. »Die Cobra soll warten, bis sie zur Hütte zurückgehen.« Schon hielt er das Funkgerät vor den Mund, um mit dem Kommandanten der Cobra Kontakt aufzunehmen, doch es war zu spät.

Ehe er den geplanten Befehl absetzen konnte, nahm das Verhängnis seinen Lauf.

79

»Bullen!«, schrie Bakota, als die Vermummten auf sie losstürmten.

Dann sprang er, klatschte wie ein flüchtiges Wild in die Donau und kraulte los, während zwei Angreifer Judith packten, die schrie und wild um sich schlug. Nach sieben Metern riss die Strömung den Bosnier mit, ein Strudel erfasste ihn und zog ihn unter Wasser.

Derweil geriet sechs Armlängen neben ihm sein aussichtsreichster Verfolger ebenfalls in einen Sog, aus dem er sich nicht befreien konnte. Hilflos rudernd driftete der Mann stromabwärts. Sein Kollege, der näher am Ufer schwamm, bekam indes den Ast einer Pappel zu fassen und umklammerte ihn, bis man ihm ein Seil zuwarf und ihn an Land zog. Der letzte der drei Elitepolizisten trieb in der Mitte des Stromes.

Bakota? Der war verschwunden.

»Wo ist er denn?«, brüllte Dvorak, der mit Kubica flussabwärts lief.

»Keine Ahnung«, japste der Oberst. »Der wird doch nicht ersoffen sein?«

Mittlerweile kam ein deutsches Containerschiff den Fluss herauf. Es hatte Maschinenteile für einen Betrieb im bayrischen Deggendorf geladen. Der dunkle Kahn lag tief. Links und rechts des Hecks rauschten mächtige Bugwellen dahin. In die spülte das wirbelnde Wasser den erschöpften Bosnier, als er an der Längsseite des Kahns auftauchte. Mit einem Ruck zog es ihn nach hinten. Richtung Schiffsschrauben. Für den Bruchteil einer Sekunde sah man, wie er die Arme hochriss und schrie, dann war da nur noch wütend weiße Gischt.

Schaudernd beobachtete Kubica, wie ein Beamter der Cobra zweihundert Meter weiter völlig fertig ans Ufer kroch. Kurz darauf strandete der letzte Schwimmer des Einsatzkommandos auf einer Sandbank.

Und Dvorak? Mit einem Lautsprecher versuchte er, den Kapitän des Schiffes zum Anhalten zu bewegen, doch der reagierte nicht. Unterdessen forderte Kubica per Funk den Hubschrauber und ein Polizeischnellboot an. Danach eilte er zum Krankenwagen, wo zwei Uniformierte das gefesselte Mädchen auf eine Bahre drückten. Immer noch wehrte es sich heftig.

»Amel«, brüllte Judith hysterisch. »Was haben sie mit dir gemacht? Amel!«

Ein Gekreische, das erst verstummte, als sich der Notarzt zu Judith beugte und sie mit einer Injektion ruhigstellte.

»Ist sie verletzt?«, fragte Kubica.

Der Mediziner verneinte. Er habe der Patientin ein Beruhigungsmittel verabreicht, sagte er. Das Präparat zeige bereits Wirkung.

Ein Vermummter des Einsatzkommandos erschien. Die Raubbeute sei sichergestellt, meldete er. Morgen durchkämme man das umliegende Gelände nach weiteren Geldverstecken, um nur ja nichts zu übersehen. Die Presse sei auch da. Man wolle ihn sprechen.

»Ich gebe keine Auskunft«, entschied Kubica verdrossen. »Aber vielleicht kommt ja Stankovic her und übernimmt das.«

»Wieso bist du eigentlich so sauer?«, fragte Dvorak, wobei

er sich ein Grinsen nicht verkneifen mochte. »Die Sache ist gelaufen. Wir haben gewonnen.«

»Wir haben das Mädel«, korrigierte ihn der Oberst. »Ob wir Bakota auch kriegen, wird sich erst zeigen.«

Kubica hoffte inständig, dass auch der Bosnier am Leben blieb.

Viele Chancen dafür sah er allerdings nicht mehr.

80

Kaum lief die Sache anders als geplant, wollte Stankovic mit der Einsatzleitung nichts mehr zu tun haben. Ein kurzes Telefonat, und Kubica hatte das Sagen.

Die Lage am Strom blieb angespannt. Auch nach Mitternacht. Alle verfügbaren Boote und Hundeführer, eine Kompanie der Einsatzeinheit sowie einige Feuerwehrtrupps suchten zwanzig Kilometer weit beide Ufer ab. Überall Rufe und Anweisungen. Irgendwo jaulte ein Martinshorn.

Mancherorts standen Scheinwerfer zur Verfügung. Anderswo geisterten bloß die Lichter der Taschenlampen durchs Gehölz. Sie erinnerten Kubica an Grablaternen. An die Allerheiligenkerzen seiner Kindheit. Gegen halb zwei ging den Suchmannschaften langsam die Luft aus. Erschöpfung machte sich breit.

Wie weit konnte einer bei derartigen Strömungsverhältnissen schwimmen? Wo spuckte die Donau am ehesten eine Leiche aus?

Um zwei tauchte der Landeskriminaldirektor auf, gab den Journalisten ein paar Interviews und fuhr zurück nach Wien, ohne mit Kubica gesprochen zu haben. Zugleich wurde es sehr kühl, und es begann zu nieseln.

Um drei ging die letzte Hoffnung, Bakota lebend zu fassen, endgültig flöten. Da fand ein Feuerwehrmann einen abgetrennten Arm. Kubica forderte die Spurensicherung an und machte dem Einsatz ein Ende. Hungrig, nass und dreckig trafen die ausgepumpten Männer und Frauen am Sammelpunkt ein, kletterten in die Transportwagen und rückten ab.

Endlich keine Hektik mehr. Durchatmen. Aus. Ende. Die Lichter erloschen. Die Nacht wurde still. Barhäuptig, in wasserdichte Jacken gehüllt, lehnten Kubica und Dvorak müde an der Motorhaube ihres Dienstwagens, auf dessen Dach noch ein einsames Blaulicht rotierte. Der Chefinspektor rauchte, der Oberst glotzte in den Fluss und grübelte düster vor sich hin.

»Wurde der Besitzer der Fischerhütte über unseren Einsatz informiert?«, fragte er.

»Der Mann weiß Bescheid«, sagte Dvorak und blies dicke graue Rauchkringel in den Regen. »Was glaubst du, wie ist das, wenn du in eine Schiffsschraube gerätst?«

»Kein schöner Tod«, brummte Kubica.

»Selber schuld«, entgegnete Dvorak. »Und? Was machen wir jetzt?«

»Wir fahren ins Büro«, erklärte der Oberst. »Ab acht geht die Suche nach den Leichenteilen wieder los, aber ohne uns, denn um zehn verhören wir die Kleine.«

»Ich bin völlig erledigt.« Zur Bestätigung gähnte der Chefinspektor ausgiebig.

»Glaubst du, ich nicht?«, fragte der Oberst.

Kein Lob. Kein Dank. Typisch, dachte Dvorak. Stumm warf er den armseligen Rest seines Glimmstängels zu Boden, trat die Glut aus und stieg ein. Kubica folgte ihm. Dann verschwand der einsame Audi leise in der Dunkelheit, während die Wellen der Donau hinter ihm weiterhin laut klatschend an Land schlugen.

Es klang wie höhnischer Applaus.

81

Zwei Stunden Schlaf, mehr war in dieser Nacht einfach nicht drin.

Nach einem kleinen Imbiss traf Kubica am Mittwoch kurz vor zehn ausgelaugt vor der Justizanstalt Wien-Josefstadt ein. Der Komplex war Österreichs größtes Gefängnis. Knapp neunhundert Häftlinge saßen hier ein.

Gähnend hielt der Oberst der Torwache den Dienstausweis unter die Nase und trat ein. In der Eingangshalle des mausgrauen Gebäudes lehnte Dvorak an einer Säule und winkte lässig. Er rauchte.

»Das Verbotsschild da drüben ist doch groß genug, oder?«, motzte Kubica. »Weißt du, was passiert, wenn die hier Rauchmelder haben?«

»Dann wäre die Feuerwehr längst da«, antwortete der Chefinspektor lapidar, warf achselzuckend den Glimmstängel weg und folgte seinem sichtlich genervten Herrn und Meister zum Aufzug.

»Sie haben weitere Leichenteile gefunden«, erzählte Kubica, als sie nach oben fuhren. »Ein abgetrenntes Schienbein, einen Teil der Hüfte und eine Schädelhälfte.«

»Sauber«, grunzte Dvorak. »Weiß Stankovic davon?«

Kubica bejahte. »Den Zugriff anzuordnen, solange die zwei jungen Leute noch am Ufer standen, war ein Fehler, aber so ist das halt, wenn einer vom Schreibtisch aus das Kommando führt.«

Als sie in der zweiten Etage aus dem Lift stiegen, rümpfte Dvorak sofort die Nase. Auch Kubica verzog angewidert das Gesicht. Es war wie verhext. Überall stank es nach Kraut. Ein Geruch, den Kubica hasste. Also achtete er darauf, mehr durch den Mund zu atmen als durch die Nase, und beschleunigte seine Schritte.

Der Antrittsbesuch beim Gefängnisdirektor beschränkte sich dann auch auf den Austausch einiger kurzer Höflichkeitsfloskeln. Anschließend flüchteten sie mit dem Fahrstuhl in die nächste Etage, wo Judith Hahns Rechtsanwalt wartete. Er war ein schlanker, grauhaariger Mensch mittleren Alters, der in seinem hellen Anzug und mit der randlosen Brille aussah wie ein gewiefter Spielhöllenbesitzer.

Ob für Judiths Freund noch Hoffnung bestehe, wollte er wissen.

»Er ist tot. Das steht leider fest.«

»Und Frau Hahn weiß Bescheid?«, fragte der Advokat.

»Nein«, erwiderte Kubica. »Sagen Sie es ihr?«

Der Anwalt nickte, trat an die Tür zum Verhörzimmer und gab ein Klopfzeichen. Kurz darauf ließ man ihn ein.

Nach fünf Minuten war er auch schon wieder da. Sein Schützling werde jetzt mit der Kripo reden, versprach er.

Der Raum, den Kubica und Dvorak dann betraten, war maximal dreißig Quadratmeter groß und besaß keine Fenster. Zwei schmucklose Deckenleuchten verströmten unangenehm kaltes Licht, das graue Linoleum und die weißen Wände machten die Sache nicht besser. Ein einfaches Kruzifix aus Eichenholz über Judith Hahns Kopf fesselte Kubicas Blick. Es war die detailgetreue Kopie jenes Kreuzes, das im Schwurgerichtssaal des Landesgerichtes hing.

Die junge Frau mit den ausgeprägten weiblichen Formen und einem Gesicht wie aus Porzellan saß da wie eine Figur aus dem Wachsfigurenkabinett. Stumm starrte sie zur gegenüberliegenden Wand. Geistesabwesend.

Dass sie ihn so total ignorierte, während er den Laptop auspackte und sich für das Protokoll startklar machte, irritierte Dvorak nicht nur. Es nervte ihn. Kubica hingegen ließ ihre Pose kalt. Lächelnd rückte er einen Stuhl in ihr Blickfeld, nahm Platz, sah sie an und räusperte sich.

»Die Fischerhütte war ein guter Schlupfwinkel«, sagte er, um erst einmal überhaupt etwas zu sagen. »Wie habt ihr die gefunden?«

»Ich war schon mal da«, antwortete sie leise. »Mit einem Mistkerl namens Karli.«

»Dem Besitzer?«

Sie nickte.

»Wusste er, dass Sie und Amel sich dort aufhalten?«

Sie schüttelte den Kopf.

»Wie seid ihr da hineingekommen?«

»Der Schlüssel lag unter dem Blumentopf gleich neben der Tür.«

»Klassisch«, seufzte der Oberst. Dabei hatte er Bakotas zerfetzten Arm vor Augen. »Reden wir von Amel Bakota. Vom beschissenen Leben ihres Freundes, aus dem er unbedingt ausbrechen wollte. Sie mochten ihn doch, oder?«

Sie verzog keine Miene.

»Klar«, setzte Kubica fort. »Sie waren sein Mädchen, und er wollte Sie glücklich machen. Mit Geld. Viel Geld. Also ging er auf Raubzug. Dabei hat er zwei Menschenleben ausgelöscht. Wussten Sie das?«

»Davon hab ich null Ahnung«, behauptete sie und senkte den Blick.

»Ich glaube Ihnen kein Wort«, widersprach Kubica. »Beim Überfall auf den Waffenhändler standen Sie jedenfalls Schmiere. Dafür gibt es Zeugen.«

»Amel ist da rein, um einen Revolver zu kaufen. Weil mir übel war, bin ich draußen geblieben. Was drinnen passiert ist, weiß ich nicht. Ich wollt's nicht wissen.«

»Geflüchtet seid ihr aber zu zweit.«

»Er ist abgehauen, und ich bin ihm nach. Weil ich Schiss hatte.«

»Wovor?«

»Ihn aus den Augen zu verlieren. Meine Tante wollte mich zur Nutte machen und zur Arbeit auf dem Straßenstrich zwingen. Was hätte ich denn ohne Amel machen sollen?«

»Ihr habt gemeinsam ein Auto gestohlen.«

»Er hat mich an einer Kreuzung zurückgelassen und ist später mit einem Golf aufgetaucht. Da bin ich halt eingestiegen.«

»Und der Bankraub?«

»Welcher Bankraub?«

»Der schwarze Rucksack in der Hütte war prallvoll mit Geld, das der Sparkasse in der Hetzendorfer Straße gehört. Die Beute von den Überfällen auf den Waffenhändler und die Bäckerin allerdings fehlt.«

»Davon hab ich keine Ahnung.«

»Sie lügen wie gedruckt.«

»Wie kommen Sie darauf? Amel war ein paarmal mit dem Auto in Wien. Allein. Um Lebensmittel zu kaufen. Und sonst?« Sie zuckte mit den Achseln. »Ich jedenfalls hab das Grundstück an der Donau keine Sekunde lang verlassen, und wo das Geld ist, weiß ich nicht.«

»Beim Überfall auf die Waffenhandlung wurden vier Revolver mit Holster und Munition gestohlen. Drei Waffen haben wir gefunden. Eine fehlt. Wo ist die?«

»Woher soll denn ich das wissen?«

»Haben Sie an den Waffen, die in der Hütte lagen, Fingerabdrücke meiner Mandantin gefunden?«, fragte der Anwalt.

»Nein«, antwortete Kubica.

»Na also.« Der Advokat lächelte schmierig. »Mein Schützling hat keine strafbare Handlung begangen.«

»Wem gehört das Handy, mit dem Sie telefoniert haben? Wo haben Sie das gestohlen?«

»Amel hat es mir geschenkt«, erwiderte Judith entrüstet.

»Und wo ist es jetzt?«

»Ich hab es weggeworfen. Der Akku war kaputt.«

Der Oberst nahm es kopfschüttelnd zur Kenntnis.

»Hast du alles protokolliert?«, fragte er seinen Chefinspektor.

Dvorak nickte, übergab dem Mädchen die Niederschrift und bat sie, den Inhalt genau durchzulesen. Sie verzichtete darauf und unterschrieb.

»Dann kann sie ja gehen«, meinte der Rechtsverdreher.

»Das entscheidet der Staatsanwalt«, erwiderte der Oberst. Genau so war es.

Eine Stunde später war Judith Hahn frei.

82

In Oberösterreich war der Teufel los. Die abendlichen Fernsehberichte darüber elektrisierten die Republik. Deutschland schob massenhaft Afghanen zurück, die Monate zuvor über Österreich eingereist waren. Seither gerieten sich an der Grenze zu Bayern Polizei, Migranten und Bevölkerung in die Haare. Es gab Verletzte. Die Bundesregierung, hieß es, sei besorgt.

Kubica wusste davon rein gar nichts. Der lag rücklings quer über dem Ehebett und schlief. Reglos. Traumlos. Still. Ein Bild, als läge er schon im Sarg.

Das blieb so, bis ihn am Donnerstag gegen sechs ein lautes Summen aufschreckte. Das Geräusch kam vom Nachtkästchen, wo ein prächtiger Sammelband über Kirchen in Polen lag. Den hatte er irgendwann einmal von Anne geschenkt bekommen. Seinerzeit. Blinzelnd öffnete er das oberste Schubfach des schneeweißen Möbelstücks neben ihm, warf das dicke Buch hinein und drückte die Lade zu. Aus den Augen, aus dem Sinn, dachte er.

Freilich: Jede Trennung war ein Bruch. Mit ihr wurde eine Grenze gezogen. Hier seine, dort ihre und Oscars Welt. Zwanzig Monate lang hatte er alles versucht, um sie zurückzugewinnen. Telefonate. Mails. Geschenke. Voriges Jahr war er sogar zu ihr nach London gepilgert. Vergebens.

Ja, Kubicas graue Zellen nahmen langsam Fahrt auf, während es schon wieder summte. Fluchend stellte er den Wecker ab, wälzte sich aus dem Bett und schlurfte ins Badezimmer. Dort lehnte er sich schlaftrunken ans Waschbecken, zog Grimassen vor dem Spiegel und streckte die Zunge raus, ehe er sich das Gesicht wusch.

Wie er wieder aussah. Diese Falten um die Augen. Das Haar, das jeden Tag ein bisschen grauer wurde. Zugenommen hatte er auch. Das kam von den vielen Süßigkeiten. Seit er dem Alkohol aus dem Weg ging, aß er ja Unmengen von Torten, Kuchen und Schokolade. Die Kreationen der Schokoladenmanufaktur Zotter aus der Steiermark hatten es ihm angetan. Leckereien aus Polen sowieso.

Gedankenverloren trabte er in die Küche und schaltete die nagelneue Kaffeemaschine ein. Zwei Minuten später trank er waschechten Cappuccino wie im Kaffeehaus. In Shorts und mit nacktem Oberkörper stand er vor dem offenen Fenster und blickte ins Freie. Das leere Haus bedrückte ihn. Es machte ihn melancholisch.

Verdrossen holte er Kater Carlos ins Haus und fütterte ihn. Dann duschte er, zog sich an und telefonierte mit Oscar, den er diesmal tatsächlich erreichte. Der reagierte auffallend wortkarg. Mit einem lässig hingerotzten: »Ja?«

»Bist du sauer auf mich? Warum denn?«, fragte Radek überrascht.

»Weil die Sache mit Wien geplatzt ist. Darum«, antwortete sein Sohn.

»Nicht, was mich betrifft«, erwiderte Radek.

»Was heißt das jetzt? Ich will zu dir, das weißt du doch, also hilf mir. Oder bin ich dir lästig?«

»Um Gottes willen, nein. Wenn du tatsächlich bei mir einziehen willst, buche ich sofort einen Flug für dich.«

»Im Ernst?«

»Sicher.«

»Dann kratzt dir Anne die Augen aus.«

»Das nehme ich in Kauf«, sagte Radek. »Dann besorge ich dir also ein Ticket und informiere dich über Abflug- und Ankunftszeit. Sobald das gelaufen ist, sag ich deiner Mutter Bescheid.«

»Wirklich? Cool.«

Resolut legte Kubica auf, setzte den Kater vor die Tür, schlüpfte in sein Sommersakko und machte sich auf die Socken. Draußen schwitzte er, denn die Luft war zum Schneiden dick. Außerdem versuchte er sich vorzustellen, was ihm seine Exfrau alles erzählen würde, wenn er Oscars Übersiedelung nach Wien wirklich durchzog.

»Du wirst mich hassen, Anne«, murmelte er, als er später in die Untergrundbahn stieg.

Egal: Das würde er wohl oder übel aushalten müssen.

83

Immer wenn Stankovic den Gehörschutz aufsetzte, bekam er Atemnot, und sein Kopf schmerzte, als presse man ihn brutal in einem Schraubstock zusammen und zermalme ihn. Breitbeinig stand der Landeskriminaldirektor da, spürte dieser beunruhigenden Empfindung nach und tarierte sein Gewicht aus. Dann fuhr der rechte Arm mit der Waffe hoch, und seine Augen fixierten das Visier, bis es messerscharf wurde. Zugleich drückte er die Innenfläche der linken Hand von unten auf den Magazinboden der Glock. Ein stabiles Dreieck entstand. Die ideale Schussposition. Entschlossen holte der Schütze Luft, wartete und zog den Abzug durch.

Er schoss Doubletten auf die schwarze Mannscheibe. Nicht auf die Brust wie im Schießprogramm vorgesehen, sondern auf den Kopf. Jeder der siebzehn Schüsse lag im Ziel. Es überraschte ihn nicht. Zufrieden zog er das leere Magazin aus der Pistole, sicherte sie und übergab sie dem Waffenmeister, hinter dem neugierig Dvorak hervorlugte.

»Mit dieser Trefferquote wären Sie eigentlich im Außendienst besser aufgehoben als hinter dem Schreibtisch«, sagte er.

»Tatsächlich? Kommen Sie.« Stankovic grinste selbstzufrieden, gab dem Chefinspektor einen Wink und verließ mit ihm den Schießkeller. Schulter an Schulter pilgerten sie in die Kantine. Dort stand ein Fernsehgerät, in dem eine eilends angekündigte Sondersendung des ORF lief. Ein Bericht über ein Auffanglager im nördlichen Oberösterreich, wo man rund fünftausend Afghanen festhielt. Seit gestern Abend griffen Hunderte von ihnen Polizisten an und demolierten Fahrzeuge. Andere verschwanden einfach. Sie tauchten spurlos unter.

In den umliegenden Gemeinden sei es zu Einbrüchen, Sachbeschädigungen und Diebstählen gekommen, berichtete ein Polizeisprecher. Bürgermeister protestierten, die Bevölkerung bewaffnete sich, und die Innenministerin gelobte, keine weitere Übernahme von Migranten aus Deutschland mehr zu dulden.

Danach entstieg der Abgeordnete Petrell einem Hubschrauber. Erst sprach er mit verletzten Polizisten, dann gab er ein Interview, in dem er die Vorgänge der letzten Stunden analysierte und den Untergang der Republik an die Wand malte. Die Mienen der Leute vor dem Fernsehgerät verfinsterten sich. Stankovic und Dvorak wendeten sich ab, suchten nach einem Tisch und setzten sich.

»Sie haben mit Kubica zwei Raubmorde geklärt. Gratuliere«, säuselte der Landeskriminaldirektor und nippte an einem Glas Orangensaft.

Der Chefinspektor nickte.

»Jetzt hat die Aufklärung des Mordes an dieser Journalistin Priorität«, sagte Stankovic. »Ich will über jeden eurer Ermittlungsschritte Bescheid wissen. Sie informieren mich telefonisch, kapiert?«

»Jawohl.«

»Haben Sie das Dossier, um das ich Sie bat?«

»Am Nachmittag ist alles fertig. Dann bringe ich es Ihnen ins Büro.«

»Ich bin schon gespannt, was Sie zu Dagmar Landauer so alles zusammengetragen haben. Die Sache muss aber unter uns bleiben. Die ist geheimer als geheim, haben wir uns verstanden?«

»Ich schweige wie ein Grab«, versicherte ihm Dvorak.

»Fein. Dann ist unsere Unterredung hiermit beendet. Sie dürfen gehen.«

»Alles klar«, sagte Dvorak, verabschiedete sich, verließ das Präsidium, ging ein Stück in Richtung Donaukanal und zündete sich hinter einem parkenden Auto erst einmal ein Zigarettchen an.

Als er die leere Packung wegwarf, sah er Marie Haller die Straße überqueren. Stankovic erwartete die Ärztin vor den Stufen des Präsidiums, grinste wie ein paarungswilliger Maulfrosch und begrüßte sie per Handschlag. Die hübsche Blondine schien ihm etwas zu erzählen, doch nun kam eine Touristengruppe daher und nahm dem Chefinspektor die Sicht. Als er wieder freies Blickfeld hatte, waren Haller und Stankovic verschwunden.

Seltsam, dachte Dvorak. Was hatte die Gerichtsmedizinerin mit dem Landeskriminaldirektor zu schaffen? Er nahm sich vor, dieser Frage nachzugehen. Später. Im Augenblick hatte er nämlich andere Sorgen. Sein armer Magen wollte ein zweites Frühstück. Zum Glück war die nächste McDonald's-Filiale nicht weit.

84

Das Haus in Floridsdorf lag am Rande des einundzwanzigsten Wiener Gemeindebezirks, abseits der belebteren Straßen. Judiths Zimmer dort war voll möbliert und sogar mit einer Kochnische bestückt. Es kostete dreihundert Euro im Monat.

Ihre Vermieterin war eine Frau in den besten Jahren, hübsch, mit Haaren wie aus Bernstein, die ihr lockig auf die Schultern fielen. Judiths Mutter hatte sie auch so getragen. Die Gegend war geradezu idyllisch. Ideal zum Nachdenken. Hier konnte Judith die nächsten Schritte planen, die ihre kurzfristige und langfristige Zukunft in die richtigen Bahnen lenken sollten.

Immer wieder analysierte sie die Lage. Die war nicht besonders gut, könnte aber schlimmer sein. Ihren ehemaligen Freier zu erpressen hatte sie verworfen. Der konnte nicht genug Geld lockermachen, um ihr irgendwo im Ausland einen guten Start zu ermöglichen. Da steckte in den beiden speziellen Dateien, die sie vor Tagen zufällig auf ihrem Laptop fand, weitaus mehr Potenzial. Diese Videos könnten massig viel Kohle in ihre Kasse spülen, wenn sie nur geschickt genug vorging. Doch sie musste vorsichtig sein.

Als Judith am Vormittag nach Meidling fuhr, um ein letztes Schmuckstück aus Bakotas Einbrüchen zu verkaufen, lachte ihr auch wieder das Glück. Ihr Hehler machte sie mit einem Fälscher bekannt. Einem unscheinbaren Burschen, der versprach, ihr für einen namhaften Betrag eine neue Identität zu verschaffen.

Genau das, was sie jetzt brauchte.

85

Gegen Mittag wurde bei den kriegsähnlichen Zuständen an der Grenze die Lage prekär. Die Zelte im Auffanglager standen in Vollbrand. Die Feuerwehr rückte an, Hundertschaften der Exekutive riegelten das Areal ab, die Afghanen warfen Steine, Polizisten lagen am Boden und wurden mit Fußtritten traktiert. Kurz darauf rückten Sondereinheiten an und prügelten mit Schildern und Stöcken auf renitente Demonstranten ein. Blut floss. Auf beiden Seiten.

Der Vorsitzende der EU-Kommission war irritiert. In einem ersten Interview verurteilte er das harte polizeiliche Vorgehen aufs Schärfste. Eine Steilvorlage für den Abgeordneten Petrell, der das im Fernsehen kommentierte. Die Rüge aus Brüssel sei ein Skandal, wetterte er. Ein weiterer Beweis für die Realitätsverweigerung der Union. Statt Österreich zu unterstützen, werde das Land im Regen stehen gelassen und sogar noch verhöhnt. Die EU stecke vor der Flüchtlings- und Einwanderungsproblematik weiterhin den Kopf in den Sand. Man lasse die Dinge treiben und begnüge sich damit, den Moralapostel zu spielen.

»Die sogenannten Drittstaaten sind zu klassifizieren«, donnerte Petrell. »Wo herrscht Krieg? Wo nicht? Wo ist es sicher genug, um Menschen mit abgelehntem Asylantrag zurückzuschicken? Was passiert mit Staaten, die sich weigern, ihre Bürger zurückzunehmen? Wir brauchen einheitliche Normen. Weltweite Solidarität. Was da seit gestern bei uns abläuft, ist ja Wahnwitz. Erst lädt die deutsche Kanzlerin die halbe Welt ein, zu ihr zu kommen, dann schiebt sie die Leute nach Österreich ab. Wissend, dass wir sie nie mehr loswerden. Es kann doch nicht sein, dass wir jetzt die Dummen sind.«

»Aber wir lehnen doch auch Asylanträge ab und versuchen, die Menschen dorthin abzuschieben, wo sie zum ersten Mal die EU betraten«, warf der Fernsehjournalist ein.

»Aber wir haben niemanden eingeladen«, konterte Petrell. »Der Kanzler war bereit, eine Durchreise nach Deutschland zu gestatten. Er nahm sogar in Kauf, dass dabei Tausende bei uns im Land blieben. Eine humanitäre Geste mit katastrophalen Folgen. Seither weiß nämlich jeder, wie tolerant wir agieren und wie widersinnig unsere Gesetze sind. Unsere Sozialleistungen wirken wie Honig, der die Fliegen anzieht. Leute, die weder Sprachkenntnisse noch berufliche Qualifikationen besitzen und von unserer staatlichen Unterstützung leben, stürmen das Land. Dabei haben wir Schulden in astronomischer Höhe. Die Zukunft unserer Jugend steht auf dem Spiel. Wir müssen uns wehren.«

»Das ist doch blanker Rechtspopulismus«, erwiderte der Reporter entrüstet.

»Blödsinn.« Jetzt war Petrell auf hundertachtzig, jedenfalls für die Kamera. »Der Schutz unserer Bevölkerung ist weder links noch rechts. Er ist primäre Aufgabe der Politik. Dafür sind wir gewählt. Wer das ignoriert, ist fehl am Platz, aber wir Konservativen stellen uns dieser Herausforderung, darauf können Sie wetten.«

»Ist das eine Kampfansage an den Parteichef?«, hakte der Journalist nach.

»Es ist die Bitte, die Realität zur Kenntnis zu nehmen und zu handeln«, korrigierte ihn Petrell. »Der letzte Weckruf, wenn Sie so wollen. Ich erwarte, dass er nicht ungehört verhallt.«

86

Während die Flüchtlings- und Migrantenproblematik das Land lähmte, hatte der Chef der Wiener Mordkommission ganz andere Sorgen. Nach und nach gab die Donau immer mehr von

Bakotas Körperteilen frei. Zwei Stunden lang war Kubica vor Ort, sprach den Suchmannschaften Mut zu und legte mit dem Kommandanten der Einsatzeinheit die weitere Vorgehensweise fest. Eine Zeit lang trieb er sich sogar noch selber am Ufer herum, stapfte durch Sand und Buschwerk und beteiligte sich an der Suche, obwohl er wusste, wie sinnlos das war.

Danach fuhr er zurück ins Büro und sichtete die gesammelten Unterlagen zum Mordfall Lou Sorko. Es folgten Recherchen im Internet und Telefonate mit dem Magistrat. Um vierzehn Uhr buchte er für Oscar einen Flug von London nach Wien und informierte seinen Sprössling über die Reisedetails. Anschließend schickte er Anne eine Mail und ließ noch eine gute Viertelstunde verstreichen, bis er sie anrief.

Ihre Unterhaltung war relativ laut und unerfreulich. Anne weinte, drohte, nie mehr mit ihm zu reden, und schwor, die Abreise ihres Sohnes mit allen Mitteln zu verhindern.

Das war keine Überraschung, trotzdem belastete es ihn. Radek wusste doch, wie sehr Anne den Jungen liebte. Dass der jetzt partout zu ihm nach Wien ziehen wollte, war ein schwerer Schlag für sie. Damit stand sie als unfähige Mutter da. Ein bitteres Resümee, wofür er aber nicht verantwortlich war. Was erwartete Anne denn von ihm? Hätte er Oscar abweisen sollen? Das kam nicht in Frage. Er freute sich auf seinen Buben. Seit der Buchung schwebte er auf Wolke sieben. Da musste er sich förmlich dazu zwingen, die Gedanken an sein Privatleben wieder zur Seite zu schieben und sich den dienstlichen Dingen zu widmen.

Und das war bitter nötig.

Der Fall Bakota war abgeschlossen. Nun galt es, bei den Ermittlungen in der Sache Sorko wieder Tritt zu fassen. Da steckte er im Augenblick nämlich ziemlich fest. Was er jetzt brauchte, war eine gute Idee, doch im Augenblick hatte er keine.

Die große Erleuchtung stellte sich einfach nicht ein.

87

Die Tumulte an der Grenze zeigten Wirkung. Ganz Österreich war alarmiert. Die ehemals so starke Welle der Hilfsbereitschaft flachte rapide ab und verebbte. Immer mehr Leute forderten eine härtere Gangart im Umgang mit Fremden. Die Stimmung in der Bevölkerung kehrte sich um. Es war genug.

Um sechzehn Uhr ereignete sich der nächste Vorfall. Vierzig Männer mit negativem Asylbescheid besetzten die Votivkirche in Wien, um ihrer drohenden Abschiebung zu entgehen. Zugleich schlugen Dutzende Unterstützer rund um den Dom ihr Lager auf, verteilten Flugblätter, sangen Friedenslieder und forderten die Regierung auf, den Flüchtlingen ihren weiteren Verbleib im Land zu garantieren. Journalisten strömten herbei, das Fernsehen baute Kameras auf. Eine Stunde später rückte die Polizei an, umstellte das Areal und leitete den Verkehr um.

Erste Volksvertreter trafen ein. Einige von ihnen signalisierten vorsichtige Sympathie für das Ansinnen der Besetzer. Die Mehrheit aber hielt kühle Distanz oder lehnte ein humanitäres Bleiberecht rundweg ab. Am klarsten äußerte sich Moritz Petrell. Der wollte, dass die Polizei zur Durchsetzung von Recht und Ordnung den Dom räumte, was der Erzbischof von Wien allerdings untersagte. Stundenlang verhandelte er mit der Exekutive, bis sie abzog. Freilich nicht zur Gänze. Zwanzig Kriminalbeamte blieben. Ein paar Fremdenpolizisten und Staatsschützer auch. Die sollten der Obrigkeit melden, was vor und im Dom geschah.

Gegen Abend tauchten etwa dreihundert Demonstranten auf und forderten lautstark, die Besetzer zu verhaften. Schlägereien mit ihren Kontrahenten waren die Folge. Spezialkräfte der Wiener Polizei schritten ein und hatten alle Hände voll zu tun, um die Lage wieder zu beruhigen.

Am Abend entstieg der Landeskriminaldirektor einem gepanzerten Wagen. Er wollte sich höchstpersönlich einen Überblick verschaffen. In Feldherrnpose pflanzte er sich dort auf, wo die Straße des 8. Mai sich mit der Währinger Straße kreuzte. Als er sich umsah, bemerkte er Kubica, der in Begleitung eines

Uniformierten unter einer Absperrung hindurchschlüpfte und mit aufreizender Lässigkeit auf ihn zukam.

»Na, was ist?«, fragte Stankovic den Chef seiner Mordkommission. »Sind die Leichenteile jetzt endlich alle eingesackt?«

Der Oberst winkte ab. »Ein Bein fehlt noch«, erklärte er.

»Nun gut, Sie sagten, Sie hätten mir etwas Dringendes mitzuteilen.« Stankovic seufzte genervt. »In Bezug auf Ihren unerledigten Mordfall.«

»Richtig«, knurrte Kubica. »Ich weiß jetzt, wer die rechtmäßige Besitzerin des Mobiltelefons ist, mit dem Judith Hahn ihre Tante anrief.«

»Und was soll an dieser Erkenntnis so wahnsinnig wichtig sein?«

»Das Handy gehörte Lou Sorko.«

Der Landeskriminaldirektor stutzte. »Wie ist das möglich?«, fragte er dann.

»Das müssen wir erst noch herausfinden. Jedenfalls wird das Telefon ab sofort überwacht. Sobald Fräulein Hahn es wieder in Betrieb nimmt, hören wir mit und ermitteln ihren Standort.«

»Ausgezeichnet. Und sorgen Sie dafür, dass um spätestens zwanzig Uhr die Suchaktion an der Donau eingestellt wird. Die Kosten-Nutzen-Rechnung stimmt nicht mehr. Wir müssen sparen.«

»Tatsächlich?«

Das Telefon des Landeskriminaldirektors klingelte.

Kubica nützte die Chance, verabschiedete sich und zog Leine.

Der hochgewachsene Vollbärtige mit den langen grauen Haaren, der die Szene von der anderen Straßenseite aus verfolgt hatte, registrierte es und verschwand ebenfalls.

Kurz darauf erhielt Kubica einen Anruf.

»Was ist denn?«, fragte er genervt.

»Haben Sie schon mit dem Chefredakteur gesprochen? Was sagt der? Wo bleibt mein Geld?«

»Der Kerl hat sich abgesetzt«, erwiderte Kubica. »Nach Großbritannien. Um ihn von Scotland Yard vernehmen zu lassen, brauche ich Ihre schriftlichen Angaben. Die hab ich aber nicht.«

»Mist.« Eine Weile war es still. »Na gut«, sagte der Anrufer. »Ich packe aus. Lou Sorko wurde regelrecht hingerichtet, und ich kann Ihnen einen Tipp geben, wer dafür verantwortlich sein könnte. Treffen wir uns?«

»Jederzeit«, erwiderte Kubica.

»Kennen Sie das ORF-Zentrum am Küniglberg?«

»Klar.«

»Rechts der Einfahrt liegt der Lainzer Friedhof, und davor gibt es einen kleinen Parkplatz.«

»Okay.«

»Morgen um neunzehn Uhr erwarte ich Sie dort.«

Wieder einmal fragte der Oberst den Anrufer nach dessen Namen und erhielt keine Antwort.

Der Mann hatte schon aufgelegt.

88

Der Freitagmorgen war stürmisch wie schon lange nicht mehr. Folge einer Störungsfront, die sich letzte Nacht über Wien ausgetobt hatte. Immer noch schaufelte sie Massen an sauerstoffreicher, reiner Luft aus dem Wiener Wald in die abgasgeschwängerte Großstadt. Für die Lungen der Wienerinnen und Wiener eine Wohltat. Für Kubica auch. Seine Nasenlöcher blähten sich, als er die kühle Strömung gierig in sich aufsog und an der Votivkirche vorbeilief.

Was der Kardinal gestern verhindert hatte, war dem sturzbachartigen nächtlichen Niederschlag kampflos gelungen. Die kleine Zeltstadt rund um das Gotteshaus war verschwunden. Die Besetzer hausten allerdings nach wie vor in der Kirche und kämpften darum, ihre Anliegen durchzusetzen.

Die Polizeiführung indessen setzte auf Deeskalation. Kein einziger Uniformierter war zu sehen. Nur ein paar unscheinbare zivile Kombis parkten in der Nähe. Der Staatsschutz peilte die Lage.

Irgendwo knatterte laut ein großes Stück Stoff im Wind. Eine Sturmbö fegte heran. Mit eingezogenem Kopf stemmte sich Kubica ihr entgegen, bis sie wieder abflaute. Als er die Fahrbahn überquerte, begann es wieder zu regnen. Kubica eilte noch ein gutes Stück weiter die Straße hinunter, ehe er im Kaffeehaus am Schottentor ankam. Dort fuhr er sich erst einmal mit den gespreizten Fingern durch die nassen Haare und ließ sich von der Kellnerin die hier üblichen kulinarischen Highlights auflisten. Er orderte eine Melange, drei Croissants, Butter, Marmelade und ein Glas Orangensaft. Danach wechselte er zufrieden ins wunderbar helle Gastzimmer links von ihm und blickte sich um.

Marie saß an einem urigen Holztisch, über dem eine grazile gelbe Designerlampe pendelte. Langbeinig, strohblond und schön strahlte sie ihn an, während ihre Hände die Blüte einer weißen Rose liebkosten, die in einer orangen Flasche vor sich hin dümpelte. Anne hat diese Art Rosen auch immer sehr gemocht, kam es Kubica in den Sinn, als er bei der Gerichtsmedizinerin Platz nahm. Die ergriff rasch seine Hand und ließ sie auch nicht mehr los, bis die Kellnerin kam und das Frühstück servierte.

»Warum hast du eigentlich erst heute wieder Zeit für mich?«, fragte er.

»Weil ich mir über meine Gefühle dir gegenüber erst einmal klar werden musste«, hauchte sie.

»Und?«

»Ich mag dich.«

Passt, dachte Kubica, zog sie sanft an sich und küsste sie.

»Dann sind wir jetzt ein Paar?«, fragte sie. »Ich will das wissen. Sag es.«

»Ja, wir sind ein Paar«, sagte er.

»Gut, dass das gerade jetzt passiert.« Sie lachte. »Deine Mordfälle sind geklärt, die Bösen sitzen im Knast, und du hast massig Zeit für mich. Alles paletti.«

»Ja, die Morde am Waffenhändler und an der Bäckerin sind abgehakt«, räumte Kubica ein. »Aber die Erhebungen in Sachen Sorko laufen weiter.«

»Wieso? Hast du eine neue Spur?«

Ehe Kubica antworten konnte, schrillte sein Telefon. Der anonyme Anrufer von gestern meldete sich und erinnerte ihn an das heutige Treffen.

»Ja, ja«, schnarrte Kubica. »Parkplatz vor dem Lainzer Friedhof, direkt neben dem ORF, neunzehn Uhr. Ich komme pünktlich.«

»Etwas von Belang?«, fragte Marie, als er aufgelegt hatte.

»Nein, nein«, log Kubica.

Sie aßen. Ab und zu lächelte sie ihn vielsagend an. Dann warf sie wieder einen Blick auf ihre Armbanduhr.

»Ich muss jetzt gehen«, flüsterte sie. »Morgen Abend gibt Helene Andau einen Empfang. Ich bin eingeladen. Eine gute Gelegenheit, um zusammen auszugehen, findest du nicht?«

»Andau?«, sinnierte er laut. »Die Frau ist so etwas wie ein österreichischer Medienmogul, oder?«

»Im Westentaschenformat.«

Kubica überlegte. »Ach geh, was soll ich dort?«

»Dich gut unterhalten«, antwortete sie. »Die Wohltätigkeitsveranstaltung beginnt um zwanzig Uhr, und wir müssen ja nicht ewig bleiben. Ich wäre sehr happy, wenn du kommst.«

»Gib mir Zeit. Ich melde mich.«

»Enttäusch mich nicht«, flüsterte sie ihm ins Ohr. »Und gib auf dich acht, Radek. Bis bald.«

89

Der Augarten war die älteste barocke Gartenanlage der Stadt. Ein von dicken alten Mauern umgebener Park, der nördlich an den Nordwestbahnhof und südlich an das Karmeliterviertel grenzte. Im Westen und Osten lag der Stadtteil Brigittenau.

In dieses riesige Areal mit seinen von Kastanien, Rüstern, Linden, Eschen und Ahorn gesäumten weitläufigen Wegen verirrten sich morgens nur wenige Besucher. Das garantierte ein gewisses Maß an Anonymität, worauf sowohl Petrell als auch der Kanzler heute Wert legten.

Über dem dunkelgelben Schloss Augarten, das die zweitälteste Porzellanmanufaktur Europas beherbergte, dräute ein wolkenverhangener Himmel. Die Luft nach dem Regen war wunderbar feucht und klar. Ein zarter Schleier lag über dem Gelände und sorgte für eine beinahe unwirkliche Atmosphäre. Still marschierten sie los. Petrell schwieg, weil er abwarten wollte, was ihm der Kanzler zu sagen hatte. Der wiederum war in Gedanken. Dem Regierungschef schien es, als habe sich plötzlich sein Gehirn gelockert. Als schwinge es fröhlich vor und zurück, drücke einmal spielerisch gegen das Hinterhaupt und dann wieder ungestüm gegen seine Stirn. Ein merkwürdiges Gefühl, fand er, doch er fühlte sich gut dabei. Seine Sinne waren geschärft. Er registrierte Details, die ihm sonst womöglich entgangen wären. Petrells Anzug, der besser geschnitten war und edler aussah als seiner. Die stolze Haltung seines Rivalen. Dessen sorgsam gegeltes Haar. Sein öffentlichkeitswirksames zähnefletschendes Grinsen, das ihm ins Gesicht gemeißelt war. Der Kanzler musterte ihn und zog seine Schlüsse.

Die Art, wie sich Petrell gab, verriet ja alles über ihn. Sie offenbarte das, was er den Menschen vorspielte. Es war das Gegenteil dessen, wer und was er tatsächlich war.

»Wir waren einmal Freunde, Moritz«, sagte der Kanzler, als sie unter einer weit ausladenden Kastanie haltmachten.

»Das sind wir noch immer.« Petrells Lippen verzogen sich zu einem Lächeln, das immer mehr in ein falsches Grinsen ausartete.

»Lass das«, knurrte der Regierungschef. »Sprich Klartext. Keine Lügen mehr.«

»Du bist mir immer noch wichtig«, beharrte Petrell. »Ich schätze dich.«

»Tatsächlich? Dann hast du eine merkwürdige Art, das zu

zeigen. Seit der Sache mit Chiara bist du wie ausgewechselt. Da hasst du jeden, der hier fremd ist, und machst mich für Dinge verantwortlich, für die ich nichts kann. Beängstigend. Früher warst du anders.«

»Hätten die zwei bekifften Tunesier das Auto *deiner* Frau gerammt und ihr minutenlang beim Sterben zugesehen, statt Hilfe zu holen, hättest du zu Migranten jetzt womöglich auch einen anderen Zugang.«

»Kann sein.«

»Wie auch immer: Die Fakten sprechen für sich«, sagte Petrell. »In Oberösterreich herrscht Anarchie. In Wien ist die Votivkirche besetzt. Die Bürger haben Angst. Da kann man nicht einfach nur ein paar heillos überforderte Polizisten in die Botanik stellen, die dem Treiben hilflos zusehen. Das ist keine adäquate Reaktion.«

»Das ist Handeln mit Augenmaß«, erklärte der Kanzler, dem nun langsam das Adrenalin ins Blut schoss. »Wie sollen wir deiner Meinung nach denn sonst vorgehen?«

»Mit aller Härte.«

»Wir haben jetzt schon Verletzte zu beklagen. Ich will keine Toten.«

»Wer die Ordnungsmacht angreift, hat dafür die Folgen zu tragen.«

»Das ist keine Option. So etwas ufert aus. Vorfälle dieser Art sind aber auch bloß ein Vorwand für dich. Du willst meinen Job. Nur das zählt. Dafür intrigierst du. Dafür betrügst du. Dafür redest du den Leuten ein, dass wir aus der EU rausmüssen. Dafür bewirfst du mich mit Dreck. Du spielst den großen Heiler, dabei bist du die Krankheit, die uns befallen hat, nicht deren Therapie.«

Petrells Gesicht rötete sich vor Zorn, doch er beherrschte sich. Seine Stimme klang aber nun vielleicht eine Spur distanzierter als zuvor.

»Ich verlange deinen Rücktritt«, sagte er. »Freiwillig und in allen Ehren. Dafür garantiere ich dir schriftlich, dass du im nächsten Jahr bei der Wahl zum Bundespräsidenten als mein

Spitzenkandidat ins Rennen gehst. Präsident. Das wäre doch was, oder?«

»Nein. Das Staatsoberhaupt hat nicht viel zu sagen. Das gebietet die Verfassung. Ich wiederum will gestalten. Also hör mir gut zu. Ich werde auf dem Parteitag deine Profilierungsneurose beenden. Sobald ich wiedergewählt bin, fliegst du aus dem Nationalrat und aus der Partei. Falls du allerdings hier und jetzt Vernunft annimmst und mit mir Frieden schließt, darfst du Minister werden. Das Ressort kannst du dir sogar aussuchen.«

»Vergiss es.« Petrell grinste pikiert und warf mit der flachen Hand sein glänzendes Haar zurück. »Außerdem wird es zu einer Stichwahl auf dem Parteitag gar nicht erst kommen. Die Sache wird lange vorher entschieden. Garantiert.«

»Der Kampf geht also weiter«, knurrte der Kanzler. »Okay, dann fechten wir es aus. Mit aller Härte und Konsequenz. Bis zum bitteren Ende.«

Mit versteinerten Gesichtern kehrten sie zum Schloss zurück, wo Petrell grußlos entschwand. Der Kanzler hingegen telefonierte mit der Innenministerin und bat sie um ein vertrauliches Gespräch.

Sie mussten Kriegsrat halten.

90

Seit dem frühen Morgen war Judith Hahn unterwegs. Der Fälscher hatte ihr geraten, Friedhöfe zu besuchen und sich nach Grabsteinen mit Namen umzusehen, die vertraut klangen und häufig vorkamen. Unauffällige Namen. Welche, die so simpel waren, dass man sie rasch wieder vergaß. Etwa Namen, die von Berufsbezeichnungen herrührten. Bauer, Brauer oder Maurer zum Beispiel. Oder die von Farben stammten, wie Weiß, Schwarz oder Grüner. Namen, deren Ursprung im Pflanzenreich lag, wie Blum, Birker oder Dill. Namen aus dem Tierreich, wie Adler, Bär, Fink oder Wolf. Sie suchte ein Kind. Ein Mädchen, das vor etwa achtzehn Jahren im ersten Lebensjahr verstorben war. Gegen elf wurde sie fündig.

Mit leuchtenden Augen umrundete sie das Grab und notierte Namen, Geburts- und Todesdaten der Verstorbenen. Danach fand sie noch zwei weitere Tote, in deren Haut sie schlüpfen konnte.

Anschließend fuhr sie zu einem riesigen Shoppingcenter, erwarb frische Kleidung plus einen handlichen Reisekoffer und fuhr mit dem Bus zum nächsten Großkaufhaus. Dort besorgte sie Briefumschläge sowie ein Wertkartentelefon und deckte sich mit Haarfärbemitteln in verschiedenen Farben ein. Sie kaufte ein gut gefülltes Beautycase, drei Perücken und etwas Modeschmuck.

In einer Fotokabine fertigte sie Passbilder an, worauf sie brünett, rot- oder schwarzhaarig mit der Kamera kokettierte. Dann aß sie noch eine Kleinigkeit in einem kleinen Restaurant und fuhr am Nachmittag zurück nach Floridsdorf, um dort noch ein wenig die Gegend zu erkunden.

91

Am Nachmittag sah man mehr Polizei auf den Straßen als sonst. Der dänische Innenminister besuchte Wien. Im großen Saal des Bundesamtsgebäudes am Josef-Holaubek-Platz sprach er vor Studenten der mitteleuropäischen Polizeiakademie. Die Veranstaltung endete um siebzehn Uhr.

Zehn Minuten vorher nahm der Konvoi, der den Gast zum Hotel bringen sollte, auf der Straße Aufstellung. Zwei Motorradstreifen warteten an der Spitze von acht Limousinen. Weil der Politiker erst kürzlich durch ein paar islamkritische Aussagen europaweit aufgefallen war, herrschte Gefahrenstufe zwo, und der Gehsteig sowie die umliegenden Häuser wurden durch Kripo und Beamte der Einsatzeinheit gesichert.

Pünktlich verließen der Kanzler, der Däne und seine Delegation plaudernd das Gebäude. Wie üblich tauschte man vor den Fahrzeugen noch ein paar Höflichkeitsfloskeln aus und verabschiedete sich. Dann brach die Meute auf.

Winkend standen der Regierungschef und seine Innenministerin am Straßenrand und warteten, bis die Luft rein war. Dann kletterten sie nebeneinander in den Mercedes des Kanzlers.

»Deine Abhörprotokolle sind enttäuschend«, murmelte der Regierungschef, als sie losfuhren.

»Sie sind, wie sie sind«, erwiderte Jung fahrig. »Das ist halt so.«

»Die Leute müssen doch Schwachstellen haben. Vor allem Petrell.«

»Kann sein. Er spricht halt am Telefon nicht darüber«, antwortete sie.

»Der Mistkerl veranstaltet ein Powerplay gegen mich«, zischte der Kanzler. »Daraus muss ich mich befreien.«

»Dann lass doch einfach die Votivkirche räumen«, schlug sie vor. »Damit nimmst du ihm den Wind aus den Segeln. Danach gleichst du deine politische Linie seiner an. Mehr und mehr. Tag für Tag.«

»Ich soll auf einmal fremdenfeindlich werden? Wie soll ich das denn der Öffentlichkeit erklären? Wenn wir ruhig und besonnen bleiben, erledigen sich die Dinge in Oberösterreich und in der Votivkirche von selbst.«

»Mag sein, aber das Volk will jetzt Action sehen«, widersprach sie. »Den Wert eines Menschen erkennt man ja nicht daran, was er sagt, sondern daran, was er tut.«

Schwang da ein spöttischer Unterton mit? Der Kanzler stutzte und schwieg.

Ab sofort vermieden sie weiteren Blickkontakt. Als der Wagen im Hof des Bundeskanzleramtes hielt, wo ein paar Vertrauensleute aus Partei und Regierung warteten, stieg sie ohne das obligatorische Küsschen aus.

Merkwürdig. Nachdenklich kletterte der Kanzler ebenfalls aus dem Wagen. Irgendetwas störte ihn an seiner Innenministerin. Etwas, das neu war und das er noch nicht benennen konnte, doch das würde ihm schon noch gelingen. Bald.

92

Der Abend brach an, und das Licht wurde schlechter. In der Küniglberggasse kühlte ein stetes Lüftchen das Gras und ließ die Blätter der Bäume rauschen. Dinge, die Rudolf Landauer nur am Rande registrierte. Unruhig lehnte er am Fenster des Hauses eines auf Urlaub befindlichen Kollegen und beobachtete das ORF-Zentrum, dessen Dächer durch das Buschwerk des Gartens gegenüber hervorblinzelten.

Seit fast dreißig Jahren arbeitete Landauer im Magistrat der Stadt Wien, wo er für die Gewährung von Landesförderungen zuständig war. Eine Tätigkeit mit viel Kontakt zu anderen Menschen, die ihn glücklich gemacht hatte, bis er in die Ehe mit seiner Sekretärin Dagmar geschlittert und von seiner Frau beruflich in den Schatten gestellt worden war.

Verdrossen kämmte der dürre Zweimetermann mit dem Vollbart sein nackenlanges graues Haar. Dann marschierte er ins Erdgeschoss, zog eine blaue Jeansjacke über das weiße T-Shirt und die schwarzen Jeans und schlüpfte in dunkle Sneakers.

Hastig verließ er seine Fluchtburg, wendete sich nach rechts und eilte zur Kreuzung mit der Würzburggasse. Dort bog er links ab und überquerte die zwei Fahrbahnen, die ins Fernsehzentrum hinein- und aus ihm herausführten. Im Zweiten Weltkrieg stand hier eine Flak-Kaserne, die bei der Luftraumverteidigung Wiens eine wichtige Rolle spielte, kam es ihm in den Sinn. Eine Tatsache, an die sich heute niemand mehr so richtig erinnern wollte. Wien und seine Geschichten. Landauer war ein Kind dieser Stadt. Er wusste Bescheid.

Ob diesem Kubica zu trauen war? Er musste vorsichtig sein. Behutsam lief er über einen schmalen Rasenstreifen und betrat den kleinen Parkplatz vor der Schmalseite des Lainzer Friedhofs, wo etwa dreißig Fahrzeuge parkten. Mit wachen Augen pflanzte er sich sieben Meter vor dem Eingang des altehrwürdigen Totenackers auf und ließ seine Blicke kreisen.

Das Eingangstor aus schwarzem Schmiedeeisen war kürzlich renoviert worden. Der Turm und die weiß glänzende Fassade der Aufbahrungshalle links davon auch. Wenn man das grüne Dach außer Betracht ließ, ähnelte der Bau den winzigen griechischen Kirchen, die er aus dem Urlaub kannte. Still grübelte Landauer vor sich hin und übersah dabei ganz die mit einer Kapuze getarnte Gestalt, die seitlich von ihm auftauchte und hinter einer dichten, von einer brusthohen Mauer gekrönten Hecke verschwand. In der Mitte dieser Mauer führte eine zehnstufige Treppe bergan, über die man zu den Häusern der Wohnanlage Elisabethallee 95a, b und c gelangte.

Die frische Luft tat Landauer gut. Angespannt war er trotzdem, und als der blaue Audi von der Würzburggasse kommend in den Parkplatz einbog, wurde ihm ganz flau im Magen. Im Schritttempo fuhr der Wagen auf ihn zu und stoppte. Ein Mann stieg aus.

»Mein Name ist Kubica«, sagte er. »Wir haben telefoniert.«

»Ich heiße Landauer«, sagte der Informant.

Da blitzte rechts von Kubica etwas auf, und Landauer warf sich in den Dreck. Ein Schuss krachte. Noch einer. Bevor Landauer wusste, wie ihm geschah, riss Kubica schon fluchend die Waffe aus dem Holster und rannte los.

Derweil rappelte sich Landauer mühsam hoch. »Jetzt wollen die mich auch noch erschießen«, murmelte er fassungslos. Mit zitternden Knien ging er die ersten Schritte. Dann lief er los. In heller Panik. Regelrecht unter Schock.

93

Kubica sah den Schatten hinter dem Liguster.

Dass er nicht die geringste Chance hatte, falls der Attentäter jetzt schoss, wusste er, während er zähnefletschend über die Treppe nach oben stürmte. Das nahm er in Kauf. Erst am oberen Absatz duckte er sich und nahm das Gelände ins Visier. Überall dunkle Kiefern, ab und zu ein Laubbaum und dürre Büsche. Rechts vor ihm ein stattliches Mietshaus mit drei Eingängen. Davor eine annähernd kugelförmig geschnittene Thuje. Kauerte da jemand? Nein.

Leichtfüßig huschte er den schmalen asphaltierten Weg hinauf zu einer weiteren Treppe. Die hatte bloß fünf Stufen. Gott sei Dank. Danach führte der Pfad geradeaus weiter, an der Längsseite des Wohngebäudes entlang. Wo die Umrisse des Bauwerkes mit einer Wiese verflossen, bewegte sich etwas. Ein Schatten, der immer kleiner wurde. Da rannte jemand.

Fuchsteufelswild hetzte Kubica der Gestalt nach. Ein Wettlauf begann, bei dem der Oberst ganz schlechte Karten hatte, denn der Vorsprung des Schützen war groß.

Als Kubica das mit Kiefern und Birken durchsetzte Wiesenstück erreichte und es im Höllentempo durchquerte, betrug sein Rückstand immer noch über fünfzig Meter. Wegen eines Wohnblocks links und eines niedrigen Baus mit mehreren Eingängen rechts kam Schießen nicht in Frage. Also sauste er bergab zu einem befestigten Steig, an dessen Schlusspunkt der Schütze über ein Blumenbeet und kniehoch abgeschnittene Weidenstämme sprang, nach rechts lief und verschwand.

Als Kubica mit rasselndem Atem über dasselbe Hindernis setzte, sprang er auf eine Rasenfläche, hinter der eine kleine Böschung bergab verlief. Dort stand, unüberwindlich wie ein Bergmassiv, eine breite Wohnanlage. Somit düste er ebenfalls nach rechts über das satte Grün bis zu einem weiteren Trampelpfad, der den Rand einer Bungalowanlage markierte. An einem verschlossenen Gittertor in Brusthöhe war dann Schluss. Ächzend überkletterte Kubica die Sperre, hopste auf den asphaltierten Weg und knallte mit dem Schädel gegen ein Schild, sodass ihm einen Augenblick lang schwarz vor Augen wurde.

Alban-Berg-Weg.

Keuchend folgte er dem Wegweiser nach links zur Kreuzung von Elisabethallee und Wattmanngasse, torkelte in die Straßenmitte und blickte sich um. Niemand zu sehen. Für ein Durchkämmen dieses Viertels bräuchte er Verstärkung, und bis die eintraf, war sowieso nichts mehr zu machen.

Ein Schussknall. Aus dem Augenwinkel heraus sah Kubica am Ende der Straße einen Wagen mitten auf der Fahrbahn stehen. Neben der offenen Fahrertür kauerte ein Mann auf dem Asphalt. Er schrie um Hilfe.

Wie von der Tarantel gestochen stürmte Kubica los. Zugleich fiel die Tür des hellen Kombis zu, und der Peugeot rollte an. Da war Kubica vielleicht noch schlappe zehn Meter vom Heck des Autos entfernt. Dann aber gab der Fahrer Vollgas.

Aus, japste Kubica. Vorbei. Mit stechenden Lungen wankte er zur Seite. Er war so fix und fertig, dass er es kaum noch schaffte, sein Mobiltelefon aus dem Sakko zu ziehen und die Alarmfahndung auszulösen.

»Ein Typ im Kapuzensweater hat in die Luft geschossen und auf mich gezielt«, jammerte der Bursche zu seinen Füßen, während Kubica mit dem Kollegen in der Funkleitstelle telefonierte. »Da musste ich doch anhalten, oder?«

»Hat er was gesagt?«, keuchte Kubica, als er sein Telefonat beendet hatte.

»Kein Wort.«

Eine Viertelstunde später tauchten endlich die ersten Streifenwagen auf, und zwei Uniformierte nahmen sich des Raubopfers an. Unterdessen schwärmten die übrigen drei Einsatzfahrzeuge aus, um nach dem geraubten Wagen zu suchen. Da hättet ihr früher hier sein müssen, dachte Kubica. Jetzt bringt das gar nichts mehr. Müde schlurfte er zum ORF-Zentrum zurück, rief nach Landauer und erhielt keine Antwort. Also hockte er sich verdrossen auf die Stiege und wartete dort wie bestellt und nicht abgeholt, bis die Spurensicherung eintraf. Gegen zwanzig Uhr fünfzehn begannen die Experten mit ihrer Arbeit. Eine Stunde lang blieb Kubica noch vor Ort und unterstützte sie, ehe er sich verabschiedete, zum Landeskriminalamt fuhr und den Wagen in die Garage stellte.

Abendessen zahlt sich jetzt keines mehr aus, dachte Kubica entnervt. Hundemüde fuhr er mit der U-Bahn nach Heiligenstadt und ging auf schnellstem Wege nach Hause.

94

Dienstfrei hin oder her, Samstag um neun hockte Kubica schon wieder im Büro. Zwar hatte Judith Hahn Lou Sorkos Handy noch nicht wieder angerührt, und der Spurenbericht zum gestrigen Attentat war nicht verfügbar, doch das störte ihn nicht. Er surfte im Internet und sammelte Informationen zum Stichwort »Landauer«.

Die meisten Einträge in den Suchmaschinen betrafen Magistra Dagmar Landauer. Da existierten Berichte über ihre Hochzeit, den Besuch eines Abendgymnasiums, ihre Tätigkeit im Magistrat sowie über ein Universitätsstudium. Nach einem Kurzeinsatz als Juristin in der Wirtschaftskammer war sie zum Abgeordneten Petrell gewechselt, wo sie als parlamentarische Mitarbeiterin tätig war. Seit einem Jahr fungierte sie als seine Büroleiterin und wurde von den Medien seither nur noch »die Stabschefin« genannt. Zu Rudolf Landauer fand er bloß drei kurze Zeitungsartikel. Die druckte er aus. Auch ein aktuelles Foto. Das betrachtete er jetzt und dachte nach. Die Lage ihres gestrigen Treffpunktes beschäftigte ihn. Landauer wohnte doch im zehnten Bezirk. Was hatte er da in der Nähe des Fernsehzentrums zu schaffen? Er hätte ihn ja sogar in sein Büro in den Magistrat bestellen können, doch er hatte sich für diesen kleinen Parkplatz vor dem Lainzer Friedhof entschieden. Warum?

Gähnend durchforstete Kubica die polizeiinternen Datenbanken und stieß auf eine Abgängigkeitsanzeige. Dagmar Landauer hatte sie erstattet, weil ihr Mann seit dem 14. Juli unauffindbar war und sie ihn auch telefonisch nicht mehr erreichen konnte.

Wieso lässt eine brave Ehefrau ein paar Tage verstreichen,

ehe sie die Polizei darum bittet, ihren Mann zu suchen?, überlegte er und gönnte sich eine Tasse Kaffee. Dann durchstöberte er das Netz nach Fotos, worauf Dagmar Landauer zusammen mit Petrell abgebildet war. Davon gab es viele. Szenen aus dem Parlament, von Empfängen, Wohltätigkeitsveranstaltungen oder gemeinsamen Barbesuchen. Auf einem der Bilder tanzte Dagmar mit ihrem Boss und warf ihm einen sehr speziellen Blick zu.

Als Kubica den sah, fiel der Groschen. Da wusste er plötzlich, wieso Rudolf Landauer den Abgeordneten Petrell ans Kreuz nageln wollte.

95

Als Judith Hahn ein paar Stunden später eine unauffällige Wohnung betrat, um dem Fälscher Bericht zu erstatten, war sie voller Zuversicht. Alles war auf Schiene, der Zeitplan ideal, ab Montag konnte es losgehen.

Ihr Spezialist war zufrieden. Nun hatte er genug Material, um Geburtsurkunden, Taufscheine, Führerscheine und Sozialversicherungskarten herzustellen. Mit diesen Dokumenten würde Judith jederzeit an legale E-Cards, Bankomatkarten und Kreditkarten kommen. Mit kurzen, klaren Sätzen informierte er sie über die nächsten notwendigen Schritte und gab ihr zum Abschied noch einen wertvollen Hinweis mit auf den Weg.

»Eine Person, die nur brandneue Kleidung besitzt, macht sich verdächtig.«

Ungläubig starrte sie ihn an.

Der Experte riet ihr, den neu erstandenen Koffer gegen einen alten aus dem Trödlerladen einzutauschen und ihre neue Garderobe durch Stücke aus dem Secondhandladen zu bereichern.

Eine Anregung, der sie noch am selben Tage nachkam.

Judiths nächste Aufgabe bestand darin, Unterschriften zu kreieren. Namenszüge mit ausladenden Bögen und selbstbewussten Querstrichen kämen besonders gut an, hieß es. Sie übte, bis ihre Finger glühten.

Zuletzt fertigte sie ein paar handschriftliche Texte an, um einen angemessenen Schreibstil für jene Frau zu finden, in deren Haut sie bald schlüpfen wollte.

Claudia Fuchs.

96

Ab fünfzehn Uhr dreißig recherchierte Chefinspektor Dvorak im ORF. In Kubicas Auftrag erkundigte er sich, ob Rudolf Landauer gestern Abend dort jemanden besucht habe. Der Name war den Leuten kein Begriff. Auf den Listen der Gäste, die an Studioführungen teilgenommen hatten, war er auch nicht zu finden.

Unterdessen klapperten Kubica und zwei Uniformierte die Häuser im Umfeld des Fernsehzentrums ab und zeigten den Bewohnern Landauers Foto. Gegen sechzehn Uhr dreißig bekam der Oberst einen heißen Tipp.

»Ja«, hieß es. »Der Mann haust bei den Breitwiesers, drei Häuser weiter.«

»Seit wann?«

»Seit ein paar Tagen.«

Das Grundstück, das Kubica wenig später betrat, war etwa fünfhundert Quadratmeter groß. In seiner Mitte stand ein schickes Einfamilienhaus, dahinter lugte ein Pool aus Edelstahl hervor, und zwischen Haustür und Gartentor lag eine stattliche Dogge. Tot.

Argwöhnisch blickte sich der Oberst um, duckte sich, griff zum Funkgerät, steckte es aber wieder weg. Funk war zu unsicher. Da hörten zu viele mit. Also huschte er erst einmal durch den Garten zur Pforte. Die ließ sich ohne Weiteres öffnen. Mit gezogener Dienstwaffe schlich Kubica ins Haus und durch die Diele. Mit angehaltenem Atem. Totenstille umgab ihn.

Hier sah es eindeutig nach Einbruch aus. Die Laden der Kommode links unter dem Wandspiegel lagen am Boden. Ihr Inhalt war verstreut. Ein Vorgeschmack dessen, was Kubica in den übrigen Räumen zu Gesicht bekam. Offene Kastentüren, geleerte Behältnisse, Kleidung, Taschen und Dokumente, zerstörtes Geschirr, zertrümmerte Elektrogeräte. Ein Durcheinander, als wäre eine Bombe krepiert. Schreibgeräte wie Computer, Laptop oder i-Pad allerdings fehlten, und von Rudolf Landauer war auch nichts zu entdecken. Eines war glasklar: Der Schuppen hier war ein Fall für die Spurensicherung.

Behutsam verließ Kubica das Gebäude und forderte telefonisch die Tatortspezialisten an. Anschließend sprach er mit der Funkleitstelle und leitete die Fahndung nach Landauer ein. Gegen den schien jemand einen ziemlichen Groll zu hegen. Hoffentlich finden wir ihn eher als die Typen, die das hier am Kerbholz haben, dachte der Oberst. Sonst haben wir in Kürze den nächsten Toten.

97

Zwanzig Uhr. Showtime.

Kubica trug einen blauen Anzug, schwarzes Schuhwerk und ein schneeweißes Hemd mit Krawatte, Marie ein enges Cocktailkleid in Dunkelgrün. Mit ihrem kurzen blonden Haar und den weißen Perlen um den stolzen Schwanenhals sah sie einfach großartig aus.

Dass sie in Wiens High Society schwamm wie ein Fisch im Wasser, gefiel dem Oberst. Ihr ständiges Geplapper allerdings nervte ihn. Zudem bot sie ihm mehrmals Champagner an, obwohl sie wusste, dass er keinen Alkohol trank.

Uninspiriert nuckelte er also an einem Glas Mineralwasser und beobachtete, was sich tat. Die Kosten für den kühnen Kubus aus weißem Beton mit glasüberdachtem Eingang und einer Fassade aus römischem Travertin mussten astronomisch hoch gewesen sein. Sei's drum. Helene Andau besaß genug Geld.

Dabei sei sie so ein bodenständiger Mensch, behauptete Marie. Eine Geschäftsfrau ganz ohne Allüren. Moritz Petrell habe ein ähnlich einfaches Wesen. Der sei auch so geradeheraus. So ehrlich.

Marie ist ein klein wenig naiv, dachte Kubica. Das amüsierte ihn, doch das Lachen blieb ihm im Halse stecken, als der Leibwächter des Abgeordneten in sein Gesichtsfeld rückte. Bürstenhaarschnitt, messerscharfe Augenbrauen, Nase mit leichter Schiefstellung, kantiges Kinn. Ein Körper wie ein Kleiderschrank. Dazu noch Augen, trüb wie ein altes Wolfsfell. Die Knarre, die Benno Rask unter dem dunklen Anzug im Schulterholster trug, war auch nicht von schlechten Eltern. Dass sich Petrell mit einem Gorilla umgab, der aussah wie der Türsteher vor einem billigen Puff, wunderte den Oberst. Wieso hatte der das nötig?

Kubicas Interesse an seiner Person fiel Rask natürlich auf. Es reizte ihn. Mit finsterer Miene glotzte er den Oberst an. Ihre Blicke kreuzten sich, scharf wie blanke Degen.

»Du schaust so komisch«, flüsterte Marie. »Ist was?«

»Ich bin beeindruckt«, log Kubica. »Ein wunderbares Fest, aber warum sind wir eingeladen?«

»Weil Helene Geld für behinderte Kinder sammelt und weil ich ihre Bridgepartnerin bin«, sagte die Medizinerin und lächelte zufrieden. »Normalerweise spielt unsere Runde vorwiegend in Lokalen in der Innenstadt, ab und zu aber auch hier. Jeder, der dazugehört, ist ihr besonderer Gast. Schau nur, wer sonst noch alles da ist. Politiker, Firmenbosse, Journalisten, Sportler, Künstler. Fünfhundert auserlesene Gäste. Die Elite der Stadt.«

Just in diesem Augenblick entdeckte Helene Andau sie, eilte herbei, umarmte Marie und reichte Kubica die Hand. Eine brünette Frau mit Brille begleitete sie, nickte ihnen schüchtern zu und drehte den Kopf weg. Dann kam Petrell und startete den unvermeidlichen Small Talk. Anerkennende Worte zur Arbeit der Kripo. Fragen zu Kubicas Kindheit in Polen, die der höflich, aber knapp beantwortete. Der Abgeordnete verstand den Wink, machte Marie ein Kompliment, wünschte einen angenehmen Abend und ging. Danach bedankte sich die Gastgeberin für das Erscheinen und wendete sich wieder anderen Gästen zu.

Rask blieb und behielt Kubica im Visier, und der Oberst erwiderte seinen Blick, bis es Marie zu bunt wurde. Unwillig zog sie ihn weiter. In Räume mit Bildern von Kolig und Kubin, zwei frühen Werken von Kokoschka und Skulpturen zeitgenössischer Bildhauer. Die Fußböden bestanden aus poliertem Marmor, der Plafond aus spiegelndem Glas. Das Anwesen war ein Gesamtkunstwerk, fand Kubica, doch alles wirkte ein wenig freudlos und kalt.

»Die halbe Bundesregierung ist angetanzt«, schwärmte Marie. »Die Richter des Verfassungsgerichtshofs und der Oberstaatsanwaltschaft auch. Schau nur.«

»Warum?«

»Weil es nützlich sein kann, mit diesen Leuten bekannt zu sein.«

»Meinst du?«

»Da drüben steht der Oberstaatsanwalt Ratzinger. Der spielt auch Bridge. Kennst du ihn?«

Kubica verneinte, also marschierten sie los.

»Hallo, Willi«, gurrte Marie. »Schön, dich zu sehen.«

Eine Freude, die einseitig zu sein schien, denn das Gesicht des dürren, weißhaarigen Mannes Anfang sechzig blieb regungslos. Es war knochig wie ein Totenschädel.

»Das ist Radek Kubica, der Chef der Wiener Mordkommission«, erläuterte sie. »Wir sind liiert.«

»Vortrefflich«, blaffte der Spitzenjurist in einem Tonfall, der frostiger war als der Schneewind. Missmutig grinsend nickte er den beiden zu, machte kehrt und verschwand.

Kubica wunderte sich, doch ehe er Zeit fand, dem seltsamen Benehmen Ratzingers auf den Grund zu gehen, legte ihm jemand von hinten die Hand auf die Schulter. Zugleich ertönte die energische Stimme einer Frau.

»Grüß dich, Marie. Wen hast du uns denn da mitgebracht?«

»Das ist Dagmar Landauer«, raunte Marie ihm verstohlen ins Ohr. »Keine ist so nah an Moritz Petrell dran wie sie.«

»Darf ich vorstellen?«, fragte sie dann in normaler Lautstärke. »Mein Freund Radek Kubica.«

»Und Sie sind tatsächlich bei der Kripo?« Petrells Stabschefin schüttelte ihr halblanges dunkles Haar und griff mit der Linken an ihr Ohrläppchen, in dem eine schwarze Perle steckte. »Gott, wie interessant.«

»Finden Sie?« Kubica grinste. Hellwach schüttelte er der Frau die Hand. »Ist Ihr Mann schon wieder aufgetaucht?«, fragte er.

»Leider nicht. Ich mache mir Sorgen«, antwortete sie.

»Wieso ist er denn weg? Gab es Streit?«

»Rudi will die Scheidung. Aber das ist ja kein Grund, einfach so auf und davon zu gehen. Ich versuche mehrmals täglich, ihn zu erreichen, aber sein Telefon ist tot. Das ist doch komisch, oder?«

»Gestern hat man auf ihn geschossen«, erzählte Kubica. »Merkwürdig, nicht wahr?«

»Um Gottes willen«, hauchte die Stabschefin und schlug vor Schreck die Hand vor den Mund. »Ich hatte ja keine Ahnung. Ist er verletzt?«

»Zum Glück nicht«, erwiderte Kubica.

»Weiß man schon, wer es war?«

Der Oberst antwortete mit vielsagendem Schulterzucken. »Lassen Sie es mich wissen, falls er sich bei Ihnen meldet«, bat er.

Inzwischen hatte Helene Andau eine kleine Bühne erklommen und sich ein Mikrofon gekrallt. In knappen Worten bedankte sie sich für die zahlreichen großzügigen Spenden. Nun wolle ein Mann ein paar Worte an ihre Gäste richten, den sie sehr schätze. Moritz Petrell. Mit strahlendem Lächeln bat sie ihn zu sich und drückte ihm das Mikrofon in die Hand.

»Viele von Ihnen kommen aus der Wirtschaft und sind besorgt«, sprach der Abgeordnete mit vibrierendem Bass. »Ich fordere eine Volksabstimmung zum Austritt aus der EU, und

Sie sehen Ihre geschäftlichen Interessen bedroht. Nein, meine Damen und Herren, zwar hab ich ein hitziges Temperament und viel Heimatliebe, aber ich bin nicht dumm. Mir ist schon klar, dass der Öxit ein Risiko ist, doch das ist berechenbar. In welchem Zustand befindet sich denn unser Land? Wir sind unteres Mittelmaß, und zwar in allen Bereichen. Wir laufen Gefahr, den Anschluss völlig zu verlieren. Gefangen in Bündnislogik und Parteibefindlichkeiten, geben wir uns bis in die Gemeindestrukturen mit dem kleinsten gemeinsamen Nenner zufrieden und dümpeln schläfrig vor uns hin. Wir leugnen die Realität, während wir uns pausenlos gegenseitig auf die Schultern klopfen. Die bisherigen Methoden haben sich erschöpft. Ändern wir sie. Wir brauchen einen Kurswechsel. Erneuerung. Eine Änderung des Blickwinkels muss her. Die Bereitschaft unseres Volkes, sich wieder mit den Besten zu messen. In vielen Dingen waren wir einmal tonangebend. Ich will, dass wir das so bald wie möglich wieder sind. Ich will einen absoluten Vorrang für Wirtschaft, Forschung und Lehre. Die ganze Welt wird mit uns Handel treiben wollen, wenn wir etwas zu bieten haben. Der Öxit ist also kein Ende, sondern ein Anfang. Ein Neustart als souveränes, selbstbewusstes und mutiges Land. Gehen Sie diesen Schritt mit mir. Setzen wir neue Maßstäbe. Auf zu neuen Ufern!«

Der Applaus war überwältigend.

Mit einem Kuss auf die Wange bedankte sich die Gastgeberin beim Redner, und das Fest ging weiter.

»Ist er nicht toll?«, fragte Dagmar Landauer, lächelte und schwebte von dannen.

Gedankenverloren blickte Kubica ihr nach. »Ich will jetzt zum Büfett.« Entschlossen nahm er die Gerichtsmedizinerin an die Hand und zog sie mit sich.

»Eine tolle Party«, sagte sie strahlend, als sie kurz darauf an einem runden Stehtisch standen und ein paar Brötchen verdrückten. »Jede Menge nette Leute.«

Kubica nickte. Ihm war etwas aufgefallen, doch er wusste nicht, was. Das mochte daran liegen, dass es ihm zum Zeitpunkt seiner Wahrnehmung zu unbedeutend erschienen war. Nun lag es in einem Winkel seines Gehirns, und er wollte es finden, doch weil Marie wieder quasselte, was das Zeug hielt, konnte er sich nicht konzentrieren. Er legte den Gedanken also ad acta.

Verloren gegangen war er deshalb aber nicht.

98

Am Sonntag um Punkt acht schrillte Kubicas Telefon.

»Ja?«, nuschelte er verschlafen. »Wer spricht?«

»Landauer. Gehen wir zusammen Mittagessen?«

»Wann und wo?«

»Zwölf Uhr. Sie kennen das Lugeck im ersten Bezirk?«

Kubica gähnte. »Klar. Ich komme.«

»Du musst weg?«, brabbelte Marie und rieb sich die Augen.

»Leider«, grinste er und streichelte ihr duftendes Haar. »Die Arbeit ruft.«

»Laut Dienstplan hast du frei«, protestierte sie.

»Der Dienstplan ist Theorie«, erläuterte er. »Das hier ist die Praxis. Kennst du doch auch. Wir sehen uns heute Abend.«

»Mit wem triffst du dich? Worum geht es denn?«

Fragen, die Kubica gar nicht mehr so richtig mitbekam. Zerstreut gab er ihr einen Kuss, rollte sich aus dem Bett, sammelte die auf dem Boden verstreute Kleidung ein und verschwand.

Um halb zehn betrat er das Landeskriminalamt. Das Märchen vom Dornröschen fiel ihm ein, als er durch die stillen Korridore schritt. Hier schienen alle in einen tausendjährigen Schlaf gefallen zu sein, und der Journalbeamte, von dem er sich über die polizeilich relevanten Vorfälle der vergangenen Nacht unterrichten ließ, sah auch aus, als wäre er eben erst aus dem Bett gekrochen. Besondere Neuigkeiten hatte er übrigens keine zu bieten.

Immerhin lag auf Kubicas Schreibtisch der sehnlichst erwartete Spurenbericht zum Attentat auf Landauer. Er studierte ihn sorgfältig und machte sich Notizen. Dann widmete er sich wieder seinen Internetrecherchen. Jede Information zu den Landauers war ihm willkommen, und sein Drucker hatte Hochbetrieb. Eine gute Stunde später pochte es an der Tür.

»Ja?«, fragte der Oberst.

Einen Moment lang tat sich gar nichts.

Dann trat Stankovic ein.

99

»Sonntagsüberstunden muss ich genehmigen«, motzte der Landeskriminaldirektor. »Und zwar im Vorhinein. Alle hier im Hause wissen das und halten sich daran, nur einer nicht. Sie.«

»Ich bessere mich«, versprach Kubica. »Morgen zieht mein Sohn bei mir ein. Dann sind mir freie Wochenenden heilig.«

»Das glaube ich erst, wenn ich es sehe«, murmelte Stankovic skeptisch, stellte sich ans Fenster und starrte gedankenverloren ins Freie. »Die Leute vom Fernsehen wollten wissen, was die Knallerei gestern Abend zu bedeuten hatte.« Missmutig bügelte er mit der flachen Hand eine Falte an seiner eleganten hellblauen Hose weg.

»Und?«, fragte Kubica. »Was haben Sie geantwortet?«

»Dass Kinder unvorsichtig mit pyrotechnischen Gegenständen hantiert haben. Brillant, oder? Wie erklärt sich denn Landauer diese Geschichte?«

»Wir treffen uns um zwölf. Da frage ich ihn danach. Er hat Informationen zur Mordsache Sorko. Möglicherweise passt das jemandem nicht.«

»Ich glaube, da geht die Phantasie mit Ihnen durch, Herr Kollege«, sagte Stankovic mit seinem patentierten Cheflächeln und begann, mit den Fingerknöcheln an die Fensterscheibe zu klopfen. Im Marschtakt. »Soviel ich weiß, stand der Schütze in einer Grünanlage«, sprach er weiter. »Gibt es Fußspuren?«

»Massenhaft«, antwortete Kubica. »Zwanzig Meter hinter der Hecke steht ein Wohnblock. Da hausen Kinder, die spielen, und Erwachsene, die sich um den Grünschnitt kümmern.

Ob die Spurensicherung da etwas Brauchbares herausfiltert, ist mehr als fraglich.«

»Wir fassen zusammen«, resümierte Stankovic, und sein nervöses Fenstertrommeln steigerte sich. »Attentat auf den Gatten der Stabschefin des Abgeordneten Petrell, begangen von einer Person, die besser läuft als schießt. Bei einem Abstand von knapp zwanzig Metern trifft ein Profi immer.«

»Dann war der Schütze halt ein Amateur«, erwiderte Kubica lapidar. »Dass Landauer bei dieser Sache auch draufgehen hätte können, kann man aber kaum bestreiten.«

»Und dieses Fräulein Hahn?«

»Seit ihrem letzten Anruf ist sie verschwunden, aber wir observieren ihre Tante, und sobald die sich mit ihrer Nichte trifft, schlagen wir zu.«

»Und Hahn hat das Handy dieser ertränkten Journalistin? Tatsächlich?«

»Das ist ein Faktum«, bestätigte Kubica.

»Wie kam sie zu dem Ding?«

»Da bin ich immer noch überfragt.«

»Von den Schüssen auf Landauer dürfen die Medien kein Wort erfahren«, befahl Stankovic. »Das würde die Bevölkerung nur unnötig verunsichern. Unsere Ministerin hat im Augenblick sowieso genug andere Sorgen. Vor einer halben Stunde haben wir die Votivkirche geräumt. Auf direkten Befehl des Kanzlers, wofür uns die linke Presse geißeln wird. Die Schwierigkeiten mit den Afghanen sind auch noch nicht völlig aus der Welt geschafft. Deshalb fährt die Chefin am Nachmittag nach Oberösterreich. Ich begleite sie.«

Ruckartig drehte sich der Landeskriminaldirektor um und verließ grußlos die Kanzlei.

»Tschüss«, sagte Kubica, nachdem die Tür hinter seinem Vorgesetzten ins Schloss gefallen war. Dann schrieb er noch je eine Mail an Oscar und Anne und brach ebenfalls auf.

100

Die Luft war voller Wohlgerüche, als Kubica durch Wiens Straßen ging. Es war Mittag, und die Leute saßen in den Restaurants oder an kleinen Tischen davor und ließen es sich gut gehen. Fünf Minuten nachdem er am Stephansdom vorbeigeschlendert war, kam das Lugeck in Sicht. Ein wunderschöner Bau, der mit zwei eleganten Türmen und einer phantastischen Fassade zu den architektonisch interessantesten Lokalen Wiens zählt. Die Tische vor der Gastwirtschaft, wo unter großen weißen Schirmen Gäste genussvoll speisten, waren allesamt besetzt. Landauer hockte im kühlen Gastzimmer an einem Tisch links der Bar. Angespannt begrüßte er den Oberst.

Der kümmerte sich zunächst einmal ums Kulinarische. Als der Kellner kam, bestellte er noch im Stehen eine Cola, einen Tafelspitz und einen Milchrahmstrudel mit Vanillesoße. Landauer orderte ein Pils, Steinpilzteigtaschen, eine glacierte Kalbsleber mit Kartoffelpüree, zwei Zimtschnecken und Kaffee. Dann setzte sich Kubica, und sie wechselten ein paar unbedeutende Worte, bis die Getränke auf dem Tisch standen.

»Reden wir doch von vorgestern Abend«, schlug Kubica vor. »Haben Sie eine Ahnung, wer das war?«

»Ich tippe auf Benno Rask«, sagte Landauer leise und nippte am Bier.

»Petrells Leibwächter? Was hat der gegen Sie?«

»Persönlich? Gar nichts. Da steckt Petrell dahinter.«

»Wieso?«

»Meine Frau hat den Auftrag, die Delegierten für den kommenden Bundesparteitag auf Linie zu bringen. Sie führt Petrells geheime Kampagne.«

»Eine Kampagne? Was heißt das?«

»Lügen, schmieren, drohen. Delegierte, die ihn offen unterstützen, sind natürlich ausgenommen. Unschlüssige kauft Petrell mit Geld, Jobs oder Frauen. Leute, wo das nicht zieht oder die offen für den Kanzler Partei ergreifen, muss Dagmar zur Räson bringen. Über die streut sie falsche Gerüchte, lässt deren Familienmitglieder drangsalieren, organisiert Wohnungseinbrüche, bei denen nichts gestohlen wird, oder kleinere Sachbeschädigungen an Autos und Häusern, um den Leuten Angst zu machen. Dabei ist jemand umgekommen. Ungewollt.«

»Der erschlagene Afrikaner?«

Landauer nickte.

»Außerdem patzt Petrell die Regierungsmannschaft an, wo immer es geht, weil mit jedem geplatzten Skandal die Autorität des Kanzlers schwindet. Erst musste die Infrastrukturministerin gehen, weil Dagmar den Medien steckte, dass ihr ehemaliger Freund ihr vor zwanzig Jahren die Doktorarbeit geschrieben hat. Dann wurde eine Betrugsaffäre rund um den Justizminister inszeniert. Petrell sorgte für perfekt gefälschte Belege und Zeugen, die logen, dass sich die Balken bogen. Es folgte das Desaster mit der Mail, die nun den Wirtschaftsminister zum Rücktritt zwingt. Die Mail stammt nicht von seiner Frau, sondern von ihrer Hausdame, die den vorgegebenen Text vom Privatcomputer ihrer Arbeitgeberin absetzte. Für lumpige dreitausend Euro, die sie von Dagmar erhielt. Der Wirbel um den Verteidigungsminister war auch gut arrangiert. Dass er eine Affäre mit seiner Sekretärin hatte, war geheimer als geheim, bis Dagmar es erfuhr und publik machte. Ein Fressen für die Presse. Bilder vom Nervenzusammenbruch der Ministergattin, Nacktaufnahmen von der knackigen Geliebten, Interviews mit den minderjährigen Kindern, die verstört in die Kameras glotzten. Der Mann ist fertig. Und gestern Abend der nächste Coup. Da wurde dem Klubobmann der Partei der Führerschein abgenommen. Wegen Trunkenheit am Steuer. Ein Polizist behauptet, während der Amtshandlung von ihm beschimpft und bedroht worden zu sein. Der Beschuldigte bestreitet seine Trunkenheit und die Drohung. Es wird ihm nichts nützen.«

»Was hat das alles mit dem Mord an Lou Sorko zu tun?«

»Ich hab ihr einen Stick mit Videos und Tonaufzeichnungen verkauft. Gespräche meiner Frau mit Helene Andau, bei denen die beiden über die Kampagne und den toten Neger reden. Außerdem Fotografien von Petrells Anordnungen, seinen

Strategiepapieren und den Schwachstellenanalysen von Zielpersonen.«

»Und der Chefredakteur des ›Express‹?«

»Der hat mir die Informationen abgekauft. Veröffentlicht hat er sie allerdings noch nicht.«

Die Speisen wurden serviert, und sie aßen schweigend.

»Diese Journalistin hat sich so gefreut«, sagte Landauer, als er seinen Teller zurückschob. »Mit der Geschichte kommt sie ganz groß raus, hat sie gesagt. Nun ist sie tot. Als ich kapiert habe, dass sie mir bei der zweiten Tranche des Kaufpreises eine Menge Falschgeld untergejubelt hatte, hab ich sie angerufen. Sie hat nicht geantwortet, und weil sie am nächsten Tag immer noch unerreichbar war, wurde ich misstrauisch und hab in der Telefonzentrale des Polizeipräsidiums gefragt, wer bei der Mordkommission das Sagen hat.«

»Gibt es eine Kopie des Beweismaterials?«, fragte Kubica.

»Möglich. Ich hab allerdings keine.«

»Wir gehen jetzt in mein Büro«, sagte der Oberst. »Ich brauche diese Angaben nämlich schriftlich.«

In diesem Moment betrat ein junger Mann in abgerissener Kleidung die Gaststube. Seine Haare waren unter einer schwarzen Haube versteckt. Keck fertigte er mit dem Handy ein paar Fotos von Landauer und Kubica an, legte eine Notiz auf den Tisch und verließ das Gastzimmer.

»›Wir kriegen dich‹«, las Landauer laut vom Zettel ab und erbleichte.

Sofort sprang Kubica auf und rannte los, doch der Vorsprung des Burschen war schon zu groß. Am Stephansplatz hatte er noch Sichtkontakt zu ihm, aber unter den vielen Passanten auf der Kärntner Straße verlor er ihn rasch aus den Augen. Eine Zeit lang suchte er noch. Erfolglos. Danach trat er den Rückzug an.

Als er wieder ins Gastzimmer trat, war Landauer verschwunden.

Fluchend bezahlte der Oberst die Zeche und zog Leine. Nein, außer einer mündlichen Aussage hatte er weiterhin nichts in der Hand, doch wenigstens wusste er nun, warum Lou Sorko sterben musste. Mehr noch. Es gab Verdächtige, an die er sich halten konnte. Ein zählbarer Erfolg war das nicht, doch es war ein Fortschritt.

Trotz aller Rückschläge ging es endlich voran.

101

Mit weit ausladenden Schritten stürmte Rudolf Landauer in sein Hotel. Immer noch ein wenig außer Fassung, doch hellwach. Die Panik hatte sich verflüchtigt. Nun empfand er das Hochgefühl eines Menschen, der durch glückliche Umstände einer Gefahr entronnen war. Der sich gerettet wähnte. Dass er damit weit danebenlag, zeigte sich, als er sein Zimmer betrat. Dort saß Benno Rask. Mit einer Knarre in der Hand.

»Na? Ist das eine Freude?«, ätzte der wandelnde Kleiderschrank und deutete auf Landauers Koffer, der reisefertig neben der Kommode stand. »Dein Zeug ist gepackt. Die Rechnung bezahlt. Du kannst gehen.«

»Wohin?«

»Ins große Glück. Unverdientermaßen, wie ich meine. Hast du deiner Frau zu verdanken. Eines sag ich dir aber gleich: Komm bloß nicht auf die Idee, mir Schwierigkeiten zu machen, sonst schlag ich dir doch noch den Schädel ein, verstanden? Sei ganz brav.«

Widerstandslos ergriff Landauer den Koffer, verließ mit Petrells Mann fürs Grobe das Zimmer und trabte wie ferngesteuert durch den mit Spannteppichen belegten Korridor. Der Aufzug, in den Rask ihn dann hineinstieß, war leer. Ich darf den Mann nicht reizen, dachte Landauer. Der ist zu allem fähig. Doch seine Nervosität wuchs. Rasks finstere Miene ließ ihn das Schlimmste befürchten. Mit leisem Brummen fuhr der Fahrstuhl in die Tiefe. Die Tür glitt auf. Ein paar Schritte, und sie standen in der Garage. Hilfesuchend sah sich Landauer um. Sollte er schreien? Wozu denn? Hier parkten bloß Autos. Menschen waren keine zu sehen. Dazu diese bedrückende Stille. Er schwankte. Mit leichten Stößen gegen Schultern und Rücken trieb ihn Petrells Leibwächter durch das halbdunkle Parkhaus. Landauer wollte das nicht. Er schwitzte wie ein Schwein. Er machte sich fast in die Hosen vor Angst. Dann leuchteten hinter ihnen plötzlich zwei Scheinwerfer auf, und eine dunkle Limousine rollte heran.

»Einsteigen!«, befahl Rask.

Landauer gehorchte.

Wie ein Häuflein Elend hockte er auf der Rückbank. Starr vor Schreck. Rask und der Chauffeur amüsierten sich prächtig darüber. Sie machten sich lustig über ihn, dabei kam ihm fast das Mittagessen hoch vor lauter Furcht. Zwanzig Minuten lang brauste der Wagen quer durch die Stadt. In einem Tempo, bei dem es Landauer nicht wagte, aus dem Auto zu springen. Endlich bogen sie in eine schmale Gasse ein und hielten vor einer Anwaltskanzlei. Durch eine hohe Pforte aus dunklem Holz erreichten sie einen schmalen, hellen Hof, den sie im Gänsemarsch durchquerten. Der Chauffeur an der Spitze, dann Landauer und schließlich Rask.

Der Jurist empfing sie an der Tür, klein, dick, mit messerscharfen Falten im Gesicht und der teigigen Haut einer Leiche. Er roch auch so modrig. Dass er lebendig war, zeigte erst die übertrieben einladende Geste, mit der er sie ins Haus bat. In seinem Büro drückte er Landauer schweigend ein Schriftstück in die Hand. Es war der Antrag auf einvernehmliche Scheidung von seiner Gattin Dagmar. Das Papier war auf den vorhergehenden Dienstag datiert.

Landauer unterschrieb anstandslos.

Die gerichtliche Scheidungsurkunde, die ihm der Anwalt daraufhin aushändigte, trug das Datum von Freitag.

»Hier ist auch noch das Kündigungsschreiben an den Magistrat«, sagte der Jurist und drückte ihm ein weiteres Blatt in die Hand. »Wenn Sie das bitte rechts unten unterfertigen wollen.«

»Und jetzt?«, piepste Landauer, nachdem auch das erledigt war.

Grinsend übergab ihm Rask ein Ticket. Der groß gewachsene

Mann mit den langen Haaren und dem gepflegten Bart warf einen prüfenden Blick darauf, und seine Miene hellte sich auf.

»Australien?«, stöhnte er erleichtert. Ein Stein fiel ihm vom Herzen.

»Dagmar wünscht eine gute Reise«, verkündete Rask. »Dein Bruder ist informiert und erwartet dich, aber komm bloß nicht zurück nach Österreich und lass ab sofort die Bullen aus dem Spiel. Eine zweite Chance bekommst du nicht, kapiert?«

Landauer nickte.

»Gut. Dann gehen wir.« Auf schnellstem Wege brachte Rask seinen Schützling zurück zum Wagen.

Eine Dreiviertelstunde später waren sie am Flughafen. Rask begleitete Landauer zum Check-in-Schalter und wartete sogar noch so lange, bis der mit dem Boardingpass in der Hand den Sicherheitscheck absolvierte und im Abflugbereich verschwand.

Dann holte der Leibwächter telefonisch neue Instruktionen ein und trat den Rückweg an.

102

Im dunklen Slim-Fit-Anzug und mit rot-weiß-roter Krawatte verließ der Abgeordnete Petrell die Nationalratssitzung und eilte zu einer Pressekonferenz, die er im Café Landtmann abzuhalten gedachte. Ein selbstsicheres Lächeln umspielte seinen Mund, und er fühlte sich prächtig.

Das Kind wartete vor dem Palais Epstein neben dem Parlament. Kurzes Röckchen, rosa Bluse, rote Sandalen. Grundschulalter, schätzte er. Sieben Jahre alt. Keinesfalls älter als acht.

»Moritz?«

»Ja?«

»Ich hab was für dich.«

»Das ist aber nett von dir.«

Lächelnd übergab die Kleine dem Abgeordneten eine schmale Schachtel und hielt die Hand auf.

Verdutzt fischte der Politiker seine Börse aus der Gesäßtasche und gab ihr etwas Geld.

»Wer schickt dich denn?«, fragte er salbungsvoll. »Dein Papa?«

Das Mädel schüttelte den Kopf.

»Die Mama?«

»Nein.«

»Wer sonst?«

Schweigen.

Nun versuchte es Petrell mit Bestechung. Wenn das bei Erwachsenen so gut funktionierte, wieso nicht auch bei Kindern?

»Sag mir, von wem das Geschenk ist, und ich kauf dir ein Eis«, schnurrte er, doch die Kleine drehte sich einfach um und lief weg.

Verdrossen sah Petrell ihr hinterher und öffnete das Päckchen. Es enthielt die CD »Walking on Thin Ice« von Yoko Ono, ein Wertkartentelefon und einen sauber gefalteten Zettel. Erstaunt las er ihn, blickte sich misstrauisch um, steckte ihn ein und rief seine Stabschefin an.

»Bist du schon im Landtmann?«, fragte er.

Sie bejahte.

»Treffpunkt vor dem Burgtheater«, befahl er. »In zehn Minuten.«

Sie wartete schon auf ihn, als er daherkam.

»Da schenkt mir jemand ein Wertkartentelefon, um mit mir zu verhandeln«, flüsterte er. »Es geht um einen Laptop, auf dem angeblich die Videos deines Mannes gespeichert sind. Weißt du davon?«

»Nein.«

»Wo ist der verdammte Drecksack?«

»Rudi? Im Flugzeug. Er haut ab. Nach Australien.«

»Kann es sein, dass er einen Komplizen hat, der uns jetzt an seiner Stelle erpressen will?«

»Ausgeschlossen«, erwiderte sie.

»Du musst herausfinden, was da los ist.« Mit finsterer Miene übergab er ihr das Päckchen. »Kümmere dich darum.«

»Und was machen wir, wenn wir wissen, mit wem wir es da zu tun haben?«

»Dann gehen wir vor wie bei einem Eitergeschwür«, murmelte er düster. »Wir versuchen es mit einer Heilsalbe.«

»Und wenn das nicht funktioniert?«

»Dann bleibt immer noch der direkte Weg.«

Sie stutzte. »Und der wäre?«

»Dann sorgst du dafür, dass es jemand aufsticht.«

103

Mein Gott, ja, sie machten es sich halt gemütlich. Kubica lag mit nacktem Oberkörper auf dem Boden, Marie strippte zu einem guten alten Song von Spandau Ballet. Die Stimmung war bestens. Es knisterte schon so richtig zwischen den beiden, als Dvorak anrief.

»Nicht abheben«, bat Marie, doch es war schon zu spät.

»Was ist denn?«, fragte der Oberst.

»Judith Hahn hat gerade den Abgeordneten Petrell angerufen«, sagte Dvorak. Er war ziemlich aufgeregt.

»Und? Was wollte sie denn von ihm?«

»Sie hat nach einem Päckchen gefragt.«

»Und wie hat er darauf reagiert?«

»Er hat aufgelegt.«

»Wo ist ihr Standort?«, fragte Kubica.

»Zwischen Kohlmarkt und Graben.«

Da sind jetzt massenhaft Touristen unterwegs, überlegte Kubica. Wie sollte man sie da finden? Trotzdem bat er Dvorak, sofort ein paar Kriminalbeamte für die Suche zusammenzutrommeln. Er selbst komme so schnell wie möglich zum Stephansplatz, versprach er.

»Oh nein.« Schmollend zog Marie Büstenhalter, Rock und Bluse an, während Kubica einen Streifenwagen anforderte.

»Was ist denn jetzt schon wieder los?«

»Tut mir leid«, sagte er. »Aber dass wir dieses Mädel fassen, ist vielleicht ganz entscheidend.«

»Wieso?«

»Weil sie das Telefon unserer ertränkten Journalistin benützt. Deshalb.«

»Kommst du später noch?«, fragte sie.

Kubica winkte ab. »Ich muss noch allerhand für Oscars Ankunft vorbereiten«, sagte er, küsste sie und zog Leine.

Eine halbe Stunde später stand er vor dem Stephansdom. Da war wieder einmal der Teufel los. Menschen, so weit das Auge reichte. Staunende Touristen, musizierende Straßensänger, Demonstranten, die Flugblätter verteilten, und Zeugen Jehovas, die Bibeln feilboten.

Dvorak erwartete ihn vor dem sogenannten Haas-Haus am Stock-im-Eisen-Platz, wenige Schritte gegenüber. Es war ein spektakulärer Bau, den der geniale Architekt Hollein geschaffen hatte und der genau jene Weltoffenheit spiegelte, die Kubica an Wien so schätzte.

»Hat jeder Kollege eine Personenbeschreibung?«, fragte der Oberst seinen Chefinspektor.

Dvorak nickte. »Drei Beamte sind von der Hofburg aus über den Kohlmarkt unterwegs. Die anderen drei marschieren breit gefächert in die Gegenrichtung.«

»Ausgezeichnet.«

»Da ist noch etwas, das mir im Magen liegt«, meinte Dvorak zögernd. »Es betrifft diesen Landauer, hinter dem du her bist. Genauer gesagt seine Frau.«

»Aha?«

»Ich hab ein Dossier über sie erstellt und abgeliefert.«

»So? An wen denn?«

»An Stankovic.«

»Wann?«

»Vor ein paar Tagen.«

Kubica stutzte. Bevor er herausfand, dass Dagmar Landauer in den Mordfall Sorko verwickelt war, hatte sich bereits der Landeskriminaldirektor für sie interessiert? Ja wieso denn?

»Komm morgen in mein Büro. Wir müssen reden«, knurrte er. »Aber jetzt los. Hinein ins Vergnügen. Vielleicht haben wir ja das Glück der Tüchtigen, und Fräulein Hahn läuft uns heute noch über den Weg.«

Ein frommer Wunsch. Er erfüllte sich nicht.

104

Lag es an Oscars bevorstehender Ankunft oder an dem Sturm, der vor den Fenstern heulte? Wie auch immer: Kubica schlief schlecht.

Um drei war der Ofen aus. Da verließ er sein Bett, schlurfte in die Küche, rieb die stechende Schulter mit einem Schmerzgel ein und trank Kaffee. Danach floh er ins Wohnzimmer, blätterte in Fotoalben, las Oscars alte Schulhefte und kramte Annes ehemalige Sporttasche hervor. Sie enthielt ein Handtuch, ein Duschbad und einen Flakon, in dem noch ein kümmerlicher Rest von Parfüm vorhanden war. Wie ein heimatloser alter Hund schnüffelte er an Tuch und Fläschchen, packte die Sachen wieder ein und stellte die Tasche zurück in den Kasten. Anschließend kippte er das Fenster auf, las ein wenig und lauschte dem Plätschern des Regens.

Um halb sechs kippte er den zweiten Kaffee, dem eine ausgiebige Morgentoilette folgte. In Jeans, Sweatshirt, der alten schwarzen Lederjacke und mit einem großen Schirm verließ er das Haus.

Draußen schüttete es wie aus Eimern. Als er über den Aussichtsweg hinunter nach Heiligenstadt lief, rauschte das Wasser den Hügel hinab wie ein Bach. Der Wind kam jetzt von hinten, riss ihm den Schirm aus der Hand und peitschte den Regen in sein Genick. Als er die U-Bahn-Station erreichte, war er durchnässt.

Gut, dass er im Büro Ersatzkleidung bereithielt. Sich aus den triefenden Sachen zu schälen und trockenes Zeug anzuziehen, war eine wahre Wohltat. Glücklich wie ein Baby nach dem Windelwechsel saß er also ab sechs Uhr dreißig hinter seinem Schreibtisch und recherchierte in Sachen Moritz Petrell. Um acht rief er seinen Freund Pawel an und lud ihn zum Frühstück ein.

Wozzek schrieb zwar gerade an seiner Predigt für den Gottesdienst, doch die Aussicht auf angenehme Gesellschaft war verlockend.

Er sagte zu.

105

Das Café Bendl in der Landesgerichtsstraße war ein echter Klassiker. Gewiss gab es Leute, denen das Kellerlokal mit den holzvertäfelten Wänden zu verraucht war oder zu dunkel, die gepolsterten Bänke zu abgewetzt, die kleinen Tische und harten Sessel zu einfach und der Rest des Mobiliars zu speziell. Kubica aber mochte den Schuppen. Die waschechte Wurlitzer, in die er ab und zu für einen Evergreen ein paar Münzen steckte, die Bartheke, die ihresgleichen suchte, den gemütlichen Schwedenofen und die alten Film- und Werbeplakate an den Wänden. Das Lokal hatte Stil.

Wozzek saß schon da, als der Oberst eintrat. Mit einer aufgeschlagenen Zeitung auf dem Schoß lümmelte er auf einer Sitzbank in der hintersten Ecke und nuckelte an einer Melange, dem Wiener Gegenstück zum italienischen Cappuccino. Dazu knabberte er an einem Nusskipferl. Kubica orderte dasselbe plus zwei Semmeln, Butter und Marmelade. Dann begrüßte er seinen umtriebigen Freund, den hochwürdigen Pfarrer von Sankt Kasimir, und hockte sich zu ihm.

»Ich hab was für dich«, sprach der. »Dein Edyrileum.«

Mit listigem Augenzwinkern übergab der Gottesmann dem Oberst einige tablettengefüllte Glasröhrchen. Die Geheimwaffe gegen Kubicas Alkoholkrankheit. Gepresstes Milchpulver in

Pillenform. Der Geistliche ließ es geheim anfertigen. Ausschließlich für Kubica. Seit der sich dieses Placebo einwarf, hatte er sein Leiden im Griff.

»Was bin ich dir schuldig?«

»Lass nur. Geschenk des Hauses. Oder des Himmels, wenn dir das lieber ist. Übrigens: Bei den Unruhen in Oberösterreich ist ein Polizist ums Leben gekommen. Kennst du Details?«

Kubica schüttelte den Kopf. »Ist wirklich ganz schrecklich«, sagte er. »Aber am Nachmittag kommt Oscar. Das beschäftigt mich mehr.«

»Sollte es aber nicht, Radek«, mahnte Wozzek. »Weil alles mit allem in Verbindung steht. Die Zeichen stehen auf Sturm. Wir gehen schlimmen Zeiten entgegen. Pass bloß auf.«

»Wenn Oscar da ist, bin ich mit der Welt im Lot.« Der Oberst lächelte. »Dann kann mich nichts erschüttern.«

»Wir werden sehen. Wie läuft es beruflich?«

»Könnte besser sein.«

»Warum?«

Die Kellnerin kam und brachte das Frühstück. Hungrig langte Kubica zu.

»Der Mordfall Lou Sorko ist dir ja noch geläufig, oder?«, fragte er kauend.

Wozzek nickte.

Nach und nach erzählte der Oberst, was er von Rudolf Landauer erfahren hatte.

»Petrell besitzt also ein Mordmotiv«, sagte Wozzek.

Kubica nickte. »Dagmar Landauer ebenfalls«, ergänzte er. »Vielleicht sogar Helene Andau. Käme ans Licht, was auf diesem Stick gesichert ist, gäbe das ein politisches Erdbeben.«

»Und was sagst du dazu, dass man auf Landauer geschossen hat?«, fragte der Pfarrer.

»Was soll ich dazu sagen?«

»Ein Profi hätte deinen Informanten mit einem Gewehr mit Schalldämpfer erledigt«, gab Hochwürden zu bedenken. »Vielleicht diente der Anschlag ja bloß als Warnung.«

Achselzuckend legte Kubica sein Besteck zur Seite. »Jedenfalls hat der Staatsanwalt Ermittlungen wegen Mordversuchs angeordnet«, erläuterte er. »Was Dagmar Landauer betrifft: Die wurde mir erst vorgestern Abend vorgestellt. Von Marie. Wir waren auf einer Wohltätigkeitsveranstaltung. Kennst du Helene Andau?«

»Hab von ihr gelesen«, sagte Wozzek.

»Und sonst?«

»Nichts sonst. Reden wir von Frau Dr. Haller. Was weißt du von ihr?«

»Dass sie lange im Ausland tätig war, heimkehrte, einen Schokoladenfabrikanten heiratete und sich wieder scheiden ließ«, zählte Kubica auf. »Er war ihr untreu.«

»Mehr Fakten hast du nicht?« Der Pfarrer wirkte ehrlich erstaunt. »Bei deinem sensiblen Job? Da musst du über die Leute, die dich umgeben, doch Bescheid wissen. Übrigens nicht nur über Frauen, mit denen du schläfst, sondern auch über die Leute, mit denen du arbeitest. Über diesen Stankovic zum Beispiel.«

»Der hat anscheinend auch etwas mit Dagmar Landauer zu tun«, bemerkte Kubica. »Ich wüsste gerne, was.«

»Möglicherweise können uns ja meine Freunde in Warschau darüber Auskunft geben«, brummte der Pfarrer und kaute an seiner Mehlspeise. »Ich kann mich da gerne einmal schlaumachen, wenn du willst.«

»Tu das. Danke.« Kubica grinste. »Was für ein Glück, dass du früher einmal Geheimdienstler warst.«

»Eine Jugendsünde«, sagte Wozzek mit verschämtem Seufzen. »Die Kontakte dorthin können aber recht hilfreich sein.«

»Womöglich weiß man in Warschau ja auch, wohin sich Rudolf Landauer verkrochen hat.«

»Da bin ich durchaus optimistisch«, erwiderte Wozzek. »Was sagst du übrigens zu Lena?«

Kubica stutzte. »Was ist mit ihr?«

»Ihre Bank setzt achthundert Mitarbeiter auf die Straße. Sie auch.«

Einen Moment lang war Kubica sprachlos. »Und?«, fragte er dann. »Hat sie schon was Neues?«

»Keine Ahnung«, antwortete der Pfarrer und zog die Brieftasche hervor.

»Lass stecken«, bat der Oberst und verabschiedete seinen Freund mit Handschlag. Danach rief er Lena an, doch die hob nicht ab. Also hinterließ er ihr eine Nachricht auf der Sprachbox, warf eine Münze in die Wurlitzer und ließ einen Song von Middle of the Road erklingen. Der erinnerte ihn an seine Jugendzeit in Polen. Danach zahlte er und ging.

106

Draußen wehte jetzt ein angenehm leichter Wind. Die Sonne lugte zwischen den Wolken hervor, und der Oberst setzte die Sonnenbrille auf. Beschwingt marschierte er durch die Landesgerichtsstraße zur Universitätsstraße. Dort hatte er einen wunderbaren Blick auf die Votivkirche, die mit einer ganz speziellen Besonderheit aufwarten konnte. Statt eines Kreuzes zierte die habsburgische Rudolfskrone die Turmspitze des Ringstraßendoms, wie die Wiener den Bau nannten. 1853 war hier ein Attentat auf den jungen Kaiser Franz Joseph gescheitert. Das dicke Ende war allgemein bekannt. Der Attentäter endete am Galgen, der Kaiser wurde uralt, brach einen Weltkrieg vom Zaun und führte sein Reich ins Verderben. Wie Europa heute wohl aussähe, wenn die Ermordung des Habsburgers damals geglückt wäre, kam es Kubica in den Sinn.

Da sah er Marie vor dem Dom stehen.

Einen Augenblick später kam ein Mann auf sie zu und drückte ihr etwas in die Hand.

Benno Rask?

Was hatte Marie denn mit dem zu schaffen?

Das Misstrauen traf Kubica wie ein Tritt zwischen die Beine. Schnaufend nahm er die Sonnenbrille ab und schloss die Augen.

Als er sie wieder öffnete, war der Platz vor Wiens zweitgrößtem Gotteshaus leer. Marie und Rask waren verschwunden. So spurlos, dass er beinahe glaubte, einem Trugbild aufgesessen zu sein. Verdutzt überquerte er die Straße und umrundete die Kirche, doch da war keiner mehr.

Absolut niemand.

107

»Trink nur.«

Vorsichtig hielt der Abgeordnete der gebrechlichen Frau im Rollstuhl den Becher an den Mund und achtete darauf, dass sie sich nicht verschluckte. Anschließend fütterte er sie mit einem Brei aus Äpfeln, Birnen und Mango, den er eigenhändig frisch zubereitet hatte.

»Schmeckt es?«, fragte er.

Sie nickte.

»Abends gibt es Huhn mit Reis«, versprach er ihr.

Mit einem Lächeln gab sie ihm zu verstehen, dass sie zufrieden war. Da streichelte er ihren Arm und schob sie mit dem Rollstuhl zum Bett, wo ihm die rumänische Pflegerin half, sie auf die Matratze zu hieven. Eine Weile hielt Petrell noch die Hand der alten Dame. Dann schaltete er das Fernsehgerät lauter, verabschiedete sich und ging.

Benno Rask wartete vor dem Haus. Schweigend geleitete er seinen Arbeitgeber zum Wagen, öffnete die Autotür und ließ ihn im Fond Platz nehmen.

»Geht es ihr besser?«, fragte Dagmar Landauer und rutschte ein wenig zur Seite.

Er schüttelte den Kopf. »Seit dem vierten Schlaganfall kann sie nicht mehr sprechen«, erzählte er. »Und halbseitig gelähmt ist sie auch.«

»Dass du dich so rührend um die Mutter deiner verstorbenen Frau kümmerst, finde ich ganz großartig«, lobte sie ihn. »Helene sollte daraus eine große Story machen.«

Eine unbedachte Bemerkung, mit der sie ihn an den Rand

eines Herzanfalls brachte. Petrells Gesicht wurde krebsrot. Er ging hoch wie eine Rakete.

»Hast du einen Knall?«, schnauzte er sie an. »Mein privates Unglück ist tabu. Das geht keinen was an.«

»Wie du willst«, antwortete sie verstimmt. »Aber eine positive Geschichte über dich könnten wir jetzt verdammt gut gebrauchen. Erst lässt der Kanzler die Votivkirche räumen, dann erklärt er das Dauerproblem mit den Afghanen zur Chefsache. Er greift deine Themen auf. Er mausert sich zum Macher. Das kann noch sehr unangenehm werden.«

»Er hat den Lauschangriff gegen uns befohlen. Das ist mein Trumpfass«, unterbrach sie Petrell. »Damit zwinge ich ihn drei Wochen vor dem Bundesparteitag zum Rücktritt. Da kann er in der Zwischenzeit in Bevölkerung und Partei ruhig ein wenig beliebter werden. Das macht nichts. Was ist mit dieser Erpresserin?«

»Helene meint, du kannst beim nächsten Anruf auf alle Bedingungen eingehen. Sie regelt das.«

»Dann ist ja alles bestens«, sagte er mit vibrierender Stimme. »Komm, lassen wir den Tag gemeinsam ausklingen.«

Immer wenn sein Bass so klang wie gerade jetzt, wurden Dagmar die Knie weich. »Ja, Moritz«, flüsterte sie und blickte ihn mit großen Augen an.

»Wir fahren zu Dagmars Wohnung«, befahl Petrell seinem Leibwächter. Der nickte, und mit einem Ruck setzte sich der Wagen in Bewegung.

108

Als Kubica die Ankunftshalle des Flughafens betrat, war er glücklich, das konnte man ihm ansehen. Sein Puls schlug dreimal so rasch wie normal. Aus Nervosität, Vorfreude und Erregung. Mit jungenhaftem Grinsen lehnte er an einer Säule neben dem Gate, wo die Passagiere des Fluges aus London hereinströmten.

Darunter waren mehr Pärchen als Familien, aber auch viele Geschäftsreisende.

Sein Filius erschien als Letzter. Er war groß gewachsen für sein Alter, mit nackenlangen, struppig krausen brünetten Haaren, einer kleinen Nase und deutlich sichtbarem Bartflaum über der Oberlippe und am Kinn. Der Junge trug alte schwarze Jeans, ein schlabberiges grünes Sweatshirt und eine alte Militärjacke. Eine zerschlissene Tragetasche aus Jute an einem aus Feuerwehrschläuchen gefertigten Tragriemen ergänzte das trendige Outfit. Mit breitem Grinsen hob er lässig die Hand, winkte und rollte den Gepäckwagen mit Koffer und Reisetasche weiter.

»Moment«, rief Radek, nahm das Handy hoch und schoss ein paar Erinnerungsfotos. Dann schloss er seinen Sohn in die Arme.

»Alles okay?«, fragte er.

»Geht so«, bekam er zur Antwort.

Das Taxi stand draußen. Unterm Dach. Mit raschem Griff übernahm Radek das Reisegepäck, und sie verließen das Gebäude.

»In London schüttet es auch«, erzählte Oscar und bestaunte den überaus heftigen Wolkenbruch, der vor der Halle niederging. Unterdessen verstaute der Taxilenker die Habseligkeiten des Jungen im Kofferraum. Noch einmal umarmten sich Vater und Sohn, Kubica fuhr Oscar durchs Haar, dann sprangen sie in den weißen Ford.

»Hat Anne dich zum Flughafen gebracht?«, fragte Radek, als sie losfuhren.

»Ja, und sie hat mir dort eine Szene gemacht.« Oscar seufzte. »Aber auf dich ist sie natürlich noch mehr sauer als auf mich.«

»Klar«, erwiderte Radek. »Das kann ich verstehen.«

Das Telefon klingelte. Dvorak war in der Leitung.

»Ich hab mich im Magistrat nach Rudolf Landauer erkundigt«, berichtete er. »Er hat mit sofortiger Wirkung gekündigt und ist verschwunden, ohne sein Büro zu räumen. Seine Mitarbeiter sind ganz aus dem Häuschen.«

»Hat jemand einen Verdacht, wo er sein könnte?«

»Nein. Von seiner Verwandtschaft ist auch nichts zu erfahren.

Landauers Eltern sind verstorben, mit den beiden Schwestern hatte er jahrelang keinen Kontakt mehr, und sein einziger Bruder lebt in Wollongong, Australien.«

»Nimm mit unserer Botschaft in Sydney Kontakt auf«, bat Kubica. »Der Sicherheitsattaché soll recherchieren, wo der wohnt, und mit ihm reden.«

»Wird gemacht.«

Der Oberst bedankte sich und legte auf.

Als sie eine halbe Stunde später in der Perntergasse eintrafen, wurden die Wolken am Himmel dünner, und es hellte auf. Kubica sah es als gutes Omen. Oscars Heimkehr steht unter einem guten Stern, dachte er. Eine neue Ära begann. Endlich war sein sonst so leeres Haus wieder mit Leben gefüllt.

109

Martha Panfil war siebzig, untersetzt, hatte schulterlanges graues Haar und kochte für ihr Leben gern. Dass sie den Kubicas den Haushalt führen durfte, sah sie als Glücksfall.

Kaum saßen Vater und Sohn bei Tisch, läutete es an der Haustür. Lena und ihre kleine Tochter brachten einen Gugelhupf vorbei. Da legte Martha halt zwei Wiener Schnitzel mehr als vorgesehen in die Pfanne und schnitt zum Nachtisch so viel Nusstorte auf, dass verlässlich alle satt wurden. Den Gugelhupf stellte sie für das morgige Frühstück beiseite.

Die Atmosphäre am Küchentisch war locker und familiär. Sie stand in krassem Gegensatz zu dem, was sich derweil auf der Terrasse abspielte. Dort stand Radek und telefonierte wild gestikulierend mit Anne. Als er nach einer Weile zu den anderen zurückkehrte, war er noch ein wenig abwesend und wirkte etwas zerstreut.

»Schau nicht so finster«, sagte Oscar grinsend. »Anne spricht ja jetzt wenigstens wieder mit dir.«

»Sie wollte bloß wissen, ob du gut angekommen bist. Dann

hat sie mir ein paar unschöne Dinge an den Kopf geworfen und sofort aufgelegt.«

»Lass sie«, tröstete ihn der Bub. »Das wird schon wieder.«

»Nicht traurig sein, Radek«, sagte Lena.

Kubica räusperte sich. Er hatte nicht die geringste Lust, weiter von Anne zu reden. Ein anderes Thema musste her. »Wie geht es dir?«, fragte er Lena.

»Ich bin beurlaubt.« Ihr Lächeln wirkte echt, aber freudlos. »Ab September brauche ich einen neuen Job.«

»Aber wieso denn? Du warst doch im Top-Management.«

»Ich habe mich gegen die Kündigungswelle in der Bank ausgesprochen. Das wurde mir übel genommen.«

»Und deine Kollegen?«

»Haben alle brav den Mund gehalten. Weißt du, als Polin lebe ich ja unheimlich gern in Österreich, aber es gibt ein paar Dinge, die mich schon aufregen. Etwa wenn Leute, die bei Ungeheuerlichkeiten selbst zu feige sind, das Maul aufzumachen, öffentlich ihren Eltern und Großeltern vorwerfen, den Nationalsozialismus nicht verhindert zu haben. Dabei riskierte man damals sein Leben, wenn man widerspenstig war. Heute schädigt Mut maximal die eigene Berufslaufbahn. Mehr ist nicht zu befürchten. Na und?«

Mit funkelnden Augen strich sie ihr Haar zurück. Eine Geste, die er von früher her kannte. Sie brachte ihn ganz schön aus dem Konzept.

»Was tust du jetzt?«, fragte er nervös.

»Bewerbungen schreiben, alte Freunde aufsuchen und meine Wunden lecken.«

»Komm, sooft du willst«, sagte er. »Ich freu mich.«

»Du hast das schönste Haus der Welt«, krähte plötzlich Sophie. »Bist du denn so reich?«

»Er hat es von seinem Vater geerbt«, erklärte Lena lachend.

»Und wo sind deine Geschwister?«, fragte die Kleine.

»Gestorben. Bei einem Verkehrsunfall in Polen«, murmelte Kubica. Fragen dieser Art mochte er nicht. Die gingen ihm zu sehr ans Gemüt.

»Und dann?«

»Dann ist er ganz allein nach Wien gereist«, erzählte Lena. »Er suchte seinen Papa, fand ihn, und sie blieben zusammen, bis sein Vater starb.«

»Willst du noch Kuchen?«, fragte Kubica.

Sophie verneinte.

Da wandte er sich wieder an Lena. »Und sonst?«, fragte er. »Kann ich etwas für dich tun?«

»Ja, ab und zu mit mir ausgehen.« Sie schmunzelte. »Oder wenigstens anrufen. Auch wenn mit diskreten Bankauskünften zu den Konten verdächtiger Personen vorerst einmal Schluss ist.«

»Mach ich trotzdem«, versprach er.

»Ach geh. Ich glaub dir kein Wort.« Sie lachte und gab ihrer Tochter ein Zeichen. »Komm. Wir müssen aufbrechen. Es ist spät.«

Obwohl die Kleine gern noch geblieben wäre, reichte sie brav jedem die Hand und trabte artig zur Tür.

Oscar bedankte sich für den Kuchen, und sie begleiteten Lena und ihre Tochter ans Gartentor und winkten den beiden nach, bis sie hinter einer Hausecke verschwanden.

»Die ist nett«, sagte Oscar und grinste schon wieder.

Kubica nickte und legte ihm einen Arm um die Schulter. Wie groß der Bub geworden war. Fast schon ein junger Mann. Lange Zeit verharrten sie bewegungslos in dieser Umklammerung, und keiner von ihnen traute sich, etwas zu sagen.

»Schön, dass du da bist«, flüsterte Kubica verlegen. Dann nahm er Oscar an der Hand, und sie gingen zurück zum Haus.

Drei

Durch mich geht man hinein
zum ewigen Schmerze.

Dante Alighieri,
»Divina Commedia – Göttliche Komödie«
(3. Gesang)

110

An diesem Morgen stand Wien unter Zeitdruck. Da liefen die Dinge aus dem Ruder. Im Straßenverkehr zum Beispiel. So viele Verrückte wie heute waren Kubica beim Autofahren noch selten untergekommen.

Wachsam pendelte sein Blick zwischen Innen- und Außenspiegel, während er sich mit dem Dienstwagen durch die Autokolonne schlängelte, die träge stadtauswärts kroch. Dabei lenkte er mit der Rechten. Links telefonierte er mit Marie.

Kubica wollte wissen, wie sie den gestrigen Vormittag verbracht hatte. Eine harmlose Frage in unverfänglichem Tonfall. Noch schlug da kein Misstrauen durch.

Eine Zeit lang blieb es still in der Leitung. Radek befürchtete schon, der Akku des Telefons hätte sich wortlos verabschiedet. Dann endlich antwortete sie.

»Ich hab gearbeitet«, sagte sie. »Von sieben bis neunzehn Uhr.«

»Ununterbrochen?«

»Kann man so sagen.«

»Hattest du denn so viel zu tun?«

»Zuerst musste ich eine Dreijährige obduzieren, die bei einer Operation im Krankenhaus verstorben war. Die Eltern wollten wegen eines Kunstfehlers klagen. Zu Unrecht. Danach bekam ich die Leiche einer alten Frau auf den Tisch. Tablettenvergiftung. Suizid. Der Fall hat mich fast bis Dienstschluss auf Trab gehalten.«

»Warst du zwischendurch nicht wenigstens mal spazieren, um frische Luft zu schnappen?«, fragte er.

»Bummeln in der Dienstzeit?« Sie lachte, aber es wirkte nicht echt. »Wo denkst du hin? Was hast *du* denn so getrieben?«

»Recherchiert. Wie immer. Dabei trifft man die seltsamsten Leute.«

Marie stutzte. »Ach ja«, antwortete sie schließlich. »Ich war wahrhaftig kurz einmal in der Innenstadt. Rask hat mich um ein Treffen ersucht. Du kennst ihn ja. Wusstest du, dass er früher einmal als Privatdetektiv seine Brötchen verdient hat? Er hat auch Beweise für die Untreue meines Mannes gefunden, was mir im Scheidungsverfahren sehr hilfreich war.«

»Interessant. Was will er denn jetzt von dir?«

»Mein Exmann hat ihn doch tatsächlich beauftragt, zu sondieren, ob ich einen zweiten Versuch mit ihm wage, aber das kann er sich abschminken. Sehen wir uns heute Abend?«

»Ich ruf dich an«, versprach Kubica und legte auf.

Anschließend rief er Pfarrer Wozzek an und bat ihn, Maries Scheidungsgeschichte für ihn aufzurollen.

Hochwürden sagte zu, Licht in diese Angelegenheit zu bringen. Allerdings werde das voraussichtlich ein paar Tage dauern.

111

»Die Menschheit, Kubica, ist eine Enttäuschung. Ein Betriebsunfall der Natur«, versicherte der ehemalige Journalist dem Chefermittler. »Menschen richten ja doch immer nur alles zugrunde. Ich schätze Pferde.«

Schulter an Schulter lehnten sie an der weißen, balkonartigen Brüstung. Dabei ließ der Mann Anfang fünfzig die Arena keinen Augenblick aus den Augen, damit er nur ja nichts von der Morgenarbeit der Spanischen Hofreitschule versäumte.

»Wann sind Sie vom ›Express‹ ins Amt der Landesregierung gewechselt?« Neugierig sah Kubica seinen Gesprächspartner an.

»Vor zwei Jahren.«

»Aber an den Herausgeber ihrer ehemaligen Zeitung können Sie sich schon noch erinnern. Was ist das für ein Typ?«

Der Mann überlegte. »Westermann ist ein Gentleman der alten Schule«, erwiderte er dann. »Wortkarg, distanziert, aber schon ein wenig weltfremd. Dabei ist er erst siebzig.«

»Der Mann sagt, dass er nichts von einem Deal mit Landauer weiß«, berichtete Kubica. »Der neue Chefredakteur erzählt dasselbe. Wir dürfen alle Geschäftskonten ansehen und jede einzelne Buchung prüfen.«

»Dann werdet ihr nichts finden«, antwortete der Pressesprecher. »Lässt sich zurückverfolgen, von welchem Konto die ersten sechzigtausend zu Landauer transferiert wurden?«

»Das Geld stammt von einer Briefkastenfirma in Hongkong.«

»Und die zweite Hälfte des Kaufpreises bestand zum Großteil aus Falschgeld?«, wunderte sich der Medienprofi. »Dazu hat eine Zeitung doch gar keinen Zugang.«

»Stimmt.«

»Dann ist die derzeitige Führungsebene des ›Express‹ also eher nicht mit im Spiel«, fasste Kubicas Gesprächspartner ihre Gedankengänge zusammen. »Ich an Ihrer Stelle würde versuchen, wenigstens die Treffen zwischen Sorko und Landauer nachzuweisen. Lou war oft in der Oldtimer-Bar im zweiten Bezirk. Vielleicht erinnert sich dort noch jemand an die beiden.«

»Erzählen Sie mir von Lou Sorko.«

»Da gibt es nicht viel zu sagen. Eine junge, ehrgeizige Kollegin. Fleißig, verlässlich und nicht unbegabt. Eine Einzelgängerin. Schwere Kindheit und so. Keine Männergeschichten innerhalb des Unternehmens. Keine Freunde unter den Kollegen. Feinde hatte sie aber auch nicht.«

»Könnte sie Landauers Beweismaterial kopiert haben?«, fragte Kubica.

»Klar.«

»Der Vorgänger des neuen Chefredakteurs kam von einem privaten Radiosender.«

»An dem Helene Andau beteiligt ist«, ergänzte sein Vertrauensmann. »Die wiederum ist mit Petrell liiert.«

»Ich dachte, der schläft mit seiner Büroleiterin.« Jetzt war Kubica verwundert.

»Das eine schließt das andere ja nicht unbedingt aus.«

»Was halten Sie von Petrell?«

»Als er studierte, wohnte er in Ottakring. Ich auch. Petrell war dort der Star. Blitzgescheit. Ein Sonnyboy. Alle Mädels standen auf ihn. Kurz und gut: Er hatte viele Affären, von denen jeder wusste, weil er seine Frauen ja markierte. Damals wollte er allen zeigen, was für ein toller Hecht er war.«

»Tatsächlich? Er hat sie gekennzeichnet?«

»Ja.«

»Und zwar wie?«

»Überraschend simpel. Jedes weibliche Wesen, das sich tiefer mit ihm einließ, erhielt Modeschmuck aus schwarzem Plastik. Einen Ring, eine Kette, ein Armband. Das war so eine Art Brandzeichen. Die schwarz markierten Damen gehörten ihm.«

Was die Psyche dieses Mannes betrifft, so lässt das tief blicken, überlegte der Oberst und drehte den Kopf. Majestätisch trabten drei weiße Hengste mit ihren Bereitern durch das sandige Oval der Arena. Stolz, mit erhobenen Häuptern, strotzend vor Selbstsicherheit und Würde. Aus großen dunklen Augen warfen sie Kubica feurige Blicke zu.

Nachdenklich verabschiedete sich der Chef der Mordkommission vom ehemaligen Vorgesetzten Lou Sorkos und ging. Schwarzer Schmuck? Ob Marie auch so etwas besaß?

Ein Gedanke, der ihn nicht mehr losließ, so gern er ihn auch loswerden wollte.

112

Als Judith Hahn den Abgeordneten Petrell anrief und eine Nachricht auf dessen Sprachbox hinterließ, schlugen die Polizeitechniker Alarm.

»Sie ist im Stadtteil Floridsdorf«, meldete ein aufgeregter Abhörspezialist.

Unverzüglich ließ Kubica den dortigen Bahnhof samt U-Bahn-Station besetzen, schickte einen Hubschrauber los und machte sich auf die Socken.

Während also der Polizeihelikopter über die wichtigsten Straßen wachte und Kriminalbeamte die Floridsdorfer Hotels besuchten, holte Kubica von der Funkleitstelle Informationen über die Privatvermieter des Viertels ein.

Eine halbe Stunde später hielten drei Streifenwagen und ein Zivilfahrzeug vor einem Haus in einer beinahe schon ländlichen Gegend. Judiths Vermieterin war fassungslos, als ihr Kubica die Gesuchte beschrieb. Ja, diese junge Frau wohne bei ihr, erzählte sie. Zu Hause sei sie allerdings nicht.

»Wo ist sie?«

»Eben erst weggegangen. Sie will ein paar Tage bei ihrer Mutter bleiben.«

»Die ist tot«, brummte Kubica.

»Und da reist sie zu ihr?«, fragte die Frau mit ungläubigem Blick. »Mit Gepäck?«

»Wann ist sie von hier verschwunden?«

»Vor zehn Minuten.«

»Ist sie mit dem Bus unterwegs?«

»Nein. Der Sohn des Nachbarn fährt sie. Er hat eine Schwäche für sie.«

»Von welchem Auto reden wir da? Fabrikat? Farbe? Kennzeichen?«

»Ein dunkler Peugeot. Den Rest müssen Sie seine Eltern fragen. Die wohnen da drüben.«

Jetzt war jede Sekunde kostbar. Rasch ersuchte Kubica einen Uniformierten, diese Auskünfte für ihn einzuholen. Dann erkundigte er sich, mit welcher Kleidung Judith Hahn unterwegs war. Als er alle nötigen Informationen besaß, gab er sie per Funk an die Einsatzkräfte weiter und dehnte die Alarmfahndung auf das ganze Wiener Stadtgebiet aus. Danach stellte er der Vermieterin noch ein paar Fragen.

»Wie lange wohnt sie denn schon bei Ihnen?«

»Etwa eine Woche«, antwortete sie. »Zwei Tage vorher ist sie mit dem Taxi vorgefahren, hat sich das Zimmer angesehen, ihren Laptop und eine Handtasche untergestellt und die Miete für ein halbes Jahr bezahlt.«

»Der Laptop«, fiel ihr Kubica ins Wort. »Ist der noch auf ihrem Zimmer?«

»Da müssten wir nachsehen.«

Judith Hahns Apartment war völlig leer. Lediglich ein neuer Plastikkoffer stand neben dem Bett. Ohne Inhalt. Von einem Laptop keine Spur.

»Was für ein Gerät war das denn?«, fragte Kubica.

»Ein MacBook Pro«, antwortete die Vermieterin. »Damit hat sie Fakten rund um diesen Abgeordneten gesammelt, der jetzt so oft im Fernsehen zu sehen ist. Petrell.«

»Sie sind eine aufmerksame Beobachterin. Das ist sehr lobenswert und sehr hilfreich. Ist Ihnen sonst noch etwas bei ihr aufgefallen?«

»Sie war oft unterwegs und kaufte viel ein«, sagte die Frau. »Kommt sie wieder?«

»Darauf würde ich nicht wetten«, erwiderte Kubica und blickte auf die Uhr. Die Zeit verflog. Er musste weiter. Rasch verabschiedete er sich, lief zum Wagen und brauste davon.

113

Dass der Junge ein Auge auf sie geworfen hatte, gefiel Judith. An ihren Plänen änderte das nichts. Da war sie beinhart. Als sie an eine Haltestelle kamen, an der gerade ein Bus stoppte, verpasste sie ihrem süßen Verehrer einen Kuss auf die Wange und wechselte das Verkehrsmittel. Drei Stationen später verließ sie den Bus und stieg mit ihrem Koffer in die Straßenbahn, mit der sie bis zum Handelskai fuhr. Von dort aus gondelte sie mit der U6 zum Westbahnhof und dann per Taxi zum Margaretengürtel, wo sie in eine schmale Seitengasse lief. Sie hatte eine Verabredung mit dem Fälscher. Der sollte sie unsichtbar machen.

Der unauffällige Typ hauste stilgerecht. In einer unscheinbaren Wohnung im Erdgeschoss mit drei Fenstern zum Innenhof, wo ein paar Autos parkten. Sie wolle sich erst einmal die Haare färben, sagte sie. Ihr Gastgeber hatte nichts dagegen.

Eine Viertelstunde später war ihr Schopf kohlrabenschwarz. Zufrieden betrachtete sie sich im Spiegel und lachte. Sie sah total fremd aus. Die drei Geburtsurkunden, Taufscheine und Staatsbürgerschaftsnachweise, die ihr der Fälscher feierlich überreichte, schienen echter zu sein als echt. Das Papier hatte zwanzig Jahre auf dem Buckel und war mehrfach gefaltet. Die Registriernummern, Postleitzahlen und Abkürzungen entsprachen dem, was zum Zeitpunkt ihrer angeblichen Ausstellung üblich war. Sie brauchten den Vergleich mit Originalen nicht zu scheuen. Die dazu passenden Führerscheine und Sozialversicherungskarten waren gerade einmal vier Monate alt. Die Fotos der Dokumente zeigten sie mit schwarzer, blonder und roter Mähne. Visitenkarten und gefälschte E-Cards dazu gab es auch. Drei gefälschte Bankomatkarten ebenfalls. Ab sofort konnte sie als Buchhändlerin Claudia Fuchs, als Friseurin Ingrid Holziger oder als Köchin Rita Weiß auftreten. Vergilbte Bilder ihrer angeblichen Eltern sowie Zettel mit Geburtsdaten und Adressen ihrer frei erfundenen Verwandten ergänzten die Ausstattung. Abschließend drückte er ihr auch noch ein Empfehlungsschreiben des frisch verstorbenen Dompfarrers von Salzburg in die Hand, das sie heute noch einsetzen sollte. Ihr Experte hatte an alles gedacht.

Zufrieden bezahlte sie die vereinbarten fünftausend Euro. Geld aus der Beute von Bakotas Überfall auf den Waffenhändler. Sie hatte es abgezweigt, während ihr Geliebter unterwegs gewesen war, um die Bank in der Hetzendorfer Straße zu überfallen, und es zusammen mit ihrem Laptop in Floridsdorf gebunkert. Glücklich eilte sie ins Schlafzimmer und zog sich um. Zwanzig Minuten später war alles vorbei, und sie stand wieder auf der Straße.

In diesem denkwürdigen Moment begann ihr neues Leben.

114

Gegen vierzehn Uhr erkundigte sich Kubica bei zwei Sicherheitsbeamten nach dem Büro des Abgeordneten Petrell und betrat das Parlamentsgebäude.

Wenig später war er am Ziel. Genauer gesagt kurz davor, denn in dem Zimmer, vor dem er stand, war ein Streit im Gange. Jedenfalls waren die aufgeregten Stimmen zweier Frauen zu hören. Neugierig presste der Oberst das Ohr gegen das Türblatt und lauschte, doch er verstand kein Wort. Also klopfte er artig an und trat ein.

»Ja hallo, Frau Landauer«, begrüßte er sie mit leutseligem Grinsen. »Landeskriminalamt Wien, Mordkommission, Kubica.«

»Das passt jetzt aber gar nicht«, stotterte die erhitzte Stabschefin, strich sich die Haare zurück und nestelte nervös an der schwarzen Perle in ihrem rechten Ohr.

Die mittelgroße, farblose Brünette mit der unvorteilhaften Brille, die ihr gegenüberstand, blickte Kubica böse an. Mit einer linkischen Bewegung steckte sie ihre beige Bluse in den Bund ihrer braunen Hose, nickte, schlug einen weiten Bogen um den Eindringling und verließ grußlos den Raum.

»Wer war das?«, fragte der Oberst belustigt.

»Eine blöde Kuh, die sich zu wichtig nimmt«, erwiderte Landauer spitz.

»Die gehört doch zu Helene Andau, oder?«

»Ja. Leider.«

»Wissen Sie jetzt endlich, wo Ihr Mann ist?«

»Er hat die Scheidungspapiere abgeholt und sich damit aus dem Staub gemacht«, seufzte sie. »Wohin? Keine Ahnung.«

»Was sagt Ihnen der Name Lou Sorko?«

»Wer ist das?«

»Eine Journalistin. Sie witterte eine große Story. Einen Skandal, in dessen Mittelpunkt angeblich der Abgeordnete Petrell steht. Sie übrigens auch.«

»Phantasievoll, die Dame«, sagte sie mit forciertem Lachen.

»Das war sie vielleicht einmal«, konterte Kubica kalt. »Man hat sie in der Badewanne ertränkt.«

»Und? Was hab da ich damit zu tun?«

»Gute Frage. Geben Sie mir eine Antwort darauf.«

»Was wollen Sie hören?«

»Die Wahrheit. Wissen Sie, ich weiß Bescheid. Über diesen Nigerianer, der bei eurer Strafaktion erschlagen wurde, und über den Deal mit dem ›Express‹, der diese junge Journalistin das Leben gekostet hat. Ihr habt sie aus dem Weg räumen lassen. Von wem, wird noch zu klären sein, aber ihr werdet dafür büßen, das schwöre ich. Alle.«

Dagmar Landauer erschrak. »Wovon reden Sie? Das ist doch absurd.«

Lächelnd legte ihr Kubica seine Visitenkarte auf den Tisch. »Sie spielen das gut«, knurrte er. »Mit dieser Nummer könnten Sie ohne Weiteres als Schauspielerin auftreten. Petrell soll mich anrufen. Ich muss dringend mit ihm reden.« Mit diesen Worten machte er kehrt und ging.

Kaum war Kubica verschwunden, nahm Landauer empört das Telefon zur Hand und rief Helene Andau an.

»Kubica war da«, zischte sie ins Telefon. »Wir stehen alle unter Mordverdacht. Ich will, dass wir uns mit Moritz treffen.«

»Meinetwegen. Und wann?«

»Heute noch.«

115

Die Mutter Oberin zählte knapp sechzig Lenze, hatte graues, lockiges Haar, und wenn sie lächelte, ging die Sonne auf.

Ja, sie war grundgütig, mütterlich und weise, doch was das Klosterleben betraf, verstand sie keinen Spaß. Das wurde Judith Hahn schnell klar, als sie an ihrer Seite den mit weißgrauen Steinplatten ausgelegten Flur bis zu jener Stelle hinabmarschierte, wo in einer Nische eine Marienstatue aus Porzellan stand. Rund um die Figur waren Blumentöpfe und Kerzen platziert.

»Claudia Fuchs«, murmelte die Äbtissin. »Darf ich Claudia zu dir sagen?«

»Selbstverständlich.«

»Der Bitte, dich für ein paar Tage in unserem Kloster aufzunehmen, entspreche ich gern«, sprach sie. »Allerdings musst du dich an unsere Tagesordnung halten. Tagwache um fünf Uhr zehn, Meditation, Laudes, Frühmesse und Frühstück. Danach halten wir Lesegottesdienst und Sext. Mittagessen gibt es um zwölf. Von dreizehn bis siebzehn Uhr widmen wir Schwestern uns der Arbeit. Das ist das Zeitfenster, in dem du das Kloster verlassen darfst. Um siebzehn Uhr beginnt die Vesper. Da solltest du zurück sein. Um achtzehn Uhr gibt es Abendessen, und um zwanzig Uhr halten wir das Abendgebet.«

»Jawohl«, hauchte das Mädchen.

»Im Kloster herrscht Schweigen«, setzte die Äbtissin fort. »Sprecherlaubnis besteht zwischen zwölf und zwölf Uhr dreißig und von neunzehn Uhr dreißig bis zwanzig Uhr. Wenn du bereit bist, dich dem zu fügen, bist du willkommen.«

»Ich möchte hier Frieden finden«, sagte Judith.

»Unser Friede liegt in Gott«, sprach die Äbtissin und führte sie zum Gästezimmer.

»Ich erwarte dich zur Vesper. Eine Schwester kommt dich holen. Und nun hab ich ein Geschenk für dich.«

Lächelnd drückte sie Judith eine dicke Bibel in die Hand. »Lies sie«, sagte sie. »In diesem Buch steckt das ganze Leben. Aber jetzt kannst du dich erst einmal ein wenig ausruhen. Bis später.«

116

Manchmal ist der Mief in diesem Haus kaum auszuhalten, dachte Kubica, öffnete die Bürotür und das Fenster und stellte sich mitten in die Zugluft, um ein wenig Dampf abzulassen.

Zwischen Tür und Angel bat er seinen nach kaltem Zigarettenrauch stinkenden Stellvertreter, sich den Fall Enam Okoye

Attah noch einmal vorzunehmen. Die Akte des Schwarzafrikaners, der in Begleitung der Bildungssprecherin erschlagen worden war, musste ja noch irgendwo aufzutreiben sein. Außerdem sollte Dvorak Erkundigungen darüber einziehen, wie viele Politiker während der letzten drei Monate Sachbeschädigungen, gefährliche Drohungen, Schlägereien, Diebstähle oder Einbrüche angezeigt hatten. Alle diesbezüglichen Unterlagen wollte Kubica bis morgen auf dem Schreibtisch haben.

Was danach im Landeskriminalamt Wien passierte, war eine kleine Sensation. An diesem Dienstag machte Kubica um sechzehn Uhr Dienstschluss. Er sperrte einfach sein Büro zu und ging.

Mit eingeschaltetem Funkgerät im Sakko fuhr er mit der Untergrundbahn bis Heiligenstadt, eilte durch den Karl-Marx-Hof, erreichte den Aussichtsweg und marschierte zügig bergan.

Es war immer noch warm. Als er am Döblinger Freibad vorbeiging, gab es dort noch ziemlichen Lärm, während sich auf der gegenüberliegenden Seite im Fußballstadion Hohe Warte rein gar nichts tat.

In der Perntergasse war es ebenfalls still. Martha und Oscar saßen auf der Gartenterrasse und warteten mit dem Essen auf ihn. Es gab ein wunderbar duftendes französisches Fischragout mit kleinen Kartoffeln und frischem Salat, gefolgt von Kaffee und Kuchen. Nach dem Mahl erzählte Oscar, dass er mit Schulfreunden baden war. Seit seiner Ankunft sei er so unruhig, meinte er. So rastlos. Er habe so viel vor und wisse gar nicht, was er zuerst erledigen solle. Morgen müsse er unbedingt noch weitere ehemalige Klassenkameraden treffen und ihnen von London erzählen. Am Nachmittag wolle er mit Nicole in den Prater.

Neugierig erkundigte sich Kubica nach Zunamen, Alter und Adresse der jungen Dame. Das Verhör durch seinen Vater war Oscar sichtlich peinlich. Amüsiert registrierte Radek, wie ungern sein Junior diese Auskünfte erteilte, und erinnerte sich daran, wie unwohl er sich selber fühlte, wenn man ihn zu Privatem befragte.

Um neunzehn Uhr fuhren Radek und Oscar mit dem Taxi ins

Zentrum, sahen sich im Apollo-Kino einen Film an und gingen in einen Eissalon. Dann rief Marie an. Er solle zu ihr kommen. Sie müsse ihn heute noch sehen. Auf der Stelle.

Also telefonierte Kubica mit Martha, bat sie, im Haus zu bleiben, bis Oscar zu Bett gegangen war, setzte den Jungen in ein Taxi und machte sich auf den Weg.

Eine halbe Stunde vor Mitternacht traf er bei der Gerichtsmedizinerin ein.

117

Als sich Maries Körper unter ihm verspannte, musste Kubica lächeln. Er spürte ihren schwallartig hervorbrechenden Atem und hielt den seinen an. Die sekundenlange Explosion von Seligkeit verebbte in Wellen. Danach war alles ganz leicht, als würde er schweben.

Als sich sein Puls wieder beruhigt hatte, saß Marie am unteren Ende des Bettes. Wohlig brummend rutschte er hoch, bis der Rücken und sein Kreuz die Wand berührten, und zog die Beine an. Unterdessen stand sie auf und kam zu ihm, mit wirrem Haar, die Hände an den nackten Hüften, das Gesicht offen, die Augen groß und klar.

»Hast du mich gern?«, fragte sie, ging auf die Knie und küsste ihn.

»Und wie«, sagte er und ergriff ihre Hand. »Aber ich muss jetzt weg. Dienstlich.«

Ein Eislicht glomm in ihren Augen auf, als er das sagte.

»Geh unter die Dusche«, sagte sie und trat ein paar Schritte zurück. »Danach kommst du in die Küche und trinkst noch einen Kaffee mit mir.«

Folgsam trabte Kubica ins Badezimmer und machte sich frisch. Derweil schlüpfte Marie in Jeans und in ein T-Shirt, holte eine Schachtel aus der Kommode und schlich damit in den Flur. Dort lauschte sie ein wenig dem Rauschen des Wassers, das aus dem Bad drang. Dann huschte sie ins Schlafzimmer, steckte Kubicas Omega in ihren Karton und legte jene Armbanduhr auf das Nachtkästchen, die sie von Rask erhalten hatte. Sie glich Kubicas »Speedmaster« wie ein Ei dem anderen.

Als Kubica wenig später fix und fertig angezogen mit der Armbanduhr am Handgelenk in die Küche kam, umschlang sie ihn und legte den Kopf auf seine Schulter.

»Weißt du was? Ich liebe dich«, flüsterte sie.

Worte, die er nicht oft genug hören konnte. Schön war das, aber heute roch sie anders als sonst, registrierte er. Exotischer. Still streichelte Kubica ihren Nacken und schloss die Augen. Eine wunderbare Nacht, dachte er. Ein Geschenk.

Sorglosigkeit.

Sie beeinträchtigt die Wahrnehmungsfähigkeit und vernebelt den Blick. Ein Fehler, der einem routinierten Mörderjäger wie Kubica nicht passieren durfte. Er sollte sich noch bitter rächen.

118

Als ihn das Taxi in den zweiten Bezirk brachte, war es halb zwei. Bis vor drei Jahren war das Viertel, in dem er ausstieg, noch eine ruhige Wohngegend gewesen, doch seit immer mehr Beisel, Tavernen und Clubs eröffneten, hielten hier die Nachtschwärmer das Heft in der Hand. Auf den Straßen war es laut, in den Lokalen ging die Post ab.

In die Oldtimer-Bar zum Beispiel passten keine zehn Leute mehr hinein, als Kubica eintraf. Ein Klavierspieler spielte gepflegten Jazz, es herrschte ausgelassene Stimmung. Der Keeper, dem der Oberst seine Fotos zeigte, erkannte Lou Sorko auf der Stelle. Mit Rudolf Landauer konnte er weniger anfangen. Somit empfahl er ihm den Kontakt mit den männlichen Stammgästen, die an den Tischen nahe der Eingangstür hockten.

Unverdrossen fragte sich Kubica dort durch. Vorerst vergebens. Dann jedoch kam er mit einem Typen in Boss-Orange-

Jeans, weißem Polo, mit blond getönten Haaren und gebleichten Zähnen ins Gespräch.

»Ja«, erzählte der. »Ich hab die zwei bemerkt. Sie saßen da drüben und haben gequatscht. Mit zusammengesteckten Köpfen, wie man das halt so tut, wenn man etwas ausbrütet.«

»Und was ist dir sonst noch aufgefallen?«

»Als sie die Bar verließen, parkte auf der Straßenseite gegenüber ein dunkler Sportwagen aus und fuhr eine Weile ganz langsam hinter ihr her. Ein Jaguar.«

Von so einem Auto hab ich doch schon einmal gehört, überlegte Kubica. Wo? Daran erinnerte er sich nicht mehr.

»Wer hat den Wagen gelenkt?«, fragte er. »Ein Mann oder eine Frau?«

»Kann ich nicht sagen. Das Ding hatte getönte Scheiben.«

Es dauerte eine Weile, bis Kubica den Mann dazu überreden konnte, ihn zur nächsten Polizeiinspektion zu begleiten. Dort nahm er die Angaben des Zeugen zu Protokoll und ließ ihn mit einem Streifenwagen zurück zur Bar bringen.

Kurz vor vier fuhr Kubica nach Hause. Inzwischen war er hundemüde. Schon im Taxi fielen ihm die Augen zu.

119

Zum selben Zeitpunkt betrat der Landeskriminaldirektor das Mehrparteienhaus, in dem er zu Hause war. Wie ein lecker Kahn auf stürmischer See torkelte er über die Treppe nach oben. Er hatte zu viel getrunken. So viele Versuche wie diesmal hatte er noch nie benötigt, um den Schlüssel im Zylinderschloss seiner Wohnungstür unterzubringen. Fluchend schloss er endlich auf und betrat die finstere Diele.

Außer dem Ticken der Wanduhr in der Küche links von ihm war es totenstill. Müde legte er den Kopf in den Nacken, gähnte laut, streckte die Arme zur Seite und dehnte sich nach oben, um seinen schmerzenden Rücken zu entlasten. Dabei kam ihm wieder einmal seine Kriminalstatistik in den Sinn. Die Zahlen hinkten so weit hinter den Vorgaben des Ministeriums hinterher, dass er sie selbst mit den raffiniertesten Tricks nicht mehr hinbekommen konnte. Die Reibereien mit der Personalvertretung wegen der zunehmenden Überbelastung der Mitarbeiter lagen ihm auch im Magen, und über die Scheiße, in die er wegen der Sache Petrell noch geraten könnte, wollte er gar nicht erst nachdenken.

Schwankend wie ein blinder Tanzbär tastete er die Wand nach dem Lichtschalter ab, als etwas seinen Hinterkopf berührte. Rundes, kaltes Metall. Da hielt ihm jemand eine Knarre an den Kopf. Wie ein Messerstich fuhr ihm die Angst in die Glieder.

»Geh ins Wohnzimmer«, flüsterte eine Stimme. »Auf dem Tisch liegt etwas für dich. Befolge unsere Anweisungen, sonst komm ich wieder.«

Von einer Sekunde auf die andere war Stankovic nüchtern wie ein Besenstiel. Ein riesiger Stein kullerte ihm vom Herzen, als er das Geräusch von Schritten hörte, die sich entfernten, während die offene Haustür in seinem Rücken klatschend ins Schloss fiel.

Schwitzend drehte er das Licht an, stützte sich an der Wand ab, spürte dem Zittern seiner Knie nach und wartete, bis sich seine Nerven beruhigt hatten. Sobald er wieder Kraft in den Beinen spürte, tappte er ins Wohnzimmer, wo er tatsächlich ein Päckchen fand. Mit bebenden Händen öffnete er es, beäugte misstrauisch das kleine viereckige Metallstück, das darin lag, und studierte den Beipackzettel. Danach wusste er, was er mit diesem Ding anstellen sollte.

Die Anordnungen trieben ihm den Schweiß auf die Stirn. Tat er, was man von ihm verlangte, wurde er noch erpressbarer, weigerte er sich, drohten unabsehbare Konsequenzen.

Aber hallo. Hatte er eine Wahl? Er war doch sowieso schon zu weit gegangen. Ein Zurück gab es nicht mehr. Durchtauchen, dachte er. Hoffen und beten. Mit diesem Gedanken warf er sich aufs Sofa und schloss die Augen. Er schlief sofort ein.

120

Als Kubica in Heiligenstadt in die Untergrundbahn stieg, während er noch mit Dvorak telefonierte, war es neun. Zwanzig Minuten später kam er am Schottenring an. Um ein Haar rammte er dabei Moritz Petrell, der direkt vor der U-Bahn-Station stand und ihn erwartete.

Wieso wusste der Kerl, wo er war? Zufall? Gab es den überhaupt?

Der Abgeordnete unterbrach Kubicas Denkprozess mit einem freundlichen Lächeln.

»Sie haben mir Ihre Karte zukommen lassen«, sagte er, ohne das Lächeln ganz abzuschalten.

Der Chef der Mordkommission nickte.

»Wollen Sie in einem Kaffeehaus mit mir sprechen, oder darf ich Sie ein Stück begleiten? Mir wäre ein Gespräch an der frischen Luft natürlich lieber. Da könnte ich ein bisschen Sauerstoff tanken.«

»Ein Spaziergang?«, murmelte der Oberst. »Warum nicht? Von mir aus.«

Also gingen sie los, und die Mauern der Rossauer Kaserne vor ihnen glühten im Licht des noch jungen Morgens. Blutrot. Die messerscharfen Ecken und Kanten der von Zinnen gekrönten Ecktürme sprangen Kubica ins Auge. An den Brüstungen für die kaiserlichen Geschützbatterien brach sich prall das Sonnenlicht. Erbaut im Jahre 1848, hatte die rote Backsteinfestung am Donaukanal als zentrumsnahe Festung die aufsässigen Bürger Wiens in Schach halten sollen. Das waren noch Zeiten, dachte der Oberst, heutzutage wehrt sich die Obrigkeit mit subtileren Mitteln gegen unliebsame Subjekte. Da ging man raffinierter zu Werke.

»Es geht um den Mord an der Journalistin Lou Sorko«, sagte er, als sie die Straße überquerten. »Der Gatte Ihrer Stabschefin behauptet, Sie hätten sie aus dem Weg räumen lassen.«

»Exgatte«, korrigierte ihn Petrell. »Dagmar und Rudi sind geschieden.«

»Ich weiß«, erwiderte Kubica.

»Diese Anschuldigungen sind ungeheuerlich«, sagte Petrell dann wenig überraschend.

»Und? Wie sieht Ihre Version aus?«

»Ich weiß nicht, ob Sie wissen, dass ich Witwer bin«, erzählte Petrell. »Meine schwangere Frau kam auf der Westautobahn ums Leben. Sie war Opfer eines illegalen Autorennens, das sich Asylwerber lieferten. Mit gestohlenen Fahrzeugen, ohne Führerschein. Danach lebte ich eine Zeit lang wie in Trance. Frauen ging ich aus dem Weg, doch dann stellte sich Dagmar vor, begann für mich zu arbeiten, und es funkte. Rudi erwischte uns in flagranti und war natürlich verbittert. Er drohte, mich fertigzumachen, zog aus der gemeinsamen Wohnung aus und tauchte unter. Womöglich erklärt das ja die abstruse Geschichte, mit der er da hausieren geht. Oder –«

»Immerhin hat jemand auf ihn geschossen«, unterbrach Kubica den Abgeordneten. »Können Sie sich vorstellen, warum?«

»Wahrscheinlich hat er sich mit den falschen Leuten angelegt.«

»Was heißt das?«

»Soviel ich weiß, hat gestern ein albanischer Geschäftsmann Anzeige gegen ihn erstattet. Der Mann besitzt eine Dachdeckerfirma mit fünf Filialen und hat sich um eine Förderung des Landes Wien beworben. Landauer versprach, dem Ansuchen stattzugeben. Für zehntausend Euro in bar. Vielleicht hat er ja auch schon andere auf diese Art und Weise erpresst. Da ist es leicht möglich, dass ihm jemand einen Denkzettel verpassen wollte.«

»Wissen Sie, wo Rudolf Landauer ist?«

»Nein, aber weit wird er nicht sein. Ihr findet ihn schon. Hoffentlich kann man die Sache dann diskret regeln. Ohne Aufsehen. Wissen Sie, Unruhe ist für mich jetzt ausgesprochen schädlich. Ich muss auf mein Image achten. Mit meinem Engagement für den Öxit mache ich mir Feinde. Mächtige Feinde. Die schrecken vor nichts zurück. Vor Rufmord schon gar nicht. Dass der Gatte meiner wichtigsten Mitarbeiterin kriminell wurde, könnte mir schaden. Dass ich versuche, den Schaden abzuwenden, werden Sie hoffentlich verstehen. Falls Sie also weitere Fragen an mich haben, stehe ich Ihnen jederzeit zur Verfügung, aber bitte lassen Sie die Medien aus dem Spiel.«

»Auf Wiedersehen«, erwiderte Kubica kühl.

»Danke für Ihre Zeit, Herr Oberst. Alles Gute.«

Mit einem leichten Nicken verabschiedete sich der Abgeordnete und ging.

Versonnen blickte ihm Kubica nach.

»Es ist nichts so fein gesponnen«, murmelte er düster. »Es kommt alles ans Licht.«

121

Zurück zu Stankovic. Schweren Herzens setzte der zum selben Zeitpunkt seinen Fuß auf die Treppe und nahm Kurs auf das Polizeipräsidium.

Sein Gang war weder zu langsam noch zu schnell, als er das Gebäude betrat, den Gruß der Torwache entgegennahm, die Halle durchquerte und mit dem Aufzug ins Untergeschoss fuhr. Dort marschierte er durch einen kahlen, fensterlosen Korridor, der seine Schritte hallen ließ wie in einer Kirche. Am Ende des Flurs war eine Brandschutztür. Er öffnete sie.

Nun stand er in der prall gefüllten Dienstgarage. Hier parkten Busse, Mannschaftstransportwagen, Spezialfahrzeuge für den Einsatz bei Demonstrationen, der Wagenpark der Observationsteams und eine Unzahl von zivilen Dienstautos der Kriminalpolizei. Manche gewaschen und poliert, andere verdreckt, alle aber wie die Orgelpfeifen dicht nebeneinander aufgestellt.

Die Kameras an der Garagendecke passten dem Landeskriminaldirektor gar nicht. Auf die musste er achten. Umständlich setzte er eine dunkle Sonnenbrille auf und spazierte durch die Fahrzeugreihen. Kriminalbeamte und Uniformierte, die ihm begegneten, salutierten erstaunt oder grüßten. Stankovic nickte kühl und eilte weiter.

Es dauerte, bis er Kubicas Audi fand. Angespannt trat er näher, stellte seine Aktentasche hinter das Heck und öffnete sie. Dann holte er den mit einer Magnethalterung versehenen Sender hervor und drückte ihn auf die Bodenplatte des Wagens, zentral unter dem Kofferraum. Stankovic atmete tief durch. Geschafft, dachte er, schnappte die Tasche, stand auf und marschierte weiter, als wäre nichts passiert.

Er hatte Glück. Niemand nahm Notiz von ihm, als er das Polizeiparkhaus wieder verließ. Weder im Korridor noch im Lift stieß er auf Menschen. Erst in der Eingangshalle, durch die er zum Ausgang marschierte, traf er wieder auf Publikum. Draußen war es heiß. Im gleißenden Sonnenlicht spazierte er gut dreißig Meter in Richtung Donaukanal, wobei er hektisch telefonierte. In kurzen, klaren Sätzen erteilte man ihm weitere Instruktionen. Das half. Seine Aufregung legte sich. Er wurde ganz ruhig.

Die dunkle Limousine, von der beim Telefonat die Rede gewesen war, parkte in der nächsten Seitengasse. Rask saß am Steuer.

Aufatmend warf der Landeskriminaldirektor die Dossiers über den Leiter seiner Mordkommission und dessen Stellvertreter durch die offene Seitenscheibe, machte kehrt und eilte zurück zum Schottenring.

Es ist vollbracht, dachte er. Hoffentlich ließ man ihn von nun an in Ruhe.

122

Die Bombe platzte während der Nachrichten um elf. Die Zusage des Kanzlers, im Sinne des EU-Umverteilungsprogrammes zusätzliche Flüchtlinge in Österreich aufzunehmen, habe das Fass zum Überlaufen gebracht, erklärte Petrell. Beim kommenden Bundesparteitag werde er kandidieren.

»Sobald ich Kanzler bin, beschließen wir ein Gesetz zum

Austritt Österreichs aus der Union«, versprach er. »Wobei natürlich das Volk das letzte Wort hat«, schränkte er ein. »Wir machen eine Volksabstimmung. Laut Meinungsumfragen sind mehr als sechzig Prozent der Bürgerinnen und Bürger für den Öxit. Wenn wir Demokratie ernst nehmen, muss uns das ein Auftrag sein.«

»Industrie und Banken warnen aber doch immer noch eindringlich vor diesem Schritt«, warf der Moderator ein.

»Das sind Einzelinteressen Privilegierter. Darauf dürfen wir keine Rücksicht nehmen«, konterte Petrell. »Es geht ums Ganze. Die EU löst keine Probleme. Sie erzeugt sie. Wir müssen raus, und zwar schnell, sonst gehen wir unter.«

»Sprüche, die Sie von den Freien Demokraten abgekupfert haben.«

»Nein, nein. Die wollen ja immer nur etwas beenden«, entgegnete Petrell. »Ich hingegen will ja etwas beginnen. Polen, Tschechen, Slowaken und Ungarn sind ähnlich enttäuscht von der Union wie wir. Mit diesen Nachbarn verbindet uns eine glorreiche gemeinsame Vergangenheit. Damit haben wir eine gute Basis für eine gemeinsame Zukunft. Kleine Staatenbünde mit gemeinsamer Sicherheitspolitik wären eine gute Sache. Das täte Europa wirklich gut.«

»Ist das Ihre Utopie?«

»Ohne Visionen gibt es keinen Fortschritt«, parierte Petrell. »Aber ich will natürlich mehr. Dass Frauen und Männer für gleiche Arbeit auch wirklich denselben Lohn erhalten, zum Beispiel. Ich werde neue Arbeitsplätze schaffen und das jahrelange Lohndumping beenden. Die Leute müssen von ihrer Arbeit endlich wieder leben können. Eine Ausdehnung der Befugnisse unserer Polizei steht auch auf meiner Agenda.«

»Die Zeit für Wahlreden kommt schon noch«, meinte der Moderator und setzte dem Redefluss des auskunftsfreudigen Abgeordneten ein Ende.

»Die Leute haben Anspruch darauf, zu wissen, woran sie mit mir sind«, fauchte Petrell.

Der ORF-Journalist ging nicht darauf ein. »Danke, Herr Abgeordneter, dass Sie mein Gast waren«, sagte er stattdessen und kündigte lächelnd den nächsten Beitrag an.

Der interessierte allerdings kaum mehr jemanden. Petrells Ankündigung war *die* Sensation des Tages.

Danach stand ganz Österreich unter Strom.

123

Ach, wie schön. Der Zirkus war da. Mit einem Riesenzelt, dicken Autos, abgekoppelten, in einem Halbkreis aufgestellten Wohnwagen, den üblichen zwangsdressierten Tieren und einer Schar von Artisten. Es roch animalisch, und es war hektisch und laut. Typische Zirkusmusik gab es auch. Sogar einen Song aus dem Sgt.-Pepper-Album der Beatles. Marie Haller konnte sich kaum davon losreißen, als sie in ihrer Mittagspause um das Zelt spazierte.

Was sie an den Zirkuskünstlern so liebte?

Die Perfektion, mit der sie die Zuschauer zum Staunen brachten, ihnen etwas vorgaukelten, sie manipulierten. Diese Leute beherrschten die Kunst der Menschenverführung mit meisterlicher Perfektion. Wie sie selbst. Damit waren sie verwandte Wesen.

Am meisten mochte sie die Clowns. Ihre vorgetäuschte Tollpatschigkeit, mit der sie ihre ausgezeichnete Körperbeherrschung tarnten. Die stoische Gelassenheit, mit der sie Spott und Hohn des Publikums hinnahmen. Ihre beständig gute Laune. Ihr lautes Lachen. Es war so wunderbar falsch. Ja, die Spaßmacher und Possenreißer verstanden ihr Handwerk. Von denen konnte man viel lernen.

Kubica fiel ihr ein. Spontan rief sie ihn an, doch er hob nicht ab, also hinterließ sie eine Nachricht auf seiner Sprachbox. Darin bat sie ihn, sie zur heutigen Abendvorstellung zu begleiten. Nun, da Radeks Sohn Oscar im Spiel war, musste sie ja kreativ sein. Gute Einfälle waren gefragt, um Radeks Feuer für sie am Lodern zu halten.

Das war ihr nämlich wichtig. Sehr sogar. Mehr als alles andere auf der Welt.

124

Am frühen Nachmittag wurde es so heiß, als hätten sich plötzlich die Pforten der Hölle geöffnet. Auf den Straßen glänzte der Asphalt, als wäre er von Schweiß überzogen. Im Schatten des Landeskriminalamtes stand Dvorak und rauchte. Kubica lehnte neben ihm, die linke Hand in der Hosentasche vergraben. Sein Blick klebte am Boden. Er dachte nach.

»Zu den zwei Typen, die diesen Schwarzafrikaner erschlagen haben, existiert also immer noch bloß eine vage Personenbeschreibung«, sagte er enttäuscht.

»Leider«, bestätigte Dvorak. »Sie haben Handschuhe getragen, es wurden keine DNA-Spuren gefunden, und ein anderer lohnender Ermittlungsansatz ist nicht erkennbar. Der Fall ist hoffnungslos.«

»Und sonst?«

»Während der letzten drei Monate gab es insgesamt sieben Anzeigen, die von heimischen Politikerinnen und Politikern erstattet wurden. Dabei ging es um zwei erschlagene Hunde, eine ersäufte Katze, drei Autos mit zerkratztem Lack und zerstochenen Reifen und eine Wohnung, die unter Wasser gesetzt wurde. Es gab weder Spuren noch Zeugen.«

»Das sind Fakten, die Rudolf Landauers Angaben durchaus bestätigen«, stellte Kubica klar. »Gibt es Neuigkeiten über ihn?«

»Ja«, antwortete der Chefinspektor stolz. »Nach dem Treffen mit dir ist er noch am Sonntag nach Sydney geflogen, kam jedoch bei seinem Bruder nie an. Eine Anzeige wegen versuchter Geschenkannahme liegt der Staatsanwaltschaft vor. Die Kollegen vom Betrugsdezernat stellen uns die Akte morgen zur Verfügung. Der Fall könnte allerdings eingestellt werden, weil bei Wirtschaftsdelikten kein Auslieferungsabkommen zwischen Österreich und Australien besteht.«

Kubica schüttelte den Kopf und schwieg. »Dagmar Landauer ist der Schwachpunkt in Petrells Plan«, mutmaßte er nach einer Weile. »Ich bestelle sie zum Verhör. Womöglich wird sie dann nervös. Außerdem müssen wir endlich Judith Hahn finden. Mit hoher Wahrscheinlichkeit stammt der Laptop, den sie bei sich hat, aus Lou Sorkos Besitz. Wie kann sie an die Sachen rangekommen sein?«

»Ihr krimineller Freund hat das Zeug gestohlen und ihr dann geschenkt«, sagte Dvorak, warf lässig den Zigarettenstummel weg und heizte sich einen neuen Glimmstängel an.

»Das wäre denkbar«, überlegte Kubica laut. »Fragt sich, wem er das Gerät geklaut hat. Lou Sorko oder ihrem Mörder?«

Dvorak schwieg.

»Und warum hat sich die Kleine ein Zimmer besorgt, während ihr Herzblatt in Wien einen Bankraub durchzog?«, fragte Kubica.

»Weil sie abhauen wollte«, brummte Dvorak. »Deshalb hat sie sich auch die Beute aus den Raubüberfällen auf den Waffenhändler und die Bäckerin unter den Nagel gerissen.«

»Als Startkapital«, ergänzte Kubica. »Ich wette, sie hat was auf dem Laptop entdeckt, das sie zu Geld machen will. Ohne einen Beschützer. Allein.«

»Ja, dann ergäbe das plötzlich alles einen Sinn. Aber wenn das wirklich der Fall ist, tappen wir da in ein Minenfeld.«

»Vielleicht sind wir ja schon mittendrin«, sagte Kubica.

Eine Bemerkung, mit der er den Nagel genau auf den Kopf traf.

125

Vierzehn Uhr fünf. Misstrauisch beäugte das füllige Fräulein mit dem pechschwarz gefärbten Haar erst einmal die Straße, ehe es das Kloster verließ. In einem angenehm leichten lindgrünen Leinenkleid stapfte Judith Hahn Richtung Zentrum. Eine schicke braune Handtasche pendelte an ihrer Hüfte, sie hatte bequeme Schuhe an den Füßen und einen Stadtplan in der Hand, auf dem ein paar Geldinstitute markiert waren.

Die erste Bank war bloß zehn Minuten entfernt. Eine kleine Filiale mit wenig Kundschaft. Eine alte Frau hob gerade Geld ab, und ein Mann stand an einem Automaten und führte eine Überweisung durch. Mehr tat sich nicht. Ach ja, eine strohblonde Kassiererin unterhielt sich mit ihrem Chef, und ein wenig abseits hockte ein junger Bankmitarbeiter vor dem Computer und schrieb. Er bemerkte Judith gar nicht, als sie ans Kundenpult trat.

»Ich will bei Ihnen ein Konto eröffnen«, sagte sie, worauf er knallrote Ohren bekam, aufsprang und zu ihr eilte. Sie ließ ein geheimnisvolles Mona-Lisa-Lächeln vom Stapel, ehe sie fortfuhr. »Neuntausend Euro. Ich hab sie mit dabei.«

Der gut aussehende Typ im grauen Anzug blickte sie verblüfft an.

»Was ist denn? Wollen Sie mein Geld nicht?«, fragte sie schnippisch, und eine kleine verdrossene Falte erschien zwischen ihren hellen Augen.

»Doch«, rief er erschrocken und räusperte sich. »Darf ich Ihnen eine Tasse Kaffee anbieten?«

»Gern«, antwortete sie und schob ihm ihren Reisepass und das Kuvert mit den Banknoten zu. Der erste Einsatz ihrer gefälschten Dokumente stand unmittelbar bevor. Das machte sie ein wenig nervös. Überflüssigerweise.

Die Premiere war nämlich ein Erfolg. Judith bekam ein Sparbuch, eröffnete auch noch ein Girokonto und ließ sich eine Bankomatkarte ausstellen. Innerhalb kürzester Zeit waren alle Formalitäten erledigt, und sie eilte weiter.

Eine halbe Stunde später eröffnete sie in einer Sparkasse vier Straßen weiter ein zweites Konto in der Höhe von fünftausend Euro. Anschließend brauste sie mit der Untergrundbahn in den angrenzenden Bezirk, besuchte ein spanisches Restaurant, trank ein Glas Rotwein und rief den Abgeordneten Petrell an.

»Legen Sie ja nicht auf«, sagte sie in forschem Ton.
»Was ist denn?«, fragte er.
»Ich will hunderttausend Euro.«
»Wofür?«
»Für ein MacBook Pro mit furchtbar interessanten Dateien. Mein Angebot ist ein Schnäppchen, denke ich.«
»Ich hab keinen Schimmer, wovon Sie reden, aber ich kaufe das Gerät, damit Sie mich in Ruhe lassen«, erwiderte der Mann am Telefon. »Zum Preis von achtzigtausend. Wie kann ich Sie erreichen?«
»Beschaffen Sie meine Hunderttausend in bar«, erwiderte sie. »Sonst geht das Material an die Medien in Deutschland. Wie wir das Geschäft im Detail abwickeln, erkläre ich Ihnen später.«
Zufrieden legte sie auf, zahlte und machte sich davon. Weil schräg gegenüber soeben die Straßenbahn hielt, überlegte sie nicht lange, lief zur Haltestelle und sprang hinein. Kaum bog die Tramway in die nächste Gasse ein, rauschten zwei Streifenwagen heran und riegelten die Straße ab. Dann stoppte der Audi mit Kubica und Dvorak. Einen Hauch zu spät.
Schon wieder.

126

Dass in dieser Bude nichts mehr zu holen war, sah Kubica auf den ersten Blick. Bis auf das verliebte Paar am Fenster, das schmuste, als gäbe es kein Morgen, und die drei Männer, die mit gesenkten Köpfen Tapas und Tortillas aßen, war die Bodega leer. Trotzdem kontrollierten sie die Toiletten und durchsuchten die Küche. Erfolglos.
Der Kellner, den Kubica befragte, hatte Schmutz unter den Fingernägeln, fettig glänzendes Haar und roch nach billigem Rasierwasser. Sein öliges Lächeln war widerlich, doch er konnte Judith Hahn und ihr neues Outfit ziemlich gut beschreiben. Danach war Kubica eigentlich ganz optimistisch. Eine junge

schwarzhaarige Frau in grünem Kleid musste doch zu finden sein.

»Sie hat telefoniert«, erzählte der Spanier und rollte vielsagend mit den Augen. »Wahrscheinlich mit ihrem Freund.«

Irgendjemand in Kubicas Rücken kicherte. Gereizt fuhr er herum.

»Los«, knurrte er die zwei fröhlichen Uniformierten an und deutete zur Tür. »Gebt die Personenbeschreibung an alle zur Fahndung raus. Durchkämmt das Viertel, checkt die Geschäfte und die Restaurants. Findet sie.«

Mit schuldbewusster Miene rückten die zwei jungen Beamten ab. Dafür stürmte jetzt Dvorak zur Tür herein.

»Die Kollegen von der Telefonüberwachung schicken dir die Tonaufzeichnung auf dein Handy«, sagte er. »Es geht um Erpressung. Sie will hunderttausend Euro.«

»Wie ist sie hierhergekommen, Franz?«, fragte der Oberst.

»Taxi, Straßenbahn, Bus oder U-Bahn.« Dvorak zuckte die Achseln.

»Ich will das genau wissen«, zischte Kubica. »Schaut euch die Kameras in den U-Bahn-Stationen an, redet mit den Straßenbahnlenkern und den Taxichauffeuren. Klemmt euch dahinter. Macht schnell.«

»Und du?«

»Ich hab da einen Gedanken in Bezug auf Bakota. Dem muss ich jetzt nachgehen.«

Als sie das Restaurant verließen, gab man draußen soeben den Fahrzeugverkehr wieder frei. Sekunden später glitt ein schwarzer Jaguar mit dunklen Scheiben an ihnen vorbei. Der Wagen schwebte über die nächste Kreuzung, als sei er nicht von dieser Welt. Anschließend zerfiel er in der flirrenden Luft zu einem unförmigen Nichts.

Ein Trugbild war das, kein Auto.

Eine Fata Morgana.

127

»Wie, sagtest du, orten sie das Miststück?«

Dagmar dachte einen Moment lang angestrengt über diese Frage nach. Dabei wurde ihr Blick ganz scharf, ehe er langsam wieder an Konturen verlor.

»Über ihr Handy«, seufzte sie. »Aber keine Sorge. Wir haben alles im Griff.«

»Was habt ihr?«, bellte Petrell. Wenn er jetzt nicht aufpasste, brannten bei ihm die Sicherungen durch. So ein blödes Gerede. Was glaubte sie denn? Er war doch kein Idiot.

»Sie zeichnen ihre Gespräche auf«, fauchte er. »Die wissen doch jetzt, wen sie da gerade angerufen hat.«

»Stankovic regelt das für uns«, versprach sie. Mit einem Lachen, das genauso unecht war wie ihr gesamter zur Schau gestellter verdammter Zweckoptimismus. Substanzloses Gequatsche. Petrell brauchte keine Beruhigungspillen, er brauchte Ergebnisse.

»Das langt nicht«, erwiderte er.

»Hast du eine bessere Idee?«

»Noch nicht, aber das kommt noch. Willst du mir jetzt bitte endlich exakt sagen, wo ich dieses Arschloch von Rudi erreichen kann?«

»Bei seinem Bruder in Australien.«

»Du lügst.«

Dagmar schluckte, und ihre Lippen verdünnten sich, bis sie so schmal waren wie ein gespannter Bindfaden. Dann schüttelte sie den Kopf so heftig, dass ihr die Haare ins Gesicht fielen.

»Was ist mit dieser Anzeige?«, fragte sie nervös.

»Das war nicht meine Idee«, konterte Petrell.

»Egal. Hat er getan, was man ihm vorwirft?«

Jetzt vermischte sich der Geruch ihres von Pfefferminzbonbons geschwängerten Atems mit einem ganz besonderen Geruch. Mit dem Dunst der Angst.

»Klar«, log er. »Er hat sich schmieren lassen, und jetzt hat ihn die Kripo am Arsch. Wenn das die Presse erfährt, ist der Teufel los.«

»Soll er sich stellen?«

»Bist du verrückt?«

»Dann weiß ich auch nicht mehr weiter.«

»Er soll einen Brief schreiben, in dem er seine mündliche Aussage widerruft«, fauchte Petrell gereizt.

»Seit dem Abflug nach Sydney kann ich ihn nicht mehr erreichen.«

»Dann muss ich das anders regeln.«

»Oh Gott«, flüsterte sie.

»Den gibt es nicht«, schnauzte er sie an. »Die Hölle, ja, die existiert. Die hab ich erlebt. Schon oft.«

Gereizt stürmte er hinaus. Kaum stand er im Freien, wählte er die Nummer von Helene Andau.

»Wir müssen reden«, sagte er. »Sofort.«

128

Das Problem, vor dem Kubica stand, als er gegen siebzehn Uhr wieder ins Büro kam, war die Unterstützung. Besser gesagt der Mangel daran. Eine offizielle Sonderkommission zur Klärung des Mordes an Lou Sorko war nicht eingerichtet worden. Aus Kostengründen. Ohne Einschreiten der Personalvertretung wäre nicht einmal mehr die Bezahlung von Dvoraks Überstunden gesichert, die der in Kubicas Auftrag laufend schob.

Einsam und verlassen saß der Oberst am Schreibtisch, verdrückte zwei Wurstsemmeln und wechselte ein paar Worte mit Anne in London. Er berichtete von Oscar, doch ihre Stimme klang fremd und feindselig, und sie sprach bloß das Notwendigste mit ihm. So kam ihm während des Telefonates auch wieder einmal der polnische Büffelgraswodka in den Sinn, den er früher so gerne getrunken hatte. Also beendete er das unerfreuliche Gespräch und schluckte ein Edyrileum. Danach fühlte er sich besser. Das Ende einer Liebe ist ein deprimierender Prozess, dachte er. Ein Absterben bei lebendigem Leibe. Unaufhaltsam.

Unumkehrbar. Ja, Anne war verstimmt, aber dass sie für seine Situation so überhaupt kein Verständnis aufbrachte, enttäuschte ihn.

Langsam blätterte er die Akten durch, die Dvorak zum Thema Amel Bakota für ihn zusammengetragen hatte. Dabei verblassten die Gedanken an seine Exfrau wieder, und er stieß auf eine Information, die eine spezielle Arbeitsweise des toten Bosniers betraf.

»Tankstellen«, zitierte er aus einem schriftlichen Bericht. »Der Kerl hat Fahrzeuge ausgeräumt, deren Lenker gerade ihren Sprit bezahlten. Er hat Sorkos Laptop und Handy aus einem Auto geklaut. Das ist die Lösung.«

Herauszufinden, wo man in der Nähe von Lou Sorkos Wohnung tanken konnte, war nicht sonderlich schwierig. Hastig notierte sich Kubica vier Adressen.

Damit zog er dann los.

129

Ja, Geldverdienen konnte so wahnsinnig einfach sein. Die Tankstelle war eine Goldgrube. Alle Zapfsäulen besetzt, sieben Fahrzeuge in Warteposition, und die Autowaschanlage lief im Dauerbetrieb.

Hoffnungsfroh parkte Kubica den Audi neben der Ausfahrt, spazierte durch das Areal und sah sich um. Über dem Eingang zum Verkaufsraum hing eine Videokamera, mit der das Personal die Tankvorgänge überwachte.

Ausgezeichnet, freute sich der Oberst und betrat das niedrige Gebäude mit dem Flachdach und den großen Fensterflächen, durch die das Sonnenlicht wie eine riesige Welle ungebremst einfiel.

»Polizei«, schnarrte er und ließ die Kassiererin seinen Dienstausweis sehen. »Ist euer Chef zu sprechen?«

Das Fräulein war verstört. Nervös bat es ihn um ein wenig Geduld. Also setzte er sich in ein muffiges Nebenzimmer, nippte an einem Becher Kaffee, blätterte in einer Zeitung und schlug damit die Zeit tot.

Zehn Minuten später erschien ein junger Mann. Er sei Türke und der Boss hier, erklärte er stolz.

»Kubica. Landeskriminalamt Wien, Mordkommission. Ich brauche ein paar Auskünfte zur Nacht von Freitag, dem 14., auf Samstag, den 15. Juli.«

»Ist schon eine Weile her.«

»Tatsächlich?«, schnaubte Kubica. »Sie leiden aber nicht an Alzheimer, oder? Ich will wissen, ob in dieser Nacht etwas aus dem Wagen einer Kundschaft verschwunden ist. Klingelt es da bei Ihnen?«

»Ja. Ich hatte zwar damals keinen Nachtdienst, aber ich glaube, Ömer hat mir was erzählt.«

»Wer?«

»Ömer Celik. Er arbeitet nicht mehr bei mir.«

»Wieso?«

»Weil er gekündigt hat.«

»Und was ist damals passiert?«

»Ein Laptop und ein Handy sind aus einem Auto weggekommen.«

»Farbe? Type?«

»Soll ein Jaguar gewesen sein. Dunkel lackiert.«

»Ihr habt eine Videokamera. Wie lange bewahrt ihr die Aufzeichnungen auf?«

»Drei Tage.«

»Mist.« Kubica seufzte enttäuscht. »Ömer Celik. Wo wohnt der?«

»Da müsste ich in meiner Personaldatei nachsehen.«

»Ich brauche die Adresse«, bellte Kubica. »Heute noch. Jetzt. Also suchen Sie endlich die Daten raus. Und beeilen Sie sich. Es pressiert.«

Ein Blick auf die Uhr. Es wurde immer später, und Kubica stand unter Zeitdruck, denn die Abendbeschäftigung, für die er sich entschieden hatte, war prekär. Angespannt kniete er mit seinem Freund Wozzek vor Marie Hallers Wohnungstür.

»Karl-Heinz Haller hat seine Frau also gar nicht betrogen?«, fragte er.

»Nein«, sagte Wozzek und grinste. »Aber sie ihn. Das konnte er sogar beweisen. Mit Bild- und Tonmaterial, das ihm ein Privatdetektiv namens Mehlich besorgt hat, der jetzt im Ausland lebt.«

»Das heißt, Marie lügt.«

»Und wie«, antwortete Hochwürden.

»Was hat sie mit Petrell zu schaffen?«

»Darüber ist nichts bekannt, aber eine besondere Verbindung zu ihm existiert, sonst hätte sie Rask nicht getroffen.«

»Das ist auch so ein sonderbarer Typ. Was weißt du von dem?«

»Er ist der Sohn einer alleinerziehenden Textilarbeiterin, war Berufssoldat, kündigte, kaufte ein Kampfsportcenter, ging damit pleite und wechselte zu einer Sicherheitsfirma, wo er Geldtransporte begleitete. Danach gründete er eine Detektei, die er aber bloß drei Monate lang betrieb.«

»Was sagt denn Maries Exmann über sie?«

»Dass sie falsch ist wie die sprichwörtliche Schlange.«

»Fein«, erwiderte Kubica. »Dann beeilen wir uns besser, bevor sie daherkommt und uns hier erwischt.«

»Ja, ja.« Andächtig zog der Pfarrer ein Gerät von der Größe eines i-Pads aus der Tasche. »Mach dir keine Sorgen. Der Chefarzt der pathologischen Abteilung der Universitätsklinik führt sie in den Zirkus aus und lädt sie zum Essen ein. Das dauert, glaub mir.«

»Wie hast du denn das wieder eingefädelt?«, wollte Kubica wissen.

»Betriebsgeheimnis.« Lässig entsperrte Wozzek den Code seines Zauberkästchens und wartete, bis am Display eine rote Zahlenkombination erschien. Dann drückte er die Enter-Taste.

»Die Alarmanlage ist jetzt lahmgelegt«, strahlte Hochwürden wie ein verhaltensauffälliges Kind nach einem gelungenen Brandanschlag. Dann machte er sich mit einem Spezialwerkzeug über die Wohnungstür her. Sekunden später hörte man ein leises Klicken.

»Klopf an, tritt ein, du wirst willkommen sein.« Mit einladender Geste öffnete der Pfarrer die Tür. Wie zwei Schatten huschten sie in Maries Apartment.

»Wonach suchen wir?«, flüsterte Wozzek.

»Nach schwarzem Schmuck.«

Sie arbeiteten rasch und konzentriert. Der Geistliche im Wohnzimmer, Kubica im Schlafraum, wo er nach einer Weile im Kleiderkasten auf eine kleine versteckte Lade stieß. Dort lagen Maries Juwelen. Der Ring aus Weißgold mit einer pechschwarz funkelnden Perle lag ganz obenauf. Zähneknirschend fotografierte der Oberst das gute Stück, legte es zurück in sein Versteck und schloss die Kastentür.

»Alles klar«, raunte er. »Wir können gehen.«

Wozzek verließ als Erster das Haus. Kubica wartete noch fünf Minuten, ehe er ebenfalls aus dem Treppenhaus ins Freie lief. Er war ein wenig geknickt. Wieder einmal hatte er auf schmerzliche Weise eine Illusion verloren.

Allzu viele besaß er nun nicht mehr.

131

Einst lag der in der Wiener Innenstadt befindliche »Graben« vor einem riesigen Wall und schützte einen Teil des Römerlagers Vindobona. Im Mittelalter gab er der sechs Meter hohen Burgmauer den letzten Schliff, bis man die Befestigungen abriss und das Gelände planierte. Ausgehend vom Stephansdom entwickelte sich der Graben dann nach und nach zu einer breiten Straße, in der 1971 die erste Fußgängerzone Wiens eingerichtet wurde.

Als Kubica durch die Flaniermeile zwischen Stock-im-Eisen-

Platz, Kohlmarkt und Tuchlauben eilte, spürte er den wilden Herzschlag der Stadt. Hier kaufte man ein, hier aß und trank man, hier genoss man das Dasein. Es war zwanzig Uhr, als er beim Treffpunkt vor der Dreifaltigkeitssäule eintraf.

»Judith Hahn haust irgendwo am Rennweg«, sagte Dvorak. Eine Chesterfield in der Hand, musterte er inmitten einer aromatischen Rauchwolke nachdenklich das barocke Bauwerk, das an die Pestepidemie des Jahres 1679 erinnerte. »Möglicherweise bei einem Freund oder Bekannten«, setzte er seinen Bericht fort. »Ich hab sie auf den Videoaufzeichnungen der U-Bahn-Station Stadtpark entdeckt. Die Kamera vor der kroatischen Botschaft an der Ecke Rennweg/Salesianergasse hat sie auch erfasst. Heute um vierzehn Uhr sieben. Sie ging in Richtung Karlsplatz.«

»Dann lass das Viertel ab morgen früh beobachten«, bat Kubica.

»Alles klar.«

»Noch etwas«, sagte der Oberst. »Ich brauche Daten und Fakten zu einem Mann namens Ömer Celik, Türke, einundvierzig Jahre alt, zuletzt gemeldet Jurekgasse 12.«

»Sofort?«

»Morgen.«

Dvorak nickte erleichtert. »Gehen wir zusammen essen?«, fragte er, doch Kubica winkte ab. Er müsse noch etwas Besonderes für Oscar besorgen, sagte er. Danach wolle er nach Hause.

Kopfschüttelnd ging Dvorak davon. Dass bei Kubica Familie wichtiger war als eine dienstliche Angelegenheit, war völlig neu für ihn, doch es fühlte sich richtig an.

Gut so, dachte der Chefinspektor. Anscheinend lernte sein Oberst ja doch endlich dazu. Es würde ihn wahrlich freuen.

132

Die beleuchtete Terrasse über dem dunklen Garten. Kubica, der mit einem Buch auf dem Schoß im Schein einer Lampe auf dem

Boden hockte, und Oscar mit einem Teller voller Schokoladenspezialitäten dicht neben ihm. Ein idyllisches Bild.

Fröhlich kauend erzählte der Junge vom Radfahren, Fußballspielen und vom Prater. Dabei quasselte er, was das Zeug hielt. Die Worte sprudelten geradezu aus ihm heraus wie ein Wasserfall, ja er nahm sich kaum Zeit, zwischendurch einmal Luft zu holen. Bis die Rede auf Nicole kam. Da sprach er merklich langsamer, und seine Stimme wurde sanft.

»Ich hab so eine merkwürdige Aufregung in mir«, sagte der Bub, seufzte dazu wie ein Großer, überlegte ein wenig, linste grübelnd zum schwarzen Himmel empor und verstummte.

Kubica nickte. Ein seltsames Gefühl verwirrte ihn. Es war doch alles so friedlich. So wunderbar still. Der Kater lag drei Meter neben ihnen, streckte seine Läufe in die Luft, und intensiver Blütenduft wehte ums Haus, doch um Kubicas Brust lag ein eiserner Ring und schnürte ihm den Atem ab. Kurz gesagt: Radek sorgte sich und wusste nicht, warum.

Während er noch überlegte, was denn jetzt gar so bedrückend war, kam Martha daher, brachte zwei Teller mit Sandwiches, und seine Stimmung schlug um. Hungrig griffen Vater und Sohn nach den knusprigen Weißbroten mit Schinken, Käse, Paprika, einem Salatblatt, etwas Senf, Chili und Zwiebel. Der Senf hing in ihren Mundwinkeln, als sie davon abbissen. Es störte sie nicht. Vergnügt trockneten Radek und Oscar ihre Münder mit Papierservietten und tranken naturtrüben Apfelsaft mit kühlem Mineralwasser aus langstieligen Gläsern. Danach aßen sie Eiscreme, bis sich Oscar auf den Bauch legte und Radek ihm den Rücken kraulte.

»Du liebst sie immer noch, oder?«, fragte Oscar.

»Wen?«

»Anne.«

»Ja«, antwortete Kubica.

»Eines Tages bring ich euch wieder zusammen«, sagte der Junge und lächelte ein sehr breites Lächeln. »Ich verspreche es.«

»Und Edgar?«

»Der ist bloß eine Episode. Auf die Dauer hat er keine

Chance. Darf ich übrigens morgen mit Nicole auf eine Party gehen?«

»Klar«, antwortete Kubica und nickte. »Bis Mitternacht. Ich hole euch ab.«

Verwirrt drehte er den Kopf. Ein verirrter Schmetterling flatterte an seiner Nase vorbei. Leicht und luftig wie ein Götterbote. Noch einmal wurde Kubica das Herz schwer, doch das wollte er nicht wahrhaben. Er ignorierte es. Was hätte er sonst denn auch tun sollen?

Gibt es einen Weg, seinem Schicksal zu entgehen?

133

Um Mitternacht kam Marie nach Hause. Schon im Korridor streifte sie ihre Schuhe ab und öffnete den Reißverschluss ihres Kleides. Trotzdem glitt das glatte, schimmernde Textil erst im Wohnzimmer von ihren Hüften und blieb dort achtlos am Boden liegen.

Eine Weile stand sie noch selbstvergessen in ihrer schwarzen Unterwäsche vor dem venezianischen Spiegel und betrachtete sich. Was sie sah, gefiel ihr, doch dann kam ihr der Primar in den Sinn. Wie wundervoll gebräunt der Mann war. Topfit, attraktiv, wohlhabend. Obwohl er ein gutes Stück älter war als sie, besaß er den Körper eines Dreißigjährigen. Lebenslustig, charmant, geistreich und humorvoll schien er auch zu sein. Dass er nach dem gemeinsamen Abendessen so urplötzlich das Interesse an ihr verloren hatte, kam ihr nun irgendwie seltsam vor. Es kränkte sie.

Als sie die Unterwäsche abstreifte und einen kurzen Pyjama überzog, wurde sie misstrauisch. Grübelnd bummelte sie in die Küche und mixte sich einen Drink. Sie vertilgte den Mojito schneller als gewöhnlich, weil ihr dabei ein Einfall kam.

Hier stimmt etwas nicht, dachte sie, stellte das Glas weg und marschierte ins Schlafzimmer. Oberflächlich gesehen war dort alles so wie immer. Kopfschüttelnd verließ sie den Raum, eilte in den Flur und checkte die Alarmanlage. Die funktionierte. Na also, dachte sie. Passt doch. Erleichtert trank sie einen Schluck Wasser und legte sich vor den Fernseher. Kurz darauf klingelte ihr Telefon. Dagmar Landauer war in der Leitung.

»Er war in deiner Wohnung«, sagte sie.

»Wer?«

»Kubica. Er hat den Ring gefunden.«

»Wieso weißt du das?«

»Weil er seinem Begleiter davon erzählt hat. Wir konnten mithören.«

»Verflucht!«, zischte Marie. »Was soll ich jetzt tun?«

»Ruhig bleiben. Du gönnst dir drei Wochen Urlaub.«

»Und was ändert das?«

»Wir gewinnen Zeit. Willst du nach Dubai oder auf die Malediven?«

»Südafrika.«

»Auch gut. In einer Stunde holt dich Benno ab und bringt dich mit dem Wagen in ein Hotel nach München. Um den Rest kümmert er sich auch.«

»Und die Urlaubsgenehmigungen der Landespolizeidirektion und der Klinik?«

»Die lass mal meine Sorge sein. Was deinen Ring betrifft: Der beweist gar nichts, also verlier nicht die Nerven, hörst du? Dir passiert nichts. Gute Reise.«

Klar. Du hast gut reden, dachte Marie und atmete tief durch. Nun gut: Eine Reise nach Kapstadt hatte sie sich immer schon gewünscht. Trotzdem kamen ihr jetzt die Tränen, als sie ihren Koffer aus dem Abstellraum holte. Anstatt zu packen, setzte sie sich auf den Fußboden, barg ihr Gesicht in den Händen und schluchzte haltlos vor sich hin.

Weswegen sie so bitterlich weinte?

Sie hatte nicht die leiseste Ahnung.

134

Fünfzehnter Bezirk, Fünfhaus, zehn nach sechs. Ein schöner Morgen, dachte die junge Frau. In kurzen Hosen und ärmellosem Laufshirt trabte sie mit ihrem Hund von der Felbergasse kommend auf die Schweglerbrücke, die sich anmutig über die Geleise am Rande des Westbahnhofs spannte. »Brav«, lobte sie den breitschultrigen Köter. Der hob den massigen Kopf, schnaubte und fletschte die Zähne, was sie ihm in Anbetracht der Tageszeit als freundliches Lächeln durchgehen ließ. In diesem Moment tuckerte ein Typ in Jeans, gelber Jacke und mit schwarzem Sturzhelm auf einem weißen Motorroller am Ufer gegenüber die Rampe hinauf, bog auf die Brücke ein und kam ihnen entgegen.

Ein leichter Wind wehte, die Straße war staubtrocken, unter der Brücke glänzte der Gleiskörper der Eisenbahn, und ein dunkler Geländewagen fuhr langsam an der Läuferin vorbei, der Brücke zu.

An deren anderem Ende kitzelten jetzt die Strahlen der Morgensonne Ömer Celiks Gesicht. Dem steckte noch die Nachtschicht in den Knochen, doch er freute sich auf ein kleines Frühstück und auf sein Bett. Einen Moment lang schloss er die Augen, dachte an seine Frau, und als er sie wieder öffnete, wechselte das mächtige Auto vor ihm den Fahrstreifen, beschleunigte und fuhr frontal auf ihn zu. Instinktiv versuchte Celik, den Roller nach rechts zu verreißen, um zwischen zwei grün gestrichenen Brückenträgern auf den Gehsteig zu entkommen, doch es war zu spät. Krachend stieß der Geländewagen gegen den Motorroller. Mit einem Schrei flog Celik über das Autodach und prallte dahinter wie ein nasser Sack auf die Fahrbahn.

Der graue Nissan mit den verdunkelten Scheiben stoppte. Entsetzt vernahm die Joggerin das Krachen des Getriebes. Ein Gang wurde eingelegt. Zugleich blitzte das Licht des Rückfahrscheinwerfers auf. Verblüfft sprang sie vom Gehsteig auf den Asphalt und erfasste den blutenden Bewusstlosen an den Beinen. Schon preschte der Wagen mit pfeifendem Motor zurück, um den Verletzten zu überrollen, doch da war die Fahrbahn bereits leer. Mit kreischenden Bremsen hielt das Auto an. Da sprang ihr Hund auf die Motorhaube der verdammten Karre, bellte und biss geifernd in den Scheibenwischer. Notgedrungen leitete die vermummte Gestalt hinter dem Lenkrad ein gewagtes Wendemanöver ein, um den Hund abzuschütteln. Unterdessen zog die Joggerin ihr Handy aus der Gesäßtasche und wählte den Notruf. Ein paar Sekunden Ablenkung, die genügten.

Als sie wieder den Kopf hob, um nach dem Geländewagen zu sehen, war die Brücke leer. Der Nissan war spurlos verschwunden.

Ihr Hund ebenso.

135

Die Frau war knapp dreißig. Sie trug ihr braunes Haar lang und in der Mitte gescheitelt, wie es derzeit eigentlich außer Mode war, und in ihren Augen flackerte ein Irrlicht. In abgewetzten engen schwarzen Hosen, ausgelatschten Sneakers und einem ausgewaschenen dunkelblauen Polo lauerte sie auf Kubica und versteckte sich hinter einem Baumstamm, als der endlich daherkam. Danach folgte sie ihm durch die Ausläufer des Karl-Marx-Hofs zur Endstation der Untergrundbahn, wo er in den wartenden Zug stieg.

Eine Gruppe von jungen Leuten betrat den Bahnsteig. Geschickt schloss sich die Brünette den letzten beiden Pärchen an und folgte ihnen in den Waggon, wo Kubica an der gegenüberliegenden Tür lehnte und telefonierte. Mit finsterem Blick.

Still rückte sie näher. Langsam. Schritt für Schritt. Dass ihr dabei ein abgerissener Kerl in zerrissener Hose und kariertem Hemd an den Busen griff, irritierte sie kaum. Dem trat sie so kräftig auf den Fuß, dass ihm das Wasser aus den Augen schoss und er entsetzt von ihr abließ. Dann fuhr der Zug los. Mit einem Ruck, der sie ins Wanken brachte. Im Taumeln drehte sie sich und fiel zwischen zwei gut gekleideten Herren hindurch genau auf Kubicas Brust.

»Sorry«, flüsterte sie verschämt und umklammerte mit der Rechten Kubicas Arm. Dabei ließ sie mit der Linken etwas in der Tasche seines schwarzen Sommersakkos verschwinden.

Zerstreut sah Kubica auf, beendete sein Telefonat und steckte das Mobiltelefon in die Hosentasche. Zu diesem Zeitpunkt drehte ihm der ungeschickte weibliche Fahrgast bereits wieder die Kehrseite zu. Kurz darauf hielt der Zug, die Frau sprang hastig ins Freie, und Kubica verlor sie sofort aus den Augen.

»Eine Bekannte?«, fragte einer der beiden Typen im Anzug gegenüber.

»Wieso?«

»Weil sie Ihnen etwas in die Tasche geschoben hat«, feixte er.

»Wird wohl ein Zettel mit ihrer Telefonnummer sein«, scherzte der andere.

Perplex griff der Oberst in seine Sakkotaschen, ertastete ein paar Plastiktütchen und überlegte. Was war das?

Beim nächsten Stopp stieg Kubica aus, ging auf die Toilette und sperrte sich in einer Kabine ein. Anschließend zog er vorsichtig Einweghandschuhe über, hockte sich auf den Boden, öffnete die Plastikbriefchen und spülte ihren pulverförmigen Inhalt in den Lokus. Das leere Plastik wickelte er in ein Papiertaschentuch, das er zusammen mit den Handschuhen in einem Papierkorb im Vorraum entsorgte.

Wenn das jetzt kein Koks war, fresse ich einen Besen, dachte er. Rasch verließ er das Klo, marschierte zurück zum Bahnsteig und wartete auf die nächste U-Bahn. Gespannt wie eine Feder, denn in seinem Kopf rumorte es wie in einem aufgeschreckten Ameisenhaufen. Fragen über Fragen fielen ihm ein, während seine Gedanken Purzelbäume schlugen.

Dass ihm jemand heimlich Suchtgift zusteckte, war ein Alarmsignal. Wieso hier? Warum jetzt? Was hatte das zu bedeuten? Wer steckte da dahinter?

136

Als Kubica eine halbe Stunde später ins Landeskriminalamt schneite, wurde er schon erwartet. Flankiert von zwei Verkehrspolizisten lehnte Stankovic vor dem Aufzug. Den zwei Uniformierten war das peinlich. Sie schlugen die Augen nieder, als der Chef der Mordkommission Blickkontakt mit ihnen aufnahm, und traten schweigend zur Seite.

»Guten Morgen«, schmetterte Kubica und stieg in den Lift.

Die drei Herren antworteten nicht, schlossen sich ihm jedoch an.

Idioten, ärgerte sich der Oberst, drückte den Startknopf und drehte den dreien den Rücken zu. Als er ausstieg, folgten sie ihm.

»Ja?«, fragte Kubica, als er die Bürotür öffnete, wandte sich um und sah die kleine Gruppe fragend an.

»Wir müssen etwas klären«, meinte der Landeskriminaldirektor und lächelte verschmitzt.

»*Ich* muss etwas klären«, korrigierte ihn Kubica. »Einen Mord plus einen Mordversuch.«

»Das hat Zeit«, versicherte ihm Stankovic. »Unser aktuelles Problem aber leider nicht. Es betrifft einen Anruf, der in der Polizeiinspektion Schottenring eingegangen ist. Da behauptete jemand, Sie würden mit Kokain dealen. Undenkbar, ich weiß, doch wir prüfen das nach. Hier und jetzt. Die zwei Kollegen müssen Sie durchsuchen. Ihr Büro natürlich auch. Sobald das erledigt ist, sehen wir weiter. Wollen Sie eine Vertrauensperson beiziehen? Ein oder zwei Herren von der Gewerkschaft vielleicht?«

»Wozu?«, erwiderte Kubica eiskalt. »Also nur hinein in die gute Stube. Ich hab nichts zu verbergen.«

Schwungvoll öffnete er die Tür, trat ein, warf sein Sakko auf einen Sessel und zog langsam scin Hemd aus.

»Sie werden enttäuscht sein«, sagte er lächelnd. »Wetten?«

137

Zum selben Zeitpunkt betrat Dvorak die Polizeigarage und griff zum Telefon. In welches Wespennest er mit seinem Anruf stechen würde, ahnte er nicht.

»Er hatte einen Unfall«, stammelte Celiks Gattin. »Ömer ist verletzt. Er wird operiert.«

»In welchem Krankenhaus?«, fragte der Chefinspektor bestürzt. Eine Frage, die unbeantwortet blieb. Die Frau hatte bereits aufgelegt.

Um neun stürmte Dvorak in die Unfallabteilung des AKH Wien. Die zarte, schmale Türkin, die er im Warteraum antraf, war kreidebleich, erschöpft und verzweifelt. Mit rot geweinten Augen starrte sie ihn an, während sie eine abgenutzte schwarze Handtasche mit verbogener Metallschließe an ihren Bauch presste. Verstört knetete sie das Ding wie einen zu fest geratenen Brotteig.

Er sei von der Kripo und habe mit ihr telefoniert, begann Dvorak das Gespräch. Er interessiere sich für Ömers vorletzte Tätigkeit als Mitarbeiter an einer Tankstelle.

»Er ist jetzt Wachmann«, antwortete sie. »Da bekommt er mehr Geld als vorher. Er hatte großes Glück. Ich bin sehr stolz auf ihn.«

»Und was ist heute Morgen passiert?«

»Ein Auto hat ihn gerammt. Auf einer Brücke über die Westbahn.«

»Ist er schwer verletzt?«

»Das sagt man mir nicht.«

»Dann mach ich mich gleich einmal schlau«, versprach er, drückte ihr ein Taschentuch in die Hand und zog los.

Im Stationszimmer, das er kurz darauf betrat, herrschte die für diese Tageszeit übliche hektische Betriebsamkeit, doch eine junge Krankenschwester nahm sich seines Anliegens an. Trotz ihrer Jugend schien sie ihm schon ein wenig abgestumpft zu sein, oder war sie bloß müde? Aufmerksam stand er an ihrer Seite, während sie gleichgültig den Computerschirm betrachtete und mit heller Stimme aus Celiks vorläufiger Krankengeschichte zitierte.

»Der Patient hat mehrere Brüche an Armen und Beinen sowie Verletzungen am Kopf und an der Milz«, erklärte sie. »Ob Lebensgefahr besteht, kann Ihnen nur der behandelnde Arzt sagen. Die Operation läuft noch.«

Missmutig bedankte sich der Chefinspektor, besorgte zwei Becher Kaffee, eilte zurück in den Warteraum und drückte einen davon Celiks Gattin in die Hand.

»So ein Unglück«, flüsterte sie nach seinem Bericht und blickte ihn mit großen Augen an. »Was soll jetzt aus uns werden?«

Linkisch versuchte Dvorak, sie zu trösten. Etwas, was ihm nicht so besonders gut lag. Somit dauerte es auch eine Weile, bis sie so weit gefasst war, um weitere Fragen beantworten zu können.

»An der Tankstelle, wo er arbeitete, wurden ein paar Dinge aus einem dunklen Jaguar gestohlen«, sagte er. »Hat er davon erzählt?«

»Ja.«

»Kannte er den Lenker des Wagens?«

»Ich glaube nicht.«

»War es eine Frau oder ein Mann?«

»Keine Ahnung.«

»Wann hat er seinen Job an der Tankstelle gekündigt?«

»Am 17. Juli. Am 18. hat er als Security beim ›Tagblatt‹ angefangen.«

»Ach so?«, sagte Dvorak. »Interessant.«

Da klingelte sein Telefon. Kubica war dran.

»Ich muss mit dir reden«, knurrte der Oberst. »Unverzüglich.«

»Wieso?«, fragte der Chefinspektor verdutzt.

»Weil du suspendiert bist«, erwiderte Kubica.

»Wie bitte?«

»Kein Kommentar. Komm zum Centimeter beim Rathaus. So schnell wie möglich. Ich warte hier auf dich.«

Die Dichte an guten Restaurants war in Wien ausgesprochen hoch. Das Centimeter gehörte selbstverständlich auch zu der Sorte. Ein uriges Lokal mit der Aura einer gemütlichen Almhütte. Der Gast bekam vor allem warme und kalte belegte Brote, die man der Länge nach bezahlte. Darüber hinaus gab es herzhafte Hausmannskost und spezielle Tagesgerichte. Das Ambiente war einfach, das Essen preiswert, und die Speisen schmeckten vorzüglich.

Kurz nach zehn war Kubica der erste Gast hier. Er wählte einen Tisch in der hintersten Ecke, wo er den Eingang gut im Blick hatte. Dann orderte er vierzig Zentimeter Brot mit kaltem Schweinsbraten und ein Glas Traubensaft. Während ihm sein zweites Frühstück serviert wurde, öffnete sich die Tür. Dvorak trat ein.

»Ich soll suspendiert worden sein? Ja, wieso denn?«, japste er.

»Iss. Du bist eingeladen«, brummte der Oberst.

»Was darf ich Ihnen bringen?«, fragte die freundliche Kellnerin.

Kopfschüttelnd bestellte Dvorak ein fünfzig Zentimeter langes warmes Bauernbrot mit Speck, Zwiebel und flüssigem Käse sowie eine Flasche Mineralwasser.

»Also, was ist jetzt mit dieser Suspendierung?«, hakte der Chefinspektor nach und setzte sich.

»Stankovic hat dich angezeigt, weil du im Rotlichtmilieu verkehrst und mit Callgirls schläfst. Gratis.«

»Das mach ich nur, wenn ich ausdrücklich eingeladen bin.«

»Was?«, fragte Kubica. »Hast du einen Dachschaden? Du weißt, was das bedeutet.«

»Klar. Dass ich Stankovic im Weg bin. Der weiß nämlich schon mindestens ein Jahr lang Bescheid.«

»Dann hat er also auf einen besonderen Moment gewartet«, sinnierte Kubica kauend. »Ich dachte mir schon, dass es kein Zufall ist, dass er dich gerade jetzt abschießt. Mir hat man in der U-Bahn Kokain zugesteckt. Glücklicherweise hab ich es bemerkt und weggeworfen, bevor mich Stankovic im Landeskriminalamt durchsuchen ließ. Der Mistkerl hängt da irgendwie mit drin, aber mach dir keine Sorgen. Ich besorge dir einen Anwalt. Den besten, der in Wien aufzutreiben ist.«

»Lass gut sein«, sagte Dvorak. »So viel Geld hast du nicht.«

»Aber ich hab einen Freund, der unglaublich gute Verbindungen hat.«

Dvoraks Essen kam. Sie aßen schweigend, und die ratlose, verbissene Stille drückte aufs Gemüt. Endlich räusperte sich Dvorak, schob den Teller zurück und erzählte von seinem Krankenhausbesuch.

»Die wollten Celik umbringen«, fasste er die Geschehnisse zusammen.

Kubica nickte. »Da möchte jemand verhindern, dass er den Lenker des Jaguars beschreibt. Wir müssen den Kerl bewachen. Wenn die einmal versucht haben, ihm das Lebenslicht auszublasen, probieren sie es wieder.«

Eine düstere Prophezeiung, die unwidersprochen blieb. Ehe Dvorak antworten konnte, öffnete sich mit einem Ruck die Tür. Stankovic betrat die Gastwirtschaft.

»Na, so eine Überraschung«, rief er. »Kubica und Dvorak beim fröhlichen Schmausen. Schmeckt es Ihnen, meine Herren? Soll ich Ihnen den Dienstausweis und Ihre Waffe gleich hier an Ort und Stelle abnehmen, Herr Chefinspektor, oder erledigen wir das in meinem Büro?«

Ungerührt zog Dvorak seine Jacke aus und warf dem Landeskriminaldirektor sein Schulterholster mit der Dienstpistole vor die Füße.

»Dienstausweis und Dienstmarke?«, blaffte Stankovic.

»Hab ich verloren«, log Dvorak.

»Das hat ein Nachspiel«, drohte Stankovic. »Für Sie, Herr Kollege Kubica, natürlich auch. Dass Sie einem Mitarbeiter, gegen den die Staatsanwaltschaft bereits Voruntersuchungen führt, in einem Lokal eine Jause spendieren, statt ihn unverzüglich außer Dienst zu stellen, ist ein Dienstvergehen. Wir sprechen uns in meinem Büro. In exakt fünfzehn Minuten.«

Mit blutrot angelaufenem Gesicht nahm der Landeskriminaldirektor Dvoraks Ausrüstung an sich und zog von dannen.

»Arschloch«, knurrte Dvorak. »Aber macht nichts. Dann ermittle ich halt privat weiter. Ich hab einen Waffenpass und meine Privatpistole. Dienstmarke und Ausweis stecken in meiner Hosentasche.«

»Dann ab ins Spital«, sagte Kubica. »Lass Celik nicht aus den Augen und gib Bescheid, wenn wir mit ihm reden können. Von seiner Aussage hängt viel ab. Vielleicht sogar alles.«

»Yes, sir!« Dvorak grinste, salutierte zackig und erhob sich. Da zog Kubica sein Notizbuch hervor, riss einen Zettel ab, schrieb etwas darauf und drückte seinem erstaunten Mitarbeiter seine Notiz in die Hand. Sie bestand aus einer einzigen Frage.

»Woher weiß Stankovic, wo wir sind und dass du von mir zum Essen eingeladen bist?«

Zugleich legte Kubica den Zeigefinger vor den Mund und blickte den Chefinspektor warnend an.

Dvorak nickte, steckte den Zettel ein und ging.

Zehn Minuten später verließ auch Kubica das Lokal. Er brauchte jetzt dringend geistlichen Beistand.

139

Pawel Wozzek, Pater der katholischen Ordensgemeinschaft der Resurrektionisten, Pfarrer von Sankt Kasimir und oberster Hirte aller Polen in Wien, empfing den Oberst in seinem Privatgemach. Genauer gesagt in der gemütlichen Wohnküche, wo er dem Gast sogleich einen Platz am Esstisch zuwies.

Sonderbar, dass dieses Haus in meinem Leben eine derart große Rolle spielt, obwohl ich hier gar nicht wohne, überlegte Kubica. Unterdessen erklärte ihm der Pfarrer die technischen Details seines brandneuen Kaffeeautomaten und bereitete zwei Tassen Mokka zu. Aus feinsten Arabica-Bohnen. Direktimport aus Triest.

Er servierte den Kaffee mit polnischen Jagodzianki, duftig lockeren Hefewürfeln mit wunderbar fruchtiger Beerenfülle. Eine Mehlspeise, die Kubica aus seiner Kindheit kannte. Er hatte sie jahrelang nicht mehr gegessen. Kubica genoss es, Wozzeks Gast zu sein. Er liebte diese dicken, schweigsamen Mauern. Da drang kein Laut ins Freie. Da war er sicher. Und diese Behaglichkeit. Tischblumen. Eine brennende Kerze. Eine Atmosphäre, in der einem das Herz aufging. Er nahm sich vor, seine Haushälterin darum zu bitten, ebenfalls Kerzen zu besorgen, damit es Oscar auch so gemütlich hatte.

»Was gibt es?«, fragte der Pfarrer.

»Kennst du die Geschichte vom Hasen und dem Igel?«, erkundigte sich Kubica. »Wenn ich ankomme, ist Stankovic längst da. Heute zum Beispiel. Da treffe ich mich auswärts mit Dvorak, und auf einmal steht der Herr Landeskriminaldirektor auf der Matte.«

»Womöglich lässt er dich beschatten.«

»Das hätte ich bemerkt.«

»Sei dir da besser nicht so sicher«, sagte Wozzek. »Aber wie du meinst. Warte.« Wie ein Schatten verschwand er im Nebenzimmer.

Eine Unterbrechung, die Kubica nutzte, um seinen Sohn anzurufen, doch der hob nicht ab. Also sprach er ihm eine kurze Nachricht auf die Mobilbox. »Geht es dir gut?«, fragte er. »Was treibst du denn? Sei doch bitte so gut und melde dich.«

Inzwischen war der Pfarrer zurück. Er hatte ein kleines Gerät mit dabei, das entfernt einem Handfunkgerät ähnelte. Bedächtig tastete er damit den Körper seines Gastes ab. Als der Detektor über Kubicas Armbanduhr glitt, gab er ein lautes Summen von sich.

»Her damit«, befahl der Pfarrer, brachte die Uhr ins Nebenzimmer, kam kurz darauf wieder und schloss die Tür.

»Da steckt eine Wanze der neuesten Generation drin«, raunte er. »Bring das Ding zur Kriminaltechnik, damit der Lauschangriff auf dich amtlich vermerkt wird, und sei vorsichtig beim Telefonieren. Da hört vielleicht auch jemand mit. Hier«, sagte er. »Das ist ein Wertkartentelefon für dich. Ich an deiner Stelle würde ab sofort nur noch damit telefonieren.«

Artig bedankte sich Kubica und steckte das schwarze Handy ein, doch der Pfarrer war noch nicht fertig. Er hatte noch mehr zu bieten.

»Hör zu«, sagte er. »Meine Freunde in Warschau bestätigen, dass Rudolf Landauer am Flughafen in Sydney in ein Taxi stieg. Wo er sich seither aufhält, wissen sie aber auch nicht. Der ehemalige Chefredakteur des ›Express‹ hingegen arbeitet nicht in Großbritannien, sondern hat bei einem Fernsehsender in New York angeheuert. Die wichtigste Information betrifft aber diesen Herrn Stankovic. Der hat sich vor einiger Zeit mit Dagmar Landauer getroffen, und zwar vor der Hermesvilla.«

»So? Ein Video davon wäre halt schön«, meinte Kubica. »Oder Fotos.«

»Damit kann ich leider nicht dienen.« Hochwürden lächelte milde. »Aber mit einem Observationsbericht mit Datum und Uhrzeit. Liegt in meinem Arbeitszimmer. Soll ich ihn holen?«

140

Bei einem Vorgesetzten einzutreten, ohne vorher anzuklopfen, war normalerweise nicht Kubicas Stil. Heute jedoch pfiff er auf Anstand, Sitte und Moral.

Dreizehn Uhr. Mit finsterer Miene hockte Stankovic hinter seinem Schreibtisch, als sei er dort angenagelt. Das Gesicht des Landeskriminaldirektors war bleich wie ungebackenes Brot, nur seine Ohren glänzten so rot, als hätten sie stundenlang in einer Backröhre gelegen. Eine eigenartig anmutende Kombination, die Kubica zum Schmunzeln brachte. Daraus entstand ein breites Grinsen, das dem obersten Kriminalbeamten Wiens die Beherrschung raubte.

»Das Lachen wird Ihnen noch vergehen«, drohte Stankovic wütend. »Wir hatten einen fixen Gesprächstermin, aber Sie kommen einfach drei Stunden zu spät. Das Maß ist voll. Ich leite ein Disziplinarverfahren gegen Sie ein, das sich gewaschen hat.«

»Kann ich mir nicht vorstellen«, entgegnete der Oberst seelenruhig, was Stankovic endgültig in Rage brachte.

»Raus!«, brüllte er, und sein Zeigefinger stach zu wie ein Florett. »Verschwinden Sie. Los!«

»Dafür, dass Sie mich abhören lassen, hauen Sie aber ganz schön auf den Putz«, knurrte Kubica. »Eine Wanze in meiner Armbanduhr. Respekt.«

»Was sagen Sie da?«, japste sein Vorgesetzter. »Sind Sie verrückt geworden?«

»Streiten Sie es ruhig ab«, erwiderte Kubica. »Ich kann es beweisen.«

»So ein Blödsinn.«

»Wie sonst hätten Sie Dvorak und mich im Centimeter gefunden?«

»Na, durch einfaches Zuhören«, schnaubte der Landeskriminaldirektor. »Ein Mitarbeiter hat Dvorak im Restaurant verschwinden sehen und mich angerufen.«

»Wer?«

»Das ist vertraulich.«

»Klar«, höhnte Kubica. »Und aus welchem Grund haben Sie Dvorak den Auftrag erteilt, hinter Dagmar Landauer herzuschnüffeln? Ihnen war klar, dass sie in den Mordfall Sorko verwickelt ist. Wieso haben Sie mir nichts davon gesagt?«

»Wovon reden Sie? Was glauben Sie denn, wer Sie sind? Es gab Gerüchte über diese Dame, die ich für nebulos hielt. Die Überprüfung durch Dvorak ergab dann ja auch, dass sie jeglicher Grundlage entbehrten. Wieso hätte ich Sie bei so einer Nichtigkeit ins Vertrauen ziehen sollen? Aber zurück zu dieser ominösen Abhörgeschichte. Erzählen Sie mir mehr davon.«

Einen Moment lang überlegte Kubica, Stankovic auf den Kopf zuzusagen, dass er über sein Treffen mit Dagmar Landauer Bescheid wusste, doch er entschied sich dagegen. Hauptsache, er wusste, dass Stankovic nicht zu trauen war.

»Es geht um eine Wanze in meiner Armbanduhr. Das Gutachten der Kriminaltechniker kommt mit der Dienstpost«, sagte er also.

»Das ist ja ein Wahnsinn«, donnerte Stankovic. »Wie kann so etwas passieren? Das müssen wir klären. Schreiben Sie einen Bericht. Ich lege ihn höchstpersönlich der Staatsanwaltschaft vor. Im Lichte dieser Ereignisse sind disziplinäre Schritte gegen Sie selbstverständlich kein Thema mehr. Sie dürfen jetzt gehen. Adieu.«

»Und was geschieht mit Dvorak?«

»Die Unterlagen, die mir zugespielt wurden, hab ich der Korruptionsstaatsanwaltschaft zur Verfügung gestellt. Die ist jetzt am Zug.«

»Sie meinen das Dossier, das schon ein Jahr lang in Ihrem Tresor lag?«

»Wer behauptet das?«

»Dvorak.«

»Der lügt.«

»Verstehe«, sagte Kubica mit einem wissenden Lächeln, machte eine Kehrtwendung und verließ grußlos den Raum. Es langte ihm. Stankovic war glatt wie ein Aal. Mit Reden kam er hier nicht mehr weiter. Nun mussten Taten folgen.

141

Polizeiarbeit ist wie Pilzesammeln, dachte Kubica. Man geht und schaut und stochert im Gehölz herum und hofft auf den großen Fund. Wer trotz aller Mühe hartnäckig bleibt, macht oft gute Beute.

»Dass Ömer Celik bei einer von Helene Andaus Zeitungen arbeitet, stinkt doch zum Himmel«, murmelte er, als er vor dem Computer Platz nahm.

Verbissen durchforstete er die Pkw-Dateien, ob ein dunkler Jaguar auf Moritz Petrell, Dagmar Landauer oder Helene

Andau zugelassen war. Vergeblich. Dann überprüfte er, ob ein derartiges Fahrzeug bei einem von Andaus Medienunternehmen als Firmenwagen in Verwendung stand. Das brachte auch nicht den erwünschten Erfolg.

Egal, sagte sich Kubica und änderte die Schlagwörter für die Suche. Stur jagte er eine Verknüpfungsanfrage nach der anderen durch die bundesweite Zulassungsdatei. Es war seine einzige Chance, herauszufinden, ob zwischen einem der mehr als dreißigtausend Besitzer eines dunklen Jaguars und den Verdächtigen eine Verbindung bestand.

Er fand keine.

Missmutig erhob er sich, legte den Kopf in den Nacken, schloss die Augen und dachte nach. Die Fahndung nach Judith Hahn fiel ihm ein. Vielleicht war ja wenigstens an dieser Front ein kleines Erfolgserlebnis drin. Waren die Observationsexperten des Landeskriminalamtes bereits am Rennweg postiert? Kubica erkundigte sich.

Die Kollegen seien vor Ort, versicherte man ihm. Das war beruhigend. Zumindest für den Augenblick.

Gespannt holte er wieder einmal die Unterlagen zum Mordfall Sorko aus der Schublade und studierte sie. Er hatte das Gefühl, eine Kleinigkeit übersehen zu haben. Was konnte das sein? Das Lesen strengte ihn an. Nach einiger Zeit bekam er Kopfschmerzen, seine Augen brannten und begannen zu tränen. Notgedrungen gönnte er sich eine Pause, ging ins Bad und wusch sein Gesicht. Anschließend blätterte er wieder weiter, und endlich fand er, wonach er suchte. Es war ein simpler Nebensatz in der Aussage eines Taxichauffeurs, der ihm bisher entgangen war. Darin schilderte der Zeuge, wie er am 14. Juli um etwa zweiundzwanzig Uhr in der Holikgasse anhielt, um zum Zigarettenautomaten zu gehen. Dabei habe ihn beinahe ein dunkler Jaguar gerammt.

Klick machte es in Kubicas Kopf.

Als er den Stadtplan vor sich ausrollte, ahnte er bereits, was sich kurz danach bestätigte. Die Holikgasse lag bloß zwei Querstraßen von Lou Sorkos Wohnung entfernt.

Wieder ein passendes Teil in seinem Puzzle. Das Gesamtbild nahm immer mehr Gestalt an. So etwas wie heitere Zuversicht kam auf. Ein Hauch Optimismus. Endlich ging es voran.

142

Tatsächlich: Die Dinge nahmen Fahrt auf. Kaum tauchte Kubica in der Polizeikantine auf, um sich einen Kaffee zu kaufen, rief Dvorak an. Sofort legte der Oberst auf, zog Wozzeks Wertkartenhandy aus dem Sakko und rief seinen Stellvertreter zurück.

»Telefonkontakt ab sofort nur noch unter dieser Nummer«, raunte er. »Mein dienstliches Mobiltelefon wird vermutlich abgehört.«

»In Ordnung«, entgegnete Dvorak. »Ömer Celik geht es den Umständen nach gut. Sein Kopf ist so weit okay, die Brüche an Armen und Beinen sind zwar schmerzhaft, aber nicht gefährlich, und um seine Milz steht es besser als gedacht. Er wurde vom Aufwachraum in ein Einzelzimmer überstellt und ist vernehmungsfähig. Eines gleich vorneweg: Den Jaguar, aus dem Bakota nach dem Mord an Lou Sorko den Laptop und das Handy gestohlen hat, lenkte eine Frau Mitte dreißig. Sie war mittelgroß und hatte langes schwarzes Haar. Ein hausbackener Typ mit wenig Busen. Einen Tag nach dem Diebstahl hat sie ihm das Videoband abgekauft und ihm den Security-Job offeriert. Zu den Details solltest aber besser du ihn befragen.«

»Selbstverständlich«, sagte Kubica. »Hast du Celiks bisherige Aussagen auf Band?«

»Freilich. Celiks Frau und ein Oberarzt waren bei der Befragung mit dabei. Sag dem Phantomzeichner, dass er hier antanzen soll. Ich darf ihm ja nichts mehr anschaffen. Bin ja suspendiert.«

»Mach ich«, erwiderte Kubica. »Ich komme gleich raus zu euch. Womöglich ist Celik ja sogar noch fit genug für eine förmliche Vernehmung. Dann sind wir auf der Überholspur. Bis später.«

143

Zwei Stunden danach war alles unter Dach und Fach. Mit einer Tonaufzeichnung von Celiks Zeugenaussage und einem Phantombild bewaffnet eilte Kubica aus der Klinik und marschierte vom AKH ein Stück stadteinwärts. Da tauchte die Dreifaltigkeitskirche der Minoriten vor ihm auf. Ein frühbarockes Bauwerk, dessen Pfarrer seit dem 18. Jahrhundert für die Seelsorge im nahen Krankenhaus zuständig waren. Wenn er jetzt seine Ganglien so richtig in Schwung bringen wollte, war dieses Gotteshaus der ideale Ort, um nachzudenken.

Die massive Eingangstür war schwer. Sie quietschte wie ein Schwein in Todesangst, als er sie öffnete. Andächtige Stille empfing ihn. Bereitwillig sog er die andächtige Atmosphäre der menschenleeren Kirche in sich auf und bekreuzigte sich. Hier war 1827 der Leichnam Ludwig van Beethovens eingesegnet und zwei Jahre später Schuberts Es-Dur-Messe erfolgreich uraufgeführt worden. Tod und Triumph. Das eine war vom anderen oft nur eine Haaresbreite entfernt.

Ergriffen hockte er sich in die vorletzte Kirchenbank, schloss die Augen, betete zu einem Gott, an den er schon lange nicht mehr glaubte, und grübelte still vor sich hin. Die Frau auf dem Phantombild, das nach Celiks Angaben ausgedruckt worden war, kam ihm bekannt vor. Ein Wesen mit ähnlichem Aussehen war ihm schon einmal über den Weg gelaufen. Wo? Er erinnerte sich nicht, also rief er Dvorak an.

»Bitte den Zeichner, mit der Haarfarbe und den Frisuren der Frau auf dem Bild zu experimentieren und ihr eine Brille zu verpassen«, ersuchte er den Chefinspektor. »Danach sendest du die Fotos an mein Wertkartentelefon. So rasch wie möglich.«

Während die Pforte in seinem Rücken dumpf zufiel, beendete

er das Gespräch. Schritte wurden laut. Stumm marschierte eine Klosterschwester durch den Mittelgang zum Hauptaltar, beugte das Knie, senkte ihr Haupt und versank im Gebet. Verdutzt starrte Kubica sie an, und in seinem Kopf begann es zu rumoren.

»Mein Gott, früher einmal wäre mir das rascher eingefallen«, sagte er nach einer Weile verärgert zu sich selbst und schüttelte den Kopf. »Judith Hahn versteckt sich in einem Kloster. Am Rennweg existiert eines.« Aufgeregt sprang er auf, rannte aus der Kirche und weiter zu seinem Dienstwagen, der zwei Querstraßen weiter im Halteverbot parkte.

Hoffentlich ahnten inzwischen nicht längst auch andere, wo Judith Hahn zu finden war, sonst konnte es für die junge Dame wirklich gefährlich werden.

Es war also höchste Eile geboten.

144

Schwester Dorothea saß auf dem Klo. In Unterwäsche, mit zugeklebtem Mund, die Hände und Füße fein säuberlich mit Nylonfäden verschnürt. Unterdessen schritt eine Frau Mitte dreißig in ihrem Habit durch den Klosterflur, hielt vor der Tür zum Fremdenzimmer, räusperte sich und klopfte.

Es dauerte ein wenig, bis Judith Hahn öffnete. Dann ging alles ganz schnell.

»Wo ist der Laptop?«, fauchte die falsche Braut Christi und versetzte dem Mädchen einen derart heftigen Stoß, dass es zurücktorkelte. Mit drei langen Schritten trat die Angreiferin ein und schloss mit der Ferse die Tür. »Gib ihn her«, befahl sie.

Fassungslos taumelte Judith Hahn zu ihrem Bett und sah zu, wie ihr ungebetener Gast eine Pistole mit Schalldämpfer zog und sie ins Visier nahm. »Ich zähle bis drei«, drohte das Weib. »Wenn du das Ding bis dahin nicht rausrückst, bist du tot.«

»Das wäre unklug«, sagte Judith. »Ohne mich findest du es nämlich nicht.«

»Kennt sonst noch jemand den Inhalt der beiden speziellen Dateien?«

»Wer weiß?« Judith zuckte die Achseln. Die Antwort rettete ihr vorerst das Leben.

»Gib mir den Laptop und sag mir, wen du in die Sache eingeweiht hast, dann lass ich dich leben.«

Mit erhobenen Händen bewegte sich Judith langsam rückwärts zum Kleiderspind, öffnete ihn, griff nach der Bibel im obersten Fach und schleuderte sie der Frau im Habit entgegen. Die schoss, als das Buch gegen ihre Stirn knallte und sie aus dem Gleichgewicht brachte. Dabei fiel ihr die Pistole aus der Hand.

Das Geschoss schlug zwei Zentimeter neben Judiths Kopf in der Kastentür ein. Mit einem wilden Schrei stürzte sie sich auf die schwankende Schützin und rang sie zu Boden. Dort rammte ihr die Angreiferin allerdings den Ellenbogen gegen den Hals, worauf sich Judith gurgelnd an die Kehle griff und ihre Gegnerin losließ. Die sah jetzt aus dem Augenwinkel heraus die Laptoptasche unter dem Bett, ergriff das Ding und kam taumelnd damit hoch.

Da flog krachend die Tür auf. Kubica stürmte herein. Bevor er kapierte, was hier gespielt wurde, trat ihm die falsche Nonne schon zwischen die Beine und verpasste ihm einen Handkantenschlag gegen den Hals, der ihn umwarf.

Ihre Beute an die Brust gepresst, rannte die Unbekannte los, und es dauerte eine Weile, bis Kubica wieder auf die Beine kam und ihr nachsetzte. Mit langen Schritten hetzte er durch die verwaisten Gänge, riss die Pforte auf und lief auf die Straße. Dort hielt er sich an der Motorhaube seines Dienstwagens fest und schnaufte erst einmal durch, ehe er sich umblickte.

Hundert Meter weiter stadtauswärts stand ein schwarzer Jaguar und hupte. Kaum sprang Kubica mit rasselndem Atem in seinen Wagen, zischte der Flitzer vor ihm los. Der Oberst schluckte und folgte ihm.

145

Entschlossen trat die Frau hinter dem Steuer des schwarzen Jaguars das Gaspedal durch. Das lange erwartete Duell mit Kubica war da. Sie genoss es. Lachend gab sie ihrem Wagen die Sporen und düste mit pfeifenden Reifen über die Gerade.

Die nächste Kreuzung war komplett von einem Streifenwagen mit blitzendem Blaulicht blockiert. Zwei Beamte standen davor, ihre Waffen im Anschlag. Grinsend verriss sie ihr Fahrzeug auf den Gehsteig und brauste zwischen dem Heck des Einsatzfahrzeuges und der Hauswand hindurch. Dabei warf sie einen prüfenden Blick in den Rückspiegel.

Kubica blieb stur hinter ihr.

Also verdrückte sie sich in die linke Quergasse, riss den Wagen gleich danach wieder herum und driftete nach rechts in eine schmale Einbahnstraße. Kubica konnte sie damit nicht abschütteln. Im Gegenteil. Sein blauer Audi stand kurz quer und kam dann näher. Jetzt wurde sie doch ein wenig nervös. Schweiß rann ihr in die Augen. Ihr Herz galoppierte. Bremsen! Mit blockierenden Rädern schlitterte sie auf die Hauptstraße, zog den Wagen nach links auf eine Straße mit Gegenverkehr. Dort nahm sie den rechten Fahrstreifen und überholte drei Autos, die hintereinander auf der Überholspur dahinkrochen. Dann tauchten auch vor ihr Fahrzeuge auf. Links, rechts und wieder links. Mit routinierten Lenkbewegungen überholte sie Auto um Auto, doch vor der nächsten Gabelung gab es einen Stau. Gedankenschnell riss sie den Wagen nach rechts, brauste über einen kleinen Grünstreifen und knallte auf eine schmale Fahrbahn.

Wieder blieb ihr Kubica auf den Fersen. Das Geheul seines Martinshorns und das blaue Drehlicht nervten sie. Fluchend bog sie am Ende der Straße scharf links ab und donnerte hupend auf die nächste Straßenkreuzung zu.

Eine Ampel. Rot. Ihre Nackenhaare sträubten sich, doch sie überwand die Angst und raste mit über hundert Sachen über die breite Querstraße.

Sie kam nicht weit. Mit einem ohrenbetäubenden Knall bohrte sich ein Lkw in die linke Seite des Jaguars und schleuderte ihn wie ein Papierknäuel zur Seite. Glas splitterte, der Motordeckel flog durch die Luft und landete scheppernd auf der Fahrbahn. Passanten schrien. Kreischend wie eine alte Kreissäge kam Kubicas Audi knapp vor dem Unfallpunkt zum Stillstand.

Danach herrschte Ruhe.

146

Auch in Judith Hahns Zimmer war es totenstill. Außer einer geplatzten Unterlippe und einem Kopf, in dem es wie in einem Umspannwerk summte, war das Mädchen wohlauf. Der Schock des überstandenen Anschlages verebbte. Die Angst vor der Polizei legte sich. Mit kühlem Kopf leitete das junge Ding die nächsten Schritte ein. Packen und raus hier.

Zehn Minuten später verließ sie das Kloster, lief zur Bank, parkte ihren Koffer am Bürgersteig, trat ein und hob achttausendsechshundert Euro ab. Auf ihrem Konto beim zweiten Geldinstitut ließ sie lumpige hundertfünfzig Euro liegen. Dann eilte sie davon, entsorgte Lou Sorkos Handy in einer Mülltonne und stieg in die Straßenbahn.

An der Endstation wechselte sie in einen Bus, aus dem sie vor einem Einkaufszentrum ausstieg. Dort fuhr sie mit der Rolltreppe in die erste Etage und verschwand auf dem Kundenklosett. Als sie es wenig später wieder verließ, trug sie ein leichtes hellblaues Kleid und eine Perücke.

Mit schulterlangem rot gelockten Haar aß sie in einem chinesischen Restaurant, nippte an einem Glas Weißwein und flirtete mit einem Mann am Nebentisch. Keck fragte sie ihn, ob er ein Handy bei sich habe.

»Klar«, antwortete er, worauf sie ihn bat, ihr ein Taxi zu rufen.

Der Typ war ein Gentleman. Er tat ihr den Gefallen, und sie flüsterte ihm mit blitzenden Augen eine Telefonnummer zu, die zwar interessant klang, aber völlig frei erfunden war.

Mit einem Kusshändchen schwirrte sie schließlich ab, stieg in ihr Taxi und verließ die Stadt. Das Überschreiten der Grenze zur Slowakei war kein Problem. Als junge Touristin auf dem Weg nach Bratislava musste sie erst ihren Pass zücken, als sie am dortigen Flughafen ein Ticket kaufte.

Mit fast zwanzigtausend Euro und einer Bibel im Gepäck, plus einer brandneuen Identität, flog Judith also nach Rom. Die schwarzhaarige Buchhändlerin Claudia Fuchs hatte ihre Schuldigkeit getan. Die rothaarige Köchin Rita Weiß war geboren. Die zog jetzt in den wunderbar sonnigen Süden.

In ein neues, gutes Leben.

147

Sie saßen unter dem ausladenden Dach eines alten Kastanienbaums, und die Kellnerin brachte gerade Toast und Apfelsaft mit ganz viel Wasser.

»Die Chauffeuse einer prominenten Medienunternehmerin als Attentäter. Wer hätte das gedacht?«, sinnierte Dvorak und nippte an seinem eisgekühlten Drink.

»Als ihr der Sanitäter die Perücke vom Kopf zog, habe ich sie sofort erkannt«, sagte Kubica. »Trotz fehlender Brille.«

»Dass sie außer ein paar Rissquetschwunden, einem gebrochenen Knöchel, drei angeknacksten Rippen und einer schweren Gehirnerschütterung so weit in Ordnung ist, wundert mich«, sagte Dvorak. »Da hat sie Glück gehabt. Den Jaguar hat sie ja leider geschrottet. Hast du schon mit ihr gesprochen? Was sagt sie?«

»Kein Wort«, erwiderte der Oberst. »Aber das nützt ihr nichts. Ich hab auf einen sofortigen Mundhöhlenabstrich bestanden. Den vergleichen wir mit den DNA-Spuren aus Lou Sorkos Wohnung. Der Abgleich wird uns den endgültigen Beweis liefern.«

»Dass sie Lou Sorko auf dem Gewissen hat?«, fragte der Chefinspektor.

»Exakt.«

»Und wer hat den Mord befohlen?«

»Helene Andau«, antwortete Kubica. »Oder der Abgeordnete Petrell. Dagmar Landauer könnte es auch gewesen sein. Der Geländewagen, mit dem der Anschlag auf Celik verübt wurde, liegt übrigens in der Donau. Sobald ihn die Feuerwehr geborgen hat, kümmert sich die Spurensicherung um ihn.«

»Ob bei dieser Art der Entsorgung noch etwas Brauchbares zu finden ist?« Dvorak wirkte skeptisch. »Ach ja: Was ist mit dem Laptop?«

»Der war nicht im Jaguar.«

»Dann muss sie ihn vor dem Kloster an jemanden weitergegeben haben. Und Judith Hahn ist verschwunden?«

»Spurlos«, bestätigte Kubica.

»Na super. Was hältst du eigentlich von Petrell? Als Politiker, meine ich.«

»Was ich von jedem Menschen halte, der Versprechungen macht, die er nie einlösen muss.«

»Wieso?«

»Weil er nicht Bundeskanzler wird. Nie im Leben.«

»Darauf würde ich nicht wetten. Was ich noch sagen will: Ein Herr Dr. Reichel hat mich angerufen.«

»Ich weiß. Mein Freund Pawel hält ihn für einen ausgezeichneten Rechtsanwalt«, antwortete Kubica. »Ab sofort kümmert er sich um deinen Fall. Hoffentlich holt er dich einigermaßen heil aus der Scheiße raus, in die du dich hineingeritten hast.«

»Warum tust du das für mich?«

»Weil du Hilfe brauchst. Du bist auch immer für mich da, wenn es darauf ankommt.«

So? Dvorak stutzte. »Na dann: herzlichen Dank«, sagte er schließlich grinsend, leerte sein Glas und ging.

Auch Kubica machte sich davon.

Nun wollte er mit Helene Andau reden.

148

Helene Andau hielt es für ein Verhör. Für Kubica war es mehr ein Sondierungsgespräch.

Das Büro der Herausgeberin hatte Stil. Es war sehr modern möbliert, ohne dabei protzig zu wirken. Kubica gefielen die groß gewachsenen, ausladenden Palmen, die in edlen schwarzen Keramiktöpfen steckten. Die warfen einen wohlwollenden Schatten auf die Sitzgruppe vor dem riesigen Fenster, wo er der selbstbewussten Medienzarin gegenübersaß. Der Schreibtisch hinter ihr glänzte schwarz. Ansonsten blitzte alles hier in strahlendem Weiß. Auch das schwere, gut gefüllte Bücherregal hinter ihm.

Helene Andau galt als reich. Das Meinungsforschungsinstitut, das sie einst von ihrem Vater übernommen hatte, brachte viel ein, zudem besaß sie drei Tageszeitungen und Beteiligungen an weiteren Printmedien und an einem privaten TV-Sender. Ihre Zeitungen hatten allerdings finanzielle Probleme, wusste der Oberst. Eventuell war die Frau also gar nicht mehr so wahnsinnig gut betucht, wie allgemein behauptet wurde.

»Was wirft man meiner Assistentin denn vor?«, fragte sie.

»Nach derzeitigem Stand? Widerstand gegen die Staatsgewalt, Freiheitsberaubung, Körperverletzung, versuchten Raub, Mordversuch und Mord«, antwortete Kubica.

»Meine kurzsichtige kleine Brillenschlange?« Seine Gastgeberin lachte, und es wirkte nicht einmal aufgesetzt. »Ist ja lächerlich.«

»Finden Sie? Ihre Großflächenbrille war bloß Tarnung. Fensterglas. Die junge Dame hat Augen wie ein Luchs. Eine Nahkampfausbildung besitzt sie auch. Haben Sie einen Arbeitsvertrag mit ihr abgeschlossen?«

»Das versteht sich ja wohl von selbst.«

»Den würde ich gerne sehen.«

»Er liegt im Tresor meiner Villa«, erwiderte sie kühl. »Ein Mitarbeiter wird Ihnen das Dokument vorbeibringen.«

»Wie heißt die Gute denn überhaupt?«

»Emma Feiler.«

»Wie kamen Sie zu der Frau?«

»Ihre Vorgängerin verschwand von heute auf morgen von der Bildfläche, und ein paar Tage später hat sich Emma um den Job beworben. Da hab ich sie eingestellt.«

»Einfach so?«

»Sie besaß gute Zeugnisse, zwei Empfehlungsschreiben, und ich wollte nicht ewig warten.«

»Welche Art Arbeit hat sie eigentlich für Sie verrichtet?«

»Sie war meine Hausdame und Chauffeurin. Ich war zufrieden mit ihr.«

»Dass Ihre Mitarbeiterin nicht auf eigene Faust gehandelt hat, ist ja sonnenklar. Ich werde mir ihre Auftraggeber holen.«

»Klar. Nur zu.«

»Die Leute, die für diese Sauereien verantwortlich sind, gehen in den Knast«, sagte Kubica. »Ohne Ansehen der Person. Garantiert.«

»Super. Meinen Segen haben Sie.«

»Ihre schwarze Armbanduhr ist ein wertvolles Stück, oder? Ein Geschenk von Petrell?«

»Ich wüsste nicht, was Sie das angeht.«

»Man sagt, Sie seien mit ihm liiert.«

»Moritz ist ein fescher Typ. Der hat viele Frauen. So richtig zusammen ist er aber nur mit sich selbst.«

»Waren Sie heute am Rennweg?«

»Nein. Wieso?«

»Keine Gegenfragen bitte.«

»Besonders höflich sind Sie nicht.«

»Nach bisherigem Ermittlungsstand gibt es exakt drei Personen, die ein Motiv hatten, Lou Sorko aus dem Weg räumen zu lassen. Petrell, Dagmar Landauer und Sie.«

»Wissen Sie was, Herr Oberst? Jetzt beenden wir unser Gespräch«, erwiderte Andau und erhob sich mit stoischer Ruhe. Offenbar hatte sie die Geduld verloren. »Sie finden allein hinaus?«

»Freilich«, sagte er grinsend. »Und sobald ich wieder Fragen an Sie habe, unterhalten wir uns in meinem Büro. Dann entscheide nämlich *ich*, wann die Vernehmung abgeschlossen ist. Ich an Ihrer Stelle würde damit beginnen, mir Sorgen zu machen. Einen schönen Tag noch.«

Mit diesen Worten schraubte er sich hoch, nickte ihr zu und ging.

Helene Andau wartete noch, bis die Tür hinter ihm zugefallen war, dann griff sie zum Telefon. Barsch verlangte sie, zur Innenministerin durchgestellt zu werden. Sie habe mit ihr zu reden.

Frau Minister Jung sei nicht im Hause, teilte man ihr mit.

Ob sie per Handy erreichbar sei?

Das müsse man noch klären, hieß es.

149

Zwei Stunden später ließ sich Kubica in der kroatischen Botschaft am Rennweg die Videoaufnahmen des Tages zeigen. Erstaunt zog er die Augenbrauen hoch, als er die unbekannte grauhaarige Lady entdeckte, die voller Esprit mit einer Apple-Laptoptasche in Lederoptik durch das Bild huschte.

»Stopp«, sagte er. »Darf ich das Band haben?«

Der Sicherheitsbeamte neben ihm hatte nichts dagegen. Also fuhr Kubica mit dem Zeug ins Landeskriminalamt und zeigte es einem Experten.

»Mach mir ein großes, scharfes Bild von der Dame«, ersuchte er ihn. »So rasch es geht.«

Anschließend eilte er ins Büro, telefonierte mit Ärzten des Krankenhauses, in dem Emma Feiler untergebracht war, und erkundigte sich nach ihrem Befinden.

Die Patientin klage über Kopfschmerzen und behaupte, sich an nichts mehr erinnern zu können, erzählte man ihm. Die Frage, ob sie wahrhaftig unter Gedächtnisverlust leide, könne man aber erst nach Abschluss der laufenden Untersuchungen beantworten.

Was waren denn das jetzt wieder für Mätzchen? Verdrossen erledigte Kubica allerlei Schreibkram, bis das Foto von der Frau mit dem Laptop in seinem elektronischen Postfach eintraf. Das mailte er per Anhang an Wozzek und bat ihn, die Dame dringend für ihn zu identifizieren. Als Nächstes jagte er das Foto durch sämtliche polizeiliche Datenbanken, auf die er zugreifen durfte.

Erfolglos.

Neunzehn Uhr. Dienstschluss. Marie fiel ihm ein, als er zum Aufzug marschierte. Hatte Petrell sie auf ihn angesetzt? War die Wanze in seiner Uhr ihr zu verdanken?

Wütend rief er sie an, landete bei ihrer Sprachbox und bat um einen Rückruf. Danach telefonierte er mit dem diensthabenden Polizeiarzt und erkundigte sich bei einer Mitarbeiterin des gerichtsmedizinischen Institutes, wo Frau Haller stecke. Dass sie sich Hals über Kopf in den Urlaub abgesetzt hatte, entlockte ihm ein bitteres Lachen.

»Wenn du zurückkommst, stehst du mir aber Rede und Antwort«, grollte er vor sich hin. »Dann gibt es kein Davonlaufen mehr. Dann, meine Liebe, ist nämlich Zahltag.«

150

Als Kubica nach Hause kam, war er unendlich müde.

»Führst du denn gar nicht deine neue Freundin aus?«, fragte er, hielt seine flache Hand gegen die tief stehende Sonne wie einen Schirm an die Stirn und blickte in den Garten.

»Mir geht es nicht so besonders«, murmelte Oscar neben ihm und betastete unsicher seinen Bauch. »Während der letzten zwei Stunden war ich drei Mal auf dem Klo. Durchfall.«

»Wahrscheinlich hast du etwas Verkehrtes gegessen«, beruhigte ihn Kubica. »Ich hab dir deine Lieblingsschokolade mitgebracht, und wir haben Tierkohle im Arzneimittelschrank. Eine Kombination, der kein Durchfall gewachsen ist, also iss.«

Der Junge nickte und ging.

Gedankenverloren setzte sich Kubica ins Gras. Der Juni des Jahres 1980 geisterte durch sein Gehirn. Die Nacht, in der er als Halbwüchsiger aus einem polnischen Container gekrochen, über einen Zaun geklettert und die Donau entlang durch die Finsternis gelaufen war. Ohne Freunde. Ohne Bleibe. Was er damals in der Gosse erlebt hatte, bis er seinen Vater fand, kochte manchmal in ihm hoch. Seltsamerweise. Kubica hatte nämlich eigentlich mit der Vergangenheit abgeschlossen. Die Vergangenheit aber offenbar noch nicht mit ihm.

»Bist du wieder in Ordnung?«, fragte er seinen Sohn, der plötzlich wieder neben ihm stand. »In den nächsten Tagen sollten wir zum Familiengericht gehen und klarmachen, dass du künftig bei mir wohnst statt bei Anne.«

»Ja, aber ich geh jetzt zu Bett«, antwortete der Junge fahrig, küsste ihn auf die Wange, drückte ihm unbeholfen die Hand und verschwand im Haus.

Martha brachte eine Tasse Tee und ein Stück Kuchen. Während Kubica aß und trank, dämmerte es bereits, und die Haushälterin verabschiedete sich. Wieder spürte der Oberst, wie matt und kraftlos er nach diesem anstrengenden Tag war. Gähnend nahm er sein Smartphone, schrieb Anne, wie sehr er sie vermisste, schickte die SMS ab und versperrte das Haus.

Dann legte er sich schlafen.

151

Eine Stunde vor Mitternacht wurde die Stadt ruhiger. Wien holte Luft und rüstete sich für die Nacht.

Sie trafen einander vor dem Wiener Volkstheater am Arthur-Schnitzler-Platz. Dagmar Landauer und Benno Rask ganz in Schwarz, Stankovic in einem kattunfarbigen Anzug mit weißem Hemd. Er war ein wenig zerstreut. Der Titel des Stückes, mit dem im September 1889 diese Bühne hier eröffnet worden war, beschäftigte ihn. »Der Fleck auf der Ehr« von Ludwig Anzengruber. Wie treffend, dachte er.

»Emma Feiler. Was ist mit ihr?«, fragte Dagmar Landauer, während Rask den Landeskriminaldirektor musterte, als wolle er ihn erwürgen.

»Sie liegt im Krankenhaus und wird gut bewacht«, antwortete Stankovic.

»Warum?«

»Weil sie versucht hat, Judith Hahn zu erschießen. Auf der Tatwaffe sind ihre Fingerabdrücke. Die Schusshandbestimmung war ebenfalls positiv.«

»Mein Gott«, sagte Landauer. »Aber was hat sie mit dem Mord an Lou Sorko zu tun?«

»Keine Ahnung. Sagen Sie es mir.« Stankovic grinste freudlos. »Kubica behauptet, er könne ihr den Mord beweisen, und wenn er das sagt, wird es wohl stimmen.«

Dagmar Landauer fühlte sich unwohl. Schweißperlen glänzten auf ihrer Stirn. »Dass Emma Feiler bei Helene Andau beschäftigt war, darf keiner erfahren«, sagte sie. »Wenn das an die Öffentlichkeit kommt, ist der Teufel los.«

»Ich hab eine Nachrichtensperre verhängt«, beruhigte Stankovic sie. »Dass sich Fakten aber nicht ewig verheimlichen lassen, wird Ihnen ja klar sein, doch das ist unser geringstes Problem. Sagen Sie mir endlich die Wahrheit. Wer hat diese Frau auf Lou Sorko gehetzt? Wer hat sie beauftragt?«

»Woher soll denn ich das wissen?«

»Wollen Sie mich verarschen?«

»Wieso sollte ich?«

»Langsam hab ich Ihre Lügen satt«, zischte Stankovic. Er war jetzt restlos sauer.

»Wie reden Sie denn mit mir?«

»Pass bloß auf, sonst bist du weg vom Fenster«, grunzte Rask in Richtung Landeskriminaldirektor.

»Bin ich längst«, konterte Stankovic wütend. »Und das hab ich ganz allein euch zu verdanken.«

»Ruhig Blut«, unterbrach Dagmar Landauer die beiden

Streithähne und nestelte gedankenverloren an der schwarzen Perle in ihrem Ohr. »Nur nicht nervös werden. Es gibt immer einen Weg. Ich rede mit Helene. Helene fällt bestimmt etwas ein. Es wird sich alles wieder einrenken, ihr werdet schon sehen. Wäre ja nicht das erste Mal.«

152

Eine unruhige Nacht, in der ihn ein merkwürdig dumpfer Brustschmerz gequält und vom Schlafen abgehalten hatte, lag hinter Kubica. Todmüde hockte er im Büro, studierte den Spurenbericht zum Vorfall im Kloster, die Meldung zur Hausdurchsuchung in Emma Feilers Unterkunft und das Ergebnis der Identitätsüberprüfung.

Zwei Paar Schuhe, drei Hosen, mehrere Blusen, ein Pullover sowie ein Sweater. Mehr an Garderobe war in Feilers Zimmer nicht zu finden gewesen. In einer Lade hatten ihr Reisepass und der Führerschein gelegen. Feiler stammte aus Radstadt im Bundesland Salzburg. Sie war ein Findelkind, das in mehreren Heimen aufgezogen worden war, ehe sie zum Bundesheer ging und dort eine Jagdkampfausbildung absolvierte. Was sie danach trieb, war nicht eruierbar. Innerhalb der letzten drei Jahre jobbte sie jedenfalls als Hausdame bei zwei alten Damen in Tirol. Beide konnte man nicht mehr befragen, da sie verstorben waren. Feilers Name war weder im Vorstrafenregister noch in einer anderen offiziellen Datenbank zu finden. Die Frau schien noch nie kriminell in Erscheinung getreten zu sein.

Um zehn rief ein Spezialist des Innsbrucker Labors an. Das Ergebnis der vergleichenden DNA-Analyse zu den Spuren im Fall Sorko sei positiv, sagte er. Das schriftliche Gutachten werde in ein bis zwei Stunden vorliegen. Danach telefonierte Kubica mit Oscar. Der fühlte sich schwach und wollte bis auf Weiteres erst einmal zu Hause bleiben.

Um halb elf informierte Kubica den Staatsanwalt, rief im

Krankenhaus an und sprach mit dem Chefarzt der Unfallchirurgie. Emma Feilers Zustand sei zufriedenstellend, erfuhr er. Hinsichtlich des behaupteten Gedächtnisverlustes habe man Zweifel. Bei einer bloßen Gehirnerschütterung sei eine Amnesie normalerweise auszuschließen, doch man wolle morgen noch weitere Untersuchungen vornehmen. Im Augenblick sei die Patientin jedenfalls vernehmungsfähig. Eine Auskunft, die Kubica ein zufriedenes Lächeln entlockte.

153

Dreizehn Uhr. Vorsichtig schoben zwei uniformierte Beamtinnen Emma Feiler im Rollstuhl in das Vernehmungszimmer der Haftanstalt. Durch eine sperrangelweit geöffnete Tür, die aussah wie das aufgerissene Maul eines gierigen Raubtieres. Neugierig stellte sich Kubica an die Schwelle und ließ die Frau nicht mehr aus den Augen. Feilers Haar war struppig und stumpf. Sie trug einen schwarzen Trainingsanzug, ihr rechter Fuß war eingegipst, sie hatte ein blaues Auge, und zwei große Heftpflaster zierten ihr Gesicht.

»Sie hätten sie im Krankenhaus vernehmen lassen müssen«, flüsterte Stankovic.

»Dann würde sie den Ernst der Lage nicht begreifen«, entgegnete Kubica. »Sobald die Lügengeschichte mit dem Gedächtnisverlust endgültig widerlegt ist, wird sie sowieso in den Knast verlegt. Da hat sie noch viele Verhöre vor sich. Es wird Zeit, dass sie sich darauf einstellt.«

Mit einer einladenden Geste ließ Kubica den Landeskriminaldirektor eintreten und schloss die Tür. Als er den Anwalt erkannte, der neben Feiler hockte, zog er erstaunt die Augenbrauen hoch. Der Mann verteidigte doch sonst nur die Prominenten dieser Stadt. Was tat der hier?

»Meine Mandantin kann sich an nichts erinnern«, erklärte der Advokat.

»Sie haben hier erst einmal Pause«, konterte Kubica. »Das ist ein offizielles Verhör. Dem dürfen Sie beiwohnen. Kommentieren dürfen Sie nichts.«

Der Mann im grauen Gucci-Anzug nickte und schwieg.

Nachdenklich betrachtete Kubica die Metalltür, an deren Innenseite weder ein Türknopf noch ein Schlüsselloch zu sehen waren. Dafür gab es ein Sichtfenster aus bruchsicherem Acrylglas und eine Klingel, die man betätigen musste, wenn man diesen ungastlichen Ort verlassen wollte.

»Mein Name ist Kubica«, stellte er sich der jungen Frau vor. »Ich leite dieses Verhör. Es wird zur Gänze aufgezeichnet. Verstehen Sie das?«

Sie nickte.

»Sie sollten ein Geständnis ablegen. Das wäre besser für Sie.«

Sie schwieg, was ihr Rechtsvertreter mit Zufriedenheit zur Kenntnis nahm.

»Was sagt Ihnen der Name Lou Sorko?«, fragte Kubica.

Er erhielt keine Antwort.

»Wir haben Ihre DNA in der Wohnung der ermordeten Journalistin gefunden. Wie erklären Sie sich das?«

Sie blickte ihn an und lächelte.

»Gestern haben Sie versucht, einer jungen Frau namens Judith Hahn einen Laptop zu rauben und sie zu erschießen. Wieso?«

Stille.

»Die Indizienkette gegen Sie ist lückenlos«, sagte Kubica. »Mord, Mordversuch, versuchter Raub, Widerstand gegen die Staatsgewalt und so weiter und so fort. Wenn Sie nicht Vernunft annehmen und mit uns zusammenarbeiten, werden Sie das Gefängnis erst wieder verlassen, wenn man Sie im Sarg heraustägt. Nennen Sie Ihre Auftraggeber.«

Sie sagte keinen Ton und senkte den Blick.

Kopfschüttelnd nahm Kubica es zur Kenntnis. »Man nützt Sie doch nur aus«, sagte er. »Wollen Sie wirklich, dass die anderen so einfach davonkommen?«

»Welche anderen?«, murmelte sie, ehe sie wieder verstummte.

Klar stellte Kubica weiterhin Fragen über Fragen, doch die

blieben unbeantwortet. Sie prallten einfach ab von ihr. Nach zwanzig Minuten war alles vorbei.

»Sinnlos«, meinte Stankovic wenig später auf dem Flur.

»Finden Sie?« Kubica grinste. »Immerhin wissen wir jetzt, dass der kostspieligste Anwalt Wiens sie vertritt. Das Schweigekonzept ist seine Idee, nicht ihre. Das ist eine Handschrift, die ich durchaus lesen kann.«

»So?«, knurrte Stankovic. »Dann lassen Sie mich an diesem Entschlüsselungsprozess doch bitte teilhaben.«

»Das wäre zu früh«, sagte Kubica und winkte ab. »Aber Sie erfahren die Lösung schon noch, das verspreche ich. Bald.«

154

Ein wolkenloser Himmel. Die Sonne schien, und das Braun der Bäume mischte sich mit dem Hellgrün der Trauben an den Rebstöcken beidseits der Straße. Auf den Masten der Hochspannungsleitung saßen Vögel. Sommer. Die Welt duftete nach Erde, Obst und Gras.

Nachdem Petrell schon mit der Untergrundbahn und dem Bus gefahren war, benützte er nun ein Taxi. Nicht, weil er besondere Lust danach verspürte, herumkutschiert zu werden, sondern um etwaige Verfolger verlässlich abzuschütteln. Das schien ihm zu gelingen, denn Autos sah er keine. Weder vor noch hinter sich. Menschen auch nicht. Ein Gefühl, als wäre er auf dem Land, dabei war er doch immer noch in Wien.

Seine verstorbene Frau fiel ihm ein. Die stammte aus dieser Gegend. In einem nahen Heurigen hatte er die Tochter eines Wiener Beamten und einer Meraner Künstlerin einst kennengelernt. Er wurde ganz melancholisch, als er daran dachte, während der Wagen die nächste Kreuzung erreichte, langsamer wurde und links abbog. Über eine staubige Zufahrt ging es zweihundert Meter zu jenem Winzerhof, den man ihm beschrieben hatte. Das Lokal war geschlossen. Betriebsurlaub.

Hinter dem Haupthaus, das am Fuße eines Hügels stand, stieg er aus, betrat den Weingarten und wanderte ein Stück bergan. In der Mitte der Anhöhe war er am Ziel.

»Sie sind tatsächlich allein, oder?«, fragte die Dame mit dem kurzen grauen Haar.

Er nickte.

»Wieso haben Sie mich nicht auf dem üblichen Weg kontaktiert?«

»So wie Helene? Über die Nummer der Tarnfirma in der Donaustadt?« Er lachte. »Ich wollte Ihnen zeigen, dass ich kein Idiot bin.«

»Ja, Sie sind verdammt clever«, sagte sie mit einem Lächeln. »Wir werden noch viel Freude an Ihnen haben. Aber rufen Sie nie wieder auf einer offiziellen Leitung an. Das ist tabu. Also: Was wollen Sie?«

»Da fragen Sie noch?«

»Sie dürfen nicht so furchtbar nervös sein, Moritz.« Wieder dieses Lächeln. »Ich darf Sie doch Moritz nennen? Es gibt ja überhaupt keinen Grund, sich Sorgen zu machen. Wir haben alles im Griff. Garantiert. Wissen Sie was? Wir machen jetzt einen kleinen Spaziergang. Da lässt es sich gut reden. Danach fühlen Sie sich besser. Ganz bestimmt. Also kommen Sie. Los, los.«

155

Dass der Büroleiter der Innenministerin ihr zum Aufenthaltsort seiner Chefin keine Auskunft gab und aus der Handynummer ein Staatsgeheimnis machte, ärgerte Helene Andau noch immer. Das war eine Unverschämtheit. Mit entschlossenem Schritt betrat sie das noble Palais Todesco und eilte ins Obergeschoss. Die Bar über der Gerstner k. u. k. Hofzuckerbäckerei war gut besucht. An einem Tisch mit bestem Blick auf die Staatsoper saß die Innenministerin vor einem Teller mit drei

Krebsschwänzen und Shrimps, trank ein Glas Champagner und telefonierte.

Stumm setzte sich Helene Andau zu ihr.

»Woher wissen Sie, dass ich hier bin?«, zischte Friederike Jung empört.

»Ich weiß eine ganze Menge über Sie«, antwortete Andau spitz.

»Ach, wie schön«, sagte Jung mit falschem Grinsen, legte das Telefon zur Seite und nippte an ihrem Champagnerglas. »Ich nehme an, Sie sind wegen Kubica hier.«

Die Medienzarin schluckte. Einen Moment lang wusste sie nicht so recht, was sie sagen sollte.

»Der Mann ist unangenehm, ich weiß«, räumte Jung leutselig ein. »Ich mag ihn auch nicht besonders. Er hat euch jetzt ganz schön am Schlafittchen, nicht wahr?«

»Der Mann hat sich verrannt. Das ist das Problem.«

Die Ministerin lachte. »Was ich gerne wissen würde: Haben *Sie* Ihrer Chauffeurin den Auftrag erteilt, diese Journalistin wie eine Katze zu ersäufen, oder war es Petrell?«

»Wieso hätten wir das tun sollen?«

»Warum wohl? Weil sie zu viel wusste.«

»Nein, ich hab mit dem Mord nicht das Geringste zu tun. Moritz auch nicht.«

»Und Frau Landauer?«

»Machen Sie Witze?«

»Ihnen gegenüber? Gott bewahre. Was wollen Sie?«

»Ihnen erklären, was passiert ist. Emma Feiler war in Moritz verliebt. Sie hatte die hinterhältigen Kommentare in Sorkos Kolumne satt, besuchte die Dame und bat sie, damit aufzuhören. Sorko hat sie ausgelacht. Da ist sie durchgedreht. Es gab keinen Mord. Auch keinen Auftraggeber. Emma hat im Affekt getötet. Sie legt ein diesbezügliches Geständnis ab, und wir wollen, dass die Akte Sorko danach unverzüglich zur Staatsanwaltschaft weitergeleitet wird.«

»Und warum hat sie auf dieses Mädchen im Kloster geschossen?«

»Sie wollte den Laptop zurückhaben, den sie aus Sorkos Wohnung gestohlen hatte, weil sie das Ding so sehr mochte.«

»Auf dem Gerät sollen Dateien gespeichert sein, die Petrell schaden könnten«, sagte Jung lächelnd.

»Das sind Hirngespinste dieses Herrn Kubica. So etwas existiert nicht.«

»Von mir aus«, sagte die Ministerin leichthin. »Sie wissen ja: Ich bin auf eurer Seite.«

»Ach ja?«, erwiderte Andau.

Der Kellner kam und fragte Andau, was er ihr bringen könne, doch die schüttelte bloß den Kopf, erhob sich, nickte der Ministerin zu und ging.

Da orderte Friederike Jung noch mehr Champagner, wartete, bis der Kellner ihn serviert hatte, und trank.

»Keinen Finger mach ich für euch krumm«, murmelte sie finster, als sie das leere Glas zurück auf den Tisch stellte. »Hoffentlich bringt euch Kubica alle hinter Schloss und Riegel. Ja, wie ich den Kerl kenne, tut er das. Meinen Segen dazu hat er. Also prost. Möge die Übung gelingen.«

156

Showdown in Schönbrunn? Vielleicht im Film. Im richtigen Leben läuft das anders, dachte Kubica drei Stunden später und blickte sich um. Inmitten der noblen Karossen vor dem Schlosshotel sah Pawel Wozzeks abgewrackter grauer Transporter noch armseliger aus als sonst.

»Die Frau heißt Lilly Dexter«, verkündete Hochwürden. »Jedenfalls ist das der Name, unter dem man sie in Warschau kennt.«

»Und wo ist sie jetzt?«

»Bis vor zwei Minuten war sie in der Orangerie. Und nun spaziert sie gemütlich durch den Schlosspark. Zwei Agenten begleiten sie.«

»Seit wann hat sie dein Späher im Auge?«

»Seit Mittag. Dexter leitet die Abteilung Osteuropa. Ein alter Hase. Ewig lange im Geschäft.«

»Worum ging es bei der Besprechung mit Petrell?«

»Keine Ahnung. Zum Abhören waren die beiden zu weit weg. Willst du in der Botschaft mit ihr reden?«

Kubica überlegte. »Nein. Ich geh ihr entgegen«, entschied er.

»Das könnte gefährlich werden«, warnte Wozzek. »Soll ich mitkommen?«

»Das ist meine Sache, Pawel. Aber danke.« Anerkennend verpasste Kubica seinem Freund einen kameradschaftlichen Klaps auf die Schulter, stieg aus und überquerte die Straße. In zwanzig Meter Entfernung vom Nebeneingang des Schlossparks zog er sich in den Schatten eines mehrstöckigen Hauses zurück und rief Martha an.

»Was ist denn los?«, fragte er. »Da versuche ich stundenlang, Oscar zu erreichen, und der hebt nicht ab.«

»Kein Wunder. Der Arme hat immer noch Dünnpfiff«, sagte sie seufzend. »Außerdem kam ihm gerade das Essen hoch. Leichtes Fieber hat er auch noch, und er kann den Kopf kaum bewegen. Sein Nacken fühlt sich so merkwürdig steif an.«

»Ruf bitte meinen Hausarzt an«, bat Kubica. »Die Telefonnummer hängt am schwarzen Brett in der Küche. Er soll kommen und sich den Buben anschauen. In spätestens zwei Stunden bin ich daheim.«

Die Haushälterin versprach es, und er legte auf, denn Miss Dexter war im Anmarsch. Rasch steckte er das Telefon weg und stellte sich ihr in den Weg.

»Guten Tag«, begrüßte er sie. »Kubica, Landeskriminalamt, Mordkommission.«

»Ich weiß«, sagte sie, drehte sich lächelnd zu ihren zwei Begleitern um und gab ihnen einen Wink. »Seht nach, ob er verkabelt ist.«

»*Come on*«, bellte der ältere der beiden Hünen und deutete auf den schwarzen Chrysler Voyager mit Diplomatenkennzeichen, der auf der gegenüberliegenden Straßenseite im Halteverbot parkte. Zehn Minuten später hatten die beiden Amerikaner Kubica durchsucht und kehrten mit ihm zurück.

»*He's clean*«, teilte der Mann seiner Chefin lässig mit.

»Na gut, Colonel«, sagte sie. »Was kann ich für Sie tun?«

»Ein Geständnis ablegen«, erwiderte er.

»Sie sind ein Scherzbold.« Sie grinste, um ihre Feststellung zu untermalen.

»Nein«, knurrte Kubica. »Bei einer Frau, die Mordbefehle erteilt, fehlt mir der Humor. War es Petrells Idee, Lou Sorko aus dem Weg räumen zu lassen?«

»Nein, das wurde außerhalb dieses Landes entschieden«, sagte sie und lächelte schon wieder. »Ich hatte den Befehl bloß weiterzugeben. Frau Andau war sicher, dass wir mit der Journalistin bloß reden. Dass wir sie zur Vernunft bringen. Das war auch mein Plan, aber in Washington bestand man auf einer endgültigen Lösung. Das Risiko war zu hoch.«

»Das heißt, Emma Feiler arbeitet für Sie.«

»Von Fall zu Fall. Da kaufen wir sie zu. Emma glaubt ja, dass ich eine russische Agentin bin. Frau Andau ebenfalls.«

»Sollten Sie vorhaben, Emma aus dem Knast zu holen, ist das keine besonders gute Idee. Sie wird gut bewacht.«

»Emma ist mir egal. Wir schulden ihr nichts. Im Gegenteil. Hätte sie ordentlich gearbeitet, wäre alles *pretty good*, aber sie hat ein paar Fehler gemacht, und die rächen sich. Wie auch immer: Der Anwalt plädiert auf Totschlag. In vier bis fünf Jahren ist sie frei und kann vom Schmerzensgeld, das wir ihr in den Hintern schieben, gut leben. Alles bestens. Alles easy.«

»Wieso liegt euch Petrell eigentlich so am Herzen?«

»Weil er den Öxit durchzieht. Das ist wichtig. Wenn nach Großbritannien ein weiterer Staat aus der EU austritt, bricht die Union zusammen.«

»Und ihr habt einen lästigen Konkurrenten am Weltmarkt weniger«, ergänzte Kubica.

»Glauben Sie, wir schauen tatenlos zu, wie sich die Moslems Europa unter den Nagel reißen?«, fragte Dexter.

»Ach, hören Sie doch auf«, erwiderte Kubica verärgert. »Ihr seid keine Retter oder Wohltäter. Menschenfreunde schon gar nicht. Was ist mit Rudolf Landauer? Was habt ihr mit ihm gemacht?«

»Dagmars Mann?« Sie grinste. »Bereist der nicht gerade Australien?«

»Ihr habt ihn ausgeschaltet, oder?«

Ein vielsagendes Achselzucken war ihre Antwort.

»Und Marie Haller? Was hat die mit allem zu tun?«

»Petrell hat Mrs Haller auf Sie angesetzt. Er brauchte eine Laus in Ihrem Pelz.«

»Ich kriege Sie, Miss Dexter.«

»Ach so? Wie denn, Mister Kubica? Sie haben doch keine Beweise, und was auf dieser Welt nicht beweisbar ist, ist nie passiert.«

»Trotzdem. Sie entkommen Ihrer Strafe nicht.«

»Wissen Sie was? Sie sind ein ganz schlechter Verlierer, mein Lieber. Nach allem, was ich über Sie gehört habe, hätte ich Ihnen da mehr Größe zugetraut.«

»Ich habe ein Video, auf dem Sie mit Sorkos Laptop herumspazieren.«

»Mit einer Laptop*tasche*«, korrigierte sie ihn. »Mit meinem privaten Notebook der Marke Apple darin. Wenn ich geschäftlich unterwegs bin, hab ich es ab und zu mit dabei. Das ist hier nicht verboten, oder?«

»Aber nein. Und mit den Dateien haben Sie Petrell in der Hand, nicht wahr? Da muss er ab sofort ganz nach Ihrer Pfeife tanzen. Bis in alle Ewigkeit.«

»Ich habe dieses Gespräch außerordentlich genossen, mein Bester«, sprach Miss Dexter. »Aber nun ist es genug. Alles Gute, Mister Kubica. Geben Sie auf sich acht. Wir werden uns nicht wiedersehen.«

Triumphierend kämmte sie mit gespreizten Fingern ihr Haar zurück, kniff den Hintern zusammen, drehte sich schwungvoll um und betrat die Fahrbahn.

Es war warm, die Sonne schien ihr ins Gesicht, und sie war ein wenig müde. Drei Gründe, die erklärten, weshalb sie den Tesla übersah, der in normalem Tempo in Richtung Kennedybrücke glitt. Zu schnell für einen Fußgänger, der plötzlich vor dem Kühler auftaucht.

Ein gellender Schrei ertönte. Der stammte von einer Radfahrerin, die Zeugin des Geschehens wurde und entsetzt stehen blieb.

Miss Dexter starb stumm.

Das ging so schnell, dass sie es nicht einmal bemerkte.

157

Bestimmt der freie Wille unser Leben, oder leben wir alle unser Schicksal?

Eine Frage, auf die Kubica keine Antwort einfiel. Dafür überkam ihn das Bedürfnis, sich zu waschen und seine Hände mit einem weichen, duftigen Frotteetuch zu trocknen, als er Dexters zerquetschten Kopf sah. Jedenfalls wollte er rasch weg hier. Dass die altgediente Geheimdienstlerin ihrer Strafe nicht entkommen würde, hatte er doch bloß so dahingesagt. Nun war seine Prophezeiung eingetroffen. Auf eine Art und Weise, die ihn bedrückte und mit einem Gefühl zurückließ, als habe er etwas falsch gemacht.

Ob sie Kinder hatte, die um sie trauerten? Oder Enkel? Finster drehte er sich um.

Dexters Begleiter waren spurlos verschwunden. Dafür sperrten vier Uniformierte die Fahrbahn ab und leiteten den Fahrzeugverkehr um. Unterdessen schossen Beamte des Unfallkommandos Fotos und befragten den Fahrer des Unfallwagens.

Während Kubica einem Polizisten seine Zeugenaussage diktierte, schlug Pfarrer Wozzek mehrmals das Kreuz über die Leiche, zog seine Jacke aus und bedeckte die Tote.

»Geht es dir gut?«, fragte er Kubica, als der endlich wieder neben ihm stand.

»Alles klar«, sagte der Oberst leise, versteckte seine schlotternde rechte Hand hinter dem Rücken und fixierte sie mit der Linken. Dabei vermied er es, an der Leiche anzustreifen. Aus einer gewissen Scheu heraus, die er von Kindesbeinen an gegenüber Toten hegte. Wehe, du greifst eine Leiche an, hatte ihm die Mutter stets gesagt. Dann bist du der Nächste, hinter dem der Sensenmann her ist. Also hielt Kubica Abstand. Man konnte ja nie wissen.

Oscar fiel ihm ein. Er musste noch Schokolade für ihn kaufen, bevor er nach Hause ging. Mit hohem Kakaoanteil, damit sich der Durchfall legte. Kaum hatte er sich das vorgenommen, klingelte sein Telefon. Martha war dran.

»Es ist wegen Oscar«, sprach sie mit zitternder Stimme.

»Was ist mit ihm?«, fragte Kubica.

»Er ist zusammengebrochen.«

Wer? Oscar? Ein kerngesunder, durchtrainierter, beinahe sechzehnjähriger Teenager mit einer Schwäche für Fußball und für ein Mädchen namens Nicole? Ein kluger, lustiger Kerl ohne Bezug zu Alkohol und Drogen? Wieso sollte der so einfach umfallen?

»Ist er verletzt?«, fragte Kubica. »Blutet er? Hat er sich den Kopf angeschlagen?«

»Nein«, antwortete Martha. »Aber er hatte Atemnot und Krämpfe. Der Notarzt hat ihn sofort ins Krankenhaus bringen lassen. Es tut mir so leid.«

»Welche Klinik?«, fragte Kubica.

Sie sagte es ihm, und er rannte los.

158

»Es kommt wieder in Ordnung«, flüsterte Kubica.

Auf der Fahrt ins Krankenhaus redete er sich das förmlich

ein, doch als er dort eintraf, lag Oscar schon auf der Intensivstation. Er sei bewusstlos und werde künstlich beatmet, hieß es. Mehr könne man ihm noch nicht sagen. Verzweifelt stand Kubica auf dem Korridor, lauerte jedem Arzt und jeder Krankenschwester auf, die sich in seine Nähe verirrten, und bettelte um weitere Informationen. Vergeblich.

Anne. Er musste Anne anrufen. Aber was sollte er ihr denn sagen? Seine Gedanken quollen über, als hätte jemand in seinem Gehirn eine Eiterbeule aufgestochen. Immer wieder nahm er das Handy zur Hand, ohne es übers Herz zu bringen, mit seiner Exfrau zu reden.

Um einundzwanzig Uhr fieberte Oscar bereits mit vierzig Grad. Auf den Lippen des Buben tanzten blaue Punkte. Kleine Hauteinblutungen, die später zusammenflossen. Die Ärzte verpassten dem jungen Patienten einen Kreuzstich und fanden eine massiv entzündliche Rückenmarksflüssigkeit, die mit Meningokokken durchsetzt war. Oscar kam in Quarantäne. Der Kampf um sein Leben begann.

Als Kubica ins Gesicht des Oberarztes blickte, der sich nach einer Stunde zu ihm gesellte, fuhr ihm der Schrecken in die Glieder.

»Ihr Sohn laboriert an einer Meningokokkensepsis«, erklärte der Spezialist. »Am sogenannten Waterhouse-Friderichsen-Syndrom, einer sehr ernsthaften Erkrankung.«

»Besteht Lebensgefahr?«, fragte Kubica, der die Antwort längst ahnte.

Ein Schatten verdunkelte die Gesichtszüge des Doktors. Er nickte.

»Ich will zu ihm«, forderte Kubica.

»Das geht noch nicht, aber kann ich sonst etwas für Sie tun?«

»Retten Sie ihn.«

Still legte ihm der Arzt die Hand auf die Schulter, nickte und ging.

Tüfteln, brüten, rätseln. Was sollte Kubica tun? Mit wachsender Panik hockte er sich ins leere Wartezimmer. Oscar war nie krank gewesen. Der liebte Sport, ernährte sich gesund. Der besaß eine bemerkenswert gute Kondition. Oscar übersteht das, dachte er. Doch da war diese bebende Unruhe in ihm. Das Vorzeichen einer herannahenden Katastrophe. Kubica war sprachlos. Wie gelähmt. Ich bin fertig, schoss es ihm durch den Kopf. Ich kann nicht mehr. Dann rief er Anne an.

»Hast du keine Uhr zu Hause?«, murrte sie. »Es ist zweiundzwanzig Uhr. Was ist denn?«

»Komm nach Wien«, sagte er. »Oscar geht es schlecht.«

»Was heißt das?«

»Er hat eine bakterielle Erkrankung und liegt auf der Intensivstation.«

»Ist die Sache gefährlich?«

»Es steht schlecht um ihn, Anne.«

Eine halbe Ewigkeit drang kein Laut an sein Ohr. »Ich packe ein paar Sachen zusammen und fahre zum Flughafen«, stammelte sie schließlich. »Ruf mich stündlich an. Ich will auf dem Laufenden bleiben.«

Die Zeit verging. Kubica harrte weiter aus. Mit wachsender Nervosität. Plötzlich tauchte Wozzek auf. Er hatte eine kleine Reisetasche mit dabei, aus der er eine Proviantdose mit Brot, Wurst, Käse und eine Thermoskanne Kaffee hervorholte. Eine gut gemeinte Geste, doch Kubica konnte weder essen noch trinken. Seine Kehle war wie zugeschnürt. *Lieber Gott, lass Oscar leben!* Immer wieder geisterte dieser Satz durch seinen Kopf. Unaufhörlich. *Hör mich, Herr. Hilf.* Das Warten machte ihn fast verrückt.

Gegen dreiundzwanzig Uhr war der Ofen aus. Kubicas Sorge war so groß, dass sie ihn zu überwältigen drohte. Es war nicht bloß das Schweigen, das ringsherum herrschte, es war die Art des Schweigens, die ihn um den Verstand brachte. Da lief etwas schief. Da ging etwas daneben. Er wollte jetzt auf der Stelle wissen, wie das mit seinem Sohn nun weiterging. Schließlich war er der Vater. Er musste doch informiert werden. Wieso sprach niemand mit ihm? Wütend beschwerte er sich bei einer Schwester. Die sah ihn nur mitleidig an, versprach, mit dem Arzt zu reden, und verschwand.

Monoton stellte Kubica seinem Freund Wozzek die immer gleiche Frage. »Glaubst du, dass er überlebt?« Erfolglos. Der Pfarrer antwortete nicht. Der murmelte bloß seine Gebete.

Eine halbe Stunde vor Mitternacht verstummte Wozzek auf einmal, lauschte, zog den Kopf ein, nahm seine Reisetasche und ging zum Stationszimmer.

»Ich bin Pfarrer«, sagte er zur Krankenschwester. »Ich glaube, ich werde gebraucht.«

Die blonde Frau reagierte, als habe sie nichts anderes erwartet. Still nickte sie. Dann bat sie ihn, ihr zu folgen.

Längst stand Kubica wieder auf dem Korridor. Er war am Ende. Er konnte nicht mehr.

Dann wurde es plötzlich lebhaft. Zwei Ärzte hetzten mit wehenden weißen Mänteln an ihm vorbei und verschwanden hinter einer hohen Tür. Danach hörte man keinen Laut mehr. Sogar das Ticken der Wanduhr über Kubicas Kopf verstummte. Es war totenstill.

Um Mitternacht öffnete sich die Tür. Wozzek tauchte auf. Er trug eine Stola über seinem schwarzen Anzug, sein Rücken war gekrümmt, sein Gesicht weiß wie die Wand. Mit bebenden Händen umarmte er Kubica und drückte ihn an sich. Keuchend umklammerte Kubica den Freund. So fest, als wolle er ihm die Knochen brechen. Oscar, schrie eine Stimme in ihm. Ein glühendes Schwert durchbohrte sein Herz, und sein Leib krampfte sich zusammen.

»Komm, Radek«, sprach Pawel Wozzek mit einer Stimme, die klang wie brechendes Eis. »Dein Kind stirbt jetzt.«

159

Drei Tage später war der Himmel bedeckt. Es roch nach Kälte und Regen. Müde saß Dagmar Landauer vor dem Computer und rieb sich die schmerzenden Augen, als Petrell eintrat.

»Scheißvieh«, motzte der Abgeordnete und duldete es mit

angewiderter Miene, dass ihn ihr Pudel schwanzwedelnd begrüßte.

»Hier, Sheriff. Platz«, befahl die Stabschefin ihrem Hündchen, das auch sofort zu seiner Herrin dackelte und sich unter den Schreibtisch legte.

»Verziehen wir uns in die Küche«, schlug Petrell vor und eilte voran. Sie folgte ihm.

»Kaffee wäre schön.«

Folgsam schaltete Dagmar die Kaffeemaschine ein. Während das schwarze Gesöff fauchend in zwei Tassen rann, drückte sie sich an ihn und versuchte, ihn zu küssen. Das war ihm unangenehm. Unwillig drehte er den Kopf weg.

»Lass das jetzt«, knurrte er und schob sie von sich. »Ich bin nicht in Stimmung. Was gibt es Neues?«

»Helenes Chauffeurin hat ein Geständnis abgelegt.«

»Woher weißt du das?«

»Von ihrem Anwalt.«

Der Kaffee war fertig. Still nahm jeder seine Tasse. Dagmar süßte ihren Muntermacher mit Zucker und nahm ein bisschen Milch, Petrell trank einen Mokka. Pur.

»Sie hat dem Staatsanwalt die vorbereitete Geschichte aufgetischt«, sagte die Stabschefin mit triumphierendem Grinsen.

»Dass sie um ein Gespräch gebeten hatte, Sorko sie zu einem gemeinsamen Bad einlud, sie im Badezimmer auslachte und ihr daraufhin die Sicherungen durchbrannten?«

»Genau. Totschlag.«

»Ausgezeichnet.« Petrell lächelte und leerte seine Tasse in einem Zug. »Und unser Freund, der Oberstaatsanwalt Ratzinger, sorgt dafür, dass sie ein mildes Urteil erhält?«

Sie nickte.

»Dann ist ja alles in bester Ordnung«, sagte er.

»Richtig«, bestätigte sie. »Wir können an unsere Hochzeit denken. Hast du schon einen konkreten Termin im Auge?«

»Wie viele Delegierte sind jetzt auf meiner Seite?«, fragte er.

»Dreiundsechzig Prozent, aber ich rede gerade von unserer gemeinsamen Zukunft.«

»Weißt du, ich bin wahnsinnig gern mit dir zusammen, aber eine Ehe?«

»Du hast es versprochen«, stammelte sie.

»Lass uns darüber reden, wenn ich Kanzler bin.«

»Nein. Das machen wir jetzt!«

»Nun sei aber bitte nicht kindisch.«

»Ich bin überhaupt nicht kindisch. Und was ist mit Rudi? Ich hab noch nichts von ihm gehört.«

»Glaubst du, der meldet sich? Der hat doch die Schnauze voll von dir.«

»Du hast ihn aus dem Weg räumen lassen.«

»Hast du einen Knall?«

»Ja, ja, Helene behauptet, du hast mit allem nichts zu tun, aber mich täuschst du nicht.«

»Überleg dir gut, was du da sagst.«

»Ach so? Du drohst mir?«

»Blödsinn. Komm her. Ich liebe dich.«

»Du liebst bloß dich.«

»Da ist was dran, Süße, aber du bist die einzige Frau, die mich wirklich interessiert.«

Wütend hielt sie sich die Ohren zu.

Petrell störte das nicht. »Die neuen Meinungsumfragen sind gut«, murmelte er selbstvergessen. »Mehr als doppelt so viele Menschen wollen lieber mich als Kanzler als den aktuellen Amtsinhaber. Gut sechzig Prozent unterstützen den Austritt aus der Europäischen Union. Die Printmedien riechen schon den Braten und schwenken auf meine Linie ein. Allein heute haben mich schon weitere fünf Parteitagsdelegierte angerufen und mir ihre Stimme angeboten.«

»Super«, zischte sie.

»Ich sehe schon, du bist heute schlecht drauf.« Seufzend stellte er seine leere Tasse ab. »Warum denn? Hast du deine Periode?«

Nun langte es ihr aber. »Raus!«, fauchte sie und wies ihm die Tür.

»Ach geh, Dagmar. Sei lieb.«

»Hau ab.«

Kopfschüttelnd verließ er das Zimmer und schloss die Tür.

»Du miese kleine Kröte«, zischte sie ihm hinterher. »Du glaubst wohl, du kannst dir alles erlauben, aber ich lass mich nicht mehr länger bescheißen.«

Wütend fischte sie eine offene Flasche Wein aus dem Kühlschrank, schenkte sich ein Gläschen ein und stürzte den ausgezeichneten Riesling in einem Zug hinunter.

»Das wirst du noch bereuen, Moritz Petrell«, flüsterte sie mit bebender Stimme. »Du hast den Bogen überspannt. Warte nur, mein Lieber, jetzt breche ich dir das Genick.«

160

»Ich finde keine Worte, Radek.«

Ein Satz, den Franz Dvorak mehr hervorwürgte, als dass er ihn sprach. Dabei standen ihm die Haare zu Berge, als wäre er mit ihnen in einen Stromkreis geraten. Das bestürzte Gesicht, die steile Falte zwischen den Augen und die Schweißperlen auf der Stirn unterstrichen das tief empfundene Mitgefühl des Chefinspektors.

Kubica reagierte nicht. Still duldete er den laschen Händedruck seines Stellvertreters. Radek war benommen, wie losgelöst, meilenweit entfernt von dieser Verabschiedung, die ja irgendeinem Unbekannten passierte, nicht ihm. Leute kamen her, sprachen mit ihm, schüttelten seine Hand und gingen wieder. Der Polizeipräsident und Stankovic, Oscars ehemalige Lehrer, Schulkameraden und Sportkollegen, Martha und die übrigen Nachbarn, Freunde und Bekannte. Lena und ihre Tochter waren auch da.

»Brauchst du etwas?«, fragte Lena.

War das ihr Ernst? Sie wusste doch, was er brauchte. Die ganze Welt wusste es. Seinen Sohn, aber den bekam er nicht mehr. Nie wieder.

Pawel Wozzek hatte die Totenmesse gehalten und den Sarg zum Wagen geleitet, der ihn zum Krematorium fahren sollte. Die Trauerfeier war ohne die üblichen Plattitüden abgelaufen, die Geistliche bei solchen Gelegenheiten von sich zu geben pflegten. Wozzek hatte Oscar ja gekannt. Von der Taufe bis zum Spenden der Sterbesakramente. Jetzt, da alles erledigt war, stand er da wie ein Baum. Direkt neben Radek. Anne, ihr Vater und ihr Bruder aus Essex, der einen Bauch groß wie ein Bottich hatte, hielten einen Respektabstand zu ihm. Derweil verhinderten die magischen Tabletten, die Wozzek seinem Freund besorgt hatte, das Allerschlimmste.

Seit Oscars Tod fehlte Kubica jegliches Zeitgefühl, und er spürte seinen Körper nicht mehr. Das Rinnsal von Tränen, das still über seine Wangen lief, registrierte er also gar nicht. Es hinterließ Wasserflecken auf seinem schwarzen Anzug und dem weißen Hemd.

Dann endlich war es vorbei. Das Auto mit dem Sarg setzte sich in Bewegung und verschwand. Die Leute gingen. Annes Vater, ihr Bruder und ein paar Nachbarn verzogen sich in den Schatten einer Trauerweide, verharrten dort und sprachen leise miteinander. Sie drehten Kubica den Rücken zu.

»Wieso kommst du nicht zum Trauermahl?«, fragte Radek seine Exfrau.

»Weil ich mit dir nicht mehr an einem Tisch sitzen will. Morgen erhalte ich die Urne und nehme sie mit nach England.«

»Wieso tust du mir das an?«

Ein Sonnenstrahl fiel auf Annes Gesicht, und die Gläser ihrer großen Sonnenbrille blitzten. Noch bevor sie etwas sagte, wusste Radek, was jetzt kam. Der erwartete Satz. Das vernichtende Urteil.

»Wenn er bei mir in London geblieben wäre, hätte es keine Tröpfcheninfektion gegeben«, stellte sie fest und nahm die Brille ab. »Keine Übertragung von Mensch zu Mensch. Damit auch keine Meningokokkeninfektion. Du hast ihn nach Wien geholt. Und jetzt ist er tot.«

Die roten Locken unter einem Hut versteckt, zerbrechlich,

gebeugt, mit rot geweinten Augen und ganz und gar in Schwarz gehüllt, blickte sie ihn lange an. Dann drehte sie sich unendlich müde um und ging.

»Lass uns abhauen«, brach Pfarrer Wozzek die traurige Stille und nahm Kubica an der Hand. »Nach dem Essen nehme ich dich mit. Du wohnst jetzt erst einmal ein Weilchen bei mir. So lange, bis es dir besser geht.«

161

Dass man das ehemalige Palais Württemberg an der Ringstraße noch im 19. Jahrhundert zum Hotel umgebaut hatte, war ein Glücksfall gewesen. So entstand damals das Imperial, das prächtigste Hotel Wiens. Schon in der Lobby bekam der Gast, wofür dieses Haus stand: Luxus pur. Etwas, das Prominenz aus aller Welt schätzte.

Kaum trat Dagmar Landauer ein, nahm sie ein Page in Empfang und geleitete sie in ein Separee, das mit repräsentativen Möbeln aus dem Kunsthistorischen Museum ausgestattet war.

»Eine Melange und ein Stück Imperialtorte«, flüsterte sie verschämt. Der junge Mann nickte und verschwand.

»Frau Landauer. Welche Freude.«

»Die ist ganz auf meiner Seite, Herr Bundeskanzler. Danke, dass Sie Zeit für mich haben.«

»Dass Sie sich wirklich noch einmal bei mir melden, hätte ich nicht gedacht«, brummte der Regierungschef, der im bequemen Fauteuil förmlich versank. Ein Glas Weißwein parkte auf einem mit Intarsien ausgelegten Tischchen. Ab und zu nippte er daran, schloss die Augen und ließ ein begeistertes Grunzen hören.

»So ein Seitenwechsel will ja auch gut überlegt sein«, sagte sie lächelnd. »Außerdem ist Ihr Blatt im Augenblick mehr als mies.«

»Wüssten Sie nicht einen Weg, das zu ändern, wären Sie aber nicht hier«, polterte er.

Kaffee und Torte wurden serviert. Still wartete Petrells Stabschefin, bis der Page den Raum verließ. Erst dann spielte sie ihren Trumpf aus.

»Ja, ich kann Sie retten«, sagte sie grinsend.

Der Regierungschef nickte. »Und wie soll das gehen?«

»Ist Ihnen die Bezeichnung ›Social Bot‹ ein Begriff?«, fragte sie.

Er schüttelte den Kopf.

»Das ›Bot‹ ist die Kurzform für ›Robot‹. Und Social Bots sind Computerprogramme, die als Roboter in sozialen Netzwerken tätig sind. Meist sind sie auf bestimmte Signalwörter programmiert, um Stimmung für oder gegen etwas oder jemanden zu machen. Das hat bei Trump und dem Brexit wunderbar geklappt.«

Der noch amtierende Bundeskanzler war jetzt ganz Ohr.

Dagmar Landauer nahm es zufrieden zur Kenntnis und erklärte weiter. »Schreibt jemand zum Beispiel, er trete für den Verbleib in der Europäischen Union ein, reagiert ein solches Programm selbstständig darauf. Es setzt Tausende gegenteilige Meinungen ab, um die Befürworter dieser Meinung zu verunsichern. Alle Nutzer des Netzwerkes bekommen nun bevorzugt Inhalte, die einen Austritt aus der EU präferieren und einen Trend vortäuschen, weil die auf Stichwörter programmierten Programme des Netzwerkes auf Massenmeinungen getrimmt sind. Die stufen sie als wichtig ein und pushen sie ständig weiter. Manche Social Bots sind so komplex, dass sie eigene Beiträge erstellen. Und ein Algorithmus fügt noch Tippfehler ein und bestimmt Pausen zwischen den Beiträgen, damit die ganze Sache menschlicher wirkt.«

»Und Petrell verwendet diese Programme?«

»Helene Andau tut das für ihn. Sie täuscht die Menschen mit Hilfe von Robotern. Schon seit Monaten.«

»Dann ist der ganze Hype um Petrell also gar nicht echt?«

»Das ist auch nicht nötig. Ausschlaggebend ist, dass Wahlen in Zukunft im Netz entschieden werden. Mit derartigen Waffen. Ich weiß, wo man sie bekommt und wie man sie einsetzt.«

»Hört sich gut an«, sagte der Kanzler.

»Wir könnten diese Machenschaften aufdecken«, flötete sie, kostete von ihrer Torte, legte die kleine Gabel weg und trank einen Schluck Kaffee. »Natürlich nur, um anschließend diese Programme selbst zu verwenden. Zugleich schalten wir anonyme Seiten auf Facebook, wo wir Petrell nach Strich und Faden verarschen und so richtig fertigmachen. Aber ich hab ja sowieso eine Idee, wie wir ihn dazu zwingen, die Ankündigung seiner Kandidatur beim Bundesparteitag zu widerrufen und diesen ganzen Öxit-Wahnsinn zu beenden.«

»So? Womit schaffen wir das?«

»Wenn er nicht pariert, schwöre ich, dass er den Mord an der Journalistin Lou Sorko in Auftrag gegeben hat. Dann geht er in den Knast. Das riskiert er nicht. Da zieht er vorher den Schwanz ein.«

»Und hat er diese arme Frau tatsächlich ermorden lassen?«

Sie lachte. »Weiß ich nicht. Darauf kommt es aber auch nicht an.«

Der Kanzler stutzte. »Phantastisch«, sagte er dann und lächelte breit. »Und was wollen Sie dafür?«

»Drei Millionen Euro in bar und den Job einer Botschafterin im befreundeten Ausland. Spanien vielleicht. Schweden. Oder Frankreich?«

»Wir haben einen Deal«, verkündete er. »Auf gute Zusammenarbeit. Sie werden Karriere bei mir machen.«

»Freut mich«, erwiderte sie. »Ab übermorgen spiele ich fix in Ihrem Team. Und glauben Sie mir: Ich kann es kaum erwarten.«

162

Ein Zimmer, eine Couch, ein Kasten und Regale voller Bücher, die anders rochen als gewohnt. In der Stille, die ihn umgab, schwang etwas mit. Trauer und Einsamkeit.

Kubica lebte wie in einem Tunnel. Worte ohne erkennbare Bedeutung, ohne Verbindung zu ihm selbst überschwemmten sein Gehirn. Er sprach nicht über seinen Schmerz. Er hatte genug damit zu tun, zu atmen. Als ihn sein Freund Wozzek wieder einmal mit einer halb leeren Flasche Büffelgraswodka im Gästezimmer fand, ihn hochzog, in die Küche drängte und mit Sauerkrautsuppe vollstopfte, schwieg er verbissen und wehrte sich nicht.

»Das dritte Mal in wenigen Tagen«, sagte der Pfarrer. »Wenn du entschlossen bist, dich zu Tode zu saufen, dann tu das«, fauchte er. »Aber nicht hier. Nicht in diesem Haus. Pack deine Sachen, Radek. Du ziehst aus.«

Kubica nahm es hin. Ohne den Versuch einer Rechtfertigung. Ohne Widerspruch.

Also marschierte Wozzek in sein Arbeitszimmer, kramte dort eine Weile geräuschvoll herum und telefonierte. Dann kam er mit einem kleinen Paket unter dem Arm wieder. Es war in Papier eingeschlagen, und er behandelte es mit großer Sorgfalt.

»Da hast du«, sagte er lapidar und drückte es Radek in die Hand.

Der nahm apathisch das Geschenk entgegen, schlug die Verpackung auf und erstarrte. Ein gerahmtes Wandbild lag vor ihm. Oscar bei seiner Ankunft am Flughafen in Wien-Schwechat. Das Foto, das Radek mit seinem Handy aufgenommen hatte.

»Glaubst du, es gefällt Oscar, dass du dich so gehen lässt?«, grollte der Pfarrer.

Taumelnd umklammerte Kubica das Bild. Sollte er es aus dem Fenster werfen? Es zertrümmern? Zertreten? Mühsam unterdrückte er den Impuls. Stattdessen sah er seinem Sohn in die Augen.

»Ich dachte, wir hätten noch so viel Zeit«, stammelte er nach einer Weile. Verstört fuhr er mit der Hand über seine Wange, um eine einzelne Träne wegzuwischen. Dann atmete er tief durch, stand unbeholfen auf und sah ratlos an sich herunter. Seine Jeans hatten schon bessere Tage gesehen, und das Sakko sah aus, als hätte er damit tagelang im Rinnstein gelegen. Wieder betrachtete Kubica das Bild, und langsam klarte sein Geist auf. Er wurde scharf und rein wie das Wasser eines Bergsees.

»Hallo, Oscar«, flüsterte er versonnen. »Komm, hilf mir packen. Wir machen eine Reise. Nur du und ich.«

Ein wenig benommen warf er seine spärlichen Kleidungsstücke und seine Toilettensachen in einen kleinen Koffer. Dann umwickelte er das Wandbild wieder mit Papier, legte es obenauf und zippte den Reißverschluss gut zu.

»Vielen Dank für alles, Pawel. Alles Gute. Servus.« Müde drückte er dem Pfarrer die Hand, schlurfte die Treppe hinunter, öffnete die Tür des Pfarrhofs und trat blinzelnd ins Freie.

Draußen standen Lena und ihre kleine Tochter. Im Sonnenlicht warfen ihre Körper lange Schatten.

»Wir fahren ans Meer«, verkündete Radeks erste große Liebe mit großer Bestimmtheit, legte ihre Stirn an seine und strich mit ihrem Zeigefinger über seine Wange. »Kommst du mit?«

Frauen? Die sind ein eigenes Kapitel, sinnierte Kubica. Entweder sie vernichten oder sie retten uns.

Mit brummendem Schädel stand Kubica da. Steif, benommen, als hätte ihm jemand mit einem Hammer auf den Kopf geschlagen. Weiterleben? Wollte er das? Behutsam schlang Lena einen Arm um seine Hüfte, drehte den Kopf, lächelte ihn an, und er spürte ihre Wärme. »Ja«, sagte er also, und das war es. Das Wort, das alles entschied. Das war es wirklich.